dtv

Janne Flecker hat sich bei den zweiten Geigen der Deutschen Philharmonie komfortabel eingerichtet. Da erschüttert die Nachricht vom Tod ihres Bruders Erik ihre Welt. Zu Hause in Cuxhaven erfährt Janne, dass ihr Bruder nicht durch einen Unfall ums Leben kam – er wurde Opfer eines grausamen Verbrechens im Watt. Die Tat stürzt Jannes Familie in tiefe Trauer und macht die ganze Stadt an der Nordseeküste ratlos. Wer könnte einen Grund gehabt haben, den allseits beliebten Juniorchef der Yachtenwerft zu töten? Bei Eriks Beerdigung überschlagen sich die Ereignisse. Und der Vater Paul bittet Janne um einen Gefallen, der ihr Leben nicht nur umkrempeln, sondern es auch in größte Gefahr bringen wird.
»Ein unerhört subtiler Roman einer jungen Autorin. Alexandra Kuis Sätze sind schnörkellos und manchmal fast auf eine musikalische Weise schön. Überhaupt scheint der Roman regelrecht durchkomponiert zu sein. Ein bemerkenswertes Buch und gleichzeitig eine tiefe Verbeugung vor der Heimat der Autorin und ihren liebenswert-schroffen Bewohnern.« (Deutschlandradio)

Alexandra Kui wurde 1973 in Buxtehude geboren. Sie studierte Soziologie in Hamburg und arbeitete für verschiedene Tageszeitungen, bevor sie ihren ersten Roman schrieb. Heute lebt sie als Autorin, Musikerin und Journalistin auf der Geest bei Hamburg.

Alexandra Kui

Blaufeuer

Kriminalroman

Deutscher Taschenbuch Verlag

Ausführliche Informationen über unsere Autoren und Bücher finden Sie auf unserer Website www.dtv.de

FSC
www.fsc.org
MIX
Papier aus verantwortungsvollen Quellen
FSC® C019821

Ungekürzte Ausgabe 2011
Deutscher Taschenbuch Verlag GmbH & Co. KG, München

Umschlagkonzept: Balk & Brumshagen
Umschlaggestaltung: Wildes Blut, Atelier für Gestaltung, Stephanie Weischer unter Verwendung eines Fotos von plainpicture/Arcangel
Gesamtherstellung: Druckerei C. H. Beck, Nördlingen
Gedruckt auf säurefreiem, chlorfrei gebleichtem Papier
Printed in Germany · ISBN 978-3-423-21292-2

Prolog

Nichts ist ohne Glanz am Ende des Tages, wenn das Meer die Sonne verschlingt. Was im gleißenden Licht des Tages abstoßend war – die skrupellos geröstete Haut der Touristen, die verbleichenden Fassaden der Hotels, die Armada der Strandkörbe und sogar die schaufenstergroßen Verbotsschilder der Kurverwaltung, die jedes aufkommende Gefühl von Grenzenlosigkeit verhöhnen –, all das verliert sich in einem sanften Schimmer aus Pastelltönen. Täglich staunten wir über die Schönheit des Sonnenuntergangs an heißen Sommertagen, da unterschieden wir uns nicht von den Feriengästen. Wir liebten die Schlieren von Rosa am Himmel, die sich in den feuchten Wattflächen spiegelten, das mattsilberne Blau der Nordsee und das flirrende Aufeinandertreffen von Feuer und Wasser am Horizont. An vielen Orten werden in der Dämmerung die Konturen schärfer, an der Elbmündung bei Ebbe lassen sie nach.

Hast du einen Blick dafür gehabt, als du an jenem Abend ins Watt gefahren bist – wie unzählige Male zuvor? Oder hattest du nur dein Vorhaben im Kopf, das Leuchtmittel an einer der Bojen auszutauschen, die das Versuchsgelände der Austernzucht markierten? Hat die Sonne geschienen? Mit Sicherheit hat sie, dieser

Sommer gönnt sich kein frühes Ende, weshalb er schon zum Vorboten des nahenden Weltuntergangs ausgerufen wurde – keine schlechte Prognose, zumindest was die Familie betrifft. Aber das konntest du zu diesem Zeitpunkt noch nicht wissen. Ich sehe dich in dem alten Jeep über den mit Sand durchsetzten Schlick rumpeln, du bist schnell unterwegs, das warme Wasser in den Prielen spritzt, Tropfen schlagen dir ins Gesicht, aber das stört dich nicht. Der Weg ist weit.

Es kostet mich Kraft, aber keine Mühe, dich vor mir zu sehen. Vielmehr ist es unmöglich, mich abzuwenden, nicht hinzusehen, wie du eine Vollbremsung machst, aus dem Auto springst und dir die Schlammspritzer von der Stirn reibst. Dein sandblondes Haar könnte mal wieder einen Schnitt vertragen, aber das ist dir nicht wichtig. Du hast diese nachlässige Art, unwiderstehlich auszusehen, die sich die Markenjeansträger in den Großstädten so gern aneignen würden, was ihnen mangels Nachlässigkeit nie gelingen wird.

Ich schweife ab. Du bist also ausgestiegen, stapfst barfuß durch das blausilbern schimmernde Watt auf das künstlich angelegte Riff aus Tonziegeln zu, auf dem die Austern ums Überleben kämpfen. Mit konzentriertem Blick pflückst du eine ab und überprüfst ihren Wuchs. Das Licht der untergehenden Sonne lässt dich die Augen zusammenkneifen. Was du siehst, überzeugt dich nicht. Niemand hielt etwas von Paul Fleckers Vorhaben, den Reichtum der Familie durch Austernzucht zu mehren. »Bootsbauer sind doch keine Muschelzüchter«, hast du gesagt. Aber noch ist der Vater derjenige, der die Entscheidungen trifft, und du akzeptierst seinen Führungsanspruch aus Liebe und aus Respekt vor seinem erstaunlichen Lebenswerk.

Ich habe mich schon wieder ablenken lassen.

Du brauchst kaum Werkzeug, um das Leuchtmittel – genauer gesagt, den Akku – zu erneuern, der das Blinklicht in der Boje mit Strom versorgt. Nur einen Spezialschlüssel zum Öffnen der Inspektionsluke. Und kräftige Finger.

Der Bewegungsablauf ist Routine, die einzelnen Handgriffe erfordern wenig Aufmerksamkeit, was dir die Möglichkeit gibt, dich dem Sonnenuntergang zuzuwenden – für ein paar gestohlene Sekunden.

Hast du an die Sommerabende deiner Kindheit gedacht? Vielleicht hast du dich daran erinnert, wie du dir am Zeitungskiosk wässriges Erdbeereis am Stiel gekauft und dich damit auf die kniehohe Mauer am Strand gesetzt hast. Das Eiswasser tropfte auf deine braungebrannten Beine und hinterließ giftrote Flecken im warmen Sand.

»Blutspur«, hast du gewitzelt.

Das fand niemand komisch.

Als deine Hand in der Inspektionsluke verschwunden ist, stoßen deine Finger gegen einen Widerstand, der früher nicht da war, und in der gleichen Sekunde spürst du einen Schmerz wie nach einem Biss oder einem Stich, nur viel heftiger. Du denkst an die messerscharfen Scheren eines Krebses. Was sollte es sonst sein, dort draußen im Watt?

Der Schmerz fährt durch die Glieder, dir bricht der Schweiß aus, aber als du nachsehen willst, was passiert ist, stellst du fest, dass deine Hand gefangen ist. Sie lässt sich keinen Millimeter weit bewegen, nicht vor und nicht zurück. Du bist verwirrt, musst womöglich sogar lachen. Die Inspektionsluke ist zu eng, um die zweite Hand zur Hilfe zu nehmen.

In deinen Gedanken taucht das Bild einer rostigen Falle auf, einer Fuchsfalle, wie ihr sie auf dem Gelände des Ferienhauses in Schweden benutzt. Plötzlich glaubst du, dich an ein schnappendes Geräusch zu erinnern, als wäre eine gespannte Feder zusammengeschnellt, Metall auf Metall geschlagen. Und dieser Eindruck fügt sich mit der Intensität des Schmerzes in deiner gefangenen Hand zu einem furchtbaren Verdacht zusammen: Jemand hat es auf dich abgesehen, spielt ein perfides Spiel mit dir. Denn wie sollte eine Fuchsfalle versehentlich oder gar zufällig in eine Boje geraten? Es muss sehr mühselig gewesen sein, sie dort zu verstecken. Hast du zu diesem Zeitpunkt noch an einen üblen Streich geglaubt, oder wusstest du schon, dass es um Leben und Tod geht? Sicher ist dir der Begriff Mord nicht in den Sinn gekommen. Denn wer könnte dich so sehr hassen? Ausgerechnet dich – den bescheidensten und liebenswürdigsten Sohn, den die Familie Flecker seit Generationen großgezogen hat.

Du willst es nicht wahrhaben, tastest mit den Fingern der verletzten Hand das Innere der Boje ab und fühlst einen Metallrahmen. Außerdem spürst du Blut. Der Schmerz ist dumpfer und somit erträglicher geworden. Ein Gefühl von Taubheit lässt die Finger erlahmen. Allmählich wird dir bewusst, dass du Hilfe brauchen wirst. Du greifst in die Tasche deiner Arbeitshose, willst das Handy hervorholen, aber da ist es nicht. Du hast es mal wieder auf dem Beifahrersitz liegen lassen. Wut, Angst und Schmerz bringen dich kurzfristig um den Verstand, und du schreist einfach los, schreist, so laut du kannst.

Ich bin mir ganz sicher, dass du geschrien hast.

Ich kann es hören, weißt du. Oft gehe ich ins Watt, wo deine Schreie sind. Irgendwann wirst du dich zusammengerissen haben. Du wirst nachgedacht haben, was du tun kannst, um dich zu befreien.

Da stehst du also im warmen Wind. Du siehst dich um. In weiter Ferne, außer Rufweite, sind Menschen im Watt unterwegs, die du nur schemenhaft erkennen kannst: Wanderer auf dem Rückweg von der Insel Neuwerk. Die Flut kommt. Und spätestens jetzt wird dir bewusst, wie groß die Gefahr wirklich ist. Du bemerkst, dass die Boje so am Meeresgrund befestigt wurde, dass sie unmöglich mit dem Wasser aufsteigen kann. Damit ist auch klar, worum es geht: Draufgehen sollst du. Verbluten oder ersaufen, egal, Hauptsache langsam.

Nun ist deine Wut größer als die Angst, sie übertrifft auch den Schmerz. Du wirst nicht kampflos krepieren. Jemand wie du gibt sich nicht auf. Du versuchst, die Falle zu kanten, aber jetzt, wo dein Arm darin gefangen ist, ist die Inspektionsluke eindeutig zu eng. Der Teufel flüstert dir einen Plan ins Ohr, den du nach kurzer Überlegung für den einzigen Ausweg hältst, und du zögerst nicht, ihn umzusetzen.

»Manche Dinge muss man schnell erledigen, oder man wird es nie tun.« Diesen Satz, Originalton Paul Flecker, hast du gern zitiert.

Leider ist es unmöglich, sich mit einem gewöhnlichen Taschenmesser schnell den Unterarm zu durchtrennen. Es liegt nicht an dir, du gibst wahrlich alles, schonst dich nicht, wirst ohnmächtig und kommst wieder zu dir, versuchst es weiter. Das Wasser steigt, dein Blut rinnt und färbt die See rosarot. Wie der Himmel. Die Sonne ist untergegangen, aber noch umgibt Licht deinen Kampf. Pastellfarben. Dein Sterben – weich gezeichnet.

Du hast bis zum Schluss gekämpft. Stundenlang. Sie haben Wasser in deiner Lunge gefunden, was bedeutet, dass du ertrunken bist. Keiner von uns, die wir damit weiterleben müssen, wird jemals darüber hinwegkommen. Schon deshalb nicht, weil wir nun die ganze Wahrheit kennen.

Nichts ist ohne Glanz, wenn das Meer die Sonne verschlingt. Und der Tod?

Meersalz

JANNE Daran, wie er ihren Namen sagt, erkennt Janne, dass es ihm ernst ist. Viel zu ernst für ihren Geschmack, und sie beeilt sich mit dem Milchkaffee, um dem gemeinsamen Tag im sommerheißen Berlin ein schnelles Ende bereiten zu können. Zu viel Zucker. Beim Trinken sieht sie auf die Uhr, was ihm nicht entgeht.

»Was ist los?«, fragt er. Er gibt sich ungezwungen, aber Janne registriert einen weinerlichen Unterton in seiner Stimme.

»Nichts ist los. Aber ich will gleich heim.«

»Kann ich mitkommen?«

»Nein, besser nicht«, sagt sie.

Er zögert den Augenblick des Abschieds hinaus, indem er seinen Erdbeerkuchen mit der Gabel in dermaßen winzige Stücke zerteilt, dass Janne ihn lachend fragt, ob mit seinen Zähnen alles in Ordnung sei.

»Als Teenager hatte ich eine feste Spange«, sagt er.

»Also bis vor kurzem«, entgegnet Janne, und er verzieht das Gesicht.

»Das ist es also. Du findest, ich bin zu jung für dich.«

Janne lächelt und schweigt. Soll er doch glauben, ihre Zurückhaltung sei dem Altersunterschied zwischen ihnen geschuldet. Anfang oder Ende zwanzig – dazwischen liegen tatsächlich Welten. Allerdings kommt er ihr deutlich älter vor wegen seiner Verbindlichkeit, die sie so schreckt. So wie er war sie nie, auch nicht vor acht Jahren. Sie lässt es lieber entspannt angehen.

»Es war schön heute«, sagt sie munter und rückt ihren Stuhl aus dem Halbschatten. Sie will die Sonne genießen, solange es geht, bald ist der Sommer vorüber. Seit dem Frühstück im Café Adlon sind sie durch Berlin gezogen, vorbei an bröckelnden Mauern mit Einschusslöchern vom Häuserkampf, aufpolierten Baudenkmälern und postmodernen Glasfassaden, errichtet auf Minenfeldern – sie hatten nur Zeit für das Pflichtprogramm, aber das hat Janne nicht gestört. Sie verehrt die Hauptstadt mit ihrem weltstädtischen Glamour und all ihren Narben. An den Hackeschen Höfen hat er gesagt, er fühle sich nach so kurzer Zeit bereits heimisch, und Janne antwortete, sie sehe sich auch nach vier Jahren noch als Touristin. Sogleich hat er versucht, sie von dieser Ansicht abzubringen, weil er nicht ahnen konnte, dass das Gefühl von Fremdheit für sie mit dem höchst angenehmen Umstand verbunden ist, ihr Leben als eine Art Dauerurlaub zu betrachten, unterbrochen nur durch die nicht allzu anstrengenden Pflichten einer Orchestermusikerin. Er ist Gastsolist an der Deutschen Philharmonie, ein ehrgeiziger junger Geiger, dessen ehrgeizige Eltern schon bei der Taufe alles richtig gemacht haben: Zacharias Brügge – so ein Name perlt im Mund wie Champagner und schmückt jedes Konzertplakat. Janne neidet ihm seinen Erfolg nicht. Sie fühlt sich wohl bei den zweiten Geigen, denn ein Aufstieg zur Solistin passt nicht in ihr Konzept von der Leichtigkeit des Seins. Sie will nicht schuften, sondern leben. Sie übt nicht gern. Und sie hält sich lieber im Hintergrund.

»Hast du eigentlich ein Problem mit meinem Status im Orchester?«, fragt er, als wäre er ihren Überlegungen gefolgt.

»Was für ein Problem sollte das sein?«, entgegnet sie amüsiert über die Verlegenheit, die sich auf seinem hübschen Eliteschülergesicht abzeichnet. Die feste Spange war eine gute Investition.

»Na ja, ich habe gehört, als Mädchen hast du viel beachtete Solokonzerte gegeben und wurdest als Riesentalent gehandelt – aber auf einmal war Schluss damit. Keiner weiß warum.« Er mustert sie interessiert und mitleidig zugleich. Auf seiner Unterlippe kleben Kuchenkrümel, die Janne mit einem Kuss beseitigt. Zacharias errötet.

»Gerüchte«, sagt sie.

Wenig später verabschiedet sie sich mit einem knappen Gruß. Zacharias steht zackig von seinem Stuhl auf und winkt ihr nach, als stünde er am Bahngleis und sie führe mit dem Zug davon. Mit einem Lachen winkt sie zurück.

Auf dem Heimweg kauft Janne eine Flasche Rioja, französischen Käse und spanische Oliven beim Biohöker in ihrer Straße. Im Vorbeigehen betrachtet sie sich in den Schaufenstern entlang des Wegs: eine sehr schmale, sehr blonde Frau mit glattem, schulterlangem Haar, sommersprossig, hochgewachsen, gut angezogen – das luftige Kleid in hellen, kühlen Blautönen stammt von einer jungen isländischen Designerin, die hier in Berlin eine Boutique betreibt. Janne ist einverstanden mit ihrem Spiegelbild, und sie empfindet sich als privilegiert: Die Patrizierherkunft – oder der »gute Stall«, wie ihr Vater es nennt – ist ihr ebenso deutlich anzusehen wie dem Solisten, und Janne hat sogar besonderes Glück, denn sie muss sich nicht wie andere höhere Töchter abmühen, um entzückend und teuer auszusehen, sogar das helle Blond ist echt. Diese Kombination aus Geld und Liebreiz hat ihr schon viele Türen geöffnet, die andere erst eintreten müssen. Natürlich weiß Janne um die Ungerechtigkeit dieses Umstands, der sie manchmal wütend macht, aber im Alltag ist sie froh, mit der richtigen Pigmentierung auf der richtigen Seite der Gesellschaft geboren worden zu sein. Reine Glückssache. Natürlich schickt es sich nicht, dies offen zuzugeben.

Wie jeden Abend freut sie sich auf ihre Wohnung in dem sanierten Gründerzeitbau in Prenzlauer Berg: Luxus von heute, Eleganz von einst, so lässt es sich aushalten. Jannes Ansprüche sind hoch, wie sie es seit Kindertagen gewohnt ist. Aber sie mag es auch rustikal.

Als sie die Wohnungstür aufsperrt, durchflutet goldenes Abendlicht den Flur, und aus dem Wohnzimmer dringen Fado-Klänge. Es riecht nach Knoblauch, Chili – und ein wenig verbrannt. Janne zögert, bleibt mit der Papiertüte im Arm neben der Garderobe stehen. Sie weiß nicht, was es ist, aber irgendetwas in der Wohnung wirkt auf verstörende Weise verändert, obwohl alles an seinem Platz zu sein scheint und es durchaus mal vorkommen kann, dass ihrem Mitbewohner Nils ein Essen misslingt.

Dann nimmt sie das Geräusch wahr. Es passt zur Tragik der Musik, gehört jedoch nicht dazu. Eine Mischung aus Stöhnen und Schluchzen, ein durchdringender Laut. Sie hat das Gefühl, als würde in ihrem Kopf Kristall bersten.

Im Wohnzimmer kauert Nils auf der hellen Couch. Er hält das Gesicht in den Händen vergraben, und sein Körper vibriert. Neben ihm liegt das Telefon. Vor langer Zeit in einem anderen Leben hat Janne eine ähnliche Situation erlebt, damals war sie ein Kind und noch nicht in der Lage, die Vorzeichen zu deuten. Das hat sich gründlich geändert.

Sie tritt mit der Fußspitze gegen den Stand-by-Schalter der Stereoanlage. Die Musik bricht ab. Jetzt erst bemerkt er sie und ruft ihren Namen. Sie wappnet sich gegen die Umarmung, die unausweichlich ist, hält die Tüte wie ein Schutzschild vor ihrem Herzen. Nils ist schon aufgesprungen und reißt Janne mit solcher Heftigkeit an sich, dass die Einkäufe zu Boden fallen. Schwarze

Oliven kullern über den Holzfußboden bis zum Fenster, während er sie viel zu fest drückt und dabei wieder und wieder ihren Namen fleht.

Janne macht nichts, sie wartet nur ab. Sie weiß, es wäre an der Zeit zu fragen, was vorgefallen ist, aber sie ist nicht bereit. Sie braucht Vorlauf. »In der Küche brennt was an«, sagt sie, und endlich lässt er sie los. Sie sieht ihm kurz in die geröteten Augen.

Er erwidert ihren Blick. »Janne, du musst mir jetzt zuhören«, sagt er leise.

»Nein, muss ich nicht.« Sie geht in die Küche und schaltet den Herd aus. In der Pfanne sind Fleisch und ein nicht mehr definierbares Gemüse zu einer brodelnden schwarzbraungrünen Masse verschmolzen. Die Farbe ähnelt dem Lavastein, aus dem die Arbeitsplatte geschliffen wurde.

»Die Pfanne können wir wegschmeißen«, ruft sie in Richtung Wohnzimmer.

Nils ist ihr gefolgt. Er steht hoch aufgerichtet im Türrahmen und deutet mit einer knappen Kopfbewegung auf einen der Küchenstühle. »Setz dich hin und hör mir zu.«

Janne will aus dem Raum fliehen, doch er lässt sie nicht vorbei, steht da wie festgemauert mit seiner Schreckensbotschaft im Anschlag und fordert sie erneut auf, sich zu setzen, worauf ihr Widerstand zusammenbricht und sie nur noch einen Wunsch hat: Es soll schnell gehen.

Nils atmet tief durch. »Dein Bruder ist ertrunken. Ein furchtbares Unglück.«

»Ach so«, sagt Janne, und während sie sich freut, wie gut sie diese Neuigkeit verkraftet, bricht eine nie gekannte Übelkeit über sie herein. Ihr wird schwarz vor Augen, doch sie fällt nicht in Ohnmacht. Sie steht auf und hält den Kopf über die Spüle, muss sich aber nicht übergeben. Auf ihrer Stirn steht kalter Schweiß. Dann rettet sie sich in einen Gedanken, der so unverzeihlich ist, dass sie erschrickt, und als ihre Blicke sich begegnen, spürt sie, wie Nils rätselt, was in ihr vorgeht – und wie nah er der Wahrheit kommt.

»Ich habe zwei Brüder. Von welchem spricht du?«, fragt sie mit schwacher Stimme.

Eine Pause entsteht. Nils büßt seine aufrechte Haltung ein. Schließlich sagt er: »Erik« und nennt damit den Namen seines besten Freundes. Es klingt beinahe entschuldigend, als stünde es in seiner Macht, das Todesurteil über den einen oder den anderen zu verhängen. Sein anschließender Versuch, Janne und sich selbst zu trösten, gerät zu einem hilflosen Gestammel, das sie kaum registriert.

Es fängt an zu regnen, sobald sie Berlin hinter sich gelassen haben, harte, satte Tropfen, gegen die der Scheibenwischer wenig ausrichten kann. Sie gleiten durch eine Wand aus Wasser. Nils sitzt hinter dem Steuer ihres Alfa. Er wollte es so, obwohl sie im Gegensatz zu ihm einige Stunden schlafen konnte. In ihrem Kopf herrscht kalte Stille. Sie schließt die Augen. Alles, was ihrer Familie nun bevorsteht, ist ihr zuwider, die ganze Dramaturgie eines Todesfalls: Gottesdienst und Grabredner, Lügen und Leichenschmaus. Zu viele Tränen, zu viele weiße Blumen und zu viel schwarzer Stoff. Zu viel Erde auf dem Sarg, um atmen zu können. Geflüsterte Beileidsbekundungen, durchdrungen von Mundgeruch.

Schwer wie der Regen prasseln Bilder auf sie ein, deren Verdrängung sie Jahre ihres Lebens gekostet hat. Sie ist wieder vier Jahre alt und steht am frischen Grab ihrer leiblichen Eltern. Paul Flecker – ihr Taufpate und der beste Freund ihres Vaters – hat eine Hand auf ihre Schulter gelegt. Er schirmt sie ab. Während der langen Trauerzeremonie in der Kapelle, bei der mehrmals ihr Name gefallen ist, hat sie Magenschmerzen bekommen. Die mitleidigen Blicke der Erwachsenen brennen auf der Haut, und sie starrt auf ihre Füße, die in schwarzen Lackschuhen stecken. Regen hat die Sandwege auf dem Friedhof aufgeweicht, und an den Schuhen klebt Schlamm. Niemand sonst schaut auf seine Schuhe, auch nicht auf das Grab oder den Pfarrer, alle sehen sie an. Sie weiden sich an der Tragödie und raunen sich das Wort Vollwaise zu, wenn sie glauben, Janne sei weit genug entfernt, es zu hören.

Seit jenem Tag kostet es sie Überwindung, im Mittelpunkt zu stehen, je gieriger die Aufmerksamkeit, desto größer ihr Unbehagen. Ihre neuen Eltern – die Fleckers – haben das damals verstanden und sie in Ruhe gelassen. Sie haben auf Erik vertraut, das wunderbare Kind, das fortan ihr Bruder sein sollte. Er war lange Zeit der Einzige, der sie zum Lachen bringen konnte, und er war sehr ehrgeizig darin. Er hatte eine so positive Einstellung zum Leben, dass er selbst unangenehme Erfahrungen wie Krankheiten bis zu einem gewissen Punkt als Abenteuer betrachten konnte. Und vielem, was Janne eher bange machte, begegnete er mit unerschütterlichem Humor: Erwachsenen zum Beispiel.

»Hast du das gesehen? Den kauf ich mir.« Nils' Stimme ist rau. Janne wird in den Sitz gepresst und in die Gegenwart zurückkatapultiert, als er mit Vollgas beschleunigt. Sie schlägt die Augen auf und sieht, dass er die Verfolgung einer schwarzen Limousine aufgenommen hat, die durch den Regen und den dichten Verkehr auf der Autobahn nach Westen rast.

»Was soll das werden?«, fragt sie.

»Der Idiot hat mich auf der Standspur rechts überholt. Total krank ist der doch.«

»Und was willst du jetzt machen? Ihn umbringen und uns gleich mit?«

»Den kauf ich mir«, wiederholt Nils, und Janne erkennt, dass es unter diesen Umständen zwecklos ist, mit ihm zu diskutieren. Sie wirft einen Blick zum Geigenkasten auf dem Rücksitz und hebt ihn in den Fußraum, wo er besser aufgehoben ist. Ohne ihre Geige reist sie nirgendwohin.

Nach einigen riskanten Manövern haben sie die Limousine eingeholt. Nils blendet auf. Der Wagen wird noch schneller, aber der Alfa hält mühelos mit. Eine Treibjagd ohne Sicherheitsabstand.

»Und jetzt?«, fragt Janne.

Nils hält das Lenkrad fest umklammert und blickt starr geradeaus. »Wie konnte er uns das antun? Er war ein besserer Schwimmer als jeder andere, wie konnte er ertrinken?«, ruft er über das hochtourige Jaulen des Motors hinweg. »Ich kapier das nicht.«

Unerschrocken betrachtet Janne den Mann, der seit fast zwanzig Jahren zu ihrem Leben gehört, zuerst nur als einer von Eriks zahlreichen Schulfreunden, bis er ihre erste Liebe wurde – und zu guter Letzt, nach Verlobung und Trennung, ihr Mitbewohner und engster Vertrauter in der großen Stadt weit weg von daheim. Nils ist ein bodenständiger Mensch und Eriks Tod der erste Verlust in seinem Leben. Sogar seine Großeltern leben noch.

»Wir werden damit fertig«, sagt sie und legt ihm eine Hand in den verschwitzten Nacken. Sie findet, es ist ein schwacher Trost, doch er nimmt endlich den Fuß vom Gas, und die Limousine rast davon.

»Aber nichts wird mehr so sein wie vorher.«

»Nein«, sagt Janne. »Das wird es nie.«

Nordwestlich von Bremen hört der Regen auf. Auf der Autobahn nach Cuxhaven lichtet sich der Verkehr. Janne öffnet das Fenster weit, und ein Schwall salziger Nordseeluft schlägt ihr ins Gesicht. Der Duft ihrer Kindheit. Ihre Heimatstadt an der Nordspitze Niedersachsens liegt an der Elbmündung und ist an zwei Seiten von Wasser umgeben. Nirgendwo sonst ist Atmen für sie ein derart meditativer Vorgang. Sie konzentriert sich aufs Ankommen, schaut sich um, ohne an den Grund ihrer Rückkehr zu denken. Flaches, grünes Weideland. Viele der Bäume zwischen den Weiden wachsen nicht zum Himmel, sondern krümmen sich unter der Last des Westwinds landeinwärts. Das regennasse Gras dampft, als das Wasser in der Wärme des Sommerabends zu verdunsten beginnt. Es hat sich nicht abgekühlt. Über dem Meer, das hinter Deichen verborgen ist, kommt zwischen Wolken bereits wieder die Sonne zum Vorschein.

»Wie schön es hier ist. Ich war viel zu lange weg. Dieser Sonnenuntergang.«

»Das hier ist keine Ferienreise, Janne. Wir fahren nach Hause, weil dein Bruder tot ist«, sagt er und schüttelt den Kopf. Janne weiß, es sind Momente wie dieser, in denen er sich glücklich schätzt, nicht mit ihr verheiratet zu sein, wie er es eigentlich geplant hatte.

»Was hat das mit dem Sonnenuntergang zu tun? Der ist heute außergewöhnlich schön, auch wenn wir es nicht zu schätzen wissen, weil unser kleines, unscheinbares Leben uns gerade unerträglich vorkommt.«

»Du kommst mir gerade unerträglich vor.«

»Wir müssen uns ja nicht unterhalten.«

»Nein, besser nicht. Nicht auf deine Art.«

In der Auffahrt zur Villa der Fleckers parken mehrere Autos. Janne erkennt den Geländewagen ihres Bruders Meinhard, der in Hamburg als Chirurg arbeitet. Sie hat ihn zuletzt Ostern gesehen, als die Bootsbauer-Familie sich auf der Yacht Viktoria versammelt hat, um zum Skagerrak zu segeln. Herrliche, stürmische Tage waren das – ein Ausflug mit Tradition, ohne Erik undenkbar. Janne schluckt schwer. Es mag in Berlin Leute geben, die sie für oberflächlich halten, aber hier an der Küste kennt man sie besser. All ihre Hingabe gilt der Familie. Dass sie keine geborene Flecker ist, hat für sie jahrelang kaum eine Rolle gespielt und drängt sich jetzt, da der Tod zum zweiten Mal ihre Welt aus den Angeln hebt, mit Macht zurück in ihr Bewusstsein. Sie erinnert sich schwach an ihre Ankunft in dem neuen Heim vor vierundzwanzig Jahren. Daran, wie monströs ihr die neogotische Villa in Hafennähe vorgekommen ist, wie ein Spukschloss mit all diesen Erkern und Türmchen und dem blutrot glasierten Backstein. Heute erscheint sie ihr eher klein, zu klein jedenfalls, um sich vor den anderen zu verstecken. Sie fürchtet sich vor der Begegnung mit den Eltern.

»Janne, wir müssen aussteigen«, sagt Nils und berührt sanft ihre Schulter.

»Lass mich.«

Er zieht die Hand weg. »Dann komm auch. Also, ich gehe jetzt rein.« Nils steigt aus, stapft zur Beifahrerseite und öffnet die Tür für sie.

Janne bleibt sitzen. Warmer Wind fährt ihr durchs Haar.

»Manchmal bist du wie ein Kind«, sagt er und geht. Unter seinen Turnschuhen knirscht der Kies.

Es ist fast dunkel, vom Hafen schallt Möwengeschrei herüber, und in den Bäumen singen Amseln. Bis eben hat Janne gehofft, Eriks Tod könnte ihr weniger anhaben als Nils – da im Prinzip ihre komplette Sozialisierung auf einem Trauerfall beruht, was eigentlich eine gewisse emotionale Routine garantieren sollte. Leider muss sie nun ihren Irrtum erkennen. Wenn sie diese Angelegenheit an sich herankommen lässt, ist sie verloren. Dann wird es schlimm werden, viel schlimmer als alles, was sie bisher erlebt hat. Der Schmerz schärft schon die Messer. Doch sie hat nicht vor zu kapitulieren. Janne versucht, das eigene Verhalten mit kühler Distanz zu steuern. Am sichersten wäre es, sie führe weg, egal wohin, Hauptsache weit weg. Sie könnte abermals von vorn anfangen und sich dem Prozess des Verdrängens hingeben. Das wäre auch in Eriks Sinn, sagt sie sich, er würde nicht wollen, dass man seinetwegen vor Kummer vergeht. Aber Nils hat den Autoschlüssel mitgenommen.

Mit trotzigen kleinen Schritten geht Janne den Weg zum Hafen, die Hände in den Jackentaschen zu Fäusten geballt. In der Nähe der Alten Liebe, einem steinernen Bollwerk, das die Hafeneinfahrt vom Elbfahrwasser abgrenzt, befindet sich in einem früheren Lotsenhaus das Blaufeuer. Die Kneipe trägt den Namen eines nautischen Notsignals: Blau flackerndes offenes Feuer ist auf hoher See ein dringender Hilferuf. In Hafennähe setzen Schiffsführer das Blaufeuer, um zu zeigen, dass ein Lotse gewünscht wird. Auf der Getränkekarte gibt es einen Cocktail, der ebenfalls so heißt. Soweit Janne sich erinnert, schmeckt er nach Pfefferminzlikör – und entfernt nach Tinte. Johnny Ritscher, dem Wirt, traut sie alles zu.

Sie tritt ein und bahnt sich den Weg durch eine verschwitzte Reisegruppe, ausschließlich Männer, die knisternde grüne Windjacken mit dem Emblem eines Shantychores tragen. Vorn an der Bar vertraute Gesichter.

Als Johnny Ritscher sie erkennt, wird er blass. »Janne Flecker«, sagt er laut, »mein Beileid.«

Er reicht ihr über den Tresen hinweg die Hand, und Janne nickt ihm zu und bedankt sich. Danach kondolieren die Stammkunden, Hafenarbeiter, die sich die Hände an den Hosenbeinen abwischen, bevor sie sie Janne entgegenstrecken. Sie sind viel zu gehemmt, um ihr in die Augen zu sehen.

Johnny Ritscher stellt ein Bier vor Janne ab. »Es ist eine Schande«, sagt er.

Die Shantychormitglieder erheben ihre Stimmen, und die

Horde beschwipster Touristen verwandelt sich in einen sonoren Klangkörper. Sie singen: »Junge, komm bald wieder.«

Janne trinkt mit geschlossenen Augen.

»Aber glaub mir, Mädchen, wir kriegen das Schwein, und dann machen wir es fertig«, sagt Johnny Ritscher.

Janne versteht nicht, wovon er redet. Mit zittriger Hand stellt sie das Bier ab. Ihr Puls beschleunigt, als ihre Gedanken um die Worte des Wirtes taumeln, die für sie keinen Sinn ergeben.

»Ach was, das war doch seine Kleine«, sagt einer der Hafenarbeiter.

»Was soll das heißen?«, fragt Janne. Ihre Zunge fühlt sich schwer an.

Die Männer tauschen unheilvolle Blicke aus. Johnny Ritscher geht zu einem der Tische im hinteren Teil des Lokals, um eine Bestellung aufzunehmen.

»Ich habe dich etwas gefragt, Johnny«, ruft Janne.

Der Shantychor hat sein Lied beendet.

»Geh nach Hause zu deiner Familie, Mädchen«, sagt der Wirt und wendet sich den Gästen zu. Janne starrt durch den Zigarettenqualm hindurch auf seinen breiten Rücken. Johnny Ritschers Kneipe ist eine Institution. Als Kinder sind sie oft zwischen Barhockern und Tischen herumgetobt, wenn ihr Vater sie sonntags mitgenommen und jedem eine Cola spendiert hat. Damals war Johnny ein begehrter Junggeselle, aber es gab in der Gegend keine Frau, die ihn für sich gewinnen konnte. Er ist ein Nachtmensch ohne jeden Familiensinn. Es heißt, niemand habe Johnny je außerhalb seiner Kneipe gesehen. Längst ist sein Charme zusammen mit dem Inventar vergilbt. Gelegentlich erweckt er den Anschein, seine Gäste zu hassen.

Janne lässt das Bier stehen. Als sie sich in der Mitte des Lokals erneut durch die Sängerschar zwängt, prallt sie gegen ihren Vater. Paul Flecker steht da wie ein Baum, als hätte er seit einer Ewigkeit darauf gewartet, sie an dieser Stelle abzufangen. Der Zusammenstoß mündet in eine Umarmung. Die Chorsänger gehen auf Abstand.

»Janne … endlich«, sagt er.

Sie legt den Kopf an seine Brust, und er streicht ihr über das Haar. Sie hört, wie sein Herz hämmert. Dann löst sie sich von ihm. »Entschuldige. Ich war zu feige, nach Hause zu kommen.«

Er nickt, als hätte er von ihr nichts anderes erwartet. »Gehen wir ein paar Schritte«, schlägt er vor.

Es ist schwül. Sie passieren die Liegeplätze der Helgolandfähre MS Funny Girl und der Ausflugsdampfer, die Fahrten zu den Seehundbänken anbieten. Dieser Abschnitt des Hafens ist sehr touristisch. Souvenirläden und Restaurants haben sich vis-à-vis vom Kai angesiedelt, ein aufpoliertes maritimes Idyll, Neubauten aus Glas und rostfreiem Stahl, eine andere Welt als die Gegend um den Fischereihafen, wo Janne und ihre Brüder als Kinder gespielt haben.

Sie gehen langsam. Der Kai ist belebt, Janne und ihr Vater dümpeln in einem Strom sonnengebräunter Passanten. Gelächter, Stimmengewirr, erholte Gesichter. Eriks Tod passt nicht hierher.

Einmal bleibt Paul Flecker stehen, um sich mit einem zerknitterten Stofftaschentuch die Stirn abzuwischen. Eine Frau mit einer Eistüte rempelt ihn an. Er reagiert nicht. Auch nicht, als sie sich bei ihm entschuldigt, weil ein Klecks Schokoladeneis auf seinem Schuh gelandet ist.

»Ist viel los für die Nachsaison«, sagt Janne.

»Das kommt vom schönen Wetter und davon, dass die Leute zu viel Freizeit haben«, grollt Paul Flecker und deutet mit dem Kinn auf ein Rudel Jugendlicher, die Mädchen halb nackt und stark geschminkt. »Kein Job, keine Lehrstelle in Sicht, aber jeden

Abend Party. So hätte ich dich nicht auf die Straße gelassen. Schon gar nicht mitten in der Woche. Was sind das bloß für Eltern? Also …« Er unterbricht sich, den Mund halb geöffnet. In seinen Augen zeichnet sich Entsetzen ab, als ihm offenbar das Gleiche in den Sinn kommt wie Janne, nämlich dass all seine Strenge und Fürsorge den Tod des Sohnes nicht verhindern konnten. Er winkt ab.

»Ach, scheiß drauf, Süße.«

Paul Flecker beschleunigt das Tempo. Janne betrachtet ihren Vater von der Seite. Er hat die Lippen jetzt fest aufeinandergepresst und geht leicht gebeugt, wie auf einen imaginären Stock gestützt. Im Gegensatz zu früher wirkt er überaus kraftlos, was daran liegen könnte, dass er ziemlich zugenommen hat. Obwohl er nicht von der Küste stammt, sieht er in ihren Augen aus wie ein Seemann, einer, der in die Jahre gekommen ist und zu viel Zeit an Land verbracht hat. Aber eben immer noch ein Seemann. Wie Erik. Nur nicht mehr ganz so blond. Aber das ist es nicht, was Janne beunruhigt. Was fehlt, ist die Aura der Zuversicht, eine unsichtbare Energiequelle, die stets beide Männer umgab. Wie alle Familienmitglieder ist es Janne gewohnt, sich daran zu wärmen. Nun wird es kalt.

Sie erreichen die Alte Liebe. Auf der Steinkonstruktion wurde eine zweistöckige Pier aus Holz errichtet. Früher legten hier Schiffe an, heute wird sie als Aussichtsterrasse genutzt. Sie steigen die Stufen zur Galerie hinauf und verscheuchen durch ihre Ankunft ein Liebespaar. Unten, ziemlich weit abseits, steht ein Angler. Ein Schattenriss im Mondlicht. Er missachtet das strikte Angelverbot.

Janne wartet ab. Sie hofft, dass ihr Vater den Anfang macht, doch er tut ihr nicht den Gefallen. Sie druckst herum: »Eben bei Johnny haben die Jungs am Tresen ziemlich wirres Zeug erzählt. Aber das tun sie ja eigentlich immer. Die spinnen doch!«

Sie flüchtet sich in ein nervöses Gelächter, das in ihrer Kehle erstirbt, sobald sie das eisige Schweigen ihres Vaters registriert. Er hat Haltung angenommen, und sie begreift, dass er von ihr dasselbe erwartet. Schließlich stehen sie einander gegenüber wie zwei Soldaten gleich neben einem Fahnenmast ohne Fahne.

»Erik wurde ermordet«, sagt Paul Flecker.

Die Alte Liebe ist ein idealer Ort, um Schiffe zu beobachten. Leicht entsteht der Eindruck, selbst an Deck eines ablegenden Ozeanriesen zu stehen: der gleiche Effekt, der sich in Bahnhöfen einstellt, wenn man aus einem stehenden Zug auf einen fahrenden schaut. Ein kolossartiger Frachter der Generation Super-Postpanamax, ein Schiff also, das nicht mehr durch den Panama-Kanal passt und bis zu zehntausend Container über die Weltmeere bewegen kann, fährt stromaufwärts Richtung Hamburg. Janne fixiert die Lichter der Brücke, lauscht auf das Dröhnen der Motoren und wartet auf den verzögert einsetzenden Wellenschlag. Sie hört, wie die Matrosen einander Befehle zurufen, einige englische Sprachfetzen versteht sie sogar, und sie grübelt über ihre Bedeutung nach, während das Wort »ermordet« wie eine schlechte Anmache von ihr abgeprallt ist. Es gehört einfach nicht in das Vokabular einer Unterhaltung zwischen ihr und ihrem Vater. Es ist ein Wort, das in Boulevardmagazinen, Büchern und im Sonntagabend-Tatort vorkommt, ein Wort, geschaffen für andere Menschen, in deren Alltag so widerwärtige Dinge passieren, dass ein Drama wie der frühe Unfalltod der leiblichen Eltern banal und überaus erträglich erscheint. Ermordet wird doch niemand, den man kennt.

»Janne, hast du mir zugehört?«

Sie nickt, aber das genügt ihrem Vater nicht, und er packt sie an beiden Handgelenken und schüttelt sie mit kontrollierter Gewalt so lange, bis sie ihren Blick von dem Schiff löst und ihm in die Augen sieht. Unterdessen muss sie dauernd an den Namen der Helgolandfähre denken: Funny Girl.

»Das ist doch Quatsch, oder?«, fragt sie.

Er lässt sie los. »Nein, das ist kein Quatsch. Und jetzt reiß dich zusammen.«

Gischt schäumt auf, als die Bugwellen des Frachters gegen das Steinfundament der Pier klatschen. Dazu Fetzen eines Seemannsliedes, vom Land her. Im Blaufeuer wird wieder gesungen.

»Aber Nils hat von einem Unfall gesprochen«, sagt Janne in einem betont geduldigen Tonfall, als würde sie einem kleinen Kind etwas erklären.

»Wir wollten es nicht am Telefon erzählen. Es ist so schon schwer genug. Also, hör mir endlich zu.«

Paul Flecker erstattet Bericht. Monoton trägt er vor, was die Polizei an Fakten über den Tod seines Sohnes zusammengetragen hat. Er lässt nichts aus, von der Fuchsfalle in einer Boje weit draußen im Watt über Eriks blutigen Überlebenskampf bis hin zu seinem Scheitern beim Einlaufen der Flut. Tod durch Ertrinken. Zwei Tage sind seitdem vergangen.

»Wer hat ihn gefunden?«

»Es waren Wattwanderer.«

Janne muss sich am Geländer festhalten. Das weiß lackierte Holz ist feucht von der Gischt und fühlt sich klebrig an. Wortlos verwünscht sie ihren Vater, weil er sie nicht geschont hat, und sei es mit einer Lüge: ›Er musste nicht leiden.‹ Sie starrt auf den Strom, hört das Fließen der Wassermassen, ein völlig anderes Geräusch als das Branden des Meeres, und kämpft gegen die Schwäche in ihren Beinen. Die Elbmündung glitzert im Mondschein, dahinter die See. Nicht einmal die Nacht trägt Trauer.

Aus dem Augenwinkel bemerkt Janne, dass ihr Vater sich mehrmals mit dem Handrücken über die Lippen fährt und anschließend daran riecht, und sie spürt einen Anflug von Sorge. Er verhält sich sonderbar. Sie wischt den Gedanken weg, denn mehr noch als sonst erwartet sie im Sog dieser Krise von ihm Stärke und Führung. Er ist das Familienoberhaupt. Mit einem Fleck von geschmolzenem Schokoladeneis auf dem Schuh.

»Hast du ihn gesehen?«, will sie wissen. »Als er tot war, meine ich.«

Er nickt, und Janne weicht unwillkürlich vor ihm zurück.

»Wer kann das getan haben?«, fragt sie.

Schulterzucken.

»Gibt es keine Spur?«

»Ich habe keine Ahnung. Die Polizei schnüffelt überall herum«, sagt er. Janne ist irritiert, denn normalerweise würde ihr Vater über jeden Schritt der Ermittler informiert sein und so viele Entscheidungen wie möglich an sich reißen. Aber die Normalität existiert nicht mehr. Paul Flecker wirkt ratlos, überfordert – vielleicht zum ersten Mal in seinem Leben. Janne spürt, wie ihr die Angst in den Nacken kriecht.

Auf dem Heimweg fällt kein Wort, sie halten Abstand voneinander. Im Haus treffen Janne und ihr Vater auf den Rest der Familie: Meinhard sitzt neben ihrer Mutter am Küchentisch und hat einen Arm um sie gelegt, die neue Gemeindepastorin Friederike Reemts und eine Freundin bemühen sich ebenfalls um sie. Viktoria Flecker ist bleich und hat tiefe Ränder unter den Augen. Sie sieht niemanden an.

Nicht anwesend ist Eriks Frau Hella, was Janne nicht wundert, da sich ihr Umgang mit der Familie bestenfalls distanziert, bisweilen sogar feindselig gestaltet.

Nils ist gegangen. Janne kann gut verstehen, dass er die Nacht lieber in seinem eigenen Elternhaus verbringen will. Steif lässt sie Umarmungen und feuchtkalte Händedrücke über sich ergehen und zieht sich nach kurzer Zeit auf ihr Zimmer zurück, wo sie sich, ohne ihre Kleider abzulegen, unter der Bettdecke ausstreckt. Sie hat Rückenschmerzen, versucht sich zu entspannen, indem sie in Gedanken Violinkadenzen durchspielt. Funny Girl, flüstert eine Stimme in ihrem Kopf. Unentwegt. Funny Girl.

Gegen Mitternacht ruft Nils auf ihrem Handy an. Obgleich er hartnäckig klingeln lässt, nimmt Janne das Gespräch nicht entgegen. Erik ist tot. Unaussprechliches ist vorgefallen, und sie geht davon aus, dass irgendjemand es Nils erzählt hat. Sie hat nichts dazu zu sagen und will kein Wort mehr hören.

PAUL Nicht nur Janne bleibt schlaflos in dieser Nacht. Auch Paul Flecker findet keine Ruhe. Alle haben ihn gewarnt: »Geh da nicht hin, Paul. Tu dir das nicht an. Lass es sein.« Aber er wollte nicht hören, natürlich nicht, er hört nie auf andere, ist immer noch so unbeirrbar wie als junger Kerl, verfügt nur über bessere Manieren. Er redet sich ein, sein Schneid sei ungebrochen, aber vorhin im Bad ist ihm seine Gestalt im Spiegel begegnet, und da war vom Teufelskerl Paul Flecker nicht mehr viel zu sehen, bestenfalls eine Art Grundriss.

Einen Hauch von Angst hatte er schon vor Wochen gespürt, doch er glaubt nicht an Vorahnungen.

Jetzt hat das Schicksal also zugeschlagen. Er dachte, er sei der Sache gewachsen. Er hat in seinem Leben schon viele Tote gesehen, darunter Menschen, die ihm nahe standen: seine kleine Schwester, keine zwei Jahre alt, unter Trümmern begraben, ein Schulfreund, im Hafenbecken ins Eis eingebrochen und Jahrzehnte später tot geborgen, die eigene Mutter, von Alzheimer gezeichnet … Aber nichts auf der Welt konnte ihn auf den Anblick vorbereiten, der ihn im Watt erwartete. Sie haben recht gehabt, er hätte nicht gehen sollen. Etwas in ihm ist verfault, als er den schweren, nassen Schädel seines Sohnes in beide Hände genommen und die Stirn mit den Lippen berührt hat.

Allmählich begreift er, dass der Geschmack des Meerwassers ihn fortan überallhin begleiten wird, und sein Magen verkrampft sich, doch er kann sich nicht übergeben. Er liegt im Bett, zittert vor Übelkeit und leckt mit der Zunge wieder und wieder über seine salzigen Lippen. Er weiß, dass seine Frau wach ist, er hört, wie sie leise weint, und er ist dankbar, weil sie keinen Trost von ihm erwartet.

In Würde

JANNE Tage vergehen. Janne lebt wie hinter Glas. Sie findet keinen Zugang zur Welt da draußen, aber sie sieht genau, was um sie herum geschieht. Oder nicht geschieht. Am Morgen, nachdem sie die Wahrheit über Eriks Tod erfahren hat, kauert sie stundenlang auf der Bettkante und scheitert an dem Vorhaben, sich Socken überzustreifen. Sie erstarrt einfach. Es ist keine Absicht. Der Hausarzt lässt sich blicken, er befühlt ihre Stirn, presst ihr das Stethoskop auf Herz und Rücken und misst ihren Blutdruck. Er diagnostiziert einen Schock und verordnet Bettruhe, was Janne erleichtert zur Kenntnis nimmt. Schock, das klingt gut, das hat etwas Flüchtiges. Sie hat bereits befürchtet, sie sei verrückt geworden. Bettruhe klingt wunderbar.

Manchmal kommt Nils, der krank aussieht, und schleppt sich einige Runden durch das geräumige Zimmer, zieht sich einen Stuhl ans Bett und setzt sich umständlich hin, steht wieder auf, dreht noch eine Runde und verabschiedet sich. Vor dem Fenster flirren die letzten Septembertage.

Ein weiterer Besucher ist von der Kripo. Er stellt sich als Hauptkommissar Hagedorn vor. »Bitte entschuldigen Sie die Störung«, sagt er und sieht sie an, als wäre er der Meinung, sie müsse sich bei ihm entschuldigen für die Umstände, die sie ihm bereitet. Janne beantwortet keine Fragen, nicht über sich und nicht über Erik. Er spricht sehr laut. Begriffe wie Obduktion, Todeszeitpunkt, Tatwaffe saugen den Sauerstoffgehalt aus der Luft. Janne ringt um Atem, bis ihr Vater die Befragung für beendet erklärt. Sie bekommt leichtes Fieber. Nachts schleicht Janne wie eine Diebin durch die Villa und versucht, Rückstände von Eriks Existenz aufzuspüren: Sie riecht an Stühlen, auf denen er gesessen hat, trinkt Tee aus dem Becher mit seinem Namen, holt seinen Norwegerpullover aus der hintersten Ecke des Dielenschranks und streift ihn sich über. In seinem alten Jugendzimmer unter dem Dach, in dem sich die Wärme der vergangenen Wochen staut, blättert sie in seinen Lieblingsbüchern. Nichts davon bringt ihn ein Stück näher zu ihr zurück. Ohne Erik sind es bloß Gegenstände, tot wie er selbst.

Eines Morgens steht Paul Flecker im Zimmer, er trägt einen schwarzen Anzug. »Heute wird dein Bruder beerdigt. Wir alle wären sehr dankbar, wenn du ihm die Ehre erweisen könntest, den Tag nicht im Bett zu verbringen.«

Auf seiner Stirn glänzen Schweißperlen. Es ist wieder ein warmer Tag und sein Anzug nicht sehr luftig.

Er wartet auf ihre Antwort. Sein Atem geht schnell, als wäre er gerannt. »Hörst du mich überhaupt?«

Und ob sie ihn hört, sie hört sogar das Ticken der Uhr an seinem Handgelenk. Der Schock, der sich als Gnade erwiesen hat, lässt sie im Stich. Zu früh. Für den heutigen Anlass hätte sie gern ein ärztliches Attest.

»Gut, dann nicht, wenn es nicht geht.« Paul Flecker wendet sich ab. Die Armbanduhr tickt, und der Anzugstoff raschelt bei jeder Bewegung. Er hat den Siegelring angesteckt, den er vor seiner Hochzeit gekauft hat, um den zukünftigen Schwiegereltern zu imponieren. Janne hat das Schmuckstück lange nicht an seiner Hand gesehen – und es keineswegs vermisst.

»Warte«, sagt sie heiser. Sie klingt gealtert.

Er dreht sich um, ein kleines Lächeln auf den Lippen. »Du kannst ja reden.«

Janne richtet sich auf. Irgendetwas an ihrem Vater zwingt sie, ihn unaufhörlich anzustarren. »Selbstverständlich werde ich zur Beerdigung gehen. Ich bin gleich unten. Und übrigens solltest du den Siegelring abnehmen. Erik hat ihn verabscheut.«

»Ja? Sehr gut. Das ist meine Janne«, sagt er.

Sie beobachtet, wie er den Ring abstreift und ihn auf den Schreibtisch legt, an dem sie einst die Hausaufgaben gemacht hat, und sie hat ein Gefühl, als käme es mehr als sonst darauf an, das Richtige zu sagen. Vielleicht ist dies die Gelegenheit, sich zu bedanken, dass ihre Kindheit schön war, ebenso die Zeit danach, die mit diesem Tag endet, so viel ist gewiss.

Janne zögert. »Danke, dass du mir Bescheid gesagt hast.«

Es stehen ihnen beiden noch genügend Reden bevor.

»Wir werden diesen gottverdammten Zirkus schon überleben, Janne«, antwortet ihr Vater.

Als er gegangen ist, verlässt sie das Bett, nimmt den Ring in die Hand und wundert sich darüber, wie warm er sich anfühlt. Beinahe heiß.

Unter der Dusche wäscht Janne den Schutzfilm des Schocks von der Haut und lässt Gedanken an den Mord zu. Das Wort ist jetzt ein Teil von ihr, und es verändert alles. Mit einem Unglück hätte sie sicher irgendwann ihren Frieden machen können. Mord verjährt nicht – auch nicht in den Herzen der Hinterbliebenen, davon ist sie überzeugt.

Unbegreiflich, dass Erik einen derartigen Hass auf sich ziehen konnte, er war nicht gerade ein Mensch, der polarisierte. Wer ihn kannte, mochte ihn. Er kam sogar mit denjenigen gut zurecht, die ihm seine Beliebtheit neideten. Er hatte diese entwaffnende Art, niemals Bedürftigkeit auszustrahlen, denn er machte sich nicht abhängig von der Zustimmung anderer. So neutralisierte er potenzielle Feindschaften.

Wer hat es getan? Für die Männer im Blaufeuer stand die Antwort bereits fest: »Seine Kleine«, Hella Flecker, geborene Nowakowsky, eine arbeitsscheue Meeresbiologin aus Mecklenburg-Vorpommern, die an der Westküste so schlecht gelitten ist, dass der Verdacht auf sie fallen musste. Ein Schneewittchen aus dem Osten. Auch Janne kann sie nicht ausstehen.

Den knielangen Samtmantel in makellosem Schwarz hat Janne erst diesen Monat gekauft. Für den Herbst. Eigentlich ist Schwarz nicht ihre Farbe, aber sie mochte die großen, mit Samt überzogenen Knöpfe, den schmalen, taillierten Schnitt und die Tatsache, dass er wie maßgeschneidert passte. Sie wollte ihn nur bei Gelegenheit tragen. Die Gelegenheit kam schneller als der Herbst. Sie weiß, dass der Mantel zu warm ist für das Spätsommerwetter. Genau wie der Anzug ihres Vaters. Janne betrachtet sich im Spiegel. Sie sieht aus wie eine Frau, die zu lange hinter Glas gelebt hat.

Als Viktoria Flecker ihre Tochter erblickt, sagt sie als Erstes: »Was für ein zauberhafter Mantel, Janne. Vintage-Flair, sehr edel. Steht dir.« Dann, nach einer Pause, fügt sie hinzu: »Wie schön, dass es dir besser geht.«

Die Familie sitzt in der Küche beim Frühstück zusammen, auf dem Tisch brennt eine Kerze. Hella ist da. Anstatt zu essen oder zu trinken, stiert sie auf die Tischplatte. Janne, die nicht mit ihrer Schwägerin gerechnet hat, geht grußlos an ihr vorbei und gießt sich einen Becher Kaffee ein.

»Es geht mir nicht besser, nur anders«, sagt sie.

»Willst du frühstücken?«, fragt ihre Mutter.

»Nein, danke. Es wird heute sicher ausreichend zu essen geben, nicht wahr?« Janne vermutet, dass Viktoria Flecker die Beerdigung ihres Sohnes mit derselben Akribie organisiert hat wie seine Hochzeit vor drei Jahren. Jannes Eltern bevorzugen die klassische Rollenverteilung: Er schafft das Geld heran – abgesehen von dem beachtlichen Erbe, das Viktoria zum Vermögen beisteuern konnte –, sie kümmert sich um alles andere und in erster Linie um ihn. Beide agieren sehr effizient, soweit Janne das beurteilen kann.

»Natürlich ist für alles gesorgt. Du solltest trotzdem ein wenig frühstücken«, sagt Viktoria, der die Strapazen der vergangenen Tage kaum anzusehen sind. Ihre rotblonde Bobfrisur wirkt frisch geschnitten und nachgefärbt.

Janne trinkt Kaffee, während ihre Mutter sie über den geplanten Ablauf der Trauerfeier in Kenntnis setzt. Beim Programmpunkt Ave-Maria als Violinsolo protestiert sie: »Oh, Mama, bitte tu mir das nicht an.«

»Du hast die Geige doch extra mitgebracht.«

»Ich habe sie nicht extra mitgebracht, ich habe sie immer dabei, und das weißt du.«

Die Diskussion geht hin und her. Niemand mischt sich ein. Jannes Mutter wird so laut, dass ihr Atem die Kerze ausbläst. Sie redet, als wäre Eriks Leben nicht bereits vergeudet, sondern hinge von diesem Ave-Maria ab. Letztlich gelingt es ihr, Janne damit moralisch unter Druck zu setzen. Sie beschließen, dass Janne auf der Empore neben der Orgel spielen soll, also nur zu hören und nicht zu sehen sein wird.

Paul Flecker mahnt zum Aufbruch. Als Janne hinter Hella hinaus in die gleißende Sonne tritt, verspürt sie beim Anblick des Paradepopos unter einem fließenden und wie immer ein wenig zu kurz geratenen Nichts aus schwarzem Chiffon den inständigen Wunsch, ihre Schwägerin möge als Täterin überführt werden. Sie wird sehr wütend. Es ist eine Wut, die sich wie Hunger anfühlt.

Den Weg zum Friedhof legen sie zu fünft in der Familienlimousine zurück. Janne sitzt auf der Rückbank, eingeklemmt zwischen Meinhard und Hella. Ihre Körper glühen vor Hitze. Daran ändert auch die Klimaanlage nichts, die einen harten Strom Kaltluft auf Jannes Brustbein bläst.

»Und? Hast du meinen Bruder auf dem Gewissen?«, flüstert Janne ihrer Schwägerin ins Ohr.

Hella schließt die Augen und legt den Kopf in den Nacken. »Ich wusste, dass du das denkst«, sagt sie erstickt. Eine einzelne Träne rinnt über ihre dezent geschminkte Wange. Hübsch.

»Nicht nur ich, glaub mir.«

»Muss das jetzt sein?«, flüstert Meinhard von rechts. »Findest du nicht, wir sollten dafür sorgen, dass es ein würdevoller Tag wird? Für Erik.«

»Ein würdevoller Tag für Erik? Würdevoller als sich im Todeskampf selbst zu verstümmeln? Würdevoller als zu ersaufen? Das kriegen wir hin.«

Obwohl sie nicht laut gesprochen hat, fängt ihre Mutter auf dem Beifahrersitz nun ebenfalls an zu weinen, und Hella schluchzt frei heraus. Janne lässt das unbeeindruckt. Nur der Blick ihres Vaters im Rückspiegel beschämt sie.

Im Baumschatten auf dem Platz vor der Friedhofskapelle haben sich Menschentrauben gebildet. Seit Paul Flecker in den siebziger Jahren eine marode Cuxhavener Bootswerft aufgekauft und in ein florierendes mittelständisches Unternehmen verwandelt hat, ist er entlang der Küste eine gefragte Persönlichkeit, zumal Erfolgsgeschichten in der strukturschwachen Region selten geworden sind. Erik war sein Juniorpartner und nicht weniger bekannt. Deshalb gerät jede Familienfeier bei den Fleckers automatisch zum gesellschaftlichen Ereignis, was für eine Hochzeit ebenso gilt wie für eine Beerdigung. Namhafte Politiker und Unternehmer haben sich angekündigt, laut Paul Flecker sind Geschäftsfreunde aus aller Welt angereist, um persönlich ihre Anteilnahme zu bekunden – und um ihre Sensationsgier zu befriedigen, wie Janne vermutet. Denn neben Freunden, Verwandten und der gesamten Belegschaft der Flecker-Werft werden zahlreiche Journalisten erwartet. Leider dürften die Umstände von Eriks Tod besonders Boulevardmedien anziehen, weshalb Paul Flecker, wie er sagt, »mit allen Mitteln« darum gekämpft hat, möglichst viele Details unter Verschluss zu halten.

Als sie aus dem Auto steigen, richten sich trotzdem Foto- und Filmkameras auf sie. Instinktiv schirmt Janne ihr Gesicht mit dem Geigenkoffer ab. Fragen werden gerufen und nicht beantwortet. Objektive surren, Auslöser klicken. Weil Pastorin Reemts den Journalisten Hausverbot erteilt hat, bleiben sie hinter der Hecke zurück. Eine Polizeistreife wacht über das Geschehen.

Bis zum Gottesdienst ist noch Zeit. Janne versucht sich im Hintergrund zu halten, was nicht einfach ist, da sie die meisten Trauergäste kennt. Wie vor vierundzwanzig Jahren starrt sie auf ihre Füße: keine Lackschuhe diesmal. Wenn sie es sich recht überlegt, hat sie seit der Beerdigung ihrer Eltern nie wieder Lackschuhe getragen. Die Leute stehen in Gruppen beieinander, die Jüngeren tauschen Umarmungen aus, viele klammern sich geradezu aneinander fest. Die meisten Blicke gelten nicht ihr, sondern Hella. Janne spürt die Feindschaft, die ihrer Schwägerin entgegenschlägt, und sie empfindet eine gewisse Befriedigung darüber.

Die Glocken beginnen zu läuten, und Pastorin Reemts öffnet das Tor zur Kapelle. Nur ein kleiner Kreis geladener Gäste wird darin Platz finden, die anderen müssen bis zur Beisetzung im Freien warten. Janne entdeckt Nils mit seinen Eltern, die beinahe ihre Schwiegereltern geworden wären, und gesellt sich zu ihnen.

»Wieso ist Hella denn mit euch gekommen?«, flüstert Nils beim Hineingehen.

Janne zuckt mit den Schultern.

»Wusstest du, dass die Polizei ihre Wohnung durchsucht hat?«

»Wer sagt das?«

Sie können nicht weiterreden, weil Friederike Reemts ihnen zur Begrüßung die Hand reicht. Obwohl sie bislang kaum miteinander zu tun hatten, ist Janne überzeugt, dass die junge Pastorin sie nicht mag. Das ist ein ungewohntes Gefühl, meistens hat sie einen Sympathievorschuss bei Fremden, der bei näherem Kennenlernen entweder stark zu- oder abnimmt.

In der Kapelle werden Nils und sie getrennt. Janne sitzt links vom Gang neben ihrem Vater. Sie weiß nicht, wohin mit dem Geigenkoffer, unter der Bank ist kein Platz, also stellt sie ihn schließlich aufrecht zwischen ihre Knie, froh, eine Hose angezogen zu haben. Es war eine dumme Idee mit dem Violinsolo. Zumal sie kaum Gelegenheit haben wird, das Instrument sorgfältig zu stimmen. Da ist Janne sehr pedantisch. Sie hat das absolute Gehör.

Es ist warm und stickig in der Kapelle. Mit jedem Atemzug steigen Temperatur und Luftfeuchtigkeit weiter an, bis es so heiß ist, dass sich die Kerzen neben dem Sarg krümmen und die frischen Blumen der Kränze und Gebinde zu welken beginnen. Viele benutzen ihre Gesangbücher als Fächer. Friederike Reemts sieht aus, als sei sie in den Regen geraten – oder ins Meer. Hella schwitzt nicht.

Die Redner treten nacheinander vor den Altar. Einige sprechen über einen Mann, den Janne nicht gekannt hat, andere zeichnen ein Bild ihres Bruders. Als Meinhard von ihrer Kindheit erzählt, kommen ihr kurz die Tränen, aber sie unterdrückt sie, weil sie findet, dass eine rammelvolle Kapelle kein guter Ort zum Weinen ist. Es stört sie auch bei den anderen.

Niemand erwähnt den Mord, was Janne nicht begreifen kann. Als habe der Tod, den jemand stirbt, bereits nichts mehr mit dem Menschen zu tun. Zuletzt predigt Friederike Reemts zwar irgendetwas von Sühne, aber ihre Formulierungen sind kryptisch. Ein Kirchenlied erklingt, und das ist das Zeichen für Janne, dass sie als Nächste an der Reihe ist.

Unter dem Dachgewölbe konzentriert sich der Schweißgeruch. Es ist sehr eng auf der Empore neben der Orgel. Janne muss auf der Bank sitzend geigen und darauf achten, nicht mit dem Bogen gegen einen der Balken zu stoßen. Gounods Ave-Maria auf Bachs Prelude Nr. 1 beherrscht sie selbstverständlich auswendig. Sie spielt mechanisch, während sie gegen den Brechreiz ankämpft, den die schlechte Luft auslöst. Ihre Hände schwitzen. Für die Geige ist die feuchte Hitze ebenso ungünstig, die Wirbel verrutschen dann leicht, und Janne muss auch deswegen mit ihren Bewegungen vorsichtig sein. Nach wenigen Takten klingt die E-Saite zu tief, was außer ihr vermutlich niemand wahrnimmt. Meinhard vielleicht, der beinahe so ein feines Gehör hat wie sie. Janne merkt, wie die Zuhörer unten in den Bänken Rührung übermannt. Sie denkt an den Abend, als sie erfahren hat, dass Erik nicht mehr lebt. Daran, wie die Oliven über die Dielen gekullert sind.

Auf dem Platz vor der Kapelle sind weitere Trauergäste eingetroffen. Anders als bei der Beisetzung ihrer Eltern tragen viele nicht Schwarz, sondern Dunkelblau – die seemännische Trauerfarbe. Die halbe Stadt hat sich versammelt, so kommt es Janne zumindest vor. Sie ist überwältigt, obgleich sie weiß, dass ihr Bruder außergewöhnlich viele Leute gekannt hat: Er war Rettungsschwimmer, Eishockeytrainer einer Jugendmannschaft, Sportsegler und ein tüchtiger Bootsbauer, der das Meer und den Wind liebte. Eine bizarre Vorstellung, dass jemand wie er nun gleich in einem Eichenmöbel begraben, windgeschützt und weit weg vom Strand, Frieden finden soll.

Sie folgen den Sargträgern über sandige Wege zu dem Teil des Friedhofs, wo alteingesessene Kapitäns- und Reederfamilien ihre Grabstellen haben. Zwar ist Paul Flecker kein gebürtiger Cuxhavener, sondern als Kind mit seiner Mutter aus Schlesien in den Norden geflohen, aber seine Frau entstammt einer Seefahrerdynastie, was Erik einen Ehrenplatz in der besseren Gesellschaft der Toten garantiert. Eine Staubwolke umhüllt die Prozession.

»Ich glaube, dass Erik eine Seebestattung lieber gewesen wäre«, sagt Janne zu Meinhard. »Hat er das nicht mal erwähnt?«

»Er war dreiunddreißig Jahre alt, Janne. Er wollte ein Haus bauen und Kinder in die Welt setzen. Denkst du, er hatte da nichts Besseres zu tun, als seine Beerdigung zu planen?« Meinhard schlurft mit gesenktem Blick neben ihr her. »Da glaubst du, es läuft endlich rund, das Leben meint es gut mit dir, und plötzlich ist alles aus.«

Janne stutzt. Sie ist der Meinung, dass in Eriks Leben eigentlich immer alles rund gelaufen ist. Weiß Meinhard mehr als sie? Hatte Erik Probleme, die er seinem Bruder anvertraut hat und ihr nicht? Schwer vorstellbar.

»Deine Rede war schön. Die Anekdoten von damals. Das meiste hatte ich vergessen«, sagt sie.

»Ja? Ich habe nichts vergessen. Keinen einzigen Tag unserer Kindheit«, entgegnet Meinhard. Janne sieht, dass er geweint hat. Es hat nicht den Anschein, als würden ihm seine Erinnerungen Trost bescheren. Sie müssen beide husten wegen des Staubs.

Am Grab spricht Paul Flecker einige Worte zum Dank für die große Anteilnahme. Er ist kaum zu verstehen, und Janne sieht, wie bitter ihm jedes einzelne Wort schmeckt. Anschließend fällt ihm Gabriele Bremer, seine Sekretärin, unter Tränen um den Hals, und Janne stellt sich erstmals die Frage, was nun, da der Nachfolger fehlt, aus der Werft werden soll.

Das Vaterunser eröffnet das Finale der Beerdigung. Während der Sarg in der Erde versenkt wird, spielt ein amerikanischer Studienfreund von Erik, der aus Boston angereist ist, »Amazing Grace« auf dem Dudelsack. Es ist sehr laut. Der Totengräber, der direkt neben ihm steht, sieht aus, als hätte er Schmerzen. Bei der dritten Strophe sackt Hella anmutig in sich zusammen, wird aber von Meinhard und Paul Flecker aufrecht gehalten und rasch wieder auf die hochhackigen Riemchensandalen gestellt. Janne nimmt die Schaufel und schleudert die Erde mit aller Kraft auf den Sargdeckel.

Als sich die Trauergemeinde nach der Beisetzung auflöst, treten zwei Männer an Hella heran. Sie weisen sich aus und zeigen ein Dokument vor. Einer von ihnen ist Hauptkommissar Hagedorn, der Kripobeamte, der Janne vor Tagen aufgesucht hat.

»Gegen Sie liegt ein Haftbefehl vor. Sie werden dringend verdächtigt, Ihren Mann ermordet zu haben. Bitte kommen Sie mit«, sagt Hagedorn.

»Nein«, antwortet Hella beinahe freundlich, dreht sich um und rennt los. Ein Raunen geht durch die Menge, als sie den Amerikaner samt Dudelsack umstößt. Mit einem matten Tröten entlädt sich die Restluft aus dem Gebläse.

Dafür, dass sie eben noch kaum stehen konnte, ist Hella jetzt ziemlich flink. Janne starrt ihr fassungslos hinterher. Offenbar haben die Polizisten nicht mit Widerstand gerechnet, denn sie brauchen mehr als eine Schrecksekunde, um zu reagieren.

»Halten Sie die Frau auf«, brüllt der eine, und Hagedorn nimmt die Verfolgung auf. Hella kommt nicht weit. Ein Werftarbeiter stellt sich ihr in den Weg und hält sie fest, bis die Polizisten ihr unter vereinzeltem Beifall Handschellen angelegt haben. Die Handgriffe wirken unbeholfen, wie in einem schlecht inszenierten Theaterstück. Hella, nunmehr bewegungsunfähig, fängt an zu kreischen: »Ich habe Erik nicht umgebracht. Ich habe ihn geliebt. Kapiert ihr das nicht, ihr reichen Scheißer?«

Hella wird abgeführt. Sie wehrt sich heftig und stößt reihenweise Beleidigungen aus, die sich in erster Linie gegen die Familie Flecker richten. Beiden Beamten steht die Schamesröte ins Gesicht geschrieben.

Der würdige Tag soll im Kurviertel Duhnen fortgesetzt werden, in einem Restaurant auf dem Deich, das der Familie gehört. Eine ehemalige Lesehalle, auf deren Dach bis 1980 ein Leuchtfeuer installiert war. Modernes Design, kühle Farben, viel Glas. Der Blick aufs Meer dominiert. Laut Paul Flecker eine »Lizenz zum Gelddrucken«. Wegen Erik kann an diesem Nachmittag kein Geld gedruckt werden, da das Lokal für die Öffentlichkeit geschlossen bleibt.

Sie müssen lange auf die Gäste warten, was Janne nicht überrascht. Mit Sicherheit sitzen alle im Blaufeuer zusammen. Von dort aus dürfte sich die Nachricht von Hellas Verhaftung schnell verbreiten. In allen Einzelheiten. Obgleich Janne nur zu gern bereit ist, zu glauben, dass ihre Schwägerin die Täterin ist, hält sich die Begeisterung über ihre Verhaftung in Grenzen. Dafür hat sie Hellas Beschimpfungen noch zu gut im Ohr. Es war entwürdigend.

»Vielleicht sollten wir das Ganze abblasen«, schlägt ihr Vater vor. Er sieht erschöpft aus.

»Das ist ausgeschlossen, Paul«, antwortet seine Frau, und da er sich in solchen Dingen für gewöhnlich auf ihr Urteil verlässt, findet der Leichenschmaus statt.

Als die geladenen Gäste endlich eintreffen, haben sie ihr Bedürfnis nach Klatsch nur ansatzweise gestillt, weshalb über Hellas Festnahme und die Umstände ihres Fluchtversuchs hinter vorgehaltener Hand weiter getuschelt wird. Janne schnappt einen Halbsatz auf: »... So wie die neulich beim Sommerfest auf Erik losgegangen ist ...« Was soll das heißen? Gab es Streit? Eine Handgreiflichkeit? Janne mag nicht nachfragen. Es wird spekuliert, Erik habe Hella verlassen wollen. Davon weiß Janne nichts, und sie glaubt auch nicht daran. Scheidung, das passt nicht zu ihrem Bruder. Je unbeliebter seine Frau sich machte, desto fester hielt er zu ihr. Augenscheinlich erklärt jeder Hella für schuldig, was Janne nun nicht mehr freut, denn irgendwie wirft es ja auch ein schlechtes Licht auf Erik, dass seine Frau so geächtet ist. Sie knabbert lustlos am Matjes-Canapé und sinniert darüber, wie oft sie mit ihrem Bruder über diese Frau gestritten hat. Beliebtes Thema: Hellas Verschwendungssucht.

»Sie verprasst das Geld, das du verdienst.«

»Na und? Soll sie doch, wenn es ihr Spaß macht, schließlich ist es mein Geld und sie hatte nie welches, das weckt Bedürfnisse.«

»Warum geht sie nicht arbeiten?«

»Warum sollte sie? Solange sie sich nicht langweilt.«

»Wozu braucht sie allein zwei so teure Autos?«

»Eins für den Sommer, eins für den Winter. Und um Mama und dir die Laune zu verderben, schätze ich.«

Erik ließ sich selten aus der Ruhe bringen. Janne konnte nicht begreifen, warum er sich an Hellas Seite nicht ausgenutzt fühlte, und sie war wie besessen von der Absicht, ihm die Augen zu öffnen – zu seinem eigenen Schutz. Doch Schutz wovor eigentlich? Vor einer Frau, die sein Vermögen durchbringen wollte? Oder vor einer kaltblütigen Mörderin? Beide Varianten sind aus heutiger Sicht gleichermaßen deprimierend. Denn Hellas Lebenswandel und Eriks Kontostand waren wahrhaftig nicht ihre Angelegenheit, wie Janne in diesem Augenblick begreift. Da hätte sie sich raushalten sollen. Und falls Hella ihren Mann tatsächlich umgebracht hat, hätte Janne es verhindern können? Wäre Erik noch am Leben, wenn sie ihre Abneigung gegen diese Person hinterfragt und klug interpretiert hätte? Fragen, auf die es keine Antwort gibt, nur die Gewissheit, dass sie einen erheblichen Teil der Zeit mit ihrem Bruder für sinnlose Diskussionen über Geld verschwendet hat. Geld, das im Überfluss vorhanden war und ist. Geld, das sie auf der Stelle bis zum letzten Cent herschenken würde, könnte sie dafür nur eine letzte Viertelstunde mit ihm verbringen. Oder bloß eine einzige Minute, einen Wortwechsel: »Entschuldige, dass ich so bescheuert war.«

»Schon vergessen.«

Janne reibt sich die Augen, hinter denen sich ein leichter Druck zu einem Kopfschmerz zu verdichten beginnt. Nach dem Geigenspiel in der Kapelle fühlt sie sich porös. Sie hört dem Tischgespräch zu. Die Gäste tauschen Anekdoten über Erik aus, sorgsam darauf bedacht, sich nicht auf gefährliches Terrain vorzuwagen.

Nils, der neben Janne sitzt, deutet auf das angebissene Canapé auf ihrem Teller. »Keinen Hunger?«

»Wie du siehst.«

»Du solltest etwas essen.« Er zögert und legt dann einen Arm um sie. Seine Fürsorge ist wie eine alte Daunendecke: verklumpt, zu schwer und zu warm für Janne.

»Vielleicht ein Stück Kuchen?«

»Hör auf, mich zu bemuttern. Kauf dir einen Hamster, wenn du unbedingt jemanden zum Füttern brauchst.«

Nils zieht die Decke weg. »Ich weiß, was du durchmachst, Janne, aber lass es nicht an mir aus. Ich habe auch jemanden verloren.«

Der Verlauf des Gesprächs ist symptomatisch für ihr Miteinander: Meistens steht sie als egozentrische Zicke da, weil er seine Grenzüberschreitungen als Nettigkeit zu tarnen versteht und zudem mit Liebe verwechselt. Wohingegen sie der Idee verfallen ist, dass Liebe mehr sein sollte als eine Abfolge von standardisierten Betreuungsritualen. Sie sucht niemanden zum Anlehnen – sie kann frei stehen.

Janne blickt durch die trotz der Hitze geschlossenen Fenster auf das Meer und den Strand. Es herrscht Flut, die Urlauber sind in Badelaune. Zur Nachsaison sind viele junge Familien mit Kleinkindern angereist. Auf krummen, dicken Beinchen tollt der Nachwuchs umher, während die Erzeuger in den Strandkörben faulenzen. Am Himmel klebt immer noch das gleiche abgestandene Blau wie seit Tagen.

Janne murmelt eine Entschuldigung und steht auf, um ein Bier an der Bar zu trinken. Sie hat es gerade bestellt, als an der langen Tafel Aufregung entsteht. Gellend übertönen die Rufe ihrer Mutter das Stimmengewirr, sie schreit nach Meinhard, und in Janne zieht sich alles zusammen. Sie läuft zum Tisch und sieht, wie ihrem Vater die Tasse aus der Hand gleitet und sich Kaffee auf dem weißen Tischtuch ausbreitet. Er versucht etwas zu sagen, aber es sind nur gurgelnde Laute zu hören. Speichel rinnt über sein Kinn. Meinhard und zwei von den Rettungsschwimmern zerren ihn zu Boden, wo sie sich weiter um ihn bemühen. Ein Kellner wählt den Notruf. Nachdem ein Krankenwagen mit Blaulicht und Sirenengeheul eingetroffen ist, rotten sich im Freien Dutzende Schaulustige in Bikinis und Badehosen zusammen und glotzen so lange ungehemmt durch die Fenster hinein, bis Eriks Eishockeymannschaft sie in die Flucht treibt und nur noch die Fettabdrücke ihrer Finger auf dem Glas zurückbleiben.

PAUL Er muss mit dem Polizeipräsidenten reden. Gleich morgen früh. Der soll seinen Leuten gehörig auf die Finger hauen, diesen Knaben von der Mordkommission, die keinen Funken Anstand im Leib haben. Was fällt denen ein, seine Schwiegertochter, immerhin ein Mitglied der Familie Flecker, vor den Augen der Trauergemeinde am Grab ihres Mannes in Ketten zu legen? Dafür zahlt er nicht Steuern und, in aller Stille, noch einiges mehr. Eine infame Fehlentscheidung, zumal – da ist er sich sicher – dieses Frauenzimmer aus dem Osten nichts mit dem Mord an Erik zu tun haben kann. Er war weiß Gott nicht glücklich über die Wahl seines Sohns, aber das macht Hella nicht zur Mörderin. Harmlos ist die, schlichtweg harmlos. Dass Viktoria diese Ansicht nicht teilt, hat sie nach der Verhaftung jedermann wissen lassen: unverkennbar der Triumph auf ihrem sonst so edlen Gesicht. Beschämend auch das. Er wird Viktoria ebenfalls zur Rede stellen, und zwar noch heute Nacht. Was soll aus dieser Familie werden, wenn sie anfangen, einander so sehr zu misstrauen?

Paul Flecker lässt sich das dritte Kännchen Kaffee bringen. Nach diversen Matjes-auf-Schwarzbrot-Happen greift er nun zum Butterkuchen. Er isst schnell. Die Tischgespräche konzentrieren sich auf Erik: Die Legendenbildung hat bereits begonnen und wird ihm doch nie gerecht werden. Die Welt hat diesem Jungen zu Füßen gelegen. Und im Gegensatz zu seinem Vater hätte Erik sich nie die Hände schmutzig machen müssen, um seine Ziele zu erreichen. Paul Flecker hat ihn nie mit den alten Geschichten belastet. Bloß die Sache mit der Yacht Tyne konnte er nicht für sich behalten.

Paul Flecker beteiligt sich nicht an der Unterhaltung, aber es tut ihm gut zu hören, wie alle mit so viel Wärme von seinem Sohn reden. Dass der Mörder gefasst wird, dafür wird er wohl selbst sorgen müssen – die Herren von der Kripo sind offensichtlich überfordert, wie zu erwarten war. Inkompetentes Pack.

Während die Stimmung am Tisch zunehmend gelöster wird, steigert sich Paul Flecker in einen blindwütigen Zorn auf die Polizei, ihm wird ganz schwindelig davon, und er muss sich alle Mühe geben, nicht direkt hier aus der Haut zu fahren, sondern damit zu warten, bis er den richtigen Mann an der Strippe hat.

Viktoria legt ihm eine Hand auf den Oberschenkel. »Fühlst du dich nicht wohl, Paul? Vielleicht solltest du kurz an die frische Luft«, flüstert sie. Ihr Atem kriecht unerträglich heiß in sein Ohr.

»Mir geht es gut«, sagt er, obschon er seit Stunden schwitzt wie ein Schwein, aber das ist ja kein Wunder bei der verdammten Hitze. Ein bisschen übel ist ihm auch, er muss wirklich weniger essen. Um seiner Frau und sich selbst zu beweisen, dass kein Grund zur Sorge besteht, greift er energisch nach der Kaffeetasse. Doch zum Trinken kommt er nicht.

»Paul, was machst du denn da? Pass auf, die Tasse. Paul, was ist los? Antworte mir.«

Ihre Stimme klingt schrill, und zum zweiten Mal an diesem Nachmittag verzerren sich ihre feinen Züge zu einer Fratze, einer panischen jetzt, und auch das stachelt seinen Zorn an: Seine Frau hat gefälligst schön auszusehen, zum Teufel noch mal. Wo soll man sonst hinschauen bei dem ganzen Elend auf der Welt, wenn nicht mal mehr die schönen Frauen schön aussehen?

»Mir geht es gut«, wiederholt er unwirsch, doch so, wie Viktoria ihn anstarrt, hat er nicht das Gefühl, dass sie ihm glaubt, und von einer Sekunde zur nächsten schämt er sich seiner rabiaten Gedanken und ist erfüllt von Sorge um sie. Etwas stimmt nicht mit ihr, sie ist am Ende ihrer Kräfte, befindet sich kurz vor einem Nervenzusammenbruch. Er muss sich um sie kümmern. Sie braucht ihn so sehr.

Plötzlich taucht Meinhard neben seinem Stuhl auf, und er und Viktoria beugen sich über ihn. Sie fummelt an seiner

Krawatte herum, wieder streift ihn ihr unnatürlich heißer Atem, Meinhard macht sich an seinem Hals zu schaffen und legt eine Hand auf seine Stirn. Also, das geht nun wirklich zu weit.

»Hör sofort damit auf, und tue etwas für deine Mutter«, herrscht er seinen Sohn an, aber der gehorcht nicht, sondern fängt an, ihn vom Stuhl zu hieven. Auf der weißen Tischdecke vor ihm hat sich ein Kaffeefleck ausgebreitet. Meinhard, dieser Trottel.

Dann liegt Paul Flecker schweißnass auf dem Parkett, und unter den Gesichtern, die über ihm schweben, fehlt das von Viktoria. Wo ist sie nur? Er ist gelähmt vor Verzweiflung. Merken die denn nicht, dass sie den Falschen umsorgen? Viktoria ist diejenige, die Hilfe braucht. Sicher, er ist leicht geschwächt, und irgendwie hört er schlecht, nimmt all die Stimmen nur noch als Dröhnen war, aber er hat keinerlei Schmerzen, und er weiß, es geht ihm gut.

Wasser gewinnt immer

JANNE Im Warteraum der Intensivstation ist es kühl, und der Mantel erweist sich als nützlich. Hella würde in ihrem Kleidchen jetzt frieren. Ob es im Gefängnis kalt ist? Janne und Nils tauschen ein Lächeln aus, das nicht viel ausrichten kann gegen die Trostlosigkeit des Wartens. Sie findet es nett, dass er mitgekommen ist. So ist er eben: schwer zu vergraulen. Auch Friederike Reemts hat sich der Familie angeschlossen, was Janne irritiert. Denn sie sind alle nicht besonders religiös. Anscheinend hält die Pastorin es trotzdem für ihre Pflicht, ihnen zur Seite zu stehen. Sie reden wenig. Die Zeit verrinnt zäh, jede Minute klammert sich fest.

»Ihr Geigenspiel hat mich tief berührt, Janne«, sagt Friederike Reemts. »Ich denke, es war ein sehr tröstlicher Augenblick für uns alle.«

»Für mich nicht«, antwortet Janne.

Die Pastorin nickt mit verständnisvollem Ernst. Das Nicken einer Frau, die darin geschult wurde, nichts persönlich zu nehmen – nicht einmal, wenn es persönlich gemeint ist.

Janne trinkt vier Becher Kaffee. Immer noch verspürt sie keinen Hunger. Sie macht sich Vorwürfe. Sie hätte erkennen müssen, wie die Kräfte ihres Vaters nach Eriks Tod dahinschwanden, die Anzeichen waren da, aber sie hat ihnen keine Beachtung geschenkt. An den Wänden des Warteraums hängen Ölbilder von Windjammern in stürmischer See. Sie würden ihrem Vater gefallen. Lange nach Einbruch der Dunkelheit lässt sich Meinhard endlich im Wartezimmer blicken. Da er Arzt ist, durfte er die Behandlung des Familienoberhauptes im Auge behalten.

»Und? Los, sag was«, presst Janne hervor. Nils ergreift ihre Hand und hält sie fest.

»Er wird wieder.«

Die Zeit gewinnt an Fahrt.

Ein Neurologe und der Leiter der Notaufnahme versorgen Janne und ihre Mutter mit medizinischen Fakten: Paul Flecker hat einen Schlaganfall erlitten, genauer gesagt, einen primär ischämischen Hirninfarkt, der Lähmungen der rechten Körperhälfte verursacht. Es wurde eine Computertomographie seines Schädels gemacht. Der Neurologe zeigt ihnen die Aufnahmen, als würde er Urlaubsfotos vorführen. Er frohlockt, weil der Verschluss in der Arterie seiner Meinung nach so deutlich zu erkennen ist, dass »jeder Laie ihn prima sehen kann«. Janne weiß nicht, wie eine Arterie aussieht. Weder mit noch ohne Verschluss.

Nach einer mehrstündigen und erfolgreich verlaufenden Lysetherapie, einer Infusion mit starken gerinnungshemmenden Medikamenten zum Abbau des Gerinnsels, bezeichnen die Mediziner seinen Zustand nun als stabil, er ist bei Bewusstsein und wieder in der Lage, sich zu verständigen.

»Wird etwas zurückbleiben?«, fragt Viktoria Flecker.

»Das können wir im Moment nicht sagen«, antwortet der Leiter der Notaufnahme. »Es bestehen gute Chancen, dass er wieder vollkommen gesund wird. Aber …« Er unterbricht sich.

»Aber was?«, fragt Janne.

»Am besten, Sie gehen jetzt erst einmal zu ihm. Er wartet auf Sie. Wir können ja morgen weiterreden.«

Paul Flecker liegt verkabelt wie eine Laborratte in einem Einzelzimmer auf der Intensivstation. Er wird nicht beatmet, aber eine Nasensonde versorgt ihn mit zusätzlichem Sauerstoff. Auf einem Computerbildschirm kann Janne Daten über Sauerstoffsättigung, Pulsfrequenz und Hirnströme ablesen, in seinem Gesicht steht geschrieben, wie er über das Szenario urteilt: Er hasst es. Das findet sie beruhigend.

Sie bleiben nicht lange. Jannes Mutter wiederholt, was der Arzt über seine Genesungsaussichten gesagt hat, worauf ihr Mann versucht, etwas zu antworten, doch sie verstehen ihn nicht, seine Worte sind zu verwaschen. Als Viktoria sich auf den Bettenrand setzt, streichelt er ihr unbeholfen mit der linken Hand über die Wange. Die andere liegt schlaff auf dem weißen Laken. Janne wendet sich ab.

Sowohl vor dem Krankenhauseingang als auch vor der Flecker-Villa warten Journalisten auf Janne und ihre Familie. Geduckt hasten sie vorbei, ohne einen Kommentar abzugeben, wieder bewährt sich der Geigenkasten als Schutzschild für Janne. Im Haus schließen sie Fensterläden und Gardinen. Das Telefon läutet unentwegt, auf dem Anrufbeantworter in der Garderobe blinkt die Ziffer dreiundzwanzig. Janne zieht den Telefonstecker heraus. Jetzt ist lediglich der Anschluss im Arbeitszimmer ihres Vaters zu erreichen. Von dort ist das Klingeln nur schwach zu hören. Die Stationsschwester wird sich notfalls auf Meinhards Handy melden. Sie sind nur noch zu dritt. Nils ist nach Hause gefahren. Friederike Reemts ist am Bett Paul Fleckers zurückgeblieben, um ein Gebet mit ihm zu sprechen. Er hätte sie wegschicken können, aber er wollte es so.

Die Leere in dem großen Haus lässt Janne frösteln. Sie macht Feuer im Kamin und schenkt drei Gläser Whisky ein. Bis weit nach Mitternacht sitzen sie wie sediert beieinander und sehen zu, wie sich die rot und bläulich flackernden Feuerzungen durch das Holz fressen. Hin und wieder legt Meinhard ein neues Scheit auf, und wenn es sehr trockenes Holz ist, das knallt und Funken versprüht, zucken sie alle drei zusammen.

Das Schweigen entfremdet sie voneinander. Je länger es andauert, desto mehr scheint es, als wäre die Ohnmacht gegenüber den Geschehnissen das Einzige, was sie noch verbindet. Sie sollten reden, und sei es über etwas völlig anderes. Zum Beispiel über etwas Lustiges wie das Geräusch, das der Dudelsack von sich gegeben hat, als er auf den Boden fiel. Wie eine angeschossene Ente. Ja, vielleicht sollten sie albern sein. Was bleibt ihnen sonst? Doch jemand müsste den Anfang machen, und Erik ist nicht mehr da.

Plötzlich schlägt Viktoria Flecker die Hände vor dem Gesicht zusammen und beginnt zu weinen. Ein schier endloser Tränenstrom, versetzt mit Resten schwarzer Wimperntusche, bahnt sich den Weg durch ihre Finger, fließt beide Arme entlang. Die Tränen tropfen auf ihren Schoß und auf das Parkett. Janne und Meinhard harren aus. Als sie nacheinander versuchen, ihre Mutter zu trösten, stößt sie beide wortlos von sich.

»Sollen wir einen Arzt rufen?«, fragt Janne ihren Bruder.

»Ich bin Arzt.«

»Dann hilf ihr.«

Es gibt keine Hilfe, das wissen sie beide. Viktorias Gefühlsausbruch nimmt in gespenstischer Stille seinen Lauf. Kein Schluchzen, kein Klagen, nur diese Flut von Tränen und gelegentlich ein Schniefen. Sie wiegt den Oberkörper leicht vor und zurück, als wäre sie in einer Meditation versunken.

Hilflos registriert Janne, dass ihre Familie weiter an Form und

Substanz verliert wie ein zu heiß gewaschenes Strickkleid, und sie ist sicher, dass dies das tiefste Loch ist, in das sie je fallen konnte. Sie flüchtet ins Bett.

Im Morgengrauen sitzt Meinhard immer noch – oder schon wieder – vor dem erkalteten Feuer. Er trinkt Kaffee. Janne betrachtet ihren Bruder von der Seite und bemerkt, wie die Hand, die den Becher hält, kaum merklich zittert. Er hat große Ähnlichkeit mit Erik und sieht doch ganz anders aus: hagerer und eine Spur melancholisch. Sie kennt ihn nicht anders. Meinhard ist ein ernsthafter Mensch, der sich bereits als Jugendlicher intensiv um den Zustand der Welt gesorgt hat und heute in erster Linie für seinen Beruf lebt. Den Urlaub opfert er regelmäßig für Ärzte ohne Grenzen, womit ihm die ewige Anerkennung seines Vaters sicher ist. Da Paul Flecker nur die Volksschule besucht hat, ist er besonders stolz, einen Chirurgen in der Familie zu haben.

Janne fragt sich, ob Meinhards Erlebnisse in der Dritten Welt ihn für das Unheil daheim gestärkt haben. Ob er besser als sie mit all dem klarkommt. Es sieht nicht danach aus.

»Was glaubst du, Meinhard, ist es das Ende?«

»Was meinst du damit?«

»Ist dies das Ende unserer Familie?«

»Ach, Janne, natürlich nicht. Irgendwie geht es immer weiter.«

Er holt ihr einen Kaffee. Sie fragt ihn nach seiner Freundin, und er berichtet nüchtern vom Ende der kurzen Liaison mit der Internistin. Die Trennung sei keine große Sache gewesen, ebenso wenig wie die Beziehung. Janne hört zu und grübelt über die Liebe zwischen Erik und Hella nach, die um so vieles größer war. So groß, dass er ihretwegen einen Bruch mit der Familie riskiert hat. So groß, dass er dafür sterben musste – vielleicht weil seine Gefühle erkaltet waren?

Sie kann nicht aufhören, an Hella zu denken. An ihre Tränen

im Auto auf dem Weg zur Beerdigung und an ihren Hass auf die Familie nach der Verhaftung. Eigentlich war es mehr ein Hilfeschrei als Hass.

Mit dem Becher in der Hand durchmisst Janne rastlos das Haus und kehrt schließlich in ihr Zimmer zurück, wo sie den Siegelring ihres Vaters auf dem Schreibtisch erblickt. Sie steckt ihn sich an. Seltsamerweise ist er immer noch warm. Es kommt ihr vor, als hätte sie eine Warnung erhalten und ignoriert.

Janne bricht zu einem Strandspaziergang auf, sie braucht Weite und frische Luft. Es ist Flut. Das graue Meer schläft noch, räkelt sich im Zwielicht, während der erste Schwimmer, ein alter Mann, sich vortastet, bedächtig und leise, als wollte er es nicht wecken. Er rudert mit den Armen und benetzt seine Brust.

Janne wirft einen Stein ins Wasser, einen ziemlich großen, und gleich einen noch größeren hinterher. Ihre Arme schmerzen, so schwer ist er. Der Mann dreht sich nach ihr um. Sie starrt ihn an, worauf er sich kopfschüttelnd abwendet und eintaucht. Mit kräftigen Zügen krault er davon, er ist ein guter Schwimmer. Das wiegt ihn in Sicherheit. Er schwimmt weit hinaus.

Janne muss erkennen, dass sie das Wattenmeer, das watend begehbare Meer, nun mit anderen Augen betrachtet. Als Handlanger des Todes. Es hat ihre Familie jahrelang ernährt, um sie jetzt auseinanderzureißen. Ihre Mutter hat richtig entschieden: Eine Seebestattung wäre blanker Hohn gewesen.

Im Krankenhaus wird Stunden später das Urteil über Paul Flecker in dessen Abwesenheit gesprochen: Seine Ärzte befinden ihn für schuldig. Weil er älter als fünfundfünfzig Jahre, ein Mann und übergewichtig ist, weil er hohen Blutdruck hat und sich zu wenig bewegt, hat er den Schlaganfall aus ihrer Sicht geradezu provoziert. Das Leben hat ihm »die Gelbe Karte gezeigt«, wie sie es nennen. Deswegen soll er ändern, was noch zu ändern ist, und

Janne, Meinhard und ihre Mutter haben die Aufgabe, ihn davon zu überzeugen.

»Ich sage das jetzt mal drastisch. Wenn er etwas von seiner Rente haben will, sollte er sich sehr bald zur Ruhe setzen«, meint der Neurologe, und es klingt, als habe er derartige Ermahnungen so oft ausgesprochen, dass sich das Drastische abgenutzt hat. Er wirkt eher gelangweilt. Erneut illustriert er seinen Vortrag mit den Urlaubsfotos aus Paul Fleckers Hirnregion, sein Zeigefinger reist von einer Arterienverkalkung zur nächsten. »Er ist ein schwerkranker Mann, vergessen Sie das nicht, auch wenn er sich im Augenblick außerordentlich gut zu erholen scheint.«

Ein gebrochenes Herz, ein implodiertes Hirn – kränker könnte ein Mann nicht sein. Um das zu begreifen, braucht Janne keine Computertomographie.

Auf der Fahrt nach Hause hören sie in den Radionachrichten von einem Amoklauf an einer Schule in einem benachbarten Landkreis. Mehrere Jugendliche und Lehrer wurden lebensgefährlich verletzt, der Attentäter von der Polizei erschossen.

»Wenigstens sind wir jetzt die Journalisten los«, sagt Meinhard. Janne hat genau das Gleiche gedacht, behält es aber für sich. Am Abend gibt es keinen Whisky, sondern Mineralwasser und Hausmannskost. Das Essen, das Viktoria Flecker gekocht hat, besteht hauptsächlich aus Gemüse. Das Zeitalter der Schonkost hat begonnen. Nach dem obstreichen Dessert bleiben sie am Tisch sitzen, um zu beratschlagen, wie sie aus den Ruinen etwas zusammenkratzen können, was den Namen Zukunft verdient. Weil sie weiterhin nicht imstande sind, über ihre Gefühle zu reden, diskutieren sie über die Werft.

»Wir müssen an die Zukunft der Firma denken. Kannst du kommissarisch die Geschäftsführung übernehmen, Mama?«, wagt Meinhard zu fragen. »Natürlich nur, bis es Papa wieder besser geht und er seine Angelegenheiten regeln kann. Ich würde dir selbstverständlich zur Seite stehen, wenn du willst.«

Viktoria Flecker winkt ab. »Auf keinen Fall. Ich habe mich nie in die Arbeit eures Vaters eingemischt, und daran wird sich nichts ändern. Zumal es keinen Sinn ergäbe, da Paul nicht mehr lange weitermachen kann, ihr habt ja den Arzt gehört. Und wir wollen den Ruhestand schließlich gemeinsam verbringen.«

Ruhestand. Wieder so ein neues Wort in Jannes Sprachschatz. Wieder eines, das sich nicht unzerkaut schlucken lässt. Janne blickt ihrer Mutter ins Gesicht, entdeckt Spuren des Verfalls, die früher nicht da waren oder die sie nicht bemerkt hat, und denkt an ihren Vater im Krankenhausbett. Auf einmal sind ihre Eltern alt. Sie hat es nicht kommen sehen, Ostern war noch alles normal, und nun schwindet ihre Vitalität durch Eriks Tod schneller dahin, als Janne erwachsen werden kann.

»Was soll also jetzt mit der Werft geschehen?«, fragt sie.

»Na, ihr müsst euch kümmern«, sagt Viktoria Flecker und ergänzt nach einer Pause: »Meinhard wäre wohl am ehesten dazu in der Lage.«

Janne atmet auf.

»Ich bin Chirurg«, entgegnet Meinhard und fügt nach kurzem Zögern hinzu: »Aber natürlich will ich mich nicht um die Verantwortung drücken.«

Janne besitzt ein Foto von ihrem Bruder, das ihn in Indien in irgendeinem improvisierten Operationssaal mit türkisgrünen Wänden zeigt. Sein Kittel ist zerknittert, aber strahlend weiß, und er lächelt wie jemand, der angekommen ist. »Vielleicht sollten wir verkaufen«, sagt sie.

»Das würde Paul umbringen«, antwortet ihre Mutter, und sie beschließen, das Gespräch zu vertagen.

PAUL Die Entmündigung ist das Schlimmste. Schlimmer als das Liegen und die Langeweile, schlimmer als die Übelkeit, die Rückenschmerzen und die Demütigung, wenn blutjunge Mädchen in Schwesternkluft kontrollieren, ob der Katheter in seinem Schwanz genügend Urin in den Beutel am Bett befördert hat. Als ob er nicht hören könnte, wie sie über ihn reden, wie sie ihn abschreiben, ohne zu fragen, ob er damit einverstanden ist. Als ob er ihre Blicke nicht deuten könnte. Als wäre er nicht mehr der Kapitän auf diesem manövrierunfähigen Schiff. Diese Pfuscher.

Paul Flecker tastet nach den dänischen Lakritzpastillen unter seinem Kissen, die Birger Harms, der alte Bandit, für ihn auf die Station geschmuggelt hat. Diese Dinger sind das Einzige, was den Salzgeschmack, das Aroma seines toten Kindes, wenigstens vorübergehend von den Lippen wäscht.

Er lutscht, starrt an die Decke und gibt sich Erinnerungen hin. Das war noch was, in den Fünfzigern, mit Klaas, Oskar und dem Pechvogel Flemming, als sie Schnaps und Zigaretten kistenweise von Helgoland rüberschafften – immer schön mit dem Blender durch den Sturm oder den dichtesten Nebel. Die Zollmöpse auf ihren Kreuzern hatten keine Chance gegen sie, denn sie waren jung, flink und kannten die Deutsche Bucht, sie hatten die See auf ihrer Seite. Damals feierten sie ihr eigenes kleines Wirtschaftswunder: Im Gegensatz zu anderen Lehrjungs waren sie immer gut bei Kasse, was ihnen bei den Fräuleins natürlich enorme Vorteile verschafft hat. Nur am Ende ist es ein bisschen dumm gelaufen, doch das musste so kommen, früher oder später, wenn man den Hals nicht vollkriegt. Das hat er gelernt in seinem Leben: wissen, wann Schluss ist …

Paul Flecker seufzt. Es ist ja nicht so, dass er geplant hat, ewig zu arbeiten, im Gegenteil. Da alles bestens lief, wollte er sich bald aus dem Geschäft zurückziehen, um noch etliche Jahre fröhlich auf den Putz zu hauen. Mit einem Boot, das Erik entworfen hat, wollte er um die Welt segeln. Ein besserer Mensch werden. Sich endlich mehr um Viktoria kümmern. Gut essen, Liebe machen, Geld ausgeben und die alte Heimat wiedersehen. Aus der Traum. Paul Flecker fühlt sich wie leckgeschlagen. Egal mit welcher Ausdauer die Mannschaft Wasser abschöpft, es kommt stetig etwas nach, und das wird ihn früher oder später auf den Grund ziehen.

Wasser gewinnt immer.

Der Klabautermann tanzt schon auf seinem Kissen.

Jetzt gilt es, erst einmal zu retten, was zu retten ist. Er muss seine Nachfolge sichern, denn der Wachwechsel ist unvermeidlich. Das war ihm schon klar, bevor sein Körper ihm den Dienst verweigert hat. Und er hat längst einen Plan.

Es ist eng

JANNE Wieder ein Abschied. Nils muss zurück nach Berlin und Janne bringt ihn vor Sonnenaufgang zum Bahnhof. Am Gleis schließt er sie in die Arme und hält sie fest, als wollte er für sie beide einen Vorrat an Nähe anlegen.

»Ich komme nach, so bald es geht«, sagt sie, das Gesicht in seiner Jeansjacke vergraben, die nach ihrer Wohnung in Berlin riecht.

Wespen umkreisen sie, angelockt von Essensresten in und neben den Papierkörben und der Wärme ihrer Körper an diesem kühlen Morgen. Nils, der nicht aufhören kann, sich für sie verantwortlich zu fühlen, fragt, ob er noch eine Woche bleiben soll. Sie empfiehlt, dass er sich lieber um seine Affen kümmert. Er ist Architekt und gerade dabei, sich mit dem Bau des neuen Primatenhauses für den Zoo einen Namen zu machen. Sein Entwurf gilt als gelungener Balanceakt zwischen kühnem Design und artgerechter Haltung, so etwas spricht sich in der Hauptstadt herum. Es gibt bereits Anfragen der Regierungsfraktionen für irgendwelche Prestigeprojekte. Auch Politiker wollen artgerecht gehalten werden.

»Wir haben gar nicht mehr geredet«, stellt er fest.

»Worüber denn?«

»Stimmt, worüber sollten wir reden? Ist ja fast gar nichts passiert.«

»Idiot. Reden macht es auch nicht besser.«

Sie weiß, er ist anderer Meinung. Für ihn werden Nöte kontrollierbar, wenn er darüber spricht. Janne hingegen fürchtet, den Geist nicht wieder in die Flasche zu bekommen, sobald sie den Korken löst.

»Hella geht mir nicht aus dem Kopf. Erik hat sie vergöttert und sie ihn auch, davon war ich zumindest überzeugt. Und jetzt das. Allmählich bekomme ich Zweifel«, sagt er.

Die Gleise beginnen zu zirpen, und Janne tritt einen Schritt zurück. Sie ärgert sich über ihn, weil er mit dem Zweifeln nicht warten konnte, bis er im Abteil sitzt. Sie hat so schon genug am Hals. »Die Polizei wird wissen, was sie tut.«

Der Lärm des einfahrenden Zuges beendet das Gespräch, das sie nicht gewollt hat. Der Fahrtwind zerzaust ihnen das Haar und wirbelt schmutziges Papier durch die Luft. Nils hebt beide Hände wie zur Entschuldigung und Janne nickt ihm zu. »Tschüss«, sagt sie leise und stapft, ohne die Abfahrt abzuwarten, davon. Sie winkt nicht. Sie schaut auf den Boden. Auf den Steinplatten liegt Sand. So ist das am Meer: Die Leute tragen die Sandkörner vom Strand in ihren Schuhen überallhin. Jeder knirschende Schritt erinnert sie an das Watt, an ihren Bruder und die Art, wie er gestorben ist. Sie muss zusehen, dass sie von hier wegkommt.

Im Auto erhält Janne einen Anruf von ihrem Vater. Er zitiert sie ins Krankenhaus, wo der Pförtner sie darüber informiert, dass Paul Flecker verlegt worden ist. Ein gutes Zeichen. Auf dem langen Flur der Station begegnet sie dem Neurologen. Er zwinkert ihr zu, als wären sie Verbündete oder alte Freunde, und sein Daumen zeigt nach oben. Hoffnung keimt auf: Ob sie schon morgen zurück nach Berlin kann?

Sie haben Paul Flecker in einen sonnengelb gestrichenen

Raum mit gerahmten Blütenbildern verfrachtet. Auf sämtlichen Abstellflächen duften üppige Blumensträuße vor sich hin. Jannes Vater macht sich nichts aus Blumen und gelben Wänden. Er sitzt aufrecht im Bett und telefoniert mit dem Handy, neben ihm steht ein Becher Pfefferminztee, den er nicht angerührt hat. Er gestikuliert, als befände er sich am Schreibtisch in seinem Büro. Sein grauer Pyjama verleiht ihm eine gewisse Seriosität. Als er sie bemerkt, beendet Paul Flecker das Telefonat und winkt sie zu sich heran. So weit Janne erkennen kann, sind keine Lähmungserscheinungen mehr vorhanden. Eher im Gegenteil. Er wirkt agiler als zuletzt vor seinem Schlaganfall.

»Janne, da bist du ja. Wo treibst du dich denn herum, so früh am Morgen?«

Sie küsst ihn auf die Wange. »Gut siehst du aus, Papa. Ich habe Nils zum Zug gebracht.«

Eine robuste Krankenschwester will Tee nachschenken und schimpft mit ihm, als sie den vollen Becher sieht. Er fordert sie auf, »das Grünzeug« aus dem Zimmer zu schaffen und an die hübschesten Patientinnen weiterzuverschenken. Sie sagt, mit seinem Chauvinismus komme er bei ihr nicht weit, und außerdem seien nur dicke alte Männer auf der Station. Janne lacht auf, ein befreiendes Gefühl, das leider nicht lange anhält. Die Krankenschwester lässt die Sträuße stehen, aber bald darauf erscheint eine andere mit einem leeren Servierwagen und räumt sie fort.

»Wohin soll das mit dir und Nils eigentlich führen? Ich dachte, ihr seid getrennt«, nimmt ihr Vater den Faden auf.

»Ist es das, worüber du so dringend mit mir reden wolltest?«

Paul Flecker räuspert sich. »Nicht direkt, aber im Grunde hängt es damit zusammen. Bitte setz dich.«

Das klingt beunruhigend. Janne schiebt einen Stuhl ans Bett und nimmt umständlich Platz.

Ihr Vater fixiert sie. »Bist du glücklich?«

Sie lächelt gequält. »Wie sollte ich?«

»Abgesehen von der ganzen Misere hier. Bist du glücklich mit deinem Leben in Berlin?«

»Ja.«

»Wirklich?«, will er wissen, ohne sie auch nur eine Sekunde aus den Augen zu lassen. Wenn Eltern solche Fragen stellen, sind sie selten offen für jede Art von Antwort.

»Ja, ob du es glaubst oder nicht. Wobei ich mich nicht in einer Phase befinde, in der ich intensiv nach Glück suche. Ich glaube nicht, dass Glücklichsein etwas ist, das man sich erarbeiten kann wie den Stoff für ein Staatsexamen. Glück ist ja keine Tapferkeitsmedaille für irdischen Fleiß.« Janne findet, sie redet wie jemand, der etwas zu verbergen hat.

»Das ist der größte Mist, den ich je gehört habe. Glück bedeutet Hingabe, und die vermisse ich bei dir. Verkriechst dich bei den zweiten Geigen, anstatt der Welt zu zeigen, was du kannst. Und den Mann, den du offensichtlich liebst, lässt du vorm Traualtar stehen, aber freigeben willst du ihn auch nicht, den armen Kerl.« Paul Flecker streicht die Bettdecke über seinem Bauch glatt und begutachtet die eigene Körperfülle.

»Wir standen nicht vor dem Traualtar, bis zur Hochzeit waren noch Wochen Zeit. Außerdem ist er frei und erwachsen, er kann gehen, wohin er will, und ob ich ihn liebe, ist allein meine Sache. Papa, ich bitte dich, halt dich aus diesen Dingen heraus, lass uns nicht über Glück philosophieren, sondern sag einfach, was du von mir willst.«

»Dass du Eriks Erbe antrittst.«

»Wie?«

»Indem du in die Firma einsteigst.«

Nein. Tausendmal nein. Das kann er nicht von ihr verlangen. Janne will aufspringen und protestieren, sie will ihren Vater auslachen, ihm unmissverständlich klarmachen, dass er Unmögliches fordert, aber sie tut nichts von alldem. Keinen Ton bringt sie heraus. Stattdessen bleibt sie sitzen und betrachtet ihre Hände. Sie hat trockene Haut. Das ist ihr beim Vorspielen in der Kapelle schon aufgefallen. Sie sollte öfter Creme benutzen. Das Handy ihres Vaters klingelt. Er schaltet es ab.

»Janne, ich warte auf eine Antwort. Nerv mich jetzt nicht mit dieser Autistennummer.«

»Wieso ausgerechnet ich?«

»Weil du es kannst. Du musst dir nur selbst in den Hintern treten. Ich kenne dich. Wenn es etwas gibt, für das du bereit bist, mit vollem Einsatz zu spielen, dann ist es die Familie.« Paul Flecker verschränkt die Hände hinter dem Kopf. Er lässt sie nicht aus den Augen.

»Was ist mit Meinhard?«, fragt Janne.

»Ich würde nie von ihm verlangen, dass er seinen Beruf aufgibt.«

»Aber von mir verlangst du es.«

»Dein Beruf ist allenfalls eine Beschäftigung.«

»Die mich ernährt.«

»Aber mehr auch nicht. Für den gehobenen Lebensstandard sorgt das Familienvermögen. Oder wer hat deine Wohnung und dein Auto bezahlt?«

Janne steht auf und tigert durch den Raum wie unzählige Besucher vor ihr, als andere Patienten in dem Bett lagen. Vom Fenster zur Tür und zurück. Das Linoleum ist abgenutzt. Wieder reibt Sand unter ihren Sohlen, vermutlich hat sie ihn selbst hereingeschleppt. Der Blick ihres Vaters folgt ihr erbarmungslos. Sie fühlt sich zu Unrecht in die Enge getrieben. Sicher, sie gibt viel Geld aus, aber ihre Eltern drängen es ihr ja auch auf.

»Janne, tut mir leid, dir den Spaß zu verderben, ich hab es dir ja von Herzen gegönnt, das süße Leben in Berlin. Du bist nicht meine erste Wahl, sondern das letzte Aufgebot, verstehst du? Die Familie braucht dich jetzt.«

»Warum redest du die ganze Zeit von Familie, wo es doch um die Zukunft der Werft geht?«

»Die Werft ist mein Lebenswerk und das deines ermordeten Bruders. Langt das nicht?«

Janne zieht eine Grimasse wie nach einem Schluck korkigen Weins. Wenn ihr Vater etwas erreichen will, scheut er keine Theatralik, das kennt sie bereits, aber diesmal geht er entschieden zu weit. Wie kann er es wagen, Eriks Tod zu benutzen, um sie bei ihrem Gewissen zu packen? Sie verlässt den Linoleum-Trampelpfad und stellt sich ans Fußende des Betts. Provozieren ist keine Kunst, das kann sie auch. Besser sogar.

»Ich bin ja nicht mal dein Kind«, sagt sie.

Die zweite Runde geht an sie. Diesmal ist ihr Vater sprachlos, und Janne kann nicht leugnen, dass es sie mit Genugtuung erfüllt zu sehen, wie er um Fassung ringt. Er kommt ganz schön ins Schwitzen. Dann fängt er an, sie mit Vorwürfen zu überschütten. Dass er nie einen Unterschied zwischen ihr und den Jungs gemacht habe, dass sie stets uneingeschränkt dieselben Privilegien genossen habe wie ihre Brüder und dass sie sehr wohl seine Tochter sei – nicht nur auf dem Papier oder in seinem Herzen, sondern auch vor Gott, mehr als sie ahne …

Janne horcht auf. »Was soll das heißen?«, unterbricht sie ihn.

Er hustet trocken, holt eine Tüte Bonbons aus der Schublade neben seinem Bett und steckt sich einen in den Mund.

»Was das heißen soll, habe ich gefragt.«

»Wie sprichst du eigentlich mit mir?« Er saugt an seinem Bonbon, das nach Lakritz riecht.

»Papa, bitte.«

»Nichts weiter, es war nur so dahingesagt.«

»Ach ja?«

»Ja.«

»Und was hast du neuerdings mit Gott zu schaffen?«

»Er mit mir, Kind, er mit mir. Sieh mich doch an.« Er hustet wieder, wird zusehends bleicher dabei, erschreckend bleich.

»Vielleicht sollten wir ein andermal weiterreden«, schlägt Janne vor.

Er nickt langsam. »Ja, das wäre besser. Denk in Ruhe über alles nach.«

Sie sieht, wie seine Augen schwer werden, aber er hält sie offen. Zwischen seinen Zähnen klackt das Bonbon.

»Und, Janne, ich weiß, dass es eine Zumutung ist.«

Draußen sticht die Sonne. Auf dem Parkplatz vor der Klinik lehnt sich Janne gegen ihr aufgeheiztes Auto und atmet durch. Alles geht so schnell. Sie hat den Anschluss verpasst.

Die resolute Krankenschwester von vorhin hat ihre Schicht beendet und kommt auf sie zu. Mit dem Inhalt ihrer Handtasche beschäftigt, schlurft sie über den Asphalt. Der Parkplatz, der für mindestens hundert Autos angelegt ist, wirkt ziemlich leer. Entweder ist niemand krank, oder die Kranken bekommen keinen Besuch mehr. Als die Schwester aufblickt und Janne bemerkt, bleibt sie stehen.

»Sie machen viel durch zurzeit«, sagt sie und versucht sich an einem Lächeln.

»Was wissen Sie davon?«

»Na ja, man bekommt so einiges mit. Übrigens fragen ständig Reporter nach Ihrer Familie.«

»Reden Sie bloß nicht mit denen«, sagt Janne und fügt nach kurzer Überlegung ein »Bitte« hinzu.

»Machen wir nicht.«

Die Krankenschwester hat gefunden, was sie in ihrer Handtasche gesucht hat: ein rotes Plastikfeuerzeug und eine Schachtel filterlose Zigaretten. Das Feuerzeug zischt, und das Ende der Zigarette glimmt auf. Ein erster gieriger Zug, und ihr Lächeln wird gewinnender. Sie erzählt, dass sie Marit heiße und zwei Jahre lang mit Erik in den Kindergarten gegangen sei. Später seien sie weggezogen.

»Ich wollte zur Beisetzung kommen, aber ich konnte meinen Dienst nicht tauschen.« Sie hält Janne die Packung hin.

»Nein, danke, ich rauche nicht. Da haben Sie etwas verpasst. Bei der Beerdigung, meine ich.«

Marit antwortet nicht. Sie inhaliert den Rauch und mustert ausgiebig Jannes Alfa. Janne ist erstaunt, dass sie Eriks Jahrgang ist, denn sie sieht älter aus. Viel älter.

»Manchmal ist das Leben fünf Nummern zu groß und dann wieder so eng, dass es überall kneift. Nur passen tut es nie«, sagt Marit.

Janne nickt. »Welche Größe hat es bei Ihnen?«

»Sechsunddreißig.«

So wie Marit gebaut ist, bräuchte sie mindestens zweiundvierzig. Und längere Zigaretten. Sie lässt den Stummel abrupt fallen, als ihre Finger heiß werden, und tritt die Glut sorgfältig aus. Ihre geschwollenen Füße stecken in Halbschuhen aus weißem Kunstleder. Zum Abschied geben sie einander die Hand. Marits Händedruck ist mehr als kräftig. Janne schaut zu, wie sie zu einem Kleinwagen geht und leise fluchend an der Fahrertür ruckelt. Sie dreht den Schlüssel im Schloss hin und her. Janne kann sich nicht erinnern, wann sie selbst zum letzten Mal ein Auto ohne Zentralverriegelung gefahren hat.

Das Fenster im Speicher quietscht noch genauso wie in all den Jahren ihrer Kindheit. Janne braucht einen Ort zum Nachdenken. Sie klettert aufs Dach. Neben dem Schornstein gibt es ein

Sims für den Kaminkehrer, auf dem Erik und sie oft zusammen gesessen haben, um aufs Wasser zu starren und Geheimnisse zu teilen. Hier hat sie ihre erste und einzige Zigarette geraucht. Mit elf. Sie setzt sich hin und lässt die Beine baumeln. Es ist lange her. Heute flößt ihr die Höhe Respekt ein, und sie wundert sich, wie leichtsinnig sie gewesen sind. Aber wovor hatten sie als Kinder schon Respekt? In erster Linie vor ihrem Vater. Paul Flecker war die oberste Instanz für alles. War? Oder ist?

Es ist später Nachmittag. Wenn Janne nach rechts schaut, kann sie den alten Hafen und die Alte Liebe sehen und weiter östlich die runden Dächer der Werkhallen, in denen hauptsächlich hochseetaugliche Yachten gebaut werden, die ihr Vater und ihr Bruder konstruiert haben. Paul Flecker hat auf dieser Werft gelernt, als sie noch nicht seinen Namen trug, dann ist er in Hamburg mit einer Importfirma zu Geld gekommen und hat die Werft 1971 seinem ehemaligen Lehrherrn schließlich abgekauft. Der Laden stand kurz vor der Pleite. Ein makelloser Coup für einen Quiddje, wie die Leute an der Küste einen Zugereisten mit fremdem Dialekt nennen: vom Flüchtlingskind zum Eigentümer und Retter eines Traditionsunternehmens. Womit ihr Vater in seiner Hamburger Zeit Handel betrieben hat, weiß Janne nicht, wohl aber, dass er über diese Jahre nur ungern spricht.

»Wenn du es dir zutraust. Im Prinzip hast du keine Wahl«, hat Meinhard gesagt, als sie ihm gleich nach ihrer Rückkehr vom Krankenhaus von den Plänen des Vaters berichtet hat, die ihn sichtlich überrascht haben. Ebenso wie sie. Auch wenn Janne sich, solange sie auf dem Dach sitzt, der Illusion hingeben möchte, sie würde eine Entscheidung treffen, weiß sie, dass Meinhard Recht hat. Die Werft ist nicht einfach irgendein Betrieb, der glücklicherweise regelmäßig so viel Geld abwirft, dass Janne niemals billige Schuhe tragen und hässliche kleine Autos mit klemmenden Türen fahren musste. Für alle, die dort tätig sind, ist sie weit mehr als ein Arbeitsplatz. Boote überwinden Weltmeere, sie schüren Sehnsüchte und Ängste, Stolz und alle möglichen anderen Gefühle; wären sie bloß nutzwertige Gegenstände, würde man ihnen keine Namen geben. Das macht Bootsbauer zu unbeugsamen Menschen, soweit Janne das beurteilen kann, und ihr Vater ist vielleicht der unbeugsamste von allen. Sie will, dass sich wenigstens daran nichts ändert. Sie muss es zumindest versuchen.

»Hältst du dich für geeignet?«, fragt Viktoria Flecker ihre Tochter. Sie steht in der Küche und zerteilt Tomaten. Früher hatten sie eine Haushälterin, die auch fürs Kochen zuständig war, aber seit Jannes Eltern allein leben, beschäftigen sie nur noch eine Putzfrau und einen Gärtner.

»Schwer zu sagen. Ich müsste viel lernen. Und du, hältst du mich für geeignet?«

Jannes Mutter zuckt mit den Schultern, ohne von ihren Tomaten aufzusehen. »Ich an Pauls Stelle hätte Meinhard als Nachfolger für Erik eingesetzt, aber ich habe diese Entscheidung nicht zu treffen. Dein Bruder glaubt jedenfalls, du kannst das ebenso gut wie er.« Sie klingt nicht überzeugt.

»Möglicherweise ist er nur froh, dass Papa nicht ihn gefragt hat. Es wäre dir also lieber, wenn er sich um die Werft kümmern würde?«

Erneutes Schulterzucken. »Na ja, die Voraussetzungen sind ähnlich.«

Janne nickt. Genau wie Meinhard hat sie einmal eine Jolle konstruiert und gebaut – im Alter von vierzehn Jahren, auf Anweisung des Vaters. Auch Erik musste mit einer Jolle anfangen, doch bei ihm blieb es nicht dabei. Er war sehr talentiert. Nach dem Abitur absolvierte er zunächst eine Bootsbauerlehre und anschließend ein Ingenieursstudium mit Nebenfach Betriebswirtschaft, während Meinhard und sie eigene Wege einschlugen. Zwar haben sie beide in den Semesterferien gelegentlich auf der Werft gejobbt, aber ob das reicht? Eriks Jolle ist in Serie gegangen, Jannes sank kurz nach der Jungfernfahrt in einem Gewittersturm im Yachthafen. Was aus Meinhards Jolle geworden ist, weiß sie nicht mehr.

»Meinhard ist ehrgeiziger als du.«

Janne antwortet nicht.

»Und Männer in Führungspositionen werden eher akzeptiert, jedenfalls hier auf dem Land in so einer Branche, wo Tradition noch etwas zählt«, fährt Jannes Mutter fort und beschleunigt das Schneidetempo. Die Klinge gleitet sauber durch die Tomaten, es entstehen sehr gleichmäßige Scheiben, etwa einen halben Zentimeter breit.

»Wer soll eigentlich all diese Tomaten essen?«

»Es gibt Tomatensalat zum Abendbrot.«

»Ich habe keinen Hunger.«

»Die machen ohnehin nicht satt.« Viktoria Flecker hört auf zu schneiden und reibt sich mit dem Handrücken über beide Augen, das Messer fest umklammert. Sie weint. »Das wollte ich mir eigentlich für die Zwiebeln aufheben …«

Janne reicht ihrer Mutter eine Rolle Küchenpapier. Ihre Blicke begegnen sich. Sie haben schon immer Distanz zueinander gebraucht.

»Danke, Janne. Ist gleich vorbei.« Viktoria Flecker tupft sich die Tränen vom Gesicht und schnäuzt sich.

Janne wendet sich ab, sieht hinaus in den Garten, wo einzelne Strahlen der Abendsonne sich den Weg durch das Laubgewölbe der Bäume bahnen. Das Grün der Blätter ist dunkel, ohne jede Frische. Ihre Mutter widmet sich weiter dem Salat. Das Messer, die Tomaten und die Zwiebeln, die nun an der Reihe sind, bilden ihre letzte Verteidigungslinie vor dem Zusammenbruch. Das Pochen des Messers auf dem Holzbrett hallt wie steter Hammerschlag durch die stillen Räume der Villa.

Kurz vor dem Abendessen erhält Janne einen Anruf von ihrem Vater. Er wirkt aufgewühlt, spricht hastig und undeutlich, sie versteht ihn kaum. Er will, dass sie erneut zu ihm in die Klinik kommt, allein, so schnell wie möglich und ohne jemandem etwas davon zu sagen – auch nicht ihrer Mutter, wie er betont. Dies gestaltet sich schwierig, da Viktoria Flecker ihren Tomatensalat keinesfalls allein essen will und Meinhard nicht da ist. Sie hat den Tisch im Speisesalon gedeckt. Englisches Porzellan. Außerdem hat sie von Feinkost Schäfer eine Platte mit Meeresfrüchten liefern lassen.

»Ich habe doch gesagt, dass ich keinen Hunger habe.«

»Dann iss eben nicht, sondern leiste mir einfach Gesellschaft, und sei es aus Höflichkeit.«

Janne steht im Türrahmen und fragt sich, ob Feinkost Schäfer so pietätvoll gewesen ist, die Austern wegzulassen. Sie hat sie nie gemocht, vor allem nicht roh. Quallige Häppchen Meer.

»Ich muss noch mal weg«, sagt sie.

»Und wohin, bitte?«

»Einfach raus.«

»Und das kann keine halbe Stunde warten?«

»Nein, bitte entschuldige«, antwortet Janne. Sie hat ein schlechtes Gefühl wegen der Heimlichtuerei und verspürt leisen Groll, wenn sie an ihren Vater denkt.

Paul Flecker schläft. Es sieht nicht aus, als wäre es ein erholsamer Schlaf, dafür atmet er zu schnell, beinahe hechelnd. Unter den geschlossenen Lidern sind die Augäpfel in ständiger Bewegung, und seine Finger zucken. Er hängt am Tropf, vermutlich, weil er nicht trinkt, den Tee auf dem Nachttisch ignoriert er konsequent.

Janne will ihn nicht wecken. Sie setzt sich auf die Bettkante. Abwartend studiert sie sein Gesicht, die hellen Bartstoppeln, den schwarzen Leberfleck an seinem linken Nasenflügel, eine alte Narbe am Kinn. Sie riecht den Tee und den Weichspüler, mit dem sein Schlafanzug gewaschen wurde. Als sie nach einer Weile versucht, eine bequemere Sitzposition einzunehmen, schreckt er auf und öffnet die Augen.

»Nein«, ruft er. »Nein, nein, nein.« Er ballt die Hände zu Fäusten. Als junger Bursche hat er geboxt.

»Ich bin es, Papa.« Sie sagt mehrmals ihren Namen, erst leise, dann immer lauter, und schließlich klart sein Blick auf.

»Janne?«

»Ja. Du hast mich herbestellt.«

»Das weiß ich, zum Teufel.« Er hustet unterdrückt.

»Trink doch mal was.« Sie hält ihm den Tee hin, aber er lehnt ab, Wasser will er auch nicht.

Er räuspert sich lautstark. Es klingt wund. »Ich muss eingeschlafen sein.«

»Macht nichts.«

»Doch. Wir müssen reden, und wir dürfen keine Zeit mehr verlieren.« Erneutes Husten. Er leckt sich die Lippen, die rissig sind wie nach einem Sonnenbrand, und gibt würgende Laute von sich.

Janne verzieht das Gesicht. »Trink endlich, oder ich hole einen Arzt.«

Nach zwei Gläsern Wasser geht es ihm besser, und er reibt sich mit der Bettdecke den Schweiß von der Stirn. »Scheiße, Janne. Richtig große Scheiße. Und ich alter Esel kapier es erst jetzt.«

»Wovon redest du? Was kapierst du erst jetzt?«

»Ich sollte sterben, nicht Erik. Ich war gemeint. Ich, nicht er. Verstehst du?«

»Nein.«

»Du weißt doch, dass normalerweise ich mich um die Austernzucht kümmere. Erik war nur zuständig, wenn ich auf Reisen war. Letzte Woche wollte ich raus ins Watt, weil es Probleme mit einer Boje gab, aber an dem Tag ist mir etwas dazwischengekommen, also habe ich Erik gebeten, für mich einzuspringen. Niemand wusste davon, wir haben das am Handy besprochen. Ich bin dann nach Bremen gefahren, um am Flughafen einen wichtigen Kunden zu treffen, und …« Paul Flecker unterbricht sich. Er braucht eine Pause und noch mehr Wasser. Er will welches aus der Leitung, Janne holt es ihm.

In ihrer Bestürzung dreht sie den Wasserhahn zu weit auf, der Strahl spritzt aus dem Waschbecken in ihr Gesicht und auf den Pullover. »Das musst du unbedingt der Polizei erzählen«, sagt sie. »Papa, wieso …?«

»Ich hatte es vergessen«, herrscht er sie an. »Vergessen, kannst du dir das vorstellen? Ich bin ein Schwachkopf. Seit Eriks Tod konnte ich keinen klaren Gedanken mehr fassen, ach was, ich konnte überhaupt nicht mehr denken.«

Janne reicht ihm das Glas, und er trinkt. Wasser rinnt über sein Kinn, verfängt sich im Stoppelbart.

»Kein Wort zur Polizei«, sagt er, »bloß nicht.«

»Was soll das denn heißen?« Janne starrt ihren Vater an. »Hella sitzt womöglich unschuldig im Gefängnis und …«

Er unterbricht sie abermals: »Vergiss die Bullen. Wir müssen selbst herausfinden, wer es war. Janne, versteh doch, jemand will mich fertigmachen.«

»Wie redest du eigentlich? Und wen, bitte, meinst du mit wir?«

»Dich und mich.«

Plötzlich ist er ein Fremder. Sie weiß nicht, liegt es an der Krankheit, der kranken Umgebung oder am Sonnengelb der Wände, das auch ohne Blumen zu blumig für ihn ist? Jedenfalls ist das nicht mehr der Mann, der sie aufgezogen hat, sondern ein gänzlich Unbekannter, irgendeine Art von Ganove. Während sie noch nach Merkmalen ihres Vaters in dem fremden Gesicht sucht, geht eine Veränderung mit ihm vor: Er sackt in sich zusammen, ein flatternder Blick, ein Zucken der Gliedmaßen, der Organismus bäumt sich auf wie ein stotternder Motor.

»Es ist eng«, flüstert er. »So eng.«

»Was ist eng? Kriegst du keine Luft?«

Müsste da nicht ein Knopf sein, der Ärzte und Pfleger herbeiruft? Gehört ein Knopf nicht zur Standardausrüstung jedes Zimmers einer jeden Klinik? Janne sucht auf dem Nachtschrank, sie schlägt die Decke zurück, sieht, wie sich der Leib ihres Vaters gegen diese Enge stemmt, aber sie findet keinen Knopf und rennt aus dem Raum. Sie ruft um Hilfe. Ihre Stimme schrillt über den Flur. Als sie an sein Bett zurückkehrt, packt er ihre Hand so fest, dass sie einen kurzen Schrei ausstößt, nicht wegen des Schmerzes, sondern weil sie nicht damit gerechnet hat.

»Du bist meine Tochter, verstehst du, und du musst dich jetzt kümmern.« Er spricht lallend, und die Umklammerung wird schwächer. »Versprochen?«

»Ja. Versprochen.«

Er lässt los. Tränen laufen über seine Wangen. Auch dann noch, als sein Blick sich längst nach innen gekehrt hat und sie nicht mehr allein sind. Männer und Frauen in Weiß spuken umher, verständigen sich im Stakkato: Atemstillstand. Reanimation, mit Herzmassage beginnen. Die Tochter muss raus. Jemand schiebt Janne aus dem Raum, und sie leistet keinen Widerstand.

Sie bleibt mitten auf dem Gang stehen und wartet. Worauf, weiß sie nicht, denn sie fühlt keine Hoffnung. Hin und wieder öffnet sich die Tür zum Zimmer ihres Vaters, und jemand kommt heraus, ohne sie zu beachten. Andere gehen hinein, alle haben es eilig, nur sie nicht. Sie fällt niemandem mit Fragen zur Last, sondern harrt einfach aus und hat bald jedes Zeitgefühl verloren. Meinhard und ihre Mutter nähern sich im Laufschritt. Viktorias Stiefel veranstalten einen Höllenlärm. »Janne, Kind, was machst du hier? Was ist passiert? Du weinst ja.«

Sie deutet zur Tür. »Papa ist da drin. Er stirbt.«

PAUL Die Explosion, die unvermeidlich war, sprengt alle Dimensionen seiner Vorstellungskraft. Danach ist es dunkel. Schmerzen hat er keine. Nicht mehr. Er ist nahezu gefühllos, Wut, Angst und Trauer haben ihn aus ihrer Umklammerung entlassen, er empfindet allenfalls Verwunderung darüber, was mit ihm geschieht. Anfangs hält er sich für tot, doch dann mehren sich Anzeichen dafür, dass er sich weiterhin im Krankenhaus befindet. Mal ist es ein beißender Geruch, mal der Klang einer Stimme, die von fern zu ihm dringt und sich rasch im Nichts verliert, dann wieder ein Geräusch: das Summen einer Blutdruckmanschette oder ein hohes Alarmsignal, welches hektische Betriebsamkeit auslöst, von ihm als Windzug wahrgenommen.

Meistens allerdings treibt er losgelöst durch Raum und Zeit, und wenngleich er keine Ahnung hat, ob und wie seine Uhr weiterläuft, weiß er eines bestimmt: Er ist mit sich allein. Die Einsamkeit ist weder eine Bedrohung noch eine Gnade, sie ist schlicht eine Gegebenheit. Es ist, als wäre er auf dem Grund eines Ozeans an der tiefsten Stelle angekommen, weit entfernt von der Reichweite des Tageslichts. Hier gibt es nichts, was ihn beengt. Das Schiff ist gesunken, der Kapitän entmachtet. Aber wie es scheint, ist der Lotse noch an Bord.

Butterland

JANNE Zunächst hören sie nur, was sie hören wollen: Er lebt. Das zählt, sonst nichts. Sie fallen sich in die Arme und lachen. Er lebt, sein Herz schlägt weiter, er ist nicht gestorben, hat sie nicht im Stich gelassen. Sie bedanken sich bei den Ärzten, die ihren Dank kaum ertragen, weil ihre Kunst Paul Flecker nicht zurück ins Leben, sondern an einen fernen Ort namens Koma befördert hat. Er braucht Erholung, denkt Janne, er kommt bestimmt zurück. Meinhard wird als Erster wieder ernst.

Die Geschwister ziehen sich Kaffee aus einem Automaten im Treppenhaus, und während sie daran nippen und die Hände an den Plastikbechern wärmen, obwohl es nicht kalt ist, fasst Meinhard für sie zusammen, was mit Paul Flecker geschehen ist. Der erste Schlaganfall hat einen zweiten verursacht, weil im bereits betroffenen Abschnitt des Gehirns, dem Infarktgebiet, eine Blutung entstanden ist – mit fatalen Folgen. Sein Herz schlägt, aber das ist so ziemlich alles. Im Augenblick kann er nicht einmal selbständig atmen. Er ist weiterhin in Lebensgefahr. Falls er die Krise übersteht, wird er ein anderer sein.

»Er kommt also nicht mehr in Ordnung?«, fragt Janne, die es nicht wahrhaben will.

Ihr Bruder schüttelt den Kopf. »Nein, sicher nicht. Manchmal können andere Gehirnregionen die Funktionen der abgestorbenen Nervenzellen übernehmen, aber da weite Teile des Organs betroffen sind …«

»Er ist gescheiter als andere«, entgegnet Janne, »vielleicht ist sein Gehirn besser in der Lage, sich anzupassen.«

Eine Gruppe Pfleger geht vorbei. Als sie einen Teil ihrer Worte aufschnappen, tauschen sie Blicke aus, die entweder Mitleid oder Verachtung widerspiegeln, was letztlich auf dasselbe hinausläuft. Janne hat sich am Kaffee die Zunge verbrannt.

»Das hat doch damit nichts zu tun. Und das weißt du genau«, sagt Meinhard.

Sie reden nicht weiter. Neben ihnen summt der Automat. Sie trinken den Kaffee, der ölig glänzt. Dafür schmeckt er nicht schlecht.

Obwohl die Prognosen düster erscheinen, sind sie anfangs bereit, an ein Wunder zu glauben. Sie denken, es stehe ihnen gewissermaßen zu, dass nach all dem Leid etwas passiert, was Hoffnung schürt. Tag und Nacht wachen sie an Paul Fleckers Bett, das jetzt wieder auf der Intensivstation steht. Sie wechseln sich ab, damit er nicht allein ist, wenn er aufwacht, und reden mit ihm, damit er ihre Stimmen nicht vergisst. Ab und zu übernimmt die Pastorin Friederike Reemts eine Schicht, weitere Besucher sind nicht erwünscht.

Janne gewöhnt sich schnell an die neue Umgebung: die Wärme im Krankenzimmer, die Freundlichkeit des Personals, die sterile Sauberkeit, das Weiß. Selbst die Geräusche der Maschinen sind erträglich in ihrer Rhythmik, solange kein Alarm losgeht. Nur das Saugen und Zischen des Beatmungsgeräts jagt ihr gelegentlich Schauer über den Rücken, und zwar immer dann, wenn sie am wenigsten damit rechnet. Aber auch daran kann man sich gewöhnen. Sie steht oft im Treppenhaus und trinkt diesen ölig schimmernden Automatenkaffee, und bisweilen leistet Schwester Marit ihr Gesellschaft.

Nils ist angereist. Er hat angerufen, als er auf der Autobahn war, und holt sie vom Krankenhaus ab. Es tut gut, ihn zu sehen. Sie gehen an den Strand, wo es nach verbrauchtem Sommer riecht wie sonst nur in Ländern, die keinen Herbst kennen. Es ist Mittag und warm. Hochwasser. Schlick trübt die See in Strandnähe ein. Janne würde gern hinausschwimmen ins klare Blau, aber sie hat nichts zum Baden dabei. Sie setzen sich in den Sand, Nils zieht sein T-Shirt aus und sonnt sich mit nacktem Oberkörper. Sie trägt nur ein Sommerkleid.

Janne mustert ihn mit Zuneigung: sein bis auf die geringfügig zu groß geratene Nase ebenmäßiges Profil, der Gesichtsausdruck um Zuversicht bemüht. Die Sonne hat seine dunkelbraunen Locken aufgehellt, er hat jetzt goldene Engelssträhnen. Janne schmunzelt. Es könnte ein leichter Nachmittag werden. Sie könnten ein Paar im Urlaub sein.

Nils wendet den Kopf und lächelt sie an. »Du siehst hinreißend aus«, sagt er.

»Danke, du auch.« Sie weiß, dass ihm das Kleid gefällt: rot mit rosa Blüten. Sie haben es vor Jahren zusammen in New York gekauft, beim Weihnachtsshopping im Village. Er fand es blöd, ein Sommerkleid zu kaufen, während es draußen schneit. »Damit mein Vater nicht nur Weiß sieht, wenn er aufwacht.«

»Wie nett«, sagt Nils nach einer Pause, und es klingt, als hätte er eine heiße Kartoffel im Mund. Er kann sich nicht verstellen, sie kennen einander zu gut.

»Du glaubst nicht daran, oder?«

Er lässt Sand durch seine Finger rieseln.

»Schon gut. Du brauchst nicht zu antworten«, sagt sie.

Sie wechseln das Thema, reden über sein Bauprojekt. Er weiß inzwischen wirklich gut über Affen Bescheid. Die Unterhaltung plätschert dahin wie das Meer, und Janne entspannt sich, stellt viele Fragen. Er versucht, sie zum Lachen zu bringen, was meistens gelingt. Bis er den Koffer erwähnt, den er für sie gepackt hat.

»Ich dachte, du bleibst bestimmt noch eine Zeit lang hier und brauchst ein paar Sachen.«

»Ich komme nicht mehr zurück.«

»Ach.« Er zieht die Augenbrauen hoch. »Nicht?«

»Na ja, jedenfalls nicht auf absehbare Zeit.«

»Ist ja prima, dass man das auch mal erfährt.«

»Wann hätte ich mit dir darüber sprechen sollen? Ich hocke pausenlos im Krankenhaus.«

»Du kannst jederzeit mit mir sprechen. Das Problem ist nur, du tust es nie.«

Sie streiten und vertragen sich wieder, während das Wasser sich allmählich zurückzieht und das Watt sichtbar wird, worauf Janne fluchtartig den Strand verlässt. Sein Kurzbesuch, eigentlich als Aufmunterung gedacht, hat sie beide traurig gemacht. Am Abend fährt er zurück nach Berlin, wie er per SMS mitteilt.

Streit auch in der Klinik. Viktoria Flecker will, dass ihr Mann nach Hamburg verlegt wird, wo Meinhard als Chirurg praktiziert. Meinhard ist ebenso wie die behandelnden Ärzte gegen eine Verlegung, die aus medizinischer Sicht keinen Sinn ergibt, und Janne pflichtet ihrem Bruder bei, wenngleich sie seine gereizte Reaktion irritiert.

In der Nacht tritt eine lebensbedrohliche Komplikation auf: Das abgestorbene Gewebe in Paul Fleckers Gehirn ist so stark angeschwollen, dass ein erhöhter Hirndruck entsteht. Die Ärzte erwägen, vorübergehend einen Teil seiner Schädeldecke zu entfernen, um Platz zu schaffen, was Viktoria im Namen ihres Mannes kategorisch ablehnt. Janne stimmt ihr zu, Meinhard ist anderer Meinung. Sie diskutieren ohne Ergebnis, eine Patientenverfügung existiert nicht.

Beim Frühstück in der Cafeteria des Krankenhauses wird Jannes Mutter laut: »Ich halte das nicht länger aus. Ich kann nicht mehr. Und an allem ist dieses Flittchen aus dem Osten schuld. Sie hat unsere Familie zerstört. Nichts ist mir geblieben.« Sie rauft sich das Haar.

»Mama, nicht so laut«, bittet Janne.

»Mir doch egal, es soll ruhig jeder hören. Unser guter Ruf ist ohnehin ruiniert, den hat Hella auch auf dem Gewissen. Sie hat ihre Strafe verdient, diese Mörderin. O Gott, wir hätten die Hochzeit verhindern müssen.«

Die Neugier der Gäste an den umliegenden Tischen ist geweckt, das Stimmengewirr erstirbt. Zu viele Blicke für Jannes Geschmack.

»Besser, du fährst sie nach Hause«, sagt Meinhard leise.

Gegen Mittag bringt Janne ihre Mutter ins Bett. Das hat sie noch nie getan, und es erfüllt sie mit Wehmut.

»Willst du etwas einnehmen?«

Die Schlaftabletten liegen auf dem Nachttisch.

»Ja, bitte.«

Janne holt Wasser. Viktoria Flecker nimmt zwei Pillen, ihre Handgriffe wirken routiniert. Janne zieht die Vorhänge zu und beschließt zu warten, bis ihre Mutter eingeschlafen ist. Es dauert nicht lange. Sie lauscht den tiefer werdenden Atemzügen der Frau, die in Embryohaltung auf ihrer Seite des Ehebetts verharrt. Die Decke ihres Mannes liegt ordentlich gefaltet auf seiner Matratze. Der Anblick schmerzt. Trotzdem stellt Janne mit leichter Verwunderung fest, dass sie im Gegensatz zu ihrer Mutter nicht am Ende ist. Sie kann noch, und sie will auch. Oder besser: Sie kann wieder, denn seit Eriks Tod hat sie sich treiben lassen. Das muss sich ändern. Sie hat ihrem Vater versprochen, sich zu kümmern. Aber womit soll sie anfangen?

Janne geht ins Blaufeuer. Sie hat Appetit auf Deftiges, und Johnny Ritschers Frikadellen sind die besten in der Stadt. Auf den Bänken vor der Kneipe sitzen Touristen und trinken in der Nachmittagssonne Alsterwasser. Drinnen im Halbdunkel, wo die Tageszeiten zu einer ausgedehnten Nacht verschmelzen, ist nicht viel Betrieb. Eine Handvoll Krabbenfischer. Johnny spült Biergläser und schimpft auf den Sonnenschein.

»Moin«, sagt Janne.

Johnny und die Männer erwidern den Gruß.

»Hungrig?«

Janne nickt und setzt sich an die Bar.

»Durstig?«

Erneutes Nicken.

Der Wirt bringt Frikadellen und Bier. So groß ihr Appetit war, so gering ist die Freude am Essen und Trinken. Sie würgt beides herunter. Johnny Ritscher beobachtet sie missbilligend, lässt sie aber in Ruhe. Als sie fertig ist, kommt er zu ihr, um sich nach Paul Flecker zu erkundigen.

»Sieht nicht gut aus im Augenblick.«

Johnny Ritscher stützt beide Ellenbogen auf den Tresen und beugt sich zu ihr vor. »Hör mal, Janne, ich weiß, dass ihr andere Sorgen habt, aber eure Leute auf der Werft werden langsam unruhig. Die wissen nicht, wie es weitergehen soll.« Er spricht leise, und sein Atem riecht nach Cola-Rum.

Janne weicht zurück. »Ich weiß. Ich kümmere mich darum.«

Johnny pfeift durch die Zähne. »Du?«, fragt er mit einem Grinsen.

»Ganz genau. Oder fühlt sich sonst wer berufen?«

»Nö.«

»Dann hol mir noch ein Bier und lass mich in Frieden. Ich muss nachdenken.«

»Kommt.«

Janne trinkt mit stoischer Miene und klopfendem Herzen. Das zweite Bier schien ihr dramaturgisch geschickt. So weit, so gut. Die große Klappe funktioniert. Für alles Weitere braucht sie einen Plan. Sie besinnt sich auf die letzten beiden Gespräche mit ihrem Vater. Vieles, was er gesagt hat, klang wirr.

Eine Sache beschäftigt sie mehr als alles andere: Er hat auf eine sehr spezielle Weise betont, dass sie seine Tochter sei. Womöglich wollte er ihr damit nur sagen, wie viel sie ihm bedeutet, obgleich sie adoptiert wurde. Oder er hat halbherzig versucht, ihr etwas mitzuteilen, über das viel zu lange geschwiegen wurde …

Janne legt einen Geldschein auf den Tresen und steigt vom Barhocker. Der Alkohol zeigt Wirkung. Sie ist bemüht, sich nichts anmerken zu lassen.

Johnny nickt ihr zu. »Denn mal viel Glück, Mädchen.«

Wahrscheinlich wird sie es brauchen.

Janne nimmt ein Taxi in die Wingst. Der Fahrer, ein Russe, freut sich über den lukrativen Auftrag, denn es dauert gut eine Stunde, bis sie das hügelige Waldgebiet im Landesinnern erreichen. Das Radio läuft, dann und wann pfeift er ein Lied mit.

Edna Kaldewey mag die See nicht. Als gebürtige Schlesierin hat sie sich nie an die Weite des Nordens gewöhnen können. Sie ist Jannes einzige noch lebende Blutsverwandte ersten Grades. Jannes leibliche Mutter Henrika Sayer war ihre Tochter. Die Eltern Oskar Sayers, des Mannes also, der in ihrer Geburtsurkunde als Vater vermerkt ist, sind schon lange tot.

Jahre sind vergangen, seit sie ihre Großmutter zuletzt gesehen hat. Sonderlich gemocht haben sie einander nie. Es war Paul Flecker, der stets darauf gedrängt hat, dass sie den Kontakt nicht völlig abbricht.

Janne betritt die Seniorenresidenz. Es ist eines der besseren Häuser, eines, in das sich die Bewohner frühzeitig einkaufen mussten, um es im Alter bequem zu haben. Die Senioren erwarten den Tod in feinster Garderobe, auf plüschige Sitzecken verteilt. Leise Klaviermusik: Chopin, weichgespült. An den Wänden dezente Kunst.

Der Besuch fällt Janne nicht leicht, aber sie weiß nicht, wen sie sonst fragen sollte. Viktoria scheidet aus, ihre Nerven liegen blank. Sonst ist niemand mehr da.

Janne klopft an die Tür des Apartments, zunächst zaghaft, dann entschlossen. Obwohl keine Antwort kommt, tritt sie ein. »Hallo?« Sie schaut sich um und erschrickt. Edna Kaldewey liegt bäuchlings auf dem Fußboden, und sie trägt wieder oder immer noch das fusselige fliederfarbene Strickkleid, das Janne von früheren Besuchen kennt. Sie will gerade um Hilfe rufen, da regt sich ihre Großmutter.

»Ist da jemand?«

»Ja, ich bin es. Janne. Brauchst du Hilfe?«

»Ja bitte. Könnten Sie Elvis einfangen? Er ist ausgebüxt, und ich fürchte, er könnte ein Kabel anfressen und einen elektrischen Schlag bekommen.«

Janne registriert die Taschenlampe in der Hand ihrer Großmutter. Der Lichtstrahl zeigt unter das Sofa. Wunschgemäß lässt Janne sich neben der alten Dame auf dem Boden nieder und entdeckt zwischen Staubbüscheln ein ziemlich dickes Kaninchen mit Schlappohren. Elvis hat Starallüren. Er zerkratzt ihr die Hände.

»Er mag nicht jeden«, sagt Edna Kaldewey, nachdem Janne ihr das Kaninchen überreicht hat.

Sie beäugen einander. Ihre Großmutter ist früh ergraut, deswegen kommt sie Janne kaum älter vor als damals. Sie ist nicht hässlich, aber sie sieht aus wie eine Frau, die seit langem keinen Wert mehr auf Äußerlichkeiten legt. Ihr Mann ist jung an Lungenkrebs gestorben. Er war ein fröhlicher Mensch, und Janne hat ihn gern gemocht.

»Muss ich Sie kennen?«

»Ich bin deine Enkelin«, sagt Janne, auch wenn sie ziemlich sicher ist, dass ihre Großmutter weiß, wen sie vor sich hat.

»Als wir uns zuletzt gesehen haben, warst du noch auf der Universität und hattest Haare bis zu den Hüften, Janne Flecker.«

Janne geht nicht darauf ein. Sie hat keine Zeit, Abbitte für ihre seltenen Besuche zu leisten. »Wie kommst du zu dem Kaninchen?«

»Die Zoohandlung von nebenan hat ausgemustert. Elvis war denen zu alt. Traurig ist das alles.«

»Ich wusste gar nicht, dass du den King verehrst«, erwidert Janne, um einen munteren Tonfall bemüht.

»Du weißt vieles nicht.« Edna setzt sich aufs Sofa.

Janne bleibt stehen. Eine bessere Vorlage wird es nicht geben. »Genau deswegen bin ich heute hier. Wegen der Dinge, von denen ich nichts weiß.«

Edna winkt ab. »Hör bloß auf. Die Vergangenheit heraufbeschwören, das führt doch zu nichts. Den Weg hättest du dir sparen können.«

Janne spielt auf Zeit. Sie unterhalten sich über das Wetter und über Kaninchen, was ihr immerhin die Einladung zu einem Glas Sherry beschert. Nach dem zweiten Glas wird ihre Großmutter weinerlich und beklagt sich darüber, wie viel Unglück ihrer Familie widerfahren sei. »Mehr als ein einzelner Mensch verkraften kann.«

Janne unterdrückt ein Gähnen. Erst das Bier, jetzt noch der süße Sherry. Ihr Mund ist klebrig. Und all die Mühe bleibt vergebens. Edna Kaldewey redet viel, doch sobald Janne anfängt, Fragen über die Vergangenheit zu stellen, schweigt sie sich beharrlich aus. Auch eine Antwort.

Zwei vergeudete Tage später. Janne dachte, sie sei vorbereitet. In Gedanken hat sie den Weg etliche Male zurückgelegt. Als sie jedoch zum ersten Mal die Flecker-Werft als Firmenchefin betritt, kommt ihr das weitläufige Gelände wie ein fremder Planet vor. Dunkelbraune Nissenhütten, Hallen, die an Flughangars erinnern, und ein flacher Zweckbau als Verwaltungsgebäude – das ist die Welt, die sie gegen den barocken Prunk der Deutschen Philharmonie eingetauscht hat. Auch die Geräuschkulisse ist abschreckend: das Stampfen der gigantischen Hydraulikpresse, das Heulen von Kreissägen, Hammerschläge.

Janne muss feststellen, dass ihre Feigheit alle Ambitionen überflügelt: Sie hat sich vorgenommen, einen imponierenden Auftritt hinzulegen, mit angemessener Haltung Büros und Produktionsstätten abzuschreiten, bekannte Mitarbeiter per Handschlag zu begrüßen, um schließlich vor versammelter Belegschaft einige kurze Sätze zur Begrüßung zu sprechen. Sie wollte Optimismus verbreiten. Weil sie wusste, dass jeder sie anstarren würde, hat Janne ihre Kleidung mit Bedacht gewählt: ein fein gestrickter schwarzer Kaschmirpulli mit kurzen Ärmeln, der rot karierte Rock knielang, schwarze Stiefel. Nahezu witwenhaft. Nichts, worin eine Frau sich nackt fühlen könnte. Die Blicke haben sie trotzdem ausgezogen. Sie hat gekniffen, ist allen wortlos ausgewichen. Viel hätte nicht gefehlt, und sie wäre in Eriks Büro gerannt, den Blick zum Boden gerichtet. Schwach, sehr schwach. Keine Rede, kein Händeschütteln – jede gute Praktikantin hätte mehr Selbstbewusstsein an den Tag gelegt.

Nun sitzt Janne vor dem Becher mit schwarzem Kaffee, den sie sich von der Sekretärin Gabriele Bremer hat bringen lassen, und betrachtet ihre Fingernägel, die kurz geschnitten sind und unlackiert. Unverkennbar die Nägel einer Geigerin und nicht die einer Geschäftsfrau. Das hat Janne auch am Vormittag gedacht, als sie ihre Unterschrift unter diverse Bankvollmachten setzen musste. Ihrem Vater ist es mit seinen Plänen für sie tatsächlich ernst, bereits vor seinem Schlaganfall hat er alles juristisch Nötige in die Wege geleitet. Wie konnte sie sich nur darauf einlassen? Sie kauert auf Eriks Ledersessel wie ein Passagier mit Flugangst in einem Jet vor dem Transatlantikflug.

»Wollen Sie nicht ein paar Worte zu den Kollegen sagen?«, fragt Gabi Bremer, nachdem sie zweimal Kaffee nachgeschenkt hat.

»Sieht es so aus?«

Die Sekretärin, eine bieder gekleidete Dame mit brünett gefärbtem Kurzhaarschnitt, Ende fünfzig, hebt die sorgsam gezupften Brauen. »Wie bitte?«

»Erwecke ich den Anschein, eine Rede halten zu wollen?«

»Im Moment eher nicht«, antwortet Gabi Bremer, die seit dem ersten Tag bei der Flecker-Werft beschäftigt ist. Janne hat in der Vergangenheit selten mehr als drei Worte mit ihr gewechselt, weiß aber, dass ihr Vater sie sehr schätzt. »Aber ich denke, es wäre vielleicht angemessen. Die Arbeiter erwarten das sicher von Ihnen.«

»Vielen Dank für den Hinweis. Wenn ich mehr über Ihre Einschätzung erfahren will, werde ich nicht zögern, Sie zu fragen.«

Gabi Bremer braucht etwas länger, um die Bemerkung zu verarbeiten. »Wie Sie meinen«, sagt sie dann und rauscht mit schockgefrorener Miene aus dem Büro.

Janne schaut ihr nach. Nach einer Weile meldet sich das schlechte Gewissen, weil sie ihre Wut über die eigene Unsicherheit an der Sekretärin ausgelassen hat. Ein weiterer Akt der Selbstdemontage. Nichtsdestotrotz hält sie die Frau für herrisch.

Da sie keinen Schimmer hat, womit sie ihre neue berufliche Herausforderung beginnen soll, widmet Janne sich zunächst der Abwicklung der vorangegangenen. Der Dirigent der Deutschen Philharmonie Berlin hat ihre schriftliche Kündigung erhalten und zeigt sich am Telefon wenig betroffen über den Abgang in den zweiten Geigen. Jannes Vertrag wäre ja ohnehin zum Jahresende ausgelaufen, und über eine Fortsetzung hat man noch nicht verhandelt. Er wünscht ihr alles Gute und fragt nicht einmal nach ihren Plänen für die Zukunft. Sie ist erschüttert.

Desillusionierend gestaltet sich auch die Unterhaltung mit Nils, den sie als Nächstes anruft.

»Ich bin in Eriks Büro.«

Langes Schweigen. »Und wie ist es so?«

»Seltsam.« Jannes Blick wandert über den Schreibtisch. Gerahmte Fotos. Die Familie auf der Yacht Viktoria. Sein Hochzeitsbild: er im sandfarbenen Anzug, Hella in makellosem Weiß, Kirschblüten im Haar. Janne kneift die Augen zusammen.

»Du schaffst das sicher. Vielleicht hat es sogar sein Gutes. Was uns betrifft, meine ich. Verstehst du?«

»Offen gestanden überhaupt nicht«, sagt sie und lauscht seinen schnellen Atemzügen. Im Hintergrund klackert die Tastatur seines Computers. Sie sieht ihn vor sich, seine fahrigen Handbewegungen, das Gezappel auf dem Stuhl. Stillsitzen gehört nicht zu seinen Stärken.

»Ich meine, weil wir zwar getrennt sind, aber weiterhin zusammengelebt haben, was natürlich irgendwie schön war, aber gleichzeitig kompliziert, und womöglich wird vieles einfacher, wenn es eine räumliche Distanz zwischen uns gibt.«

»Womöglich«, sagt Janne kühl. »Hast du übrigens vor, die Wohnung zu behalten? Für dich allein ist sie ja ziemlich groß. Und teuer.«

»Du, das kriege ich schon auf die Reihe. Mach dir darüber

jetzt keine Gedanken. Jedenfalls wünsche ich dir alles Gute mit der Werft. Ich weiß, du wirst eine großartige Chefin werden. Sie werden dich lieben. Und falls ich etwas für dich tun kann, lass es mich wissen, okay?«

»Okay«, sagt Janne und legt auf. Das Gespräch hat sie sehr deprimiert.

Sie lässt es gut sein für den ersten Arbeitstag. Es wird Zeit, sich weiter dem Projekt Wahrheitsfindung zu widmen: Wahrheit über Paul Flecker. Wahrheit über Erik. Wahrheit über sich selbst. Letzteres zuerst.

Janne fährt erneut in die Wingst zu Oma Edna. Diesmal ist sie fest entschlossen, ihr einige Informationen zu entlocken. Dafür hat sie extra eine Flasche Köm mitgenommen. Leider hat Edna ihren trinkfesten Tag. Der hochprozentige Klare steigt ihr nicht zu Kopf, Janne hingegen fühlt sich bereits nach dem ersten Glas, als drückte jemand seine Daumen auf ihre Augäpfel.

»Du willst mich ausfragen«, konstatiert Edna, die diesmal einen Rock und eine helle Bluse trägt. Sie wirkt ausgeglichener als vor zwei Tagen. »Ich habe schon auf dich gewartet.«

Janne nickt ergeben. Eigentlich wollte sie ihre Großmutter unter Druck setzen. Aber womit?

»Und wenn mir nicht danach zumute ist, dir etwas zu erzählen?«

Anstatt zu antworten, hievt Janne sich aus dem Polstersessel und geht zu einer Kommode, auf der bei glücklicheren Großmüttern Fotos der Enkel und Urenkel stehen würden. Edna Kaldewey hat nur ihr Hochzeitsfoto und ein Porträt des Kaninchens rahmen lassen.

»Ich könnte dich von jetzt an öfter besuchen. Ich lebe wieder in Cuxhaven«, sagt Janne.

»Was sollte dich dazu bringen?«

»Ein schlechtes Gewissen.«

Edna lacht auf. »Gewissensbisse bei einem Mitglied der Familie Flecker. Das wäre ja mal ganz was Neues.«

Janne ist irritiert. »Ich wusste nicht, dass du so eine schlechte Meinung von uns hast. Du redest in erster Linie von meinem Vater, nehme ich an.«

»Paul ist kein schlechter Kerl. Er hätte deine Mutter heiraten sollen. Ich mochte ihn von Anfang an, weißt du, ich mochte ihn wirklich. Sie haben hervorragend zueinandergepasst. Beide Familien stammten aus Schlesien. Und wie verliebt die zwei gewesen sind. Schon in der Schule. Das konnte jeder sehen.« Edna und greift nach Elvis, der zu ihren Füßen hockt und an den Teppichfransen knabbert.

Janne überlegt. Wenn ihre Großmutter nichts durcheinanderbringt, war ihre Mutter Henrika demnach in der Tat mit Paul Flecker liiert, genau wie sie vermutet hat. Allerdings vor ihrer Heirat mit Oskar Sayer, also Jahre vor Jannes Geburt. Hatte Paul später noch einmal ein Verhältnis mit seiner Jugendliebe? Könnte es sein, dass sie das Produkt dieses Seitensprungs ist? Die Vorstellung behagt ihr nicht, doch sie schiebt reflexartig jedes aufkommende Gefühl beiseite, um den Fortgang des Gesprächs nicht zu gefährden. Sie muss unbedingt die ganze Wahrheit erfahren.

»Paul Flecker wollte immer etwas Besseres sein, der weiß einfach nicht, wo er hingehört, das ist sein Problem«, sagt Edna und krault das Kaninchen zwischen den Ohren.

Janne geht auf den Vorwurf nicht ein. »Wieso haben er und Mama sich getrennt? Wegen Oskar?«

»Unsinn. Henrika hat Paul immer geliebt. Aber der wollte ja lieber das Fräulein Viktoria Conradi zur Frau, verstehst du?«

Janne nickt. Ihre Großmutter hat vermutlich Recht mit der unausgesprochenen Unterstellung, ihr Vater habe seine Wahl aus wirtschaftlichen Gründen getroffen.

»Oskar Sayer, dieser Tommy-Bastard. Der hätte doch alles für Paul Flecker getan, der war dem doch hörig«, fährt Edna fort.

»Worauf willst du hinaus?«

Die alte Frau hüstelt. »Vergleiche doch mal dein Geburtsdatum mit dem Hochzeitstag deiner Mutter, und dann rechne fleißig.«

»Ich kenne den Hochzeitstag nicht«, erwidert Janne zunehmend gereizt.

»7. Dezember 1976«, grollt Edna. »Schwanger. Henrika war mit dir schwanger. Und was glaubst du, von wem?« Sie macht eine bedeutungsvolle Pause, als würde Janne die Antwort nicht schon ahnen. »Von Paul Flecker, der einfach nicht die Finger von ihr lassen konnte, obwohl er seit sieben Jahren mit Viktoria verheiratet war. Was für eine Blamage. Meine Tochter schwanger vor dem Pastor. Und ein spätes Mädchen war sie obendrein.«

Janne läuft rot an, sie schämt sich für ihre Mutter und für sich selbst. Am liebsten würde sie kein Wort mehr hören, doch sie zwingt sich, weiterzufragen: »Wusste Oskar davon?«

»Ganz bestimmt. Er hat seinem Kumpel Paul mit der Hochzeit einen Gefallen getan.«

»Nein«, sagt Janne schwach, als ihr klar wird, dass die ganze Geschichte sogar noch erbärmlicher ist, als sie befürchtet hat. »Das glaube ich alles nicht.«

»Dann lass es eben bleiben. Ist sowieso Schnee von gestern. Henrika ist tot, Oskar ist tot, und Paul Flecker soll ja auch aus dem letzten Loch pfeifen, wie ich gehört habe.«

»Oma, bist du ganz sicher, dass nicht Oskar Sayer, sondern Paul Flecker mein Vater ist? Hat Mama es dir erzählt?«

Edna hebt die Hände. »O nein, Henrika hat nie darüber gesprochen. Aber ich weiß es trotzdem. Sie und Paul sind nie voneinander losgekommen. Tja, so ist er eben, unser Paulchen: nimmer satt, nicht wahr, Elvis, mein Schatz? Janne, noch einen Korn?«

Doch Janne hat genug.

Genug getrunken und genug gehört.

Auf dem Weg zurück in die Stadt fährt Janne viel zu schnell und ist kaum fähig, sich auf den Verkehr zu konzentrieren. Sie sieht aus dem Fenster. Kühe im Abendrot. Einzelne Gehöfte, weites, sattgrünes Land. Nordwestlich der Straße verläuft der Elbdeich. Die Elbe-Weser-Region heißt bei den Einheimischen »nasses Dreieck«, weil das Wasser nicht nur rund ums Jahr beständig vom Himmel fällt, sondern auch in den fruchtbaren Marschböden gespeichert ist, die im Lauf der Jahrhunderte dem Meer abgetrotzt wurden. Wasser ist der Souverän in dieser Gegend, ein launischer Fürst. Jedes Kind lernt früh, es zu fürchten, auch Erik und sie sind mit Schauergeschichten von Deichbrüchen und Sturmfluten aufgewachsen. Hier unter diesem freien Himmel liegen ihre Wurzeln. Wenigstens das ist unstrittig.

Die Bundesstraße ist gefährlich, weil viele zu schnell fahren, andere zu langsam. Ein Unfallschwerpunkt. Auch Janne überholt riskant, denn je länger sie unterwegs ist, desto größer wird ihre Wut. Ihr wird schlecht davon. So viele Lügen. Sie denkt an Oskar Sayer, den jungen, hochbegabten Cellisten, vom Feuilleton gefeiert, vom Publikum hofiert, der viel zu früh starb. Obwohl sie keine Erinnerungen an ihn hat, schien eines immer gewiss: Sein Talent hat sich auf sie übertragen, nur durch ihn konnte sie werden, was sie ist.

Eine rührende Geschichte, leider nichts anderes als ein Märchen. Sie ist nicht verwandt mit Oskar Sayer, dem Sohn eines Engländers und einer Helgoländerin. Sie ist die Tochter eines aus dem letzten Loch pfeifenden Feiglings und Ehebrechers, den sie ihr Leben lang geliebt hat, ohne ihn wirklich zu kennen. Ihre Fingernägel bohren sich ins Lenkrad.

Als am Abend der Zorn endlich abklingt, packt Janne den Koffer aus, den Nils aus Berlin mitgebracht hat. Ein fremder Geruch schlägt ihr entgegen: Zigarettenrauch und irgendetwas anderes. Alles Vertraute löst sich in Luft auf. Was wird als Nächstes verschwinden, ihre Hände vielleicht oder ihr Gesicht? Ihre Identität ist Butterland, eine durch Nebel erzeugte Erscheinung, eine Illusion von Land mitten im Ozean. Sie fühlt sich krank, als würde sie eine Grippe bekommen.

Zittrig öffnet Janne den Geigenkoffer – und ist endlich zu Hause. Geigenduft. Ein ätherisches Gemisch aus verschiedenen Hölzern, Lack, Parfüm und Kolofonium, einem krümeligen Hartwachs zur Pflege des Rosshaares am Bogen. Der glänzende Geigenlack enthält Zutaten wie Weihrauch und Safran. Pures Glück.

Janne atmet tief durch. Das Parfüm benutzt sie, um die Saiten sauber und geschmeidig zu halten. Sie spannt den Bogen und befreit das Instrument vom schützenden Seidentuch. Sie streicht mit den Fingern über das fein gemaserte Holz, bevor sie die Geige ansetzt. Der Korpus ist aus Fichte. Wirbel, Saitenhalter und Griffbrett wurden aus Palisanderholz geformt, was selten ist. Die Geige stammt aus der Meisterschule von Cremona, ein Erbstück von Oskar Sayer, der als Geiger begonnen hat, bevor er das Cello für sich entdeckte. Egal.

Janne spielt, und die Geige nimmt ihr alles von der Seele. Die Geige schreit, sie weint und sie schmollt. Die Geige hadert mit dem Schicksal und sie bettelt um Glück. Sie sehnt sich. Janne spielt Vivaldi, und die Geige ist der Sommer, der ihr den Bruder geraubt hat, und der Herbst, der nicht kommen will. Janne spielt Wagner, und die Geige ist die Flut. Die den Tod bringt. Es gibt keinen Zweifel, wer sie ist. Sie ist kein Mensch ohne Identität. Sie ist Musik.

Stille. Janne spürt den Klängen nach, bis das Ticken einer Armbanduhr ihr verrät, dass sie nicht mehr allein ist. Sie wirbelt herum und sieht ihre Mutter am Fenster stehen, den Blick aufs nachtschwarze Meer gerichtet.

»Entschuldige, ich wollte nicht stören«, sagt sie. »So habe ich dich seit Ewigkeiten nicht spielen hören. Das war überragend.«

»Danke.« Janne räuspert sich. »Es hat gutgetan. Das Spielen, meine ich.«

Viktoria lacht leise. »Ich habe schon verstanden. Aus Lob hast du dir nie viel gemacht, wenn es nicht gerade aus dem Munde deines Vaters kam.«

»War ich so fixiert auf ihn?«

»Waren wir das nicht alle?«

Sorgfältig verstaut Janne die Geige im Kasten. Sie wird nicht schlau aus ihrer Mutter, ihre Stimme klingt wie gezuckert.

»Sag mal, wusstest du, dass Papa und Henrika ein Paar waren, bevor ihr geheiratet habt?«

»Ja, das wusste ich. Wieso?«

»Hat es dich nicht gestört?«

»Nein, das war ja lange vor unserer Ehe. Die beiden waren getrennt, als Paul und ich zusammenkamen.«

»Und du fandest es auch okay, dass dein Mann Taufpate für das Kind einer Exfreundin wurde?«

»Vollkommen. Schließlich waren die Sayers sehr gute Freunde von uns. Janne, worauf willst du eigentlich hinaus?«

Ihre Ahnungslosigkeit wirkt überzeugend, aber Janne bleibt misstrauisch. »Können wir uns in Ruhe über Papa unterhalten?«

»Das tun wir doch die ganze Zeit.« Viktoria wird ungeduldig. »Was sollte das bringen?«

»Ich versuche, das Bild, das ich von Papa habe, zu korrigieren.«

»Jetzt, wo er im Koma liegt? Wozu?«

»Besser spät als nie.«

Früh am nächsten Morgen sitzt Janne wieder an Paul Fleckers Bett im Krankenhaus. Die Schwellung in seinem Kopf ist von allein zurückgegangen, der Hirndruck gesunken. Janne hingegen hat das Gefühl, ihr platzt der Schädel. Diesmal hat sie sich nicht schön gemacht für ihn, und sie ist auch nicht gekommen, um ihm Mut zuzusprechen. Sie will ihn zur Rede stellen, auch wenn er nicht antwortet. Er soll ihre Wut spüren, so einfach kommt er ihr nicht davon. Verzieht sich ins Koma, der Lügner.

Als sie loslegt, zucken seine Wimpern, aber die Augen bleiben geschlossen. Er regt sich nicht, nur der Brustkorb hebt und senkt sich in dem Rhythmus, den das Beatmungsgerät vorgibt. Sein Gesicht sieht friedlich aus.

PAUL Über dem Meer ist heller Tag. Er schwimmt dicht unter der Wasseroberfläche und fühlt die wärmenden Sonnenstrahlen auf dem Rücken, während das kühle, glatte Nass ihn umschmeichelt, sich an ihn schmiegt. Er erwidert die Zärtlichkeit, indem er sich dem Element ohne Furcht hingibt und die See sanft durch seine Hände gleiten lässt. Ein Akt der Versöhnung, denn es ist seit jeher eine Art Hassliebe, die ihn mit dem Meer verbindet.

Als es dunkel wird, fällt Regen. Das Rauschen der Tropfen, die sich mit dem Meer vereinen, wird zum Wispern. Jemand spricht mit ihm, jemand an Land. Er spürt, dass sich im Gewirr der Worte eine wichtige Botschaft verbirgt, und er weiß, die Stimme bedeutet ihm etwas. Eine zornige Stimme. Auftauchen kann er nicht, denn er existiert nur in der Schwerelosigkeit, und sobald er das Wasser verließe, würde sich der Tod ihn schnappen. Trotzdem wagt er eine Annäherung, und der Lohn für seinen Mut ist der Name einer Frau: Henrika. Henrika Kaldewey, 1943 in Breslau geboren. Gott, war die schön. Eine Stimme wie ein Engel.

Mit der Liebe ist es eine vertrackte Angelegenheit, er hat viele Frauen geliebt, jede auf ihre Weise. Und er war zweifelsohne jeder auf seine Weise treu, was nicht immer auf Verständnis stieß. Trotzdem würde er den wenigen, mit denen es im Streit auseinanderging, nicht zustimmen, wenn sie heute über ihn sagen, er habe sich schäbig verhalten. Unter Umständen hat er manchmal gewisse Erwartungen enttäuscht, aber er war so ehrlich wie möglich und hat nie etwas bewusst gesagt oder getan, um falsche Erwartungen zu wecken. Seine Ehe stand nie zur Diskussion.

Er ist nun mal ein Mann, und er bereut nichts, auch nicht, dass er anstelle seiner Jugendliebe die Kapitänstochter Viktoria Conradi geheiratet hat. Sicher hat er Henrika vermisst und sich oft in ihren ersten gemeinsamen Winter zurückgeträumt. Aber in Viktoria fand er eine Gefährtin, die bereit war, ihr Leben auf seines abzustimmen, ohne dass es ein Opfer bedeutete, sie wollte es so. Und Viktoria und er haben ebenfalls einige denkwürdige Nummern im Schnee hingelegt – so ist es nicht.

Verwerflich war allerdings, dass er aus Sentimentalität und um Henrika nicht aus den Augen zu verlieren, einen Vorsatz über den Haufen geworfen hat, der ihm später zur eisernen Regel werden sollte: keine Freundschaft nach einer Trennung. So etwas funktioniert nicht. Nie. Ein einziger Augenblick der Schwäche, ein lausiges Gerammel im Auto hätten ihn fast Kopf und Kragen gekostet.

Der Regen war schuld, sonst wäre Henrika sofort ausgestiegen, wie immer. Als sie schwanger wurde, wollte sie Viktoria alles erzählen, die ihn angesichts eines derartigen Skandals mit Sicherheit zum Teufel gejagt hätte. Das Drama wollte er sich gern ersparen. Andererseits gäbe es ohne diesen Fehltritt seine Tochter nicht, und so ist vielleicht doch alles der Bestimmung des Schicksals gefolgt. Er hat es ja geregelt bekommen. Er mag moralisch flexibel sein, aber er ist bestimmt kein schlechter Mensch.

Birger Harms

JANNE Kaffeepause in der Flecker-Werft. Eigentlich besteht Jannes gesamter Arbeitstag – es ist der dritte in Folge – aus nichts anderem. Eine bewährte Möglichkeit, so zu tun, als gehörte man dazu und wüsste, was zu tun ist. Die Kaffeemaschine ist abgeschaltet, die Kanne leer und Gabi Bremer nirgends zu sehen. Seufzend sucht Janne in der Küche nach Filterpapier, füllt Pulver und Wasser ein und drückt zuletzt den Stecker in die Dose.

Der Stromschlag ist kein Schlag als solcher, eher ein Kribbeln, das durch ihren Körper strömt und sich dabei steigert. Sie empfindet es nicht als unangenehm, obwohl es sie irritiert, dass sie ihre Hand nicht vom Stecker lösen kann. Das Gerät spinnt, denkt sie und registriert einen verbrannten Geruch. Dann wird es schwarz um sie herum, und auch das fühlt sich keineswegs schlecht an.

Friedvolle Augenblicke verstreichen, in denen das Kribbeln abklingt und nur Wärme zurückbleibt. Sie wird wach, weil jemand sie links und rechts mit Backpfeifen traktiert und dabei ihren Namen ruft. Gabi Bremer. Janne bewegt langsam Arme und Beine. Sie liegt auf dem Boden, neben ihr kniet die Sekretärin, die ihr mit einem roten Schnellhefter Luft zufächelt. Auf ihrer Oberlippe glitzern Schweißperlen. Janne muss lachen, was unbemerkt bleibt, da aus ihrem Mund nur ein heiseres Krächzen kommt.

»Mit der Kaffeemaschine stimmt etwas nicht«, bringt sie nach mehreren Sprechversuchen mühsam heraus.

Gabi Bremer nickt und tätschelt Janne die Schulter. »Schrecklich ist das. Es hat eine richtige Verpuffung gegeben. Lebensgefährlich. Ein Krankenwagen ist unterwegs.« Sie zieht eine komische Grimasse, erleichtert und betreten zugleich, denn eigentlich müsste sie sich jetzt an Jannes Stelle befinden.

»Ich brauche keinen Arzt und einen Krankenwagen schon gar nicht«, sagt Janne und bekommt langsam das Gefühl, man kann sie wieder verstehen. Sie rappelt sich auf. Zwar ist sie ein bisschen schwach auf den Beinen, aber sie kann stehen.

»Seien Sie vernünftig, Frau Flecker. Mit Strom ist nicht zu spaßen. Lassen Sie sich wenigstens untersuchen.« Gabi Bremer fuhrwerkt noch immer mit dem roten Schnellhefter herum, nur dass sie sich mittlerweile selbst Luft zuwedelt.

Janne bricht erneut in Lachen aus, diesmal ist es klar als solches zu erkennen. Es klingt hysterischer, als sie sich fühlt. »Nein, danke.« Sie bewegt sich vorsichtig in Richtung Tür. Das Kribbeln meldet sich zurück, diesmal fühlt es sich an wie ein leichter Schmerz. Im Treppenhaus kommen ihr zwei Rettungssanitäter entgegen. Genervt macht sie kehrt und hastet an Gabi Bremer vorbei zu einem anderen Ausgang, der in die Werkshalle führt.

»Halten Sie das Mädchen auf«, hört sie die Sekretärin rufen.

Janne zuckt zusammen. Das Mädchen. Genau das ist sie für Frau Bremer und den Rest der Belegschaft. Was hat das Mädchen hier zu suchen, werden sich Arbeiter in diesem Moment fragen, als sie die Fertigungshalle betritt und an zwei skelettartigen Bootsrümpfen vorbeihuscht. Recht haben sie: Was hat das Mädchen hier zu suchen? Funny Girl.

Nachdem Janne die Besatzung des Rettungswagens abgewimmelt hat, steht die erste offizielle Besprechung an. Außer ihr nehmen zwei Konstrukteure, der Werksleiter und sein zweiter Mann sowie Gabi Bremer als Protokollantin teil. Begrüßungsfloskeln machen die Runde. Die Mitarbeiter sind skeptisch und geben sich keine Mühe, dies zu verbergen. Die Luft im Konferenzzimmer steht still, obwohl die Fenster geöffnet sind. Es ist ein sonniger Tag im Oktober. Verschwitzte Gesichter, Sorgenfalten. Janne an der Stirnseite des langen Tischs aus Tropenholz fühlt sich wie eine Hochstaplerin.

Ziel der Zusammenkunft ist es, sie über die laufenden Geschäfte zu informieren. Acht Luxus-Segelyachten in Größen zwischen dreiundvierzig und achtundsiebzig Fuß sind im Bau, ein hundertzweiundfünfzig Fuß langes Schiff wurde im Sommer ausgeliefert. Die Werft setzt auf Leichtbauweise, was den Vorteil hat, dass die Boote widerstandsärmer und schneller sind als konventionell gebaute – und teurer. Denn es kommen hochwertige Materialien zum Einsatz wie Carbon, eine extrem druckstarke Grafitfaser. Die Kunden bestimmen nicht nur die Größe, sondern auch das Temperament ihres Schiffs: Sie können jeweils zwischen der Sportvariante, einem rasanten Neigekieler, und der gezähmten, aber dafür extrem komfortablen Decksalonyacht auswählen. Erik hat mit der von ihm konstruierten Aiolos erfolgreich an diversen Regatten teilgenommen.

Zunächst kann Janne den Ausführungen folgen. Sobald es jedoch um technische Details geht, ist sie schlicht überfordert, was sie beschämt und die Anspannung in den Gesichtern der Mitarbeiter zementiert.

Später, als sie auf die Toilette gehen will, trifft sie Gabi Bremer schluchzend vor dem Waschbecken an. Dabei zupft die Sekretärin abwechselnd an ihrem Blusenkragen, ihrer Frisur und ihren Augenbrauen herum.

Leise zieht sich Janne in Eriks Büro zurück, wo sie bleibt und aus dem Fenster auf die Elbmündung starrt, bis kurz vor Feierabend ein finnischer Bootsbauer anruft und ein Angebot zum Kauf der Flecker-Werft vorlegt. Es klingt verlockend.

Birger Harms. Auf dem Heimweg von der Werft kommt Janne aus dem Nichts der Mutlosigkeit dieser Name in den Sinn, und sogleich geht es ihr besser. Ein pensionierter Bootsbauer mit Meisterbrief, der Jahrzehnte für die Fleckers gearbeitet hat. Ihr Vater und Erik haben ihn als Koryphäe bezeichnet. Sie beschließt, ihn aufzusuchen. Laut Viktoria Flecker wohnt der Mann mitten im Vogelschutzgebiet am Meer und sein Haus ist nicht mit dem Auto erreichbar. Janne ist ihm früher oft auf der Werft begegnet, war jedoch nie bei ihm zu Hause. Sie nimmt das Fahrrad. Es ist eine anstrengende Fahrt gegen den Wind, vorbei an Salzwiesen. Blaue Blüten am Wegesrand: Strandflieder, fast verblüht. Dahinter liegt das Watt im Abendlicht. Die Sonne ist untergegangen, aber noch ist der Himmel zartrosa marmoriert. Eine Kolonie Brandgänse sucht lärmend nach Herzmuscheln.

Birger Harms lebt in einer verwitterten Holzhütte, die sich nur dadurch vom Schuppen nebenan unterscheidet, dass sie große Panoramafenster besitzt. Dahinter flackerndes Halbdunkel. Kerzenschein. »Gott mit uns« steht über dem Eingang in Treibholz geschnitzt, Überbleibsel eines Fischkutters, wie Janne vermutet. Neben der Tür dient eine ausgemusterte Schiffsschraube als Blumentopf, in dem Sommerheide wächst. Da es keine Klingel gibt, klopft sie gegen eines der Fenster.

Schwere Schritte, dann wird die Tür aufgerissen, und Birger Harms fordert sie auf zu verschwinden. »Verfluchte Touristen.« Er steht mit erhobenem Feuerhaken im Türrahmen: kleiner und grauhaariger als in ihrer Erinnerung. Plötzlich lässt er den Arm sinken und fixiert sie blinzelnd. »Janne Flecker?«

»Ja.«

Er geht einen Schritt zur Seite. »Komm rein.«

In der Hütte ist es kühler als draußen. Die Einrichtung ist asketisch: ein schmales Bett, ein massiver Schrank, zwei Stühle und ein Tisch, auf dem sein Abendbrot angerichtet ist: Schwarzbrot, Butter und Aal. Eine Kerze brennt. Arm kann er nicht sein, die Werft zahlt anständig. Ein großes Fernrohr auf einem Stativ und ein Notebook neuester Generation, das auf dem Bett liegt, sind die einzigen Luxusgüter. An einer Wand steht ein gusseiserner Werkstattofen, aber Birger Harms hat kein Feuer gemacht. Seine Enthaltsamkeit ist zweifellos inszeniert, braucht jedoch kein Publikum. Eine Party mit nur einem geladenen Gast, ihm selbst.

»Setz dich«, sagt Birger Harms und verschwindet hinter einer Tür, die Janne übersehen hat. Gleich darauf kommt er mit einer Flasche Köm und zwei Schnapsgläsern in der Hand zurück. Im Stehen schraubt er den Verschluss ab und füllt die Gläser fast bis zum Rand, wobei er jedem Handgriff eine gewisse Aufmerksamkeit zukommen lässt, ohne behäbig zu wirken. Er setzt sich ihr gegenüber an den Tisch, und Ruhe kehrt ein. Janne weiß noch, dass sie sich als Kind gern in seiner Nähe aufgehalten hat. Daran hat sich nichts geändert.

»Auf Erik«, sagt Birger Harms und hebt sein Glas.

Sie stoßen an.

»Auf Erik.«

Sie trinken.

»Ich wollte zur Beerdigung kommen, aber …« Er lässt den Satz unvollendet. Auch Janne sagt nichts, und je länger das Schweigen dauert, desto lauter klingt das Geschrei der Wildgänse im Freien. Wind kommt auf und rüttelt an der Tür. »Es ist ein großes Glück, ihn gekannt zu haben, er war …«, setzt Birger Harms erneut an, aber Janne fällt ihm ins Wort.

»Ich will nicht über Erik reden.«

Plötzlich sind ihre Augen feucht, und in ihrer Stirnhöhle braut sich ein schmerzhafter Druck zusammen, den sie nicht kontrollieren kann. Schniefend versucht sie, die Tränen zurückzuhalten.

»Noch einen?« Birger Harms deutet auf die Flasche.

Janne schüttelt den Kopf.

»Oder lieber Tee?«

»Ja, gern.«

Birger Harms geht in die Küche, schließt die Tür hinter sich und klappert mit Geschirr. Janne lässt den Kopf auf den Tisch sinken, vergräbt das Gesicht in der Armbeuge und heult los. Sie kommt nicht dagegen an. Das geht so lange, bis er wiederkommt und eine dampfende Kanne vor ihr abstellt. Als das friesische Gebräu seinen Duft verbreitet, versiegen die Tränen endlich. Der Ärmel des Pullovers ist nass, es ist Eriks Norwegerpulli, den sie nach der Arbeit rasch übergezogen hat und der eigentlich zu warm für den Abend ist. Wo die Wolle feucht ist, riecht sie nach ihrem Bruder. Nur ein Hauch, Einbildung vermutlich.

»Geht's besser?« Birger Harms schenkt Tee ein.

Janne nickt und reibt das Gesicht mit dem anderen Ärmel trocken.

»Nimm ordentlich Zucker.«

Bedächtig schaufelt sie drei Löffel braunen Kandis in ihre Tasse, rührt um und trinkt, während Birger Harms für sie eine Scheibe Schwarzbrot dick mit Butter bestreicht. Der Kandis knistert.

»Fisch dazu?«

»Nein, danke.«

Janne isst und trinkt, und es schmeckt köstlich. Inzwischen ist es still geworden und fast dunkel. Die Wildgänse sind verstummt, das letzte Tageslicht ist verbraucht. Nur der Wind ist noch zu hören, er bläst unter der Tür hindurch und lässt die Kerzenflamme tanzen. Warme, zornige Zugluft.

»Bist du bloß zum Flennen hergekommen, oder willst du was Bestimmtes?«, fragt Birger Harms, nachdem er sie zwei Brote und drei Tassen Tee lang in Ruhe gelassen hat.

Janne seufzt.

»Geht es aufwärts mit deinem Vater?«

»Nein. Er liegt im Koma. Deswegen bin ich hier.«

Ein fragender Blick.

»Ich weiß nicht, ob du davon gehört hast: Er hat mich gebeten, die Geschäftsführung der Werft zu übernehmen. Und ich Idiotin habe mich darauf eingelassen.«

»Ja, ich hab's mitbekommen. Das kann Paul: Leute dazu bringen, das zu tun, was er für richtig hält, egal ob sie können oder wollen oder nicht. Geht ja auch meistens gut.«

»Was soll das denn heißen?«, fragt Janne brüskiert. »Soweit ich weiß, hat er nie jemanden gezwungen, für uns zu arbeiten.«

»Du hast doch keinen blassen Schimmer, ob und wie dein Vater irgendjemanden zu irgendetwas genötigt hat, Janne Flecker.«

»Erik hat die Werft jedenfalls geliebt.«

»Das weiß ich. Erik war ein Glücksfall für eure Familie, für die Firma und diese ganze lausige Stadt.«

Janne spürt neue Tränen aufsteigen, aber diesmal hält sie sich zurück.

Birger Harms beobachtet sie. »Janne, ich gehe immer zeitig zu Bett. Also sag mir endlich, was du von mir willst.«

»Ich wollte dich um deine Hilfe bitten. Für den Anfang. Ich brauche auf der Werft einen erfahrenen Bootsbauer mit Meisterbrief, der auf meiner Seite ist und unsere Lehrlinge weiter ausbilden kann. Es wäre nur vorübergehend.«

»Das ganze Leben ist vorübergehend«, sagt Birger Harms und

fängt an zu lachen. »Ich soll also den Karren mal wieder aus dem Dreck ziehen und deine Amme spielen?« Als Amme gilt in der Seefahrt ein erfahrener Offizier, der einem unfähigen Vorgesetzten zugeteilt ist. »War das deine Idee?«, fragt er.

Janne nickt.

»Du bist genau wie dein Vater, original Paul Flecker«, sagt Birger, und sein Lachen dröhnt in ihren Ohren. »Du denkst also, du schaffst es nicht allein, wie? Wo liegen denn deine Stärken, Janne? Was kannst du besonders gut?«

»Geige spielen«, sagt sie spontan und macht sich auf weiteres Gelächter gefasst.

Aber Birger Harms wird wieder ernst. »Geige spielen. Ja, das stimmt. Geige spielen kannst du wunderbar. Als Kind hast du oft in der alten Werkhalle geübt, erinnerst du dich? Die Akustik hatte es dir angetan.«

Janne nickt.

»Aber sobald du bemerkt hast, dass die Arbeiter draußen stehen und zuhören, hast du deine Sachen gepackt und dich verdrückt. Jammerschade.«

Das unsanierte Gebäude wurde in dieser Zeit nicht genutzt. Umgeben von rostigem Schutt und Werkzeug begriff Janne dort den Unterschied zwischen Geige üben und musizieren. Eine Schatzhöhle. In der Phantasie einer Neunjährigen, die überzeugt war, Musik nicht nur hören, sondern auch sehen und fühlen zu können, schwebten die Klänge durch die Halle wie Sternenstaub.

»Soll so der Deal lauten? Du bringst dein Geigenspiel ein, und ich zeige dir dafür, wie man Boote baut, Geschäfte macht, die Besatzung bei Laune hält und dafür sorgt, dass unterm Strich ein satter Gewinn abfällt?«

Janne ist verunsichert. »Na ja, eigentlich wollte ich heute Abend mit dir über Geld reden. Du sollst schließlich nicht leer ausgehen.«

Wieder dieses Lachen. »Geld, aha. Damit kennst du dich auch aus?«

»Nicht direkt. Eher mit dem Geldausgeben.« Es hat keinen Sinn, ihm etwas vorzumachen.

»Dann bleiben wir doch beim Geigen. Dein Einsatz ist die Kunst, und du hast Glück, denn ich habe eine Schwäche für Geigenmusik.«

»Ist das dein Ernst? Wie soll das funktionieren?«

»Komm morgen wieder, bring die Fiedel mit und spiel mir etwas vor. Aber sei nicht so spät und so hungrig wie heute.«

Mit glühenden Wangen steht Janne auf. »Das ist doch lächerlich. So etwas mache ich nicht mit.«

»Dann nicht. Falls du es dir anders überlegst, ich werde da sein. Gute Nacht.«

Mit einer Taschenlampe in der Hand bringt er sie zur Tür. Den Halogenstrahl richtet er auf ihr Fahrrad, damit sie nicht im Dunkeln aufsteigen muss.

»Ich stecke bis zum Hals im Sumpf, und du hast nichts Besseres zu tun, als dich über mich lustig zu machen«, ruft Janne ihm über das Heulen des Windes hinweg zu. »Das hätte ich nicht von dir gedacht, Birger Harms.«

»Du hast das völlig in den falschen Hals gekriegt. Ich habe dir einen Handel vorgeschlagen: Jeder bringt das ein, womit er glänzen kann. Das ist doch fair.«

Ohne zu antworten, fährt Janne los. Die Böen zerren an ihr. Sie hält das Lenkrad umklammert, wettert aus, wie es auf See heißt, wenn man bei Sturm nicht beidreht. Wolken sind aufgezogen, und der Mond lässt sich nicht blicken. Die Fahrradlampe ist schwach. Janne erkennt den Verlauf des Weges nur, wenn das Licht des Neuwerker Leuchtturms über den Boden hinweggleitet.

Am Morgen sind Wind und Wolken weitergezogen. Das Laub hat begonnen, sich zu verfärben: vornehmlich in Gelb und Braun. Jannes vierter Arbeitstag beginnt so, wie der dritte aufgehört hat: Sie schindet Zeit in Eriks Büro, das Gefängnis und Zuflucht zugleich ist.

In den Schubladen haben sich DIN-A4-Blätter mit Skizzen und handschriftliche Notizen ihres Bruders angesammelt, sein Notebook und der Terminkalender hingegen wurden von der Polizei beschlagnahmt. Janne seufzt. Größtenteils geht es um Dinge, von denen sie nichts versteht, was sie nicht daran hindert, sich in die Baupläne der Yachten und in die Aufzeichnungen über Arbeitsabläufe zu vertiefen und so zu tun als ob. Reine Zeitverschwendung. Sie scheut sich, den Arbeitern unter die Augen zu treten. Auf Kaffee verzichtet sie.

Mittags ruft ihre Mutter an. Viktoria Flecker wird von einer nahezu hysterischen Freude beherrscht, denn sie hat die Mitteilung erhalten, dass die Staatsanwaltschaft Anklage gegen Hella erhoben hat. »Wir werden als Nebenkläger auftreten, und weißt du, wer unser Anwalt ist? Wilhelm Edler, dieser Staranwalt aus Hamburg, du kennst ihn bestimmt. Hella, dieses Biest, ist so gut wie erledigt. Alles, was die Justiz in diesem Staat an Härte hergibt, Janne, alles, was machbar ist, werden wir ins Feld führen.«

Janne nimmt den Rahmen mit dem Hochzeitsbild in die Hand und betrachtet Hellas unbekümmerten Frohsinn. Ein Biest?

»Mama, wenn du dich hören könntest. Du klingst wie eine Furie. Wozu brauchen wir einen Staranwalt? Wir sind doch zufrieden mit Herrn Michelsen.«

Viktoria Flecker lässt sich nicht beirren. Von der eigenen Rachsucht berauscht, sucht sie nach weiteren Möglichkeiten, Eriks Witwe zu demontieren: »Stell dir vor, ich habe das Angebot erhalten, in einer Talkshow aufzutreten. Ganz seriös, bei den

Öffentlich-Rechtlichen. Es geht um die Opfer und Hinterbliebenen von Gewaltverbrechen. Ich überlege ernsthaft, zuzusagen.«

»Nein. Auf gar keinen Fall. Mach das bloß nicht.«

»Vielleicht würde es mir guttun.«

Janne schüttelt den Kopf. »Du würdest es bereuen, glaub mir.« Sie betont jedes einzelne Wort. Janne versteht die Welt nicht mehr. Viktoria Flecker in einer Talkshow – undenkbar. Dass sie so etwas überhaupt in Erwägung zieht, zeigt, wie verzweifelt sie sein muss. Keine Frage, ihre Mutter ist vom Kurs abgekommen. Jemand muss sie aufhalten.

»Janne, du bist reichlich merkwürdig in letzter Zeit, so furchtbar unterkühlt und abweisend, als ginge dich das alles nichts an. Man könnte meinen, es berührt dich nicht, dass Erik ermordet wurde. Du steckst das einfach so weg.«

Wortlos schleudert Janne den Bilderrahmen gegen die Wand, und das Glas zerspringt. Es regnet Splitter und Scherben. Dann legt sie auf.

Als sie sich beruhigt hat, wählt sie die Nummer der Chirurgie an der Hamburger Uniklinik, doch sie beendet die Verbindung nach dem ersten Freizeichen. Ihr Bruder hasst es, bei der Arbeit gestört zu werden. Also hinterlässt sie auf seiner Mailbox die dringende Bitte, sich um seine Familie zu kümmern. Sie spricht unterkühlt und abweisend.

Auf der Polizeiwache rechnet niemand mit ihrem Besuch. Janne muss auf dem Flur warten, bis einer der Kripobeamten Zeit für sie hat. Ein langer Gang. Es gibt Stühle, aber sie steht lieber. Stehen ist weniger verbindlich. Sie kann jederzeit gehen.

Janne lehnt mit dem Rücken an der Wand. Gegenüber pinnen Fahndungsfotos, daneben wohlmeinende Aufrufe gegen Gewalt an der Schule und Drogenmissbrauch. Putz blättert von der Wand, Jannes Fingernägel helfen nach.

Sie hat lange gezögert, gegen den Willen Paul Fleckers herzukommen, doch sie weiß sich keinen anderen Rat. Das Telefonat mit ihrer Mutter hat ihr gezeigt, dass sie nicht weiter verschweigen darf, was er ihr zuletzt am Krankenbett anvertraut hat. Sollte Hella tatsächlich unschuldig und der Mord an Erik ein Versehen gewesen sein, wird es Zeit, seine Kleine aus der Schusslinie zu bringen. Und falls sie es doch getan hätte, stünde ihr trotz allem ein fairer Prozess zu. Dazu müssen alle Fakten ans Licht. Aber unter welchen Umständen? Wohl ist ihr nicht bei der Sache. Begeht sie einen Fehler? Ihr Gewissen schweigt sich aus.

Hauptkommissar Frank Hagedorn bittet Janne in ein unaufgeräumtes Büro, wo er sich umständlich nach Paul Flecker erkundigt und Genesungswünsche äußert. Sie antwortet knapp. Dieser Heuchler. Ihrer Meinung nach hat der Vorfall auf dem Friedhof den Hirnschlag ihres Vaters erst ausgelöst. Sie betrachtet den Mann, sein rundliches Gesicht, freundlich, unauffällig und schlecht rasiert, und empfindet Abscheu. Die Stimme ihres Vaters hat sich in ihrem Kopf eingenistet. »Vergiss die Bullen« – unglaublich, dass er so etwas gesagt hat. Noch unglaublicher, dass sie drauf und dran ist, es zu ignorieren.

»Was führt Sie zu mir, Frau Flecker?«

Janne holt tief Luft und schweigt. Unter ihren Nägeln haftet Putz, den sie von der Wand gekratzt hat. Die Fingerspitzen sind weiß.

»Frau Flecker?«

»Ich habe gehört, die Staatsanwaltschaft hat Anklage gegen meine Schwägerin erhoben?«

Der Kripobeamte verzieht keine Miene. »Tja, nach dem Geständnis steht einer Verhandlung nichts mehr Wege.«

Geständnis? Janne schluckt. Hella hat gestanden? Sie hat mit allem gerechnet, nur damit nicht. Sie versucht, ihre Überraschung zu überspielen. Hagedorn taxiert sie, er wirkt amüsiert.

»Dann brauchen Sie mich ja nicht mehr«, sagt sie.

»Ich habe Sie nicht herbestellt.«

»Das weiß ich. Ich wollte lediglich sichergehen, dass Sie keine Fragen an mich haben, da ich neulich nicht in der Lage war, mit Ihnen zu reden.«

»Wie aufmerksam von Ihnen. Da werde ich die Gelegenheit gleich beim Schopfe packen.« Er trinkt Kaffee aus einem Becher, der aussieht, als wäre er noch nie gespült worden. »Wie war Ihr Verhältnis zu Ihrem Bruder Erik?«

»Es war ausgezeichnet. Obwohl wir in letzter Zeit wenig Kontakt hatten.«

»Und wie haben Sie sich mit Ihrer Schwägerin verstanden?«

»Nicht sehr gut, was vermutlich der Grund dafür ist, dass Erik und ich uns ein wenig auseinandergelebt haben«, antwortet Janne wahrheitsgemäß.

»Haben Sie das Hella übel genommen? Oder ihm?«

Janne steht auf. »Es gab keine Konflikte zwischen uns, wir haben nur seltener miteinander gesprochen als früher. Erik war hier und hatte sein Leben, und ich war die ganze Zeit in Berlin … Hören Sie, ich möchte jetzt gehen.«

»Wann waren Sie zum letzten Mal in Cuxhaven bei Ihrer Familie?«, bohrt Hagedorn weiter.

»Ostern. Und jetzt muss ich los.« Sie streckt ihm zum Abschied die Hand entgegen, worauf er ihr seine Visitenkarte überreicht.

»Frau Flecker, wenn Ihnen doch noch etwas einfallt, was ich wissen sollte, rufen Sie mich an. Jederzeit.«

»Selbstverständlich«, sagt sie. Darauf kann er lange warten.

Die Polizeiwache befindet sich in der Cuxhavener Innenstadt am Rand der Fußgängerzone. Als die massive Holztür hinter Janne ins Schloss fällt, ist es bereits später Nachmittag, und da sie keinesfalls in Eriks Büro zurückkehren will, mischt sie sich unter die wenigen Passanten, die im Sog der Langeweile treiben. Seit sie vor zehn Jahren von hier fortgegangen ist, hat die Hafenstadt ihr Gesicht verändert: Alteingesessene Kaufleute befinden sich wie vielerorts auf dem Rückzug. Am Ende bleiben nur Leerstände, Billigläden und Filialen großer Handelsketten mit ihrem immergleichen Plunder. Janne lässt sich von der allgemeinen Lethargie anstecken und sinkt auf den nächsten freien Platz vor einem Eiscafé. Als die Kellnerin, die ihr nicht bekannt vorkommt, sie mit ihrem Namen anspricht, sich als Claudia aus der Grundschulklasse vorstellt und anfängt, von Eriks Tod zu reden, weiß sie, was sie nicht will: hier sterben.

Zu Hause in ihrem Zimmer trifft Janne am frühen Abend auf Meinhard. Die Begrüßung ist herzlich. Sie ist heilfroh, ihn zu sehen. Er hat sich umgehend auf den Weg nach Cuxhaven gemacht, nachdem er die Mailbox abgehört hatte, und es ist ihm gelungen, ihrer Mutter den Auftritt in der Talkshow auszureden, was Janne mit Erleichterung aufnimmt.

»Wo hast du gesteckt?«, fragt er später. »Ich wollte dich im Büro erreichen, aber Frau Bremer meinte, du seist verschwunden, ohne ein Wort zu sagen.«

»Unloyales Weibsbild. Hoffentlich erzählt sie das nicht auch den Kunden. Ich war bei der Polizei.«

Meinhard runzelt die Stirn. »Warum das denn?«

»Ach, hat sich erledigt. Wusstest du, dass Hella den Mord gestanden hat?«

»Ja, Mama hat es mir vorhin erzählt. Sie hat es von diesem Hamburger Anwalt.«

Janne beginnt die Geige samt Noten in einem Rucksack zu verstauen. Meinhard sieht ihr dabei zu und hantiert gedankenverloren mit einem Kugelschreiber, der auf ihrem Schreibtisch lag.

»Was hältst du von Hellas Geständnis?«, fragt Janne.

»Was soll ich davon halten?«

»Empfindest du auf irgendeine Weise Triumph oder Genugtuung?«

»Nein. Du?«

»Überhaupt nicht. Obwohl ich mir im ersten Moment aufrichtig gewünscht habe, dass Hella die Schuldige sein möge. Einfach weil ich sie nie leiden konnte«, antwortet sie.

Die Kugelschreibermine schnellt vor und zurück. »Mir ging es ähnlich. Trotzdem habe ich jetzt ein schales Gefühl.«

»Glaubst du, sie war es?«

»Hätte sie sonst gestanden?«, fragt Meinhard zurück. »Ich sag dir was – ich werde der Polizei mal ein wenig auf den Zahn fühlen. Um sicherzugehen, dass die Typen ihre Arbeit ordentlich machen. Aber eines ist klar: Wenn Hella es war, hat sie auch noch unseren Vater auf dem Gewissen.«

»Jetzt klingst du schon so wie Mama. Ausgerechnet du als Arzt. Du hast doch gehört, was sie gesagt haben: Der Schlaganfall war Folge seines Lebenswandels. Es hätte ihn früher oder später sowieso erwischt.«

»Psychologische Faktoren spielen auch eine Rolle. Mit dem Mord an Erik hat er nicht nur sein liebstes Kind verloren, er sah plötzlich auch sein Lebenswerk den Bach runtergehen.«

Janne fixiert ihren Bruder kopfschüttelnd. »Liebstes Kind? Was redest du da? Papa hat Erik nie bevorzugt.«

»Ich rede nicht von Bevorzugung. Ich rede von Liebe.«

Kurz darauf radelt Janne abermals hinaus zu Birger Harms, wo sie die gleiche Szenerie wie am Vorabend erwartet: schreiende Vögel, auffrischender Wind und das Naturschauspiel der hereinbrechenden Dunkelheit über der Nordsee. Ablaufendes Wasser. Mehr noch als sonst empfindet Janne die Wüste aus Schlick, Sand und Ton als lebendiges Wesen, das atmet, fühlt und immer in Bewegung ist. Sie weiß, das Wattenmeer ist nach dem Regenwald das zweitproduktivste Ökosystem der Welt. Seine Organismen – Würmer, Kieselalgen, Schnecken, Muscheln und anderes Getier – vereinen sich zu einer einzigen unbeugsamen Kreatur, die dem Menschen zugleich ausgeliefert und überlegen ist.

Der Alte wirkt erfreut, sie zu sehen, und bietet ihr einen Köm an. Janne lehnt dankend ab. Vergebens wartet sie auf Tee und Schwarzbrot.

»Du wolltest doch bestimmt vorspielen. Bitte, fang an.«

Ihre Hände sind feucht und kalt, als sie die Saiten stimmt.

»Phantastisch, diese Quarten«, versucht Birger Harms aufzutrumpfen.

»Es sind Quinten«, verbessert Janne und blättert in ihren Noten. Sie will unbedingt etwas Virtuoses spielen, das ihn sofort so sehr beeindruckt, dass er sich auf seinen Teil der Abmachung besinnt. Schließlich entscheidet sie sich für eine Sonate von Paganini. Ein ausgesprochen schwieriges Stück: schnelles Tempo, zahlreiche Doppelgriffe, hohe Lagen und eine unkomfortable Tonart. Janne kann es auswendig, seit sie damit als Elfjährige an einem Wettbewerb teilnahm und den ersten Platz errang.

Janne spielt, und Paganinis teuflische Kadenzen züngeln durch den kleinen Raum, der kaum genug Platz bietet für dieses Feuerwerk aus Tönen. Sie macht keinen Fehler, obwohl der Schweiß an ihren Fingern die Lagenwechsel erschwert. Möglicherweise hat sie die Sonate als Kind anrührender gespielt. Aber das kann Birger Harms nicht wissen, dafür ist ihre Technik heute ausgereifter.

»Vielen Dank, Janne. Das war exquisit«, sagt er, als sie geendet hat, und seine Stimme klingt sachlich.

»Und jetzt?«

»Komm morgen wieder.«

In der Nacht ist an Schlaf nicht zu denken, da hilft auch keine Ablenkung. Janne wälzt sich von einer Seite auf die andere, wandert umher, stellt sich ans offene Fenster. Milde Nachtluft, Kopfschmerzwetter. Nichts ist mehr so, wie es vorher war. Sogar die Jahreszeiten spielen verrückt. Ihr Streifzug durchs Haus endet vor einer verschlossenen Tür im Dachgeschoss. Dahinter hat ihre Mutter, eine studierte Kunsthistorikerin, ein Malatelier für sich eingerichtet. Der Schlüssel steckt. Ohne nachzudenken, öffnet Janne die Tür und tritt ein. Sie schaltet das Licht an.

»O nein.«

Die geräumige Kammer, einst Rückzugsterritorium und absolutes Heiligtum ihrer Mutter, ist bis auf einen schmalen Gang in der Mitte zugestellt. Mannshoch türmen sich Gerümpel und Unrat: Farben, Zeitungen, halbfertige Ölbilder, Möbel. Ein fauliger Geruch liegt in der Luft, so streng, dass Janne die Hand vor Mund und Nase presst. So ungefähr stellt sie sich das Chaos in ihrem Kopf vor. Wenn es noch einen Beweis gebraucht hat, wie ernst es um Viktoria Flecker steht, ist dieser jetzt erbracht worden.

Das nächste Privatkonzert für Birger Harms fällt kurz und stümperhaft aus. Janne ist mit den Gedanken nicht bei der Sache. Sie will mit dem alten Mann über Hella reden, denn obwohl er so zurückgezogen lebt, scheint er über die Vorgänge in der Stadt bestens informiert zu sein.

»Kennst du Hella eigentlich gut?«

»Natürlich kenne ich sie. Aber was heißt gut? Ich kenne niemanden gut.«

»Sie hat den Mord an Erik gestanden.«

Er nickt und serviert Tee mit Rum, dazu Butterbrote. Im Ofen brennt ein Feuer. Der Abend ist kühler als die vorangegangenen.

»Du wusstest das?«

»Bei Johnny Ritscher erfährt man so einiges.«

»Auch welche Beweise gegen Hella vorliegen?«

»Nur Zeugenaussagen«, sagt Birger Harms gedehnt und beißt von seinem Brot ab. »Außerdem glauben sie, dass die Tatwaffe aus Eriks Wohnung stammt, jedenfalls hatte er genau diese Fallen zu Hause. Die sind hierzulande verboten.«

»Er hat sie in Schweden benutzt, um tollwütige Füchse zu jagen.« Janne schüttelt es, wenn sie nur daran denkt. »Was sagen die Zeugen denn gegen Hella aus?«, fragt sie weiter.

»Dass Erik und sie sich in letzter Zeit ziemlich oft in die Haare gekriegt haben. In aller Öffentlichkeit. Außerdem gibt es Leute, die gesehen haben wollen, dass sie spätabends ins Watt geritten ist. Am nächsten Tag war Erik tot. Das ist seltsam, oder?«

»Sie reitet viel. Warum nicht auch abends?«

Birger Harms legt seine Brotscheibe zurück auf den Teller. Sein Blick ruht auf ihr. »Du nimmst Hella in Schutz? Hast du Zweifel an ihrer Schuld?«

Janne blinzelt und schlägt die Augen nieder. »Vielleicht habe ich einfach Probleme, mir vorzustellen, dass Erik sich so sehr in einem Menschen getäuscht haben kann.«

Birger steht auf. Ohne Vorwarnung streift er sich den Strickpulli samt Unterhemd über den Kopf, um plötzlich mit nacktem Oberkörper vor ihr zu stehen. Er hat sich gut gehalten. Dann dreht er sich um und präsentiert seinen Rücken: Janne sieht mehrere Narben, lange graue Nackenhaare, die er zu einem dünnen Zopf gebunden trägt, und eine suppentellergroße Tätowierung auf dem linken Schulterblatt. Ein Frauengesicht inklusive Dekolleté, jung, mit großen Augen, niedlich. Offenbar hat das Kunstwerk bereits etliche Jahre überstanden, denn die Konturen fransen aus, die Farben sind verblasst.

»Wer ist das?«, fragt Janne.

»Elfie. Siehst du die Narben?«

»Natürlich.«

»Die stammen von ihr. Als sie erfahren hat, dass ich ihr untreu war, ist sie mit dem Küchenmesser auf mich losgegangen.« Er zieht sich wieder an, setzt sich hin und fährt fort. »Erik war ein treu sorgender Ehemann, aber er hatte die gleiche Schwäche wie dein Vater und ich und wie viele andere auch: schöne Frauen.«

»Willst du damit sagen, dass er Hella betrogen hat? Glaubst du, sie hat ihn deswegen umgebracht?«

»Ich glaube gar nichts«, sagt Birger Harms. »Nur an das Schlechte im Menschen.«

PAUL Er ist noch immer im Meer, aber nicht länger allein. Jemand spricht mit ihm. Birger Harms, der alte Bandit mit seinen langen Zotteln. »Da kommt die Biggi«, haben die Kollegen immer gelästert, aber der Mann kann Spaß vertragen. Natürlich nur bis zu einem gewissen Punkt. Niemand ist ohne Schwächen, und wer vorankommen will, sollte sich zunächst mit den eigenen vertraut machen, bevor er bei anderen auf die Suche danach geht.

Paul Flecker weiß, er selbst ist am verwundbarsten, wenn seine Herkunft zur Sprache kommt. Er wollte schon immer zu denjenigen gehören, die in der Gesellschaft etwas darstellen und vor denen sich das Heer der Namenlosen verneigt. Er wollte dahin, wo die Aussicht am besten ist: nach oben. Als Kleinkind in Schlesien spielte er mit dem Sohn des Gutsherrn. Nach der Flucht eignete er sich frech dessen Geschichte an und erzählte allen in der neuen Heimat von den verlorenen Ländereien im Osten. Nicht, dass es jemanden interessiert hätte. Als Flüchtlingsjunge ohne Vater war er im Norden ein Niemand – so oder so. Mit seiner großbürgerlichen Heirat und dem Kauf der Werft hat er es später allen gezeigt. Aber er musste stets aufpassen, dass sein Geltungsdrang ihm nicht zum Verhängnis wurde, und nun, da sein irdisches Dasein beendet scheint, ist er nicht sicher, ob ihm das gelungen ist.

Birger redet, und Paul treibt im ruhigen Fluss seiner Worte. Er versteht nicht, was der Freund sagt, aber er ist gerührt. Was er mit der Werft erreicht hat, wäre ohne diesen Mann undenkbar gewesen. Außer seinem Sohn Erik ist er nie jemandem begegnet, der mehr vom Bootsbau und der See versteht als Birger. Der hätte seine eigene Werft haben können, ach was, ein ganzes Imperium, er hätte jedes Schiff der Welt bauen und besitzen können, hätte ihm sein Naturell nicht im Weg gestanden. Denn er ist ein Spieler. Ein Zocker im übelsten Sinn – zum Glück für Paul Flecker. Er hat nicht gezählt, wie oft er für den fünfzehn Jahre älteren Freund die Schulden getilgt hat, auch nicht die Gelegenheiten, bei denen er ihn aus irgendwelchen Kasinos und Spielerspelunken zurück an seinen Arbeitsplatz zerren musste. Je kleiner das Gehalt, desto besser konnte Birger damit umgehen – welch ein Gewinn für die Firma. Leider hat es eine Weile gedauert, bis er einsah, wie gut es Paul Flecker mit ihm meinte. Und es hat vereinzelt Situationen gegeben, in denen die anfängliche Verbitterung erneut durchbrach.

Seltsam. Es ist, als wäre Birger Harms seinen Überlegungen gefolgt, denn plötzlich verhärtet sich der Klang seiner Stimme und das Plätschern wächst zu einem zornigen Getöse heran. Paul weiß es, Birger weiß es: Sie sind einander schon seit langem ausgeliefert – nun jedoch mit umgekehrten Vorzeichen. Das Meer bietet keinerlei Schutz, und Paul merkt, wie es wieder eng wird in seiner Brust.

Die schwärzeste Nacht

JANNE Der Schlüssel steckt von innen. Nach der langen Fahrt ist Janne müde, zumal sie in Brandenburg fast eine Stunde im Stau stehen musste. Im Regen. Sie hat es eilig, in die Wohnung zu kommen. Das blockierte Schlüsselloch bringt sie in Rage. Sie drückt auf die Klingel. Es läutet, aber sonst passiert nichts. Sie legt das Ohr an die Tür und hört Musik, die ihr nicht bekannt vorkommt. Eine Popballade.

»Großartig.«

Janne klingelt Sturm, und die Musik wird abgeschaltet. Sie hört schnelle Schritte. Rasch tritt sie zurück. Nils öffnet in T-Shirt und Unterhose, die Locken zerzaust.

»Janne.« Er ist angespannt und wirkt ungefähr so erfreut, als wäre sie von der GEZ.

»Ja, ich bin es, leibhaftig. Hast du geschlafen, oder wie? Du hast vergessen, den Schlüssel abzuziehen.«

Sie schiebt ihn beiseite und dringt in den Flur vor. Es riecht anders als sonst, nach kaltem Zigarettenrauch und einem Parfüm, das sie nie benutzt hat. Jemand hat gekocht, ungewohntes Essen, irgendetwas mit Ingwer. Sie verabscheut Ingwer. An der Garderobe hängen ein roter Mantel, ein bunt geringelter Schal, ein Strickponcho und eine graue Webpelzjacke. Frauenkleider, und zwar entschieden zu viele für einen Kurzbesuch.

»Warum hast du nicht vorher angerufen?«, will Nils wissen.

»Wieso sollte ich? Wer ist sie?«

»Wer ist wer?«

»Die Frau, der diese Klamotten da gehören und die mit Ingwer kocht.«

»Du hast eine verdammt gute Nase.« Er fährt sich mit beiden Händen durchs Haar. »Janne, tut mir leid, ich wollte es dir letztens sagen, aber dann ist Erik gestorben und …«

»Wie bitte? Du hattest schon vor Eriks Tod eine Freundin und hast mir nie davon erzählt?«

»Na ja, so lange sind wir noch nicht zusammen. Vier Monate.«

Janne steht da, als wäre sie versteinert. »Wo ist sie?«

Wie auf Stichwort erscheint das Webpelz-Frauchen in der Schlafzimmertür. Abgesehen von dem wenig überzeugenden Lächeln, das schief in ihrem Gesicht klebt, sieht sie nett aus: groß, schlank, lange dunkle Haare, sie könnte Italienerin sein. Ordinäre Lippen, ein breiter Mund. Sie trägt ein Sweatshirt von Nils, sehr enge Bluejeans und ist barfuß.

»Janne, das ist Amanda. Amanda – Janne.«

Sie reichen einander die Hände.

»Freut mich, dich kennenzulernen«, sagt Amanda.

»Und mich erst.«

Nachdem die Begrüßung überstanden ist, entspannt sich Nils merklich. »Komm doch erst mal ins Wohnzimmer. Wie war die Fahrt?«

»Mies.«

»Du Ärmste, die Autobahn ist total ätzend. Deswegen fahre ich lieber Bahn. Willst du etwas trinken? Oder hast du Hunger?«, fragt Amanda, und ihr Lächeln nimmt beängstigende Ausmaße an.

»Nein danke, ich wollte nur einige Sachen abholen.«

»Also, wenn du in Eile bist, wollen wir dich nicht aufhalten«, sagt Nils, und Janne erkennt, dass die Situation für ihn trotz aller Peinlichkeit einen triumphalen Beigeschmack entfaltet. Er geht voraus in Jannes Musikzimmer, wo sie ihre Noten und weitere Violinen aufbewahrt. Neben dem Klavier, das ebenfalls ihr gehört, stehen mehrere Umzugskartons auf den Holzdielen. Sie öffnet einen davon: Sommerkleider. Im nächsten befinden sich Bücher, in einem anderen ihr Teegeschirr und so weiter. Alle sind randvoll mit ihrem Hab und Gut.

»Du hast angefangen, mich abzuwickeln«, stellt sie fest.

»Mach dich nicht lächerlich. Du bist diejenige, die weggezogen ist. Eigentlich wollte ich dir den Kram vorbeibringen, aber …« Er stockt, als er sieht, wie schockiert sie ist. »Alles in Ordnung?«

»Nein, Nils. Absolut nichts ist in Ordnung. Was ich nicht verstehe, ist deine Empörung neulich am Strand, als du erfahren hast, dass ich in Cuxhaven bleibe.«

»Was hat das damit zu tun? Auch wenn ich mit Amanda zusammen bin, wollte ich einfach nicht, dass du ausziehst.«

»Ich glaub dir kein Wort.«

Ohne anzuklopfen, huscht Amanda ins Zimmer und bietet ihre Hilfe beim Tragen an. Nils' Sweatshirt mit dem Harvard-Wappen steht ihr gut, sie trägt es mit dem gleichen Stolz, mit dem manche Frauen ihren Freundinnen Verlobungsringe präsentieren. Sicher findet sie seine Fürsorge niemals erdrückend, sondern zahlt sie mit gleicher Münze zurück.

»Ich bringe schon mal was nach unten«, sagt Amanda und greift nach einem Geigenkoffer.

Ausgerechnet. »Lass die Finger davon und verzieh dich, Süße«, sagt Janne. Sie bereut es sofort.

»Kein Problem«, erwidert Amanda milde und verlässt mit federnden Schritten den Raum.

»Musste das sein?« Nils macht keine Anstalten, seiner Freundin zu folgen, sondern baut sich vor Janne auf: »Wieso beleidigst du sie?«

»Entschuldigung. Das ist mir rausgerutscht. Ich musste gerade an Elfie denken und an das Schlechte im Menschen. Und schrei mich gefälligst nicht an.«

Nils mäßigt seinen Ton. »Wer ist Elfie?«

»Das geht dich nichts an.«

Janne und Nils tragen die Kartons zum Auto. Da Janne den Geländewagen ihrer Mutter ausgeliehen hat, können sie alles gut verstauen. Sie bedauert, dass ihre Möbel und Teppiche in der Wohnung zurückbleiben müssen. Unter Amandas nackten Füßen.

»Ich werde nächste Woche ein Umzugsunternehmen beauftragen, den Rest abzuholen.«

»Wie du willst.«

Sie stehen auf dem Bürgersteig im gelben Licht der Straßenlaterne, die Nils bei ihrem Einzug mit dem Lieferwagen gerammt hat. Seither neigt sie sich ein wenig zur Seite.

»Bist du echt nur wegen der Sachen gekommen?«

Janne zögert.

»Komm, wir gehen irgendwohin und reden.« Seine Wut ist schnell verraucht. So geht es ihm immer bei ihr. Das hat sie oft ausgenutzt.

»Nein, Nils. Ich fahre jetzt.«

Eine Raststätte in Brandenburg. Es geht auf Mitternacht zu, und es herrscht nicht viel Betrieb. An der Bar wird italienischer Espresso serviert, der nicht anders schmeckt als in Rom oder Florenz. Die Bedienung ist freundlich. Janne wäre froh, wenn Kaffee und Kellnerin mehr Angriffsfläche bieten würden. Dann wüsste sie wohin mit ihrer Wut, die sie wie eine Sturmflut überrollt. Das Wasser schlägt bereits gegen die Haustür, und sie kann nichts weiter tun, als sich mit dem Rücken dagegenzustemmen und zu hoffen, dass der Pegel bald sinkt. Eifersucht ist ein guter Grund für eine schlechte Tat. Sie denkt an Birgers Rücken und an Amandas Lächeln, in das sie beim nächsten Händeschütteln gern einen spitzen Gegenstand rammen würde. Oder einen schweren Stiefel. Oder ein heißes Bügeleisen. Bevor sie sich Nils vornimmt, dieses Weichei.

Sollte ihr Bruder Hella tatsächlich betrogen haben? Alles scheint dafür zu sprechen. Zur Strafe hat sie ihn nicht nur bluten lassen, sondern regelrecht zu Tode gequält. Entweder hat sie sich nicht mit dem Rücken gegen die Tür gestemmt – oder die Flut war stärker.

»Hella, du Miststück«, flüstert Janne, die Zähne aufeinandergepresst.

Die Kellnerin lässt sie nicht aus den Augen und atmet auf, als sie nach zwei Tassen Espresso aufbricht.

Janne braucht noch mehr Koffein in dieser Nacht. Kurz vor Bremen steuert sie einen weiteren Rastplatz an. Dort wurde vor Jahren ein Junge erschossen, der mit seiner kleinen Schwester in einem entführten Bus saß. Janne erinnert sich im Vorbeifahren oft daran, weil ihr die Geschichte als Kind Albträume bereitet hat, angehalten hat sie dort noch nie. Ein flacher Bau aus den Siebzigern. Der Kaffee kommt aus dem Automaten, und auch sonst ist alles auf die Ansprüche derjenigen Rastsuchenden ausgerichtet, die nicht viele Ansprüche haben. Janne zählt sich neuerdings dazu. Ein Film aus Fett und Staub überzieht das Mobiliar.

Eigentlich hat sie vorgehabt, in Berlin zu übernachten. Die kurze Unterbrechung nicht mitgerechnet, sitzt sie seit elf Stunden hinter dem Steuer. Die letzten vier haben zwar ausgereicht, um sie zu besänftigen, haben sie aber nicht auf andere Gedanken gebracht. Der Mord an Erik lässt sie nicht los, und sosehr ihr die Vorstellung auch zusagt, dass die Tat kein Rätsel mehr in sich birgt, sosehr sie ihre Abneigung schürt – sie glaubt nicht an Hellas Schuld. Das gesteht sie sich endgültig ein, während sie auf Ketchup-Flecken starrt, die auf der Tischplatte geronnen sind. Dunkelrote Sprenkel auf hellem Sperrholz. Sie ist hundemüde und vermeidet es, ihr Spiegelbild im Fenster zu betrachten.

Angenommen, ihr Vater hätte recht und die Falle im Watt war für ihn ausgelegt. Auch dann käme Eifersucht als Motiv in Frage, denn er ist ein Ehebrecher, wie Janne allmählich akzeptiert. Laut Birger Harms ist er regelmäßig fremdgegangen, was seine Verflossenen zu potenziellen Täterinnen macht. Desgleichen Viktoria, seine Frau.

Als sie am nächsten Morgen aufwacht, ist es fast Mittag. Janne duscht lange und heiß, zieht sich an und frühstückt im Stehen in der Küche. Sie muss sich auf der Werft blicken lassen. Im Hauseingang begegnet sie dem Gärtner, der damit beschäftigt ist, ihre Umzugskartons zu entladen. Viktoria Flecker beaufsichtigt ihn.

»Janne, da bist du ja. Guten Morgen. Sollen die Sachen auf dein Zimmer gebracht werden?«

Sie zuckt mit den Schultern. »Eigentlich weiß ich nicht, wohin damit.«

»Im Haus ist doch wohl Platz genug.«

»Ich habe nicht vor, hier wohnen zu bleiben, Mama.« Janne nickt dem polnischen Gärtner zu, und dieser lächelt zurück. Soweit sie weiß, kommt er aus Schlesien, der Heimat Paul Fleckers.

»Du willst wegziehen?«, fragt ihre Mutter.

»Was heißt wegziehen? Ich werde mir eine eigene Wohnung nehmen.«

»Da wird dein Vater aber enttäuscht sein.« Sie senkt den Blick. »Wenn er wieder gesund ist.«

»Das Risiko gehe ich ein.«

Sie stehen dem Gärtner im Weg. Janne geht zu ihrem Alfa, Viktoria heftet sich an ihre Fersen.

»Auspacken musst du trotzdem. Ich will nicht, dass Kartons im Weg herumstehen«, sagt sie. »Unordnung stört mich nun mal.«

Janne könnte die Zustände im Atelier erwähnen, doch sie hält sich zurück. Möwen schreien, ein Dampferhorn tutet. Die Helgolandfähre ist bereit zum Auslaufen.

»Ich muss zur Arbeit.«

»Auf einmal? Sonst nimmst du es damit doch auch nicht so genau. Gestern warst du den ganzen Tag nicht dort. Und deinen Vater hast du seit einer Woche nicht besucht. Was ist bloß in dich gefahren?«

»Das fragst du mich? Ausgerechnet du? Du bist doch diejenige, die sich total verändert hat.« Janne steigt ins Auto und knallt die Tür zu.

Ihre Mutter reißt sie wieder auf. »Ich rede mit dir.«

»Das ist kein Reden, das ist Gesprächsterror.«

Sie startet den Motor. Viktoria hält noch immer die Fahrertür fest und lässt erst los, als Janne zurücksetzt. Wie konnten sie jahrelang miteinander leben, ohne täglich zu streiten?

Anstatt auf den Parkplatz der Flecker-Werft einzubiegen, wendet Janne und verlässt die Stadt. Sie fährt nach Stade, wo Hella in Untersuchungshaft sitzt. Was sie dort will, ist ihr selbst schleierhaft, aber sie verspürt das starke Bedürfnis, ihre Schwägerin aufzusuchen, vielleicht, um ihr zum ersten Mal, seit sie einander kennen, ohne Vorurteile zu begegnen. Der Pförtner der Vollzugsanstalt schmunzelt, als sie ihr Anliegen vorträgt. Für den Besuch einer Untersuchungsgefangenen sei eine schriftliche Genehmigung nötig, die nur ein Richter oder ein Staatsanwalt erteilen könnten. Ferner gebe es Besuchszeiten.

»Wir sind doch kein Hotel, junges Fräulein.« Er gehört zu einer Generation, in der diese Form der Anrede zum guten Ton gehört.

»Das heißt, ich bin den ganzen Weg umsonst gefahren?«

»Hm, also …«

»Ach, kommen Sie, helfen Sie mir. Bitte.«

Der Beamte fasst sich ein Herz und führt sie in eine Amtsstube, damit sie ihr Gesuch schriftlich formulieren kann. Er verspricht schnellstmögliche Bearbeitung. Auf sein Angebot, Hella einen Brief zu schreiben, geht Janne nicht ein. Sie lässt sich Zeit mit dem Antrag. Durch das vergitterte Fenster kann sie in einen Innenhof schauen, wo Gefangene Volleyball spielen.

Sie erkennt Hella sofort, obwohl sie mit dem Rücken zum Fenster steht, und auf einmal gelingt es ihr ohne weiteres, sie mit Eriks Augen zu sehen. Ein zartes Geschöpf, zugleich von großer Zähigkeit, ihre Bewegungen haben etwas Elfenhaftes, was ihre Mitspielerinnen offenbar zur Weißglut treibt. Ständig wird sie angerempelt. Sie sieht oft in den Himmel, wo die Sonne im Zenit steht, und verpasst so jede Gelegenheit, den Ball zu bekommen. Diese Frau scheint zur Außenseiterin geboren zu sein, sie saugt Schwierigkeiten an wie ein Tiefdruckgebiet heiße Luft.

Der Pförtner bemerkt Jannes Blick und zieht hastig eine Gardine vor das Fenster. »Das muss ich melden.« Er klingt beunruhigt.

»Tun Sie das.«

»Es kann sein, dass Sie deswegen keine Besuchsgenehmigung bekommen. Ich hätte Sie überhaupt nicht in dieses Büro lassen dürfen.« Seine Uniform wird zu eng für den Mann, er greift sich an den Hals und öffnet den obersten Hemdknopf.

»Wissen Sie was? Machen Sie sich keinen Stress und vergessen Sie die ganze Angelegenheit«, sagt Janne und zerreißt ihren Antrag.

»Ja, aber …«

»Es hat sich erledigt.«

Was sie sehen wollte, hat sie gesehen. Es hat ihre Meinung weiter gefestigt: Hella ist keine Mörderin.

Auf dem Rückweg fährt Janne einer Wolkenfront entgegen, die sich vom Meer auf das Land zubewegt. Böige Winde bedrängen den Sportwagen. Sie hält das Lenkrad fest umklammert. Laub wirbelt durch die Luft und bleibt an der Windschutzscheibe haften. Endlich.

Beim Anblick der ordentlich aufgereihten Umzugskartons in ihrem Mädchenzimmer fällt Janne der Name des polnischen Gärtners wieder ein: Jurek, Nachname unbekannt. Paul Flecker und Jurek sind früher hin und wieder zusammen ins Blaufeuer gegangen, um über die gemeinsame Heimat zu reden, die ihnen beiden außer Armut wenig zu bieten hatte. Trotzdem hielten sie ihr die Treue.

Treue – ein beunruhigendes Wort. Janne betrachtet die Kartons. Nils hat sie beschriftet, wie sie erst jetzt bemerkt. Während sich draußen das erste Orkantief seit dem Frühjahr formiert, hängt sie Sommerkleider in den alten Kiefernschrank. An der Innenseite der Türen pinnen vergilbte Konzertkarten: unvergessene Stunden Dauerbeschallung durch längst vergessene Teenie-Bands.

Janne stellt eine Theorie auf, nach der Menschen, die Umzugskartons beschriften, all denen moralisch und geistig unterlegen sind, die so etwas niemals tun würden. Als das Gefühl von Überlegenheit am stärksten ist, ruft sie Nils an.

»Du musst mich auszahlen.«

»Wie bitte?«

»Es geht um die Wohnung. Die gehört ja uns beiden, und bisher haben wir uns die laufenden Kosten geteilt, was nun keinen Sinn mehr hätte. Da du, formal gesehen, eine Untermieterin beherbergst, müsste ich eigentlich einen Teil der Miete verlangen, die du vermutlich aber gar nicht kassierst, was allein deine Angelegenheit ist. Ich hingegen bin nicht bereit, deiner neuen Freundin kostenlosen Wohnraum zur Verfügung zu stellen, weshalb es wohl das Beste wäre, wenn ihr euch zusammen etwas Neues sucht. Dann könnten wir die Wohnung verkaufen, uns das Geld teilen und ...« Sie bricht ab.

»Und?«

»Kein und. Ich war fertig.«

Nils seufzt. »Ist das alles, was dich beschäftigt?«

»Was erwartest du von mir? Dass ich euch viel Glück wünsche?«

»Warum nicht? Wir sind doch Freunde. Es tut mir leid, dass ich dir nichts von Amanda erzählt habe, weil ich zu feige war. Aber das gibt dir nicht das Recht, mich so zu behandeln.«

»Wie behandle ich dich denn?«

»Als wäre ich derjenige, der die Verlobung gelöst hat.«

»Dazu gehören immer zwei.«

»Also, das erklär mir bitte mal.«

»Nils«, sagt sie und atmet durch, »ich wünsche euch beiden ganz viel Glück und Seligkeit. Du hast es verdient, denn deine Seele ist so unendlich viel reiner als meine. Falls deine Zeit es zulässt, beauftrage doch bitte einen geeigneten Makler mit dem Verkauf der Wohnung. Danke und tschüss.«

Weil sie die Gesellschaft der beschrifteten Kartons schlecht erträgt, geht Janne ans Meer. Die Böen, die ihr ins Gesicht schlagen, haben bereits Sturmstärke, die Luft trieft vor Gischt. Trotz des schwindenden Lichts und der regenschweren Wolken ist viel los am Strand, schließlich gibt es selten die Möglichkeit, einem Orkan dabei zuzusehen, wie er die auflaufende Flut vor sich herpeitscht. Janne reiht sich in das Heer der Ehrfürchtigen ein. Kinder kreischen. Auf See türmen sich Wellenberge, Schaumkronen blitzen, und erste Ausläufer der Brandung züngeln bereits über die Promenade. Janne leckt sich das Salzwasser von den Lippen, dasselbe Wasser, das Erik zuletzt geschmeckt haben muss, womöglich sein allerletzter Sinneseindruck. Vom Nordatlantik schäumen die Wassermassen mit Gewalt in die Deutsche Bucht, ein Sinnbild für Jannes Gemütslage. Die Flut ist immer gewaltig. Auch an Sommertagen, wenn das Fließen als Sickern beginnt wie in einem leckgeschlagenen Boot. Als eine Woge die Holzverkleidung eines Strandkiosks zerschmettert, geht sie heim, um sich zum Schlafen in Eriks Mansarde zu verkriechen.

Das Bett steht unter dem Dachfenster. Die Nacht lärmt und tobt wie ein außer Rand und Band geratenes Feuerwerk: Regen, Hagel und immer stärkere Windstöße rücken der Villa zuleibe. Blitze zucken über den Himmel, spalten schwarze Wolkenberge. Donner vereint sich mit dem Getöse des Sturms, der auf der weiten Nordsee freie Bahn hat und an den Deichen und Bauwerken der Hafenstadt erstmals auf Widerstand stößt, was ihn vor Lust aufjaulen lässt. Er verfängt sich in Dachrinnen und zwischen Fensterläden, macht Jagd auf stromernde Katzen, die schreiend Schutz suchen, entwurzelt Bäume in den Straßen und im Wernerwald und peitscht Strandgut bis hinauf zur Altenwalder Höhe.

Janne ist mit den Stürmen an der Küste vertraut, sie weiß die Geräusche zu deuten und ist nicht beunruhigt, denn seit ihrer Kindheit kennt sie kein besseres Wiegenlied. Trotzdem liegt sie wach. Sie schaltet das Licht ein, die Glühbirne flackert und erlischt. Stromausfall. Als würde der Orkan der Stimme ihres

Bruders Gehör verschaffen, dessen Seele immer noch irgendwo draußen auf See ist und keinen Frieden findet. Sie spürt seine Einsamkeit und seinen Zorn. Seine Seele ruht nicht unter der Erde, sie brennt lichterloh wie vom Blitz getroffen.

Sirenengeheul im Hafen. Das Fensterglas krümmt sich nach außen.

Der Orkan besiegelt das Ende des Sommers und der Austernzucht vor der Küste Cuxhavens. Die aus gekalkten Dachziegeln angelegte Austernbank wurde zerstört, die auflaufende Flut hat Teile des ohnehin kümmerlichen Bestands fortgespült. Der Schadensbericht erreicht Janne telefonisch. Sie muss eine Entscheidung treffen und zögert nicht lange. Sie wählt eine Nummer auf Sylt, wo Deutschlands einzige kommerzielle Austernzucht ihren Sitz hat, und bietet die Überreste des Projektes zum Verkauf an. Sie werden sich schnell handelseinig, was Janne vermuten lässt, dass der Preis lächerlich ist. Ihr ist das gleichgültig. Sie will keinen Cent von diesem Geld. Unglücksgeld. Die Rettungsschwimmer und Eriks Eishockeymannschaft sollen je die Hälfte als Spende erhalten.

Als die Sylter tags darauf mit einem geländegängigen Transporter anrücken, geleitet Janne sie ins Watt. Es ist ein kalter Tag, die Luft ist salzig und klar wie Kristall. Das fein gesponnene Netz unzähliger Wasseradern, die den Gezeitenstrom kanalisieren und ihn mächtigen Strömen, den Prielen, zuführen, funkelt im Licht der tief stehenden Sonne: das Watt, eine Schatzkammer.

»Herrlich«, sagt der Juniorchef der Austernkompanie, ein stämmiger Nordfriese mit gewaltigen Händen.

Janne setzt ihre Sonnenbrille auf. Sie fühlt sich seekrank.

Er inspiziert die Meeresfrüchte eingehend. »Noch längst nicht marktreif. Bodenkultivierung macht zwar wenig Arbeit, ist aber immer ein Risiko. Dazu die starken Strömungen in der Elbmündung und der schwankende Salzgehalt. Hoffnungslos. Da habt ihr euch echt keinen Gefallen mit getan.«

»Wir verstehen eben mehr von Booten«, murmelt Janne.

»Na, hoffentlich.« Er lacht und klatscht in die Hände. »Also los, Jungs, dann wollen wir mal.«

Die Männer sind zu dritt, und sie arbeiten zügig, wie es der Rhythmus der Tiden verlangt. Janne wartet im Wagen. Bei Niedrigwasser sind die Austern eingesammelt und verladen. Sie steigt wieder aus und bittet die Sylter, auch die Bojen abzumontieren, da diese nun nicht mehr gebraucht werden. Die Seezeichen sollten Boote am Überfahren der Zuchtbänke hindern, um Verschmutzungen gering zu halten.

»Eigentlich habt ihr Glück, dass es überhaupt so lange gut gegangen ist«, sagt der Juniorchef.

»Ja, wir sind echte Glückspilze, das liegt in der Familie«, entgegnet Janne und wendet sich ab.

Friesen gelten normalerweise als schweigsam. Sie ist an ein Ausnahmeexemplar geraten. Um weiteren Ausführungen über die Geheimnisse der Austernzucht zu entgehen, fährt Janne nicht mit zurück an Land. Es kostet sie einige Mühe, den Sylter mit den großen Händen dazu zu bringen, sie zurückzulassen, aber am Ende ist ihm seine kostbare Fracht wichtiger als das Wohlergehen einer Frau, die er sicher für mehr als eigenartig hält.

Nachdem sich der Lieferwagen entfernt hat, wird es still. Friedhofsstille. Kein Wind regt sich, es ist, als würde die See innehalten, um Jannes Schmerz Respekt zu zollen. Seit Erik tot ist, hat sie den Wunsch verspürt hierherzukommen und es doch nie gewagt. Ein versprengter Haufen roter Ziegelreste im graubraunen Schlick, mehr erinnert nicht an die Muschelbank. Einen hübschen Nebenerwerb hat sich Paul Flecker davon versprochen und einen Prestigegewinn für das Unternehmen. Nichts ist daraus erwachsen. Nur ein bizarrer Ort zum Sterben.

Die Tageszeit muss ähnlich gewesen sein, kurz vor Sonnenuntergang, aber das Licht war sicher ein anderes. Gnädiger, nicht so gleißend und kalt. Neuwerk und dahinter die unbewohnte Insel Scharhörn sind scharf umrissen, ebenso die Frachter im nahen Elbfahrwasser. Ein Schleier aus Pastelltönen muss all das umschmeichelt haben, als er um sein Leben rang. Janne schließt die Augen. Die Bilder bringen den von Wellen und Strömungen modellierten Meeresgrund, auf dem sie steht, zum Wanken, schnüren ihr den Hals zu. Hier ist sein Blut geflossen, ohne Spuren zu hinterlassen. Schlieren im Meer. Sie keucht. Ein Schrei zerreißt die Stille, es ist Eriks Stimme, kein Zweifel.

Sie hört ihren Bruder schreien.

Wenn das Böse als Verdichtung unheilvoller Energie tatsächlich existiert, dann hat es an dieser Stelle eine neue Heimat gefunden. Janne reißt die Augen auf und schreit dagegen an.

Sie hat die Zeit vergessen. Als sie sich endlich auf den Weg zurück an Land macht, hat das auflaufende Wasser die Priele gefüllt. Sie wird mehr als nur nasse Füße bekommen. Es geht ein leichter, eiskalter Wind.

»Verfluchtes Watt.«

Sie beginnt zu laufen. Bei der Querung des ersten Priels geht ihr das graubraune Wasser bereits bis zu den Hüften und die Strömung reißt sie beinahe um. Beim nächsten macht sie kehrt. Sie müsste schwimmen, um ans andere Ufer zu gelangen, und eine so gute Schwimmerin ist sie nie gewesen. Janne zerrt das Handy hervor. Es ist in der Jackentasche trocken geblieben, doch es hat keinen Empfang.

»Großartig.«

Ohne Hilfe wird sie es nicht bis an Land schaffen. Die Flut

kommt, ein Großteil des Watts ist nun von Wasser bedeckt. Peinlich. Sie beißt sich auf die Unterlippe. Als sie sich umschaut, entdeckt sie ein Boot im Elbfahrwasser, das direkt auf sie zuhält. Sie ruft, winkt mit rudernden Armen und rennt der Rettung entgegen. Nacheinander verliert sie beide Gummistiefel samt Strümpfen im Schlick. Austernsplitter bohren sich in ihre Fersen. Janne stöhnt auf, aber langsamer wird sie nicht. Es ist ein motorisiertes Schlauchboot, ideal für flaches Wasser. Der Mann am Ruder winkt ihr zu. Es ist Birger Harms. Die letzten Meter muss sie watend zurücklegen, dann zieht er sie ins Boot.

»Bist du lebensmüde?«, herrscht er sie an und starrt auf ihre nackten Füße. Er hat Decken und eine Flasche Rum dabei.

Janne wickelt sich in die Decken ein und trinkt.

»Kannst du nicht mehr sprechen, oder was?«

»Tut mir leid, dass ich dir Umstände bereitet habe.«

Birger Harms schnaubt. »Sei froh, dass dieser Muschelheini im Blaufeuer Bescheid gesagt hat. Du und dein Vater, ihr seid elende Landratten, weißt du das? In Schlesien wärt ihr beide besser aufgehoben.«

Sie hält ihm die Flasche hin. »Kann sein. Warum tanzt du dann nicht endlich auf der Werft an und hilfst mir? Ich habe meinen Teil der Abmachung erfüllt. Jetzt bist du dran.«

»Du brauchst keinen Bootsbauer, sondern einen Therapeuten, Janne Flecker. Wenn du Erik vermisst, leg ihm Blumen aufs Grab. Dafür ist es da. Und lauf nicht allein im Watt herum.«

»Er ist nicht auf dem Friedhof. Er ist hier draußen. Also, was ist? Kommst du? Morgen früh um acht erwarte ich dich.«

»Du bist der Boss«, sagt Birger und lacht.

Spätabends sucht Janne ihren Vater in der Klinik auf. Es geht ihm weder besser noch schlechter. Er vegetiert. Wie bei ihrem letzten Besuch steht ihr der Sinn nach einem heftigen Streit. Weil er seine eigenartige Gier nach Glamourösem ausgerechnet mit Hilfe einer Austernzucht befriedigen wollte und damit dem Mörder eine Bühne bereitet hat. Weil er verschwiegen hat, dass er ihr leiblicher Vater ist, und sie stattdessen dazu zwang, das Andenken eines Mannes in Ehren zu halten, mit dem sie kein bisschen verwandt war.

Sie hat immer geglaubt, es zeige seine Rechtschaffenheit, dass er zum Vater für sie wurde, doch in Wirklichkeit hat er nur eine Schuld abgetragen. Es war seine beschissene biologische Pflicht, sich um sie zu kümmern. Und so ein guter Vater war er nun auch wieder nicht. Dogmatisch. Laut. Egozentrisch. Sie ballt die Fäuste. Seine Hilflosigkeit reizt sie bis aufs Blut. Wieso musste er so lange warten, bis er sie mit einem lächerlichen Orakelspruch auf die Spur ihrer wahren Herkunft brachte? Wie kann er es wagen, sich jetzt, da sie endlich Bescheid weiß, um die Auseinandersetzung mit ihr zu drücken?

Das wird sie nicht zulassen. Sie packt seine Schultern, will ihn schütteln, damit er aufhört, diese Koma-Komödie durchzuziehen. Keine Reaktion. Ihr Puls rast. Durch die geöffnete Tür fällt ihr Blick auf Schwester Marit, die am Krankenzimmer vorbeihastet. Sie fühlt seinen schlaffen Körper, hilflos der Willkür ihrer Hände ausgeliefert, und lässt von ihm ab.

»Du solltest dich schämen«, sagt sie und weiß nicht, wen sie damit meint: Paul Flecker oder sich selbst.

PAUL Das Meer hat ihn ausgespuckt wie den verendenden Körper eines Wals. Orientierungslos liegt er am Strand, Schaulustige kommen und gehen. Er hört, wie sie sich über ihn das Maul zerreißen, fühlt ihre Schadenfreude. Der König der Ozeane: ein fauliger Klumpen Strandgut. Scheiß drauf. Sollen sie reden, solange sie kein Mitleid entwickeln, alles, bloß kein Mitleid, die einzige Art der Zuneigung, die Verlierern zuteil wird. Er ist ein Gewinner – daran wird auch die Tatsache, dass er wie alle Geschöpfe des Herrn leider sterblich ist, nichts mehr ändern.

Der Sand reibt seinen Körper wund, und an Land wird das Atmen zur Qual. Die Fettschichten, die ihn im Meer vor Hunger und Kälte bewahrt haben, quetschen seine Organe. Ein eisiger Schmerz schlägt wie Sturmbrandung über ihm zusammen und dringt durch alle Poren ein, bis er aus nichts anderem mehr besteht. Er fleht die Umarmung des Wassers herbei, aber vergeblich. Immer neue Wogen rollen heran, zerren an ihm, waschen seine Würde ab, bis er bereit ist, um Gnade zu winseln.

Das ist die schwärzeste Nacht. Eine von jenen, die der Teufel über das Land schickt, um sich in den Seelen der Menschen einzunisten, Tage, Monate, Jahre: Die Sonne mag auf- und untergehen, doch es wird nicht hell, weil die strahlenden Kräfte – Liebe, Anstand, Respekt – von der Schwärze aufgesogen werden und selbst Lichtgestalten in sich das verborgene Antlitz des Schlächters entdecken. In dieser Intensität hat er das Böse zuletzt im Kriegswinter 1945 gespürt. Seine Mutter, seine kleine Schwester Hedwig und er waren wie tausend andere auf der Flucht in Richtung Westen. Für alles fühlte er sich zuständig, damals schon, denn er war der Mann in der Familie, das hatte sein Vater ihm beim letzten Fronturlaub im Herbst deutlich zu verstehen gegeben. Februar. Fasching in Dresden. Auf den Straßen Flüchtlinge und kostümierte Kinder. Er war ein Junge vom Land, hatte noch nie so prächtige Gebäude gesehen. So viel Gold. Als die Bomber kamen, drängten die Menschen in die Keller, sie mittendrin, irgendwo in der Nähe des Bahnhofs. Ein Pferch unter der Erde. Niemals hat er diese Enge verwunden, die Hitze, den Gestank nach Schweiß, Mörtel und schwelendem Feuer. Alle waren still, kein Geschrei, kein Jammern. Viele beteten. Die Detonationen und das Pfeifen der Bomben faszinierten ihn, den Fünfjährigen, anfangs sogar. Erst als der Angriff Stunden anhielt, wurde ihm übel. Weil er sich so oft übergeben musste und seine Mutter auch in höchster Not darauf bedacht war, niemandem zur Last zu fallen und ja keinen Unmut zu erregen, verließen sie den Keller kurz vor dem Einsturz. Sie sahen, wie das Gebäude brennend in sich zusammenfiel, dann rannten sie durch das Inferno, über glühendes Pflaster bis zur Elbe, und der Feuersturm verschonte sie.

Später hat er es stets als Glück empfunden, an der Mündung des Flusses zu leben, dem er sein Leben verdankt. Nur auf Hedwig konnte er, der Mann in der Familie, nicht aufpassen. Sie starb im Morgengrauen unter den Trümmern einer einstürzenden Mauer. Eine andere Mutter mit einem lebenden Kind zerrte ihr das Lodenmäntelchen vom Leib, das Hedwig selbst Tage zuvor auf ähnliche Weise geerbt hatte. Es gab keine Beerdigung, die Leichen wurden zusammengetragen, aufgeschichtet und verbrannt. Auch für seinen Vater, Paul Flecker senior, wurde nie eine Trauerfeier abgehalten. Er gilt noch immer als verschollen an der Ostfront, seine Spuren verlieren sich in der Gegend von Bialystok. Weihnachten 1944 kam der letzte Feldpostbrief …

Jetzt könnte er doch etwas Mitleid vertragen. Er glaubt, dass der Krieg für viele Angehörige seiner Generation niemals wirklich zu Ende gegangen ist. Nie haben sie aufgehört, Lebensmittel zu horten oder bei Donnerschlägen zusammenzufahren, weil sie den Geschützdonner der Front wiedererkennen. Beim Kotelett und beim Schinken essen sie das Fett immer mit. Sie bewahren jeden Mist auf: Zellophanpapier, Garnreste, rostige Nägel. Wenn sie über ein freies Feld gehen, suchen sie unwillkürlich den Himmel nach Tieffliegern ab, und manchmal bricht ihnen in niedrigen Kellern der Schweiß aus. Natürlich reden sie nicht darüber, um die Jugend vor Schaden zu bewahren. Trotzdem wünschte er hin und wieder, die Jüngeren, besonders seine Kinder, würden diese Dinge verstehen. Dann hätten sie ihren Spott für sich behalten, als er Ende der achtziger Jahre für die Fleckers ein teures Familiengrab kaufte und seine Mutter vom alten Friedhof dorthin umbetten ließ. Und sie hätten ein Empfinden dafür, wie gut es das Schicksal bislang mit ihnen gemeint hat. Andererseits sagt er sich, dass eine neue Zeit angebrochen ist – sollen sie doch verwöhnt durchs Leben schreiten. Es sind drei prächtige Kinder. Viel zu schnell werden sie groß.

Eine Frau geht am Strand entlang, jung und bezaubernd schön. Er weiß, dass er sie kennt, gut sogar. Sie ist außer sich vor Wut. Dicht vor ihm bleibt sie stehen, und ihre schmale Gestalt wirft einen langen Schatten über ihn. Paul Flecker, der Gestrandete, geniert sich, und tatsächlich ekelt sie sich vor ihm. Sie ist der Meinung, er habe Schmerzen verdient.

»Du solltest dich schämen«, sagt sie.

Und wie er sich schämt. Vor ihr.

Pauls Frauen

JANNE Die Fahrstuhltüren schließen sich. Ein kunstlederner weißer Halbschuh, der Janne in seiner Schäbigkeit vertraut ist, schiebt sich im letzten Moment dazwischen, und die Türen öffnen sich wieder. Schwester Marit betritt die Kabine, außer Atem vom Laufen.

Janne nickt ihr zu. »Das war knapp. Auch ins Erdgeschoss?«

»Ja, ich habe Feierabend.«

Die Intensivstation liegt im vierten Stock, und der Fahrstuhl ist langsam. Marit riecht nach Schweiß, was bei ihrem Arbeitspensum nicht erstaunlich ist, Janne aber trotzdem stört.

»Ich habe gesehen, was du eben getan hast«, sagt die Krankenschwester ruhig.

Janne fühlt, wie sich ihr Magen krampfartig zusammenzieht. »Was meinst du damit?«, fragt sie, obwohl sie es genau weiß.

»Gehen wir zusammen etwas trinken?«

»Nein, ich muss nach Hause. Es ist spät.«

Sie erreichen das Erdgeschoss. Janne eilt durch das verwaiste Krankenhausfoyer. Der Kiosk, der Zeitungen und Süßwaren verkauft, ist seit Stunden geschlossen, die Patienten liegen in ihren Betten. Marit heftet sich an ihre Fersen.

»Hör mal, nur weil wir zusammen Kaffee getrunken haben, sind wir nicht befreundet oder so«, sagt Janne.

»Habe ich das behauptet?«

Sie passieren den Nachtportier, der müde die Hand zum Gruß hebt. Draußen ist es windig und kühl. Die Luft riecht nach Regen. Als Janne in den Alfa steigen will, stellt Marit sich ihr in den Weg.

»Ich habe beobachtet, wie du auf deinen Vater losgegangen bist, und ich will, dass wir darüber reden.«

»So ein Blödsinn. Ich bin nicht auf ihn losgegangen.«

»Aber du warst kurz davor. Ich habe dein Gesicht gesehen, da konnte einem Angst und Bange werden«, beharrt Marit, ihre Stimme klingt nicht mehr ganz so abgeklärt. Noch immer verstellt sie den Zugang zur Fahrertür.

Janne betätigt am Autoschlüssel den Knopf für die Zentralverriegelung, die Blinkerleuchten glimmen auf. »Ich weiß, ich bin ein Monster, und jetzt lass mich bitte durch.«

»Du bist kein Monster. Jedenfalls nicht, soweit ich das beurteilen kann. Dass du wütend auf ihn bist, ist völlig normal, das geht vielen Angehörigen von Komapatienten so. Du brauchst nur jemanden, mit dem du darüber reden kannst.«

Janne atmet durch. »Und du meinst, du wärst die Richtige?«

»Ich bin hier, und ich habe Zeit.«

»Also schön.«

Im Blaufeuer ist nicht mehr viel los, einige Stammkunden harren am Tresen aus, an einem der hinteren Tische sitzen drei alte Männer und spielen Skat. Keine Frauen. So erregt ihr Eintreffen allgemeines Interesse, das sich allerdings auf Blicke und Gemurmel beschränkt. Janne filtert ihren Namen und den ihres Vaters heraus. Sie bestellt ein Bier, Marit ein Glas Rotwein.

Die Unterhaltung kommt schleppend in Gang.

»Du besuchst deinen Vater nur noch selten.«

Schulterzucken. Janne trinkt schnell.

»Es kann einen schrecklich fertig machen, jemanden, den man liebt, so zu sehen.«

»Ich komme damit klar.«

Marit nippt an ihrem Wein und steckt sich eine Zigarette an. Ihre Hände sind rissig und gerötet, was an der konstanten Belastung durch Desinfektionsmittel liegt, wie Janne vermutet. Bis auf das regelmäßige Klopfen der Skatspieler, wenn sie die Karten auf dem Tisch ablegen, ist es still in der Kneipe, keine Musik, keine Gespräche. Von der Bar aus behält Johnny Ritscher sie im Auge.

»Warum bist du so wütend auf deinen Vater?«, fragt Marit leise.

»Weil er uns im Stich gelassen hat.«

»Hat er das?«

»Jedenfalls war es ein ziemlich unglücklicher Zeitpunkt, ins Koma zu fallen.«

»Glaub mir, es gibt keinen günstigen Zeitpunkt für eine schwere Krankheit. Und leider sind es oft Stresssituationen, die Schlaganfälle auslösen.«

»Stress nennst du das? Mein Bruder wurde ermordet. Außerdem habe ich Details über meinen Vater erfahren, die unsere Beziehung auch belasten würden, wenn er kerngesund wäre.«

»Das ist ebenfalls nichts Ungewöhnliches. Dieser schreckliche Mord natürlich schon, aber nicht die Tatsache, dass im Lauf eines Klinikaufenthalts Dinge ans Licht kommen, die lange verschwiegen wurden.«

Janne trinkt das Glas leer. »Wieso sagst du mir das alles?«

»Um dir zu beweisen, dass du kein Monster bist. Und wenn du aufhörst, alles in dich hineinzufressen, wirst du auch keines werden. Hoffe ich zumindest.«

Janne lächelt. »Du bist ein barmherziger Mensch, Schwester Marit.«

Sie versuchen sich an leichteren Themen, dem Wetterumschwung, der mäßigen Qualität des Weins. Dann kommt Marit erneut auf Paul Flecker zu sprechen, den sie anscheinend für eine Art raubeinigen Engel hält. Diese Ansicht vertritt sie vehement.

»Was macht dich da so sicher?«, will Janne wissen.

»Zum einen ist er ein liebenswürdiger Patient.«

Janne sucht den Blickkontakt mit Johnny Ritscher und deutet mit dem Kinn auf ihr leeres Bierglas. »Und weiter?«

»Zum anderen habe ich ihn einmal vor einem Jahr erlebt, als Mitglieder von einem dieser Reiche-Leute-tun-Gutes-und-reden-drüber-Klubs eine Spende für die Kinderstation überreicht haben.«

Janne lacht. »Die Lions oder die Rotarier, ich weiß selbst nicht genau, wo er überall mitmischt. Hatten sie einen fetten Scheck dabei und die Presse im Schlepptau?«

»Darauf kannst du wetten. Also, die Herren ließen sich durch die Klinik führen, schüttelten hier und dort ein paar Hände und ließen sich bevorzugt mit kahlköpfigen Krebspatienten fotografieren. Dein Vater war der Einzige, der sich mit den Schwestern unterhielt. Er fühlte sich richtig wohl bei uns.«

»Das kann ich mir vorstellen.«

»Und so einen schnippischen Ausdruck wie jetzt gerade bei dir, so von oben herab, so etwas habe ich bei ihm nie gesehen.«

Janne ignoriert den Seitenhieb. In allen Einzelheiten schildert Marit, wie nach Paul Fleckers Gastspiel im Schwesternzimmer ein 200-Euro-Schein in der Kaffeekasse gefunden wurde.

Grinsend serviert Johnny Ritscher das zweite Bier.

»Fandet ihr das mit dem Geld nicht ziemlich chauvinistisch von ihm?«, fragt Janne, nachdem sich der Wirt wieder hinter den Tresen zurückgezogen hat.

»Nein, überhaupt nicht, wir fanden es einfach nur nett. Er hat es ja keiner von uns in den Ausschnitt gesteckt.«

Verhaltenes Lachen an der Bar.

»Hätte er aber sicher gern.«

»Na und, er ist auch nur ein Mann. Er würde nie aufdringlich werden oder so. Und er ist lustig und aufmerksam. Ein Menschenfreund.«

Oder ein Frauenheld.

Wenn Janne zu lange auf Marits rissige Hände schaut, muss sie sich kratzen. »Kommen eigentlich oft Leute in die Klinik, die meinen Vater besuchen wollen? Oder rufen welche an?«

»Es gibt eine Dienstanweisung, nur Familienangehörige und die Pastorin zu ihm zu lassen.«

»Das weiß ich. Könntest du meine Frage bitte trotzdem beantworten?«

Marit wägt ab. »Ich weiß nicht, Janne.«

»Bitte. Es ist wichtig für mich.«

»Viele rufen an. Ab und zu kommt auch jemand vorbei, aber wir schicken jeden nach Hause. Zwei Frauen haben ihre Telefonnummern hinterlassen und wollen unbedingt benachrichtigt werden, sobald er aufwacht. Und einmal saß ein älterer Mann mit Pferdeschwanz an seinem Bett, der sich einfach eingeschlichen hatte.« Sie macht eine Pause. »Warum erzähle ich dir das bloß?«

Janne hat mit wachsender Anspannung zugehört. Birger Harms hat also ihren Vater besucht. Und wer noch? Wer sind diese beiden Frauen? Sie bedrängt Marit, ihr die Namen und Telefonnummern zu nennen.

»Keine Chance. Ich darf das nicht, das musst du verstehen.«

Marit hat ihren Wein ausgetrunken und schiebt das leere Glas auf der Tischplatte von sich fort, als könnte sie den Geruch, der davon ausgeht, nicht länger ertragen. Sie drängt zum Aufbruch. Janne lenkt ein.

Eigentlich gefällt ihr Marit. Auch wenn sie ein wenig distanzlos ist.

Als Janne am nächsten Morgen auf der Werft eintrifft, ist Gabi Bremer wie ausgewechselt. Bereits im Treppenhaus schwebt sie ihr entgegen, umweht von Parfümschwaden und bewaffnet mit einem Lächeln, das ihr Gesicht in zwei Hälften teilt. Aus dem Spalt tritt glühend heiße Freundlichkeit aus.

»Ach, Frau Flecker, das ist aber schön, dass Sie kommen. Ich bin ja so froh. Wir alle sind froh. Das war ein glänzender Einfall von Ihnen, Birger Harms aus dem Ruhestand zu holen. Wie haben Sie es bloß geschafft, den alten Sturkopf zu überreden? Sie sind mir eine. Zu keinem ein Wort. Ach, Frau Flecker.«

»Er ist also gekommen?« Janne hält die Luft an und schiebt sich an der Sekretärin vorbei.

»O ja, das ist er. Pünktlich um acht. Hat sich zuerst das Werk angesehen und jeden einzeln begrüßt. Jetzt sitzt er am Schreibtisch, und keiner darf ihn stören. Ich habe ihm das Büro Ihres Vaters gegeben. Nur übergangsweise natürlich. Das war doch in Ordnung, oder?«

»Gewiss, Frau Bremer.«

Zeit für einen Kaffee in Eriks Büro. Schwarz, ausnahmsweise. Der Computer bleibt ausgeschaltet, sie blickt aus dem Fenster. Regenwetter. Über der Bucht wabern Nebelschwaden. Das Wasser ist wärmer als die Luft.

Janne konzentriert sich, denn es ist so weit: Sie will endlich eine Rede vor der Belegschaft halten. Zu diesem Zweck hat sie sich für ein klassisches Outfit entschieden: ein dunkelblaues Kostüm im Marinestil. Schurwolle. Kurzer Rock und Schuhe mit hohen Absätzen. Da ohnehin alle auf sie schauen werden, ist es vielleicht besser, den Blicken eine gewisse Nahrung zu bieten, zumal das, was sie zu sagen hat, nicht gerade erhebend ist. Sie wird nach dem Churchill-Prinzip vorgehen: Alles ist im Eimer, und damit es wieder bergauf geht, müssen Schweiß und Tränen, nur Blut hoffentlich nicht mehr fließen. Ansonsten kann sie, ebenso wie einst der britische Premier, wenig versprechen: Ihr einziger Trumpf ist ein tätowierter Senior, der aber immerhin so zäh ist, dass er die Messerattacke einer Amazone namens Elfie überlebt hat. Wenn die ganze Belegschaft so reagiert wie Gabi Bremer, wird Janne demnächst zur Mitarbeiterin des Monats gewählt.

Der Auftritt gelingt einigermaßen. Sicher, sie ist nicht Churchill, aber dafür hat sie eine bessere Figur. Es folgt ein Mittagessen mit Birger auf Firmenrechnung – Wildlachs mit Krebsen und Muscheln in Weißwein-Zitronen-Dill-Sauce. Die Muscheln schiebt sie beiseite.

Anschließend geht Birger wieder an die Arbeit, und Janne fährt ins Krankenhaus, nur scheinbar, um ihren Vater zu besuchen. Sie hat es auf die Telefonnummern der beiden Frauen abgesehen, die so begierig darauf sind zu erfahren, ob und wann Paul Flecker aufwacht.

»Entschuldigung, ich glaube, Sie haben meine Handynummer noch nicht notiert«, sagt sie zu der Dame am Empfangstresen der Intensivstation.

»Haben wir bestimmt, Frau Flecker.«

»Ich glaube nicht. Könnten Sie bitte nachsehen?«

Seufzend tut sie Janne den Gefallen. Die Nummern der Angehörigen befinden sich, alphabetisch den Patienten zugeordnet, in einer schwarzen Mappe, die in einer Schublade unter dem Telefon liegt. Leider bekommt Janne keine Gelegenheit, einen Blick darauf zu werfen.

»Ist das Ihre Nummer?« Sie liest sie vor.

»O ja, tatsächlich. Dann ist ja alles klar.«

»Habe ich Ihnen doch gesagt.« Die Mappe verschwindet wieder in der Schublade.

»Wollten Sie nicht zu Ihrem Vater?«

»Doch, doch.«

Fast eine Stunde hält sich Janne am Bett Paul Fleckers auf, späht regelmäßig durch den Flur zum Empfang. Keine Chance. Dort herrscht ein ständiges Kommen und Gehen.

Im Auto klingelt ihr Mobiltelefon. Es ist Birger. »Wo steckst du denn? Die Lilienthals sind da. Sie warten auf dich. Ich habe schon zwei Mal angerufen, dein Handy war aus. Du wolltest doch nur kurz zu deinem Vater.«

»Die Lilienthals?«

»Langjährige Kunden, Janne. Wir haben das vorhin beim Essen besprochen.«

Haben sie das? »Ja, ich weiß, es hat eben länger gedauert. Ich bin gleich da«, verspricht sie und gibt Gas.

Birger Harms sitzt am Schreibtisch und studiert irgendwelche Baupläne. Hinterm Ohr klemmt ein Bleistift, in der Hand hält er eine Lesebrille, die er wie eine Lupe benutzt. Auf einem Stövchen dampft eine Kanne Tee, das Radio dudelt: Welle Nord, Schlager von der Waterkant.

»Sind sie schon weg?«

Birger nickt.

»Was haben sie gesagt?«

»Was sollen sie gesagt haben? Guten Tag und guten Weg. Sie melden sich«, sagt er, ohne von den Skizzen aufzusehen. »Dein Bruder hatte eine Menge auf dem Kasten.«

Janne zieht den Mantel aus. Sie stellt sich neben den Schreibtisch und berührt das dünne Papier. Eine Zeichnung ihres Bruders, kein Computerausdruck. Ein Bauspantenriss, der sämtliche Konstruktionsspanten, Schnitte und alle weiteren Details enthält und als Hauptbauunterlage für ein Schiff dient. Mit den Fingerspitzen folgt sie den Linien, die Eriks Bleistift gezogen hat. Sie muss schlucken.

»Sollte das die Yacht für die Lilienthals werden?«

»Ja.«

»Birger, entschuldige, dass ich zu spät bin«, sagt sie. »Glaubst du, wir kriegen den Auftrag?«

»Nein.«

»Verdammt. So ein Fauxpas. Ich werde diese Leute anrufen und …«

»Das kannst du dir sparen. Hak es ab und mach dir nichts draus.«

Janne fühlt sich hilflos. »Ist das dein Ernst? Vorhin am Telefon habe ich gedacht, du springst mir an die Gurgel, sobald ich ins Büro komme.«

»Das wollte ich auch. Aber dann ist mir bewusst geworden, dass du ohnehin keinen Einfluss auf die Lilienthals hättest nehmen können. Wer bereit ist, so viel Geld für eine Yacht auszugeben, will keine Kompromisse eingehen. Erik war so etwas wie ein Star, seit seine Aiolos bei der Atlantik Challenge den dritten Platz erreicht hat. Diese Korinther. Das sind die gleichen Leute, die denken, wenn sie einen Ferrari fahren, verwandeln sie sich in Michael Schumacher. Jedenfalls wären die ohne Erik so oder so abgesprungen.«

»Bist du sicher?« Janne ist unschlüssig, ob sie erleichtert oder entmutigt sein soll.

»Ja, ziemlich. Paul hätte sie vielleicht noch bequatschen können. Aber du? Anfangs hatte ich gehofft, sie würden uns angesichts der Familientragödie aus Mitgefühl die Treue halten. Aber wer Mitgefühl zeigt, wird nicht so reich. Oder bleibt es nicht lange. Also, mach dir keine Vorwürfe, setz dich endlich und nimm dir einen Tee.«

Weiterhin zerknirscht befolgt Janne seine Anweisung.

»Was ist eigentlich los mit dir?«, fragt Birger nach einer Weile. »Du hörst nicht zu, kommst und gehst laut Gabi Bremer, wie es dir passt, ohne Absprachen zu treffen. Keiner weiß, woran er bei dir ist.«

»Ich habe einiges durchzustehen, wie du weißt. Ich stecke in einer Krise«, antwortet Janne und schaufelt löffelweise braunen Zucker in ihre Tasse.

»Super. Die Flecker-Werft wird von einer Frau in einer Krise geleitet, deren Qualifikationen rein künstlerischer Natur sind. Alles klar auf der Andrea Doria?«

Janne muss lachen.

»Eigentlich ist es nicht witzig«, sagt Birger.

»Ich weiß.«

»Hör zu, Janne, es gibt im Leben Konstellationen, da ist eine Krise einfach nicht drin, egal, wie begründet sie sein mag. Verschieb diesen Luxus auf später. Wenn es eine gute Krise ist, wird sie auf dich warten.«

Janne muss schon wieder lachen.

Einige Stunden arbeiten sie Seite an Seite. Birger Harms bemüht sich redlich, ihre Grundkenntnisse aufzufrischen. Es geht um Nachbesserungen am Entwurf eines Einhandseglers. Der Kunde wünscht weniger Ballast, um noch höhere Geschwindigkeiten erreichen zu können. Wie bei jeder Konstruktion geht es darum, den besten Kompromiss zwischen den Anforderungen des Käufers und dem physikalisch Machbaren zu finden. Ausgangspunkt ist ein bestimmtes Verhältnis zwischen Verdrängung und Segelfläche und zwischen Ballast und Gesamtgewicht – bei gegebener Länge. Gelingt es, den Rumpf noch leichter zu machen, genügt eine kleinere Segelfläche und man könnte den Mast verkürzen, womit Ballast obsolet würde.

Janne weiß, dass ihrem Vater dieser bis zum Exzess betriebene

Leichtbau nie geheuer war. »Wenn du so weiter machst, wird das Boot am Ende ganz verschwinden«, hat er einmal beim Abendessen aus dem Nichts heraus zu Erik gesagt, als sie eigentlich gerade über ein vollkommen anderes Thema sprachen.

Während Birger Harms über Konstruktionsplänen brütet, versucht Janne mit Hilfe spezieller Software einen produktiven Beitrag zu leisten, doch obwohl sie mit einer früheren Version des Programms vor Jahren verhältnismäßig gut zurechtkam, scheitert sie an der Komplexität der Aufgabe.

Nachmittags sind zahlreiche Telefonate zu führen. Janne versucht, so viele Entscheidungen wie möglich zu vertagen, bis sie besser eingearbeitet ist.

»Ich muss so viel lernen«, sagt sie am Abend zu Birger. Der Berg, den es zu erklimmen gilt, scheint plötzlich so hoch, dass sie nicht einmal den Gipfel sieht.

»Du brauchst eine Strategie. Auf jeden Fall wird es ohne Ausbildung auf Dauer schwierig. Denk über ein Ingenieursstudium nach. Und du solltest dich dringend mit Gabi Bremer zusammensetzen. Sie versteht eine Menge von diesem ganzen Verwaltungskram und hat, glaube ich, auch ein gutes Händchen fürs Geschäft. Dein Vater hat sich dann und wann bei ihr Rat geholt. Außerdem weiß sie immer gut über die Stimmung in der Belegschaft Bescheid.«

»Frau Bremer?«

»Na ja, und für den Anfang bin ich ja auch noch da«, sagt Birger, als er ihr Gesicht sieht.

Mit einem lauten Seufzer fährt sie den Computer herunter und trinkt einen letzten Schluck kalten Tee. Er schmeckt bitter. Birger hilft ihr in den Mantel.

»Du, Birger …« Janne spricht so leise, dass er sich zu ihr vorbeugen muss, um sie zu verstehen.

»Ja?«

»Das muss alles ein bisschen warten. Du hattest recht vorhin, ich habe wirklich keine Zeit für eine Krise. Aber ich kann mich auch nicht hundertprozentig auf die Arbeit konzentrieren, weil es …« Sie sucht nach einer Formulierung, die nicht zu viel preisgibt. »Weil es Ungereimtheiten gibt, was Eriks Tod angeht.«

»Ich dachte, der Fall wäre geklärt.«

»Für mich nicht.«

Birger nickt langsam, sie kann sehen, wie es in seinem Kopf rumort. Er holt Luft, will etwas sagen, seinem Blick nach zu urteilen etwas Gewichtiges, aber schließlich schweigt er doch. Sie nehmen den Weg durch die Halle, wie Birger es nach eigenem Bekunden bisher am Ende eines jeden Arbeitstages tut, um hier und dort noch nach dem Rechten zu sehen. Als sie den Ausgang fast erreicht haben, entsteht hinter ihnen ein Tumult unter Arbeitern. Zwei Gruppen stehen sich feindselig gegenüber, die Männer pöbeln laut und rempeln sich an, einer hält ein Schweißgerät in der Hand, ein anderer eine Art Brecheisen. Die Prügelei scheint unausweichlich.

»Hier spielen ja alle verrückt.« Birger fasst sich an den Kopf. »Du bleibst hier stehen und rührst dich nicht.«

Er eilt auf die Männer zu. Janne ist unschlüssig, ob sie ihm folgen oder sich allein auf den Heimweg machen soll. Schließlich tut sie weder das eine noch das andere, sondern befolgt seinen Rat und wartet ab, ohne sich vom Fleck zu rühren. Eine Fehlentscheidung, die dem Tod, ihrem treuen Verehrer, die Gelegenheit gibt, seine Muskeln spielen zu lassen. Diesmal kommt er als Geräusch: ein Sirren in der Luft.

Janne wendet den Kopf, hört Birger und andere Männer etwas brüllen. Instinktiv weicht sie aus und macht einen schnellen Schritt seitwärts, den entscheidenden Schritt. Unmittelbar darauf folgt ein ohrenbetäubender Knall, der den Hallenboden zum Beben bringt.

Janne steht starr. Vor ihren Füßen, genau da, wo sie eben noch gestanden hat, liegt ein undefinierbarer Haufen Schrott. Im Nu ist sie umringt, Birger und ein gutes Dutzend Arbeiter betrachten sie sorgenvoll.

Beschwichtigend hebt sie beide Hände. »Nichts passiert. Mir geht es gut.«

»Du bist leichenblass«, stellt Birger fest.

Sie atmet tief durch. »Das ist ja wohl kein Wunder. Und jetzt hören Sie auf, mich anzustarren, meine Herren. Beseitigen Sie dieses Desaster, aber sofort. Ich erwarte, dass jemand von Ihnen morgen in meinem Büro antritt und mir erklärt, wie das passieren konnte. Verstanden?«

Ohne eine Antwort abzuwarten, verlässt sie die Halle, gefolgt von Birger. Als sie sich am Werktor verabschieden, wirkt er sehr besorgt.

Janne hält sich wach bis nach Mitternacht. Dann bricht sie auf. Es nieselt, der Scheibenwischer zieht schmierige Streifen. Sie blickt oft in den Rückspiegel. Abgeschaltete Ampeln, nasser Asphalt. Die Stadt schläft. Es hat angefangen. Was auch immer »es« sein mag. Automatisch senkt sie den Kopf, sobald ihr ein Auto entgegenkommt, was drei Mal passiert: zwei Taxis, eine Limousine mit auswärtigem Kennzeichen. Sogar das Licht des eigenen Blinkers, das sich auf der feuchten Fahrbahn spiegelt, jagt ihr einen Schreck ein. Der Vorfall in der Werft hat ihre Zuversicht nicht gerade gestärkt.

Janne parkt nicht auf dem Parkplatz der Klinik, sondern einige Hundert Meter entfernt an der Straße. Das siebenstöckige Gebäude, ein Komplex aus grauen Betonplatten, wirkt noch abweisender als sonst. Wie eine Falle. Ihr Herz rast, und sie mahnt sich zur Vernunft. Hinter vielen Fenstern brennt Licht, auch im vierten Stock, wo die Räume der Intensivstation liegen. Der

Regen wird stärker. Als ein Krankenwagen mit Sirene und Blaulicht knapp am Fußweg vorbeirast, springt sie zur Seite, und die nassen Zweige einer Hecke schlagen ihr ins Gesicht. Vom nahen Strand hört sie die Möwen höhnisch lachen.

Unter dem Vordach des Haupteingangs steht ein Patient im Bademantel und raucht. Grußlos geht Janne an ihm vorbei und passiert unbehelligt den Pförtner, der über einer Zeitschrift ein Nickerchen macht. Es ist derselbe wie am Abend zuvor. Die Eingangshalle ist wie leergefegt, es brennt nur eine Notbeleuchtung. Janne nimmt nicht den Fahrstuhl, sondern huscht auf Zehenspitzen durch das Treppenhaus nach oben. Ihre Aufregung hat sich weiter gesteigert, und ihr wird bewusst, dass sie bisher nie etwas richtig Verbotenes getan hat – von zu schnellem Autofahren abgesehen. Sie ist die sprichwörtliche unbescholtene Bürgerin. Ihr Bedürfnis nach Nervenkitzel erschöpft sich ansonsten darin, vor dem Supermarkt auf den Mutter-Kind-Plätzen zu parken oder in der Frischeabteilung eine Erdbeere zu kosten, ohne das dazugehörige Schälchen zu kaufen.

Sie hat Pech. Die Milchglastür mit der Aufschrift »Intensivstation – Kein Zutritt«, die tagsüber offen steht, ist geschlossen. Es gibt einen Summer und eine Sprecheinrichtung. Aber was sollte sie sagen? Sie wartet ab. Einmal geht die Tür auf, und eine Handvoll Ärzte und Pfleger in grüner OP-Kleidung rollen eilig ein Bett in Richtung Operationssaal. Auf der Decke liegt ein Vitaldatenmonitor. Unregelmäßiger Herzschlag. Ein angsterfüllter Blick streift Janne. Außer der Patientin nimmt niemand Notiz von ihr. Die Frau sieht nicht aus wie jemand, der noch lange zu leben hat. Sie ist etwa im Alter ihrer Mutter und von einer schweren Krankheit gezeichnet. Jemand sollte ihre Hand halten, denkt Janne.

Sie stellt sich ans Fenster, abseits in den Halbschatten. Tiefschwarze Nacht über dem Meer. Eine halbe Stunde muss sie ausharren, bis der Sesam sich ein zweites Mal öffnet, diesmal für drei Ärzte, die in ein Gespräch vertieft sind. Sie gähnen beim Sprechen, doch auch sie sind in Eile. Als ihre Stimmen sich entfernen, fasst Janne sich ein Herz und schlüpft durch den sich schließenden Spalt. Der Empfang ist nicht besetzt. Sie atmet tief durch. Niemand hat sie bemerkt, obwohl jeder Schritt einen deutlichen Nachhall verursacht, egal, wie leise sie sich bewegt.

Jetzt muss es schnell gehen. Die Schublade unter dem Telefon ist nicht verschlossen, und die Mappe mit den Telefonnummern der Angehörigen liegt an ihrem Platz. Sie schlägt sie auf und blättert und sucht den Buchstaben F vor Anspannung an der falschen Stelle. Dann wird sie fündig. Volltreffer. Hinter dem Zettel mit den Kontaktdaten der Angehörigen liegen zwei weitere mit fremden Namen: Imme Höft und Karoline Jahn, einmal Otterndorfer, einmal Bremer Vorwahl.

Wieder summt die Tür. Janne geht in die Knie, duckt sich unter den Schreibtisch beim Empfangstresen. Sie hält den Atem an. Die Schritte eines Einzelnen. Jemand, der im Eingangsbereich stehen bleibt. Sie sollte anfangen, sich eine plausible Erklärung für ihre Anwesenheit zu überlegen. Vielleicht könnte sie eine Ohnmacht vortäuschen. Oder sie wird wirklich ohnmächtig, wenn sie sich nicht bald traut, weiterzuatmen.

»Hey, was machst du denn hier oben? Willst du was Bestimmtes?«

Eine weibliche Stimme schallt über den Gang, eine männliche antwortet.

»10-Minuten-Pause. Wollte mal sehen, ob Marit heute Nacht arbeitet.«

Die Frau lacht. »Nein, da muss ich dich enttäuschen. Die hat diese Woche Spätschicht, ist schon gegangen. Ich sag ihr, dass du nach ihr gefragt hast.«

»Muss nicht sein.«

Der Mann entfernt sich, und Janne schnappt nach Luft. Interessant. Marit hat also einen heimlichen Verehrer. Die Zettel in ihren Händen sind zerknüllt. Sie würde sie liebend gern mitnehmen und sich gleich aus dem Staub machen, aber sie zwingt sich, die Namen und Nummern sorgfältig zu notieren und alles wieder an seinen Platz zu legen. Unbeobachtet flieht sie aus der Station. Unten im Foyer begegnet sie dem Neurologen, der ihren Vater behandelt hat. Er nickt ihr abwesend zu. Janne grüßt zurück, einen Tick zu fröhlich und zu laut für Uhrzeit und Anlass, sodass ein Schatten der Verwunderung über sein Gesicht huscht.

Draußen schlägt ihr Regen ins Gesicht, und sie lacht auf, aus Freude und Erstaunen über den gelungenen Coup und die eigene Courage. Wäre ihr Vater nicht schwerkrank und der Anlass weniger ernst, würde sie behaupten, sie habe Spaß gehabt. Wie eine Pennälerin beim Abi-Streich. Sie ist regelrecht berauscht. Leider hält das Gefühl nicht lange vor.

Nach einer kurzen Nacht erscheint Janne früher als sonst im Büro, wo ihr ein kleinlauter Werksleiter an der Seite von Birger Harms ein rostiges Metallstück präsentiert. Birger schmunzelt.

»Was, bitte, war das gestern?«, fragt Janne.

»Ein Schiffsmotor«, antwortet der Werksleiter.

»Und wieso wäre er beinahe auf meinem Kopf gelandet?«

»So wie es aussieht, hat sich eine Winde gelöst. Poröses Material, innerlich porös, von außen nicht zu erkennen.«

»Ziemlich merkwürdig, nicht wahr?«

Der Mann schweigt verlegen. Birger räuspert sich. »Herrgott, Janne, du weißt doch, wie gefährlich es in der Halle zugehen kann, das hat dein Vater dir schon vor zwanzig Jahren erklärt. Deswegen solltest du immer einen Helm tragen.«

»Und du glaubst, ein Helm hätte gereicht?«, fragt Janne mit verächtlichem Schnauben.

»Wohl nicht«, sagt der Werksleiter.

Janne wirft die beiden hinaus.

Eine Tanzlehrerin? Laut Online-Telefonbuch ist Karoline Jahn Inhaberin einer Tanzschule in Bremen. Der Internetauftritt lässt auf eine gehobene Klientel schließen. Die vornehme Dancing Queen residiert in einer weißen Jugendstilvilla an der Weser und präsentiert sich auf den Fotos, die sie meist mit jugendlichen Schülern zeigen, als Autorität: tadellose Haltung, die dunklen Haare streng zum Knoten gebunden, selten lächelnd. Schwarze Augen, denen nichts entgeht. Sporadisch bietet sie Standardkurse für Erwachsene an – und Einzelunterricht nach Vereinbarung. Janne beschließt, ihr einen Besuch abzustatten.

Gabi Bremer schüttelt missbilligend den Kopf, als sie das Büro verlässt. Janne hätte Lust, sie zu feuern, nur wegen des Kopfschüttelns.

Die Villa steht auf einer Anhöhe am Fluss. Janne erkennt sie schon von weitem wie einen alten Freund. Es sind immer Dächer wie diese, unter denen Künste gedeihen, egal ob Malerei, klassische Musik oder eben Tanz. Biotope. Parallelwelten, in denen Zeit eine andere Bedeutung hat. Auf der Freitreppe vor dem Eingang trippelt ein Mädchen in einem rosa Tüllröckchen auf und ab. Es ist zu sehen, dass sie friert, aber sie zieht ihre Jacke nicht an, sondern trägt sie über dem Arm, damit jeder sofort die Tänzerin in ihr erblickt.

»Na, Primaballerina, ziemlich kalt heute, nicht wahr?«, sagt Janne.

Die Kleine nickt mit gesenktem Blick. Sie mag sechs oder sieben Jahre alt sein und legt dieselbe Ernsthaftigkeit an den Tag, mit der Janne einst durch die Kreismusikschule stolziert ist, unter dem Arm den Violinkoffer, der bei ihr enorm groß wirkte. Sie stieg schon mit fünf von der Dreiviertelgeige für Anfänger auf die größere um. Ein Gefühl von Heimweh überkommt sie. Sehnsucht nach dem Selbstverständnis, ein hochbegabtes Kind zu sein.

»Wirst du abgeholt?«, fragt sie das Mädchen.

»Ja. Meine Mutter kommt gleich.«

Durch ein offenes Fenster perlt Klaviermusik ins Freie. Janne betritt die Eingangshalle. Ein geisterhafter Mix aus Chopin, Flamenco und Hip-Hop schlägt ihr entgegen. Dazwischen die Anweisungen der Lehrkräfte an die Tänzer. Sie fragt sich durch. Die Schulleiterin unterrichtet klassisches Ballett im Obergeschoss. Jannes Erscheinen stört den Ablauf, aber sie darf bleiben und zusehen. Eine Meisterklasse. Die Schülerinnen, junge Frauen mit erhitzten Wangen, sind beweglich wie frisch geschnittene Birkenzweige. Karoline Jahn fordert Einsatz über die Schmerzgrenze hinaus, zum Schluss fließen Tränen. Nach dem Unterricht wechselt sie einige Worte mit dem Pianisten und kommt auf Janne zu.

»Dieser Mann treibt mich in den Wahnsinn«, sagt sie zur Begrüßung.

»Wieso? Er spielt doch sehr pointiert. Gut, er ist nicht hundertprozentig taktsicher …«

Die Tanzlehrerin reicht ihr die Hand. »Sie sind vom Fach?«

»Nicht direkt.«

Karoline Jahn hat etwas von einer Skulptur. Sie ist hübsch. Janne schätzt sie auf etwa fünfzig.

»Die Mädchen bereiten sich auf die Aufnahmeprüfung fürs Studium vor. Ein taktsicherer Pianist wäre von Vorteil.«

»Sie werden es trotzdem schaffen«, sagt Janne.

Karoline Jahn schmunzelt. »Anzunehmen. Also, was kann ich für Sie tun? Kennen wir uns?«

»Nein. Sie kennen meinen Vater. Mein Name ist Janne Flecker.«

Eigentlich wollte sie lügen, unter einem Vorwand das Gespräch suchen, aber die Autorität der Tanzlehrerin lässt das nicht zu. Karoline Jahn zeigt keinerlei Regung, als sie den Namen hört.

»Gehen wir doch in mein Büro.«

Sie eilt voraus in ein Arbeitszimmer mit antikem Schreibtisch und einer Sitzecke mit Plüschsesseln, auf denen sie Platz nehmen. Karoline Jahn hält sich so gerade, dass auch Janne unwillkürlich den Rücken streckt.

»Wie geht es Ihrem Vater?«

»Er liegt im Koma. Das wissen Sie ja.«

»Gibt es keine Verbesserung?« Die Stimme der Tanzlehrerin klingt plötzlich rau, sie muss sich räuspern, um fortfahren zu können. »Ich bin in großer Sorge.«

»Sein Zustand ist unverändert. Warum interessiert Sie das so sehr? Warum wollten Sie unbedingt benachrichtigt werden, wenn er aufwacht?«

Karoline Jahn hustet in ein Stofftaschentuch mit Spitze, dann holt sie eine Karaffe mit Wasser und zwei Gläser. Sie schenkt ihnen ein.

»Ich liebe Paul«, sagt sie und trinkt ihr Glas leer.

Das Geständnis kommt so überraschend, dass Janne ebenfalls trinkt, weil sie nicht weiß, was sie darauf antworten soll. Die Tanzlehrerin schenkt nach, und sie trinken weiter. Wasser ohne Kohlensäure. Jede drei Gläser.

Janne legt den Kopf in den Nacken und starrt auf den Stuck an der Decke. »Sie hatten also ein Verhältnis?«

»Nein, so kann man es nicht nennen.«

Karoline Jahn beginnt zu erzählen und holt dabei weit aus, redet über Blumen in ihrem Garten und darüber, wie entspannend Gartenarbeit sein kann. Im Sommer vor zwei Jahren, als Paul Flecker in ihr Leben trat, bereiteten vor allem die Rosen Freude.

Janne müsste dringend zur Toilette. Zu viel Wasser. Sie reißt sich zusammen und hört zu.

»Paul wollte unbedingt Tango tanzen lernen, für seinen fünfunddreißigsten Hochzeitstag. Eine große Feier war geplant, und er hatte vor, seine Frau damit zu überraschen. Als Entschädigung, weil er ihr in all den Jahren, besonders auf der Hochzeit, so oft auf die Füße getreten war. Er kam extra nach Bremen, weil er befürchtete, in einer Cuxhavener Tanzschule gesehen zu werden.«

Janne erinnert sich an das Fest und daran, dass ihre Eltern Tango tanzten, was jeden überraschte. Es war ein ausgelassener Abend mit zweihundert Gästen. Viktoria hatte Räume im Cuxhavener Schloss gemietet.

»Anfangs war es schlimm mit Paul. Er war sehr ungeschickt, das Tanzen war ihm ein Gräuel. Aber das sollte sich bald ändern. Er war ausgesprochen ehrgeizig und machte überraschende Fortschritte. Wir kamen uns näher, natürlich nur auf der Tanzfläche.« Sie räuspert sich erneut.

»Natürlich«, sagt Janne und hat Mühe, ein Grinsen zu unterdrücken.

»Irgendwann kam er jeden Abend. Oft brachte er Geschenke mit. Kleinigkeiten. Bücher, Blumen, einmal sogar eine Gartenschere, nachdem ich ihm erzählt hatte, dass meine kaputt gegangen war. Und dann tanzten wir immer. Es war längst kein Unterricht mehr. Wir tanzten einfach. Stundenlang. Manchmal bis zum Sonnenaufgang. Es war so warm, dass die Fenster die ganze Nacht offen standen und der Duft der Rosen uns zu Kopf stieg. Wir lachten viel. Morgens sprang er in die Weser, um sich abzukühlen, während ich ihm Frühstück machte. Er wollte immer Rühreier mit Speck.«

Janne stellt es sich vor: ihr Vater tanzend in den Armen dieser Frau, Tango, Rosenduft, vielleicht Kerzenlicht. Derselbe Mann, der in diesem Augenblick am Beatmungsgerät hängt, war noch vor zwei Jahren fit genug, mehrere Nächte hintereinander durchzumachen und danach in der Weser zu schwimmen. Janne sieht aus dem Fenster auf den Fluss, der sein Bett verlassen und die Uferwiesen unter Wasser gesetzt hat. Paul Flecker hat seit jeher gern in Flüssen gebadet, lieber als im Meer. Alles aus und vorbei. Vielleicht hätte er die Rühreier weglassen sollen oder wenigstens den Speck.

»Wie ging es weiter?«

»Ich sagte Paul, dass ich meinen Mann verlassen würde, wenn er sich von seiner Frau trennt. Ich war verliebt, wollte mit ihm zusammen sein. Für immer. So etwas wie mit ihm hatte ich noch nie erlebt. Es war … magisch.«

»Aber er wollte nicht?«

»Nachdem ich es gesagt hatte, kam er nicht wieder.«

Während die Tanzlehrerin schweigt, zerfällt ihre Haltung und damit ihr Stolz. Es ist kein schöner Anblick.

»Ich war sehr wütend auf Paul, weil ich ihn für feige hielt. Ich telefonierte ihm hinterher, lauerte ihm auf, drohte ihm, seiner Frau von uns zu erzählen.«

»Was zu erzählen? Dass er den Tanzunterricht über Gebühr ausdehnte?«

»Dass es Liebe war.« Davon ist sie überzeugt. Ihr Tonfall ist starrköpfig und reumütig zugleich. »Ich hätte ihn nicht so bedrängen dürfen. Als ich im *Weserkurier* die Nachricht von seinem Schlaganfall las, habe ich mir schwere Vorwürfe gemacht. Es ist mir ein Bedürfnis, mich bei ihm zu entschuldigen, wenn er aufwacht. Sonst finde ich keinen Frieden.«

»Trauern Sie ihm nun seit zwei Jahren hinterher?«

»So würde ich es natürlich nicht formulieren, aber im Grunde trifft es zu. Ich warte. Obwohl ich aufgehört habe, ihm nachzustellen. Das war unser nicht würdig.«

Janne steht auf. »Ich gebe Ihnen einen Rat, Frau Jahn. Warten Sie nicht auf meinen Vater. Kommen Sie zur Vernunft. Zwar kann ich nicht beurteilen, ob er Sie geliebt hat, aber eines weiß ich sicher: Er wird sich nicht von seiner Frau trennen. Danke für das Gespräch und das Wasser.«

Janne geht. Im Treppenhaus holt die Tanzlehrerin sie ein. »Was werden Sie jetzt tun? Ihre Mutter informieren?«

»Das hätten Sie wohl gern«, sagt Janne. Sie nimmt zwei Stufen auf einmal.

Am Fuß der Treppe dreht sie sich um. Karoline Jahn ist stehen geblieben, nur noch ein Schatten ihrer selbst. Was für eine Demaskierung. Wenn das wirklich Liebe ist, will Janne gern darauf verzichten. Bevor sie auf die Autobahn fährt, pinkelt sie in ein Gebüsch.

Imme Höft hat keine Tanzschule und keine Homepage. Als Janne sie anruft, ist sie sofort zu einem Treffen bereit. Sie schlägt ein chinesisches Restaurant in der Nähe des Cuxhavener Bahnhofs vor. Wie sich herausstellt, ist sie Schaffnerin – sie selbst sagt Zugbegleiterin – auf der Strecke Cuxhaven-Hamburg. Daher kennt sie das Restaurant, das sie nach der Arbeit regelmäßig mit Kollegen besucht, während Janne bislang noch nie dort gegessen hat. Sie hat nicht viel übrig für die chinesische Küche außerhalb Chinas. In Peking und Shanghai, wo die Deutsche Philharmonie oft gastiert, schmeckt alles, was aus dem Wok kommt, vollkommen anders. Doch darüber verliert Janne kein Wort. Sie ist ohnehin nicht zum Reden gekommen, sondern um zuzuhören. Erneut ist es erstaunlich einfach, Antworten auf ihre Fragen zu erhalten. Imme Höft ist wie zuvor die Tanzlehrerin geradezu versessen darauf, sich ihre Paul-Flecker-Geschichte von der Seele zu reden. Diesmal kommen weder Rosen noch Tango darin vor. Dafür wird gevögelt. Im Gepäckabteil zwischen Fahrrädern und Koffern.

»Wie lange ist das her?«, fragt Janne so teilnahmslos wie möglich und kaut ausgiebig auf einem Stück Ente, das in ihrem Mund einfach nicht kleiner wird.

»Vor einem Jahr habe ich die Affäre beendet. Ich hatte Angst um meine Ehe.«

»Woher wussten Sie eigentlich vom Schlaganfall meines Vaters?«

»Es kam im Radio. Als über den Mord berichtet wurde.«

»Und warum haben Sie Ihre Telefonnummer im Krankenhaus hinterlegt, wenn die Liaison schon lange vorbei war?«

»Weil ich ihn liebe«, sagt die schöne Schaffnerin.

»Nicht schon wieder«, rutscht es Janne heraus.

In der Klinik gibt sie ihrem Vater einen Kuss auf die Stirn. Es tut gut, nicht mehr wütend auf ihn zu sein, was unter anderem Marits Verdienst ist. Janne hat akzeptiert, dass er nicht der Mann ist, für den sie ihn gehalten hat, sie hasst ihn nicht. Es war naiv, ihm Unfehlbarkeit anzudichten. Sie erzählt von ihren Treffen mit seinen Ex-Geliebten und sagt ihm, dass er Mist gebaut hat, als er ihre Herzen im Sturm eroberte – und hinterher nichts mehr damit anfangen konnte. Sie unterstellt ihm, gedankenlos gehandelt zu haben. Das ist schmeichelhafter als Gleichgültigkeit, und für gleichgültig hält sie ihn nicht.

Sie sitzt lange an seinem Bett, hält seine Hand. Etwas in seinem Gesicht hat sich verändert, er sieht jetzt aus, als würde er zuhören. Sie hat nicht mehr das Gefühl, vor einer Hülle auszuharren. Voller Hoffnung ruft sie seinen Namen. Er reagiert nicht. Sie wird den Ärzten dennoch von ihrem Eindruck berichten, für alle Fälle.

Nach kurzem Zögern spricht sie auch über ihren eigenen Hang zur Untreue. Drei Mal in zehn Jahren hat sie Nils betrogen. Wie oft es kurz davor war, hat sie nicht gezählt. Ihr Ex weiß nichts davon – jedenfalls nicht von ihr. Ob er etwas geahnt hat, kann sie nicht sagen.

»Das habe ich wohl von dir, diesen Tick mit dem Fremdgehen«, murmelt sie, obwohl sie weiß, dass das Unfug ist. Ihr Vater und sie haben eher ein gegensätzliches Problem, das aufs Gleiche hinausläuft: Er lässt sich zu sehr und sie sich zu wenig auf andere Menschen ein.

Während sie ihr Herz ausschüttet, bilden sich Schweißperlen auf Paul Fleckers Stirn. Sie holt einen Waschlappen und benetzt sein Gesicht mit kaltem Wasser. Das tut sie beinahe zärtlich, wobei ihr bewusst wird, dass sie wie eine Voyeurin in seinem Liebesleben herumgestochert und dabei das eigentliche Ziel ihrer Nachforschungen aus den Augen verloren hat.

»Also, Papa, um ehrlich zu sein, kann ich mir nicht vorstellen, dass eine der beiden Frauen vorgehabt hat, dich umzubringen. Wenn überhaupt, dann die Tanzlehrerin. Schließlich wollte sie deinetwegen ihren Mann verlassen und konnte nicht akzeptieren, dass du nichts weiter von ihr wolltest als tanzen lernen. Aber Mord? Sie liebt dich noch immer. Andererseits war sie ziemlich neben der Spur.«

Janne denkt nach. Wie viele Gespielinnen mag es im Leben ihres Vaters noch gegeben haben? Mit Sicherheit mehr, als sie ausfindig machen kann. Seine Art scheint einen bleibenden Eindruck zu hinterlassen. Gut möglich, dass ihm irgendeine Frau nach den Leben trachtet. Aber woran soll sie diese eine erkennen?

PAUL Er hatte ja keine Ahnung. Bevor er Stunden genommen hat, hielt er Gesellschaftstanz unter Nordeuropäern für ein Demütigungsritual, mit dem sich Frauen – am liebsten in Anwesenheit der besten Freundinnen – an ihren Ehemännern für die zahlreichen Enttäuschungen rächen, die der gemeinsame Alltag nun mal so mit sich bringt. Jetzt weiß er es besser. Sicher, Tanzen ist auch Rache, aber eben nicht nur. Tanzen ist ein Versprechen. Und zwar auf alles, was Liebe und Lust bereithalten können, wenn man das Feuer schürt, anstatt nur die Zentralheizung zu bedienen, so wie es in vielen Ehen üblich ist. Leider auch in seiner. Weshalb er einen Teil des Versprechens hin und wieder anderswo einlösen muss. Zuletzt in der Bahn. Unter und auf, neben und hinter Imme Höft. In ihren Armen und zwischen ihren Schenkeln, wo es nach Pfirsichlotion, frischem Schweiß und seinem Samen duftete. Ein Dank an die Polizei, seine Freunde und Helfer, die ihm den Führerschein abgenommen hatten – sonst wäre er nie in einen Zug gestiegen. Und hätte vielleicht die einzige Frau auf der Welt verpasst, die ihren eigenen Körper so zu schätzen weiß, wie er ist. Nichts von wegen: Schau mich dort nicht an. Bin ich hier zu dick? Nimm die Finger da raus und die Zunge da weg. An Haltungsnoten waren sie beide nicht interessiert. Sie war der Grand Canyon, und er war Gott – von Otterndorf bis Himmelpforten.

Die Erinnerung an die Wonne des Samenergusses katapultiert ihn zurück in den Albtraum der Gegenwart. Schlagartig fällt ihm alles wieder ein. Er, Paul Flecker, sechsundsechzig Jahre alt und fünfundneunzig Kilo schwer, sündigt nicht mehr. Er liegt in einem Krankenhausbett, unfähig, sich zu rühren, nicht einmal atmen kann er ohne die Hilfe von Maschinen. Verständigung ist ausgeschlossen. Er versucht es und scheitert, sein Körper hat ihn in Isolationshaft gesperrt. Mit dem Geschmack von Meersalz auf den Lippen und dem Wissen, dass Erik nicht mehr lebt.

Als die Verzweiflung ihm die Brust zuschnürt, hört er die Stimme. Jannes Stimme. Seine Tochter, das tapfere Kind, hat ihn nicht im Stich gelassen, sondern harrt vor der Zellentür aus und redet mit ihm. Über Liebe und Treue. Himmel, dieses Mädchen steht sich so sehr selbst im Weg. Wenn doch endlich jemand käme und ihr einen Schubs gäbe. Ihm wird heiß vor Ungeduld, und das bleibt ihr nicht verborgen. Mit einem feuchten Tuch kühlt sie sein Gesicht. Er ist unendlich dankbar, weil sie den Mund mit seinen salzigen Lippen nicht ausspart. Dabei redet sie unentwegt, er hat Mühe, ihr zu folgen. Mord? Wieso Mord? Dann erinnert er sich auch daran. Dass Eriks Tod kein Unfall war, sondern ein Akt der Grausamkeit, der eigentlich ihm, Paul Flecker, gegolten hat. Und er erinnert sich, seine Tochter auf die Suche nach der Wahrheit geschickt zu haben. Erschüttert begreift er, was er getan hat. Wie konnte er? Wenn sie so weitermacht und anfängt, nicht nur seine schmutzige Wäsche zu durchwühlen, sondern auch die Leichen aus dem Keller ans Licht zu zerren, ist sie womöglich bald in ernster Gefahr. Er muss sie stoppen.

Paul Flecker will sie warnen, aber sein Kerker ist perfekt isoliert. Nichts dringt nach außen.

Unter Hyänen

JANNE Ihr Kopf schlägt hart gegen einen Balken.

»Verzeihung.«

»Nicht schlimm. Mach weiter.«

Sie liegt auf dem Rücken. Er hat es nicht leicht: Im feuchten Sand kniend, muss er die Balance halten und stoßen und dabei noch ihre Beine umklammern. Janne könnte verstehen, wenn er die Stellung wechseln wollte, weil es ihm so einfach zu anstrengend ist, aber …

»Mir ist kalt.«

Kalt? Im Winter trägt er immer diese Spezialkleidung aus Island, die ursprünglich für Bauarbeiter am Polarkreis entworfen wurde, mittlerweile aber als Designerware edel vermarktet wird. Lediglich ein Minimum seiner Lenden ist dem Seewind ausgesetzt, während ihr Unterleib komplett nackt ist. Janne stöhnt.

»Mir ist kalt«, wiederholt er.

»Dann tu was. Beweg dich stärker.«

Sie hat die Hände in die Hüften gestützt und hebt das Becken weiter an. Er setzt nach, bis er dorthin gelangt, wo es schön ist. Schöner als schön. Am schönsten. Dort tollt er, weil er nun nicht mehr friert, beinahe ein bisschen zu lange umher, doch das macht nichts, besser so als umgekehrt. So ist sie selig und kann ihm dabei zusehen, wie er es wird. Sie kennt außer Nils keinen anderen Kerl, der sogar dabei gescheit aussehen kann.

»Ich weiß nicht, wie ich dir danken soll«, sagt Janne.

»Was soll das denn heißen?«

»Ich hatte befürchtet, ich würde auf unabsehbare Zeit immer meinen Vater vor mir sehen, wenn ich an Sex denke, wie er es mit einer Zugbegleiterin im Gepäckwagen treibt. Jetzt hast du dieses Bild in meinem Kopf hoffentlich gelöscht und ein anderes hinterlegt. Ein prickelndes.«

»Soso, das fandest du jetzt prickelnd«, sagt er, und sie ärgert sich über seinen herablassenden Tonfall. Als ob es bei ihm nicht geprickelt hätte.

Nils schließt Hose und Jacke. Er weicht ihren Blicken aus. Auch Janne bringt ihre Kleider in Ordnung.

»Sollen wir heimgehen?«, fragt sie.

»Lass uns lieber noch kurz hier sitzen bleiben.«

Mittlerweile ist ihr kalt, aber das behält sie für sich. Sie klettern auf die Steinmauer und lassen die Beine über dem Wasser der Elbmündung baumeln. Die Nacht ist hell, viele Sterne, kaum Wolken. Der sichelförmige Mond spiegelt sich im Meer. Klare Sicht. Sogar die Lichter der Ölförderplattform Mittelplate sind gut zu erkennen. Der Wind weht mäßig, und es herrscht kaum Seegang. Nur hier und da klatscht eine größere Welle gegen das Bollwerk, und die Gischt schlägt zu ihnen hoch.

Sie sind an der Kugelbake, dem hölzernen Wahrzeichen der Stadt. Das nordwestlich des Hafens gelegene Seezeichen war früher ein wichtiger Orientierungspunkt für Schiffe, weil es auf der Landspitze errichtet wurde, die den Übergang zwischen Elbe und Nordsee markiert und dem Fahrwasser eine Krümmung aufzwängt. Früher brannte sogar ein Leuchtfeuer an der Spitze des zeltförmigen Gerüsts aus mächtigen Balken. Das Kap am nördlichsten Ende Niedersachsens ist Jannes Lieblingsplatz in Cuxhaven, nicht gerade ein Geheimtipp, besonders nicht tagsüber im Sommer. Doch der ist ja nun endlich vorbei.

»Wie ist das eben bloß passiert?«, fragt Nils.

Tja, wie? Als sie nach Hause kam, saß er vor dem kalten Kamin und wartete auf sie. Er wollte reden, also sind sie spazieren gegangen, was eigentlich immer funktioniert. Man sitzt sich nicht steif gegenüber, muss nichts bei aufdringlichen Kellnern bestellen, und wenn das Gespräch unangenehm wird, braucht man sich nicht zwingend in die Augen zu sehen. Sie sind doch nicht erst seit gestern getrennt, den platonischen Umgang miteinander also gewohnt, und sie hat sich sogleich für ihr Benehmen gegenüber Amanda entschuldigt. Beste Voraussetzungen also zum Reden. Woher soll sie wissen, warum sie stattdessen gevögelt haben? Sie hat jedenfalls nicht angefangen.

»Was wolltest du mit mir besprechen?«, fragt sie.

»Hat sich erledigt.«

»Wie kann das angehen?«

»Eigentlich wollte ich dir erzählen, wie glücklich ich mit Amanda bin.«

Ein kleinerer Frachter passiert die Flusseinfahrt. Ein Feeder, der als Zulieferer für die riesigen Containerschiffe im Hamburger Hafen eingesetzt wird. Rund achthundert Container. Er fährt unter der Flagge einer Kehdinger Reederei, dessen Inhaber mit ihrem Vater Golf spielt. Oder besser: gespielt hat.

»Und ich wollte dich bitten, Amanda zu akzeptieren und trotzdem meine Freundin zu bleiben. Also … natürlich nicht auf diese Art.«

»Ich akzeptiere deine Beziehung zu Amanda«, sagt Janne.

»Du Biest.«

Sie schauen einander an und lachen. Auf dem Rückweg gehen

sie Hand in Hand, und als sie ihm anbietet, die Nacht bei ihr zu verbringen, hat er nichts entgegenzuhalten.

Eng umschlungen schlafen sie ein, ebenso wachen sie am späten Vormittag wieder auf. Es ist Wochenende. Janne holt Kaffee aus der Küche, den sie im Bett trinken, bevor sie erneut miteinander schlafen.

»Jetzt ist es kein Versehen mehr«, stellt Nils fest.

»Ich glaube ohnehin nicht an Sex aus Versehen.«

Er küsst ihre Augenbrauen. »Amanda hat uns in Berlin unter unserer Laterne stehen sehen. Seitdem ist sie überzeugt, dass wir uns noch lieben.«

»Liebe. Was mag das sein? Eine durchtanzte Nacht? Ein gemeinsames Leben? Wir an der Kugelbake? Papa im Zugabteil?«

»Was sollen diese Anspielungen auf deinen Vater? Er hatte nicht allen Ernstes eine Affäre mit einer Zugbegleiterin, oder?«

»Oh, doch. Leider.«

Janne erzählt, was sie über Paul Fleckers Paarungsverhalten herausgefunden hat. Und wo sie gerade dabei sind, weiht sie Nils in das Geheimnis ihrer Zeugung ein.

Er hört angestrengt und bestürzt zu, bemüht abzuschätzen, welche Reaktion sie von ihm erwartet. Das gefällt ihr nicht, dieses Auf-Nummer-sicher-Gehen, um ja nicht anzuecken. Sie kommt ihm zu Hilfe, indem sie mitteilt, dass sie in dieser Sache keinen Zuspruch brauche. Nicht mehr.

»Glaubst du, deine Mutter weiß von den Seitensprüngen ihres Mannes?«

Eine interessante Frage, die Janne nicht beantworten kann. Sie lässt sich ins Kissen sinken und legt die Hände auf ihr Brustbein, das sich kalt und weich anfühlt wie frisch gefallener Schnee. Sie mag die Vorstellung, aus Schnee zu bestehen.

»Und wie hast du von diesen Dingen erfahren?«, fragt er weiter.

»Recherche.«

»Wozu? Ich meine, was hat dich dazu gebracht, herausfinden zu wollen, ob und mit wem dein Vater fremdgeht?«

In Gedanken bastelt sie noch an einer Lüge, da wird das Bedürfnis, jemanden einzuweihen, so übermächtig, dass Janne nachgibt. Ihrem Vater wäre das nicht recht, hat er sie doch zum Stillschweigen verpflichtet. Aber da wusste er noch nichts von seinem bevorstehenden Absturz ins Koma und davon, wie einsam sie sein würde – ohne seinen Rat. Nach ihren Bekenntnissen flüchtet sie ins Bad, ohne Nils' Reaktion abzuwarten.

Als Janne aus der Dusche kommt, wartet er in der Küche mit dem Frühstück auf sie. Er sieht nicht so aus, als hätte er vor, etwas zu essen. Der gedeckte Tisch ist nur Kulisse für das Gespräch, das er mit ihr führen will. Er steht auf und küsst sie auf die Wange. Ein ernster Kuss. Aus ihren gewaschenen Haaren tropft Wasser auf seinen beigefarbenen Kaschmirpullover. Janne öffnet den Kühlschrank und trinkt einen großen Schluck Orangensaft direkt aus dem Tetrapack. Sie hat Mühe zu schlucken, als hätte sie einen Krampf in der Kehle. Dann setzt sie sich auf den Stuhl, den er wie ein Oberkellner für sie zurechtrückt, und bestreicht ein Brötchen mit Butter und Pflaumenmus. Nils beobachtet sie wortlos. Der Kühlschrank unterlegt das Schweigen mit einem auf- und abschwellenden Betriebsgeräusch.

»Wir sollten meine Mutter fragen, ob sie mit uns frühstücken will.«

»Sie ist ins Krankenhaus zu deinem Vater gefahren. Wir können ungestört sprechen.« Er räuspert sich. »Janne, ich mache mir Sorgen wegen dieser Sache. Große Sorgen.« Es klingt wie ein Vorwurf.

Janne beißt in ihr Brötchen. Pflaumenmus tropft ihr über das Kinn, weil ihre Hand zittert. Unkontrollierbar. Sie legt das Brötchen zurück auf den Teller.

»Du solltest mit allem, was du weißt, schleunigst zur Polizei gehen.« Er trommelt mit den Fingern auf der Tischplatte herum wie auf seiner Computertastatur.

»Was weiß ich denn schon? Mein Vater hält sich für das eigentliche Ziel des Mordanschlags auf Erik, und er pflegte ein seltsames Verhältnis zu einer Tanzlehrerin, die er später nicht mehr losgeworden ist. Außerdem hatte er diverse Geliebte. Das soll ich der Polizei erzählen? Was sollen die denn damit anfangen?« Janne muss an ihren Besuch auf der Wache denken, von dem sie Nils nicht berichtet hat. »Wie ich dir gesagt habe, war es der Wunsch meines Vaters, die Polizei nicht einzuweihen. Er wollte, dass wir die Angelegenheit allein in Ordnung bringen.«

»Angelegenheit nennst du das? Wir reden hier von Mord. Da kann man nichts mehr in Ordnung bringen.«

»Daran brauchst du mich nicht zu erinnern.«

»Wenn du nicht mit der Polizei sprichst, tue ich es.« Das Trommeln wird lauter und schneller.

»Zwecklos. Ich werde alles leugnen«, sagt Janne.

»Das wirst du nicht tun.«

»Lass es doch darauf ankommen.«

»Du nimmst eine Falschaussage in Kauf, weil dein Vater es befohlen hat? Das wäre strafbar.«

Er kostet das Wort aus, als würde er ein As aus dem Ärmel schütteln.

»Für meine Familie würde ich jederzeit lügen, wenn es sein muss. Gegenüber der Polizei, vor Gericht … vor Gott.« Eigentlich hat sie das nur gesagt, um ihn auszustechen, aber jedes Wort schmeckt nach Wahrheit. »Du etwa nicht?«

Nils hört auf, mit den Fingern zu trommeln, langt über den Tisch und legt seine Hand auf ihre. »Das ist doch Wahnsinn«, sagt er mit einer plötzlichen Milde, die ihr falsch erscheint. »Erik gehörte auch zu deiner Familie. Glaubst du, er hätte gewollt, dass du die Polizisten belügst, die seinen Tod aufzuklären haben?«

Janne schweigt. Sie weiß nicht, was ihr Bruder in dieser Situation gewollt hätte – und fragen kann sie ihn leider nicht mehr.

»Was hat dein Vater zu verbergen, Janne? Es geht ihm doch sicherlich nicht um diese blöden Frauengeschichten. Ehebruch ist schließlich nicht strafbar. Gut, er will nicht, dass seine Frau dahinterkommt, aber deswegen würde er doch kaum den Mörder seines Sohnes decken.«

Sie schweigt hartnäckig weiter, während er sich in Rage redet. »Pass auf, da dein Vater den Kontakt zur Polizei scheut, gehen vielleicht irgendwelche illegalen Geschäfte auf sein Konto. Womöglich hat er sich Feinde gemacht, denen er zutraut, ihn töten zu wollen. Gefährliche Leute also. Mit denen darfst du dich nicht anlegen, indem du auf eigene Faust Nachforschungen anstellst, Janne, das ist total leichtsinnig.«

»Wenn ich eine Ahnung habe, wer dahintersteckt, kann ich der Polizei ja Informationen zuspielen, die meinen Vater nicht in Bedrängnis bringen.«

»Informationen zuspielen? Wie redest du eigentlich?« Seine Hand umklammert ihre noch fester.

Er spricht über ihren Vater wie über einen Kriminellen, was Janne zweifeln lässt, auf welcher Seite er steht. Sie hat Halt gesucht, als sie sich ihm anvertraut hat, nun empfindet sie ihn als weiteren Unsicherheitsfaktor.

Sie schickt ihn weg zu seinen Eltern. An der Tür sagt er, dass sie nicht wiederzuerkennen sei.

Hätten sie es bloß beim Sex belassen.

Janne geht ins Watt. Es kostet sie Überwindung, gleichzeitig folgt sie einem inneren Zwang. Sie will in Eriks Nähe sein, denn im

Moment, so kommt es ihr vor, ist das die einzige Nähe, die überhaupt etwas taugt.

Es ist neblig, der Himmel, der Silberstreif der Nordsee am Horizont und die endlose Ebene verlieren sich in dem grauen Gespinst aus Wassertröpfchen. Sie ist wachsam. Nebel wird im Watt schnell zur Bedrohung. Eigentlich wird alles schnell zur Bedrohung, wenn man sich auf den Meeresgrund hinauswagt. Einen Lebensraum finden hier nur anpassungsfähige Kreaturen wie der Wattwurm, der überall auf den von der See geformten Rippeln spiralförmige Sandhäufchen hinterlässt. Das rostrote, fingerdicke Kriechtier gilt als nützlich, weil es den Wattboden frisst und organische Rückstände verwertet: Algen, Bakterien, Hautpartikel, Menschenblut. Praktisch. Am Ende der Verdauungskette wird purer Sand ausgeschieden, weshalb Fremdenführer den Wurm gern als Staubsauger des Watts preisen.

Janne erwartet die Schreie ihres Bruders und erträgt sie. Zuhören. Nicht wegrennen. Mehr kann sie nicht für ihn tun.

Als es vorbei ist, lässt sie in Gedanken den Streit mit Nils Revue passieren. Natürlich weiß sie, dass er recht haben könnte. Ihr Vater hat wahrscheinlich nicht nur liebeshungrige Frauen gegen sich aufgebracht. Verprellte Kunden, Konkurrenten – Widersacher dürften vielerorts zu finden sein. Aber die meisten wären sicher nicht darauf aus, ihn zu töten. Wo also soll sie anfangen zu suchen? Muss sie davon ausgehen, dass ihr Vater gegen Gesetze verstoßen hat? Es wird ja einen Grund für sein Misstrauen gegenüber der Polizei geben.

Der Nebel wird dichter. Strand und Wasserlinie lassen sich kaum noch auseinanderhalten. Vereinzelte Sonnenstrahlen durchdringen den kalten Dunst. Eine diffuse Lichtflut. Janne blinzelt.

Als das Trommeln der Hufe ihr Bewusstsein erreicht, ist es bereits so nah, dass sie die Stöße auf dem Boden spürt. Janne dreht sich zur Seite. Ross und Reiter als Schattenriss, direkt neben ihr. Sie hört das Keuchen des Pferdes, sieht seinen Atem.

»Hey«, ruft sie warnend und will ausweichen. Es ist zu spät. Das Pferd erwischt sie zwar nicht frontal, sondern streift sie lediglich mit der Flanke. Der Zusammenprall ist trotzdem so heftig, dass sie taumelt. Alles geschieht wie in Zeitlupe. Etwas Metallisches schlägt gegen ihre Stirn, eine Stiefelschnalle oder die Kante des Steigbügels. Als der Hinterlauf des Tieres ihren Rücken trifft, geht Janne zu Boden. Ein Krachen in der Wirbelsäule, und sie landet mit dem Gesicht im Schlick, wo sie regungslos liegen bleibt. Ein in Stoff gehülltes Bündel Schreck. Von fern hört sie das Wiehern des Pferdes. Das Watt vibriert, auch nachdem der Hufschlag längst verklungen ist.

Minuten vergehen. Janne hebt den Kopf. Mühsam begreift sie, dass der Reiter nicht umkehren wird, um ihr aufzuhelfen. Dort, wo ihr Gesicht gelegen hat, schimmert der Wattboden rot. Sie bewegt ihre Glieder, richtet sich auf. Rücken und Schulter tun weh, aber nichts scheint gebrochen. Insgesamt hält sich der Schmerz in Grenzen. Ihre Augen brennen. Wenn sie reibt, wird es schlimmer. Aus der Jackentasche zerrt Janne ein Papiertaschentuch hervor und säubert sich damit das Gesicht, so gut es geht. Von ihrer Stirn tropft Blut.

»Futter«, sagt sie zu den Wattwürmern.

Sie macht sich auf den Weg zurück an Land. Glücklicherweise ist der Nebel dünner geworden. Ihre Kleider, vollgesogen mit Wasser und schlickverkrustet, sind bleischwer, so dass Janne immer wieder strauchelt. Auf der Strandpromenade angelangt, wird sie von einem schwallartigen Erbrechen geschüttelt. Die wenigen Spaziergänger, die unterwegs sind, wenden sich ab und beschleunigen das Tempo, worüber Janne ebenso erschüttert wie erleichtert ist.

Zu Hause schließt Janne sich im Badezimmer ein und begutachtet den Schaden vor dem Spiegel. Sie sieht geschunden aus mit Blutergüssen und Hautabschürfungen am ganzen Körper. Die Blessur auf der Stirn über der linken Augenbraue ist besonders unschön, eine tiefe, etwa drei Zentimeter lange Schramme, die bereits begonnen hat zu verkrusten. Janne befürchtet, dass eine Narbe zurückbleiben wird. Mit aller Härte, die sie sich selbst gegenüber aufbringen kann, versorgt sie ihre Wunden, dann stellt sie sich unter die Dusche und heult. Übel ist ihr kaum noch, weshalb sie beschließt, keinen Arzt aufzusuchen, sondern selbst darauf zu achten, ob sich weitere Symptome einer Gehirnerschütterung einstellen.

Sie setzt sich an den Schreibtisch, um ihre Beobachtungen im Watt zu notieren: Das Pferd war ein dunkelbraunes oder schwarzes Vollblut, geritten von einer großen, schlanken Person in dunkler Kleidung mit Kapuze. Eher ein Mann als eine Frau. Aber völlig sicher ist sie sich nicht, da sie das Gesicht nicht erkennen konnte. Sie würde gern an ein Versehen glauben. Reiter im Watt sind keine Seltenheit, nicht wenige benehmen sich rüpelhaft, besonders an grauen Tagen, wenn kaum Wanderer unterwegs sind. Könnte der Zusammenstoß vom Reiter unbemerkt geblieben sein? Nein, ausgeschlossen.

In der Nacht werden die Schmerzen unerträglich. Janne nimmt mehrere Aspirintabletten und wartet ab, doch die Wirkung bleibt aus. Schließlich ruft sie Meinhard auf seinem Handy an und bettelt um Hilfe. Im Morgengrauen trifft er aus Hamburg ein und untersucht sie gründlich, dabei ist sein Blick noch melancholischer als sonst. Er reibt eine brennende Salbe auf ihre Stirn, gibt ihr eine Spritze, die sie müde macht, und verspricht, nicht von ihrer Seite zu weichen. Der Schmerz wird dumpfer und verschwindet bald darauf ganz. Als sie langsam einschläft, hält Meinhard ihre Hand. Bruderhand. Fast fühlt es sich an, als würde Erik an ihrem Bett wachen.

»Was war das für ein Reiter?«, fragt Meinhard am Mittag. Nachdem Janne aufgewacht ist, hat er ihr Tee und Zwieback gebracht, jetzt sitzt er auf ihrer Bettkante und betrachtet sie besorgt. Janne streicht über seine Wange. Er ist frisch rasiert, seine Haut fühlt sich angenehm kühl an und glatt wie Wachs. »Danke, dass du gekommen bist. Es geht mir schon viel besser.«

»Gern geschehen. Janne, ich habe dich etwas gefragt.«

Sie antwortet ausweichend.

»Willst du Anzeige erstatten?«, bohrt er nach.

Sie schüttelt den Kopf. »Es war sicher keine Absicht. Vielleicht ein Jugendlicher, der fürs Duhner Wattrennen trainiert und vor lauter Eifer nicht einmal bemerkt hat, was passiert ist.«

»Der sollte aus dem Verkehr gezogen werden.« Meinhard steht auf und massiert sich den Nacken. Er arbeitet zu viel. Das war nie anders. Auch eine Möglichkeit, sich durchs Leben zu mogeln. Gemeinnütziger als das Spaßprinzip, dem sie sich in Berlin verschrieben hatte, aber nichtsdestoweniger eine Mogelei.

»Kannst du definitiv keine genauere Beschreibung geben?«, will er wissen.

»Nein.«

»Vermutlich hast du recht, und die Sache ist harmlos. Trotzdem sollten wir vorsichtig sein. Ich könnte die Reitställe in der Gegend anrufen und versuchen herauszufinden, wer gestern im Watt unterwegs war.«

»Keine schlechte Idee. Aber das kann ich auch selbst machen«, sagt Janne und befühlt vorsichtig ihre Stirn. Harter Schorf. Sie muss furchtbar aussehen.

»Lass die Wunde lieber in Ruhe. Ich würde dir die Nachforschungen gern abnehmen, Janne.«

»Danke, nicht nötig. Fahr besser zurück nach Hamburg.«

Sie diskutieren ohne Ergebnis, wobei Meinhard versucht, seine Besorgnis zu verbergen, was kaum gelingt. Dazu ist er viel zu nervös, zupft ständig an ihrem Laken herum, verschüttet Tee. Janne verbringt den Rest des Tages im Bett, obwohl sich ihr Körper schnell erholt. Was sie schwächt, ist die Gewissheit, einen Feind zu haben, ins Visier geraten zu sein. Das trifft sie wie eine schlimme Diagnose, ein seltenes Virus, um dessen Existenz sie gewusst hat, ohne zu befürchten, sich anzustecken. Jetzt hat es sie doch erwischt.

In ihrer Distanzlosigkeit schreckt Marit nicht davor zurück, Jannes Verletzung eingehend zu inspizieren und eine Frage nach der anderen zu stellen. Janne schweigt hartnäckig. Sie sitzen in der Krankenhaus-Cafeteria und trinken Cola aus Flaschen.

»Kann es sein, dass du in Schwierigkeiten steckst?« Marit kaut an ihrem Strohhalm.

Janne versucht, das Thema zu wechseln. »Du hast einen Verehrer, hast du das schon mitbekommen?«

»Woher weißt du das?«

»Ich bin oft genug hier. Willst du was von ihm?«

»Nein, eher nicht. Ich habe einen Dachschaden, was Männer angeht.« Marit bleibt hartnäckig. »Sag mal, Janne, willst du dich nicht irgendjemandem anvertrauen? Das muss ja nicht ich sein. Du hast doch bestimmt Freunde.«

Sie denkt an die vielen Telefonnummern, die in ihrem Handy gespeichert sind, eine unerschöpfliche Schar von Statisten. Sie könnte am Abend in Berlin eine Party schmeißen und würde aus dem Stand hundert Leute zusammenbekommen, über die sie im Prinzip kaum etwas weiß – außer was sie am liebsten trinken und essen und welche Musik sie bevorzugen. »Ich habe einen Dachschaden, was Freunde angeht«, antwortet sie. »Mein Vater nennt das mangelnde Hingabe. Ich ziehe den Begriff Kontrolle vor.«

»Du hast Verlustängste. Deswegen gehst du so sparsam mit deinen Gefühlen um«, diagnostiziert Marit.

»Exakt. Wer nichts hat, kann nichts verlieren. Jetzt sind nur noch ein Bruder, meine Mutter und mein Exfreund übrig, und bei meinem Glück machen die es sicherlich auch nicht mehr lange. Danach werde ich eine Insel sein.«

Die Cola schäumt in ihrem Mund und steigt ihr in die Nase, was ein Feuerwerk an Kindheitserinnerungen zündet. Der Schorf auf ihrer Stirn juckt, während in den tiefer gelegenen Hautschichten ein Brennen vorherrscht, als wäre die Wunde ganz frisch. In diesem Zustand wird sie niemals eine Insel sein, allenfalls ein Stück Treibgut, eine Art Wrackteil. Erstmals kommt ihr der Gedanke, dass die Bewältigung der Trauer ihre Kräfte übersteigen könnte.

»Ich glaube, dass dein Vater bald aufwachen wird«, sagt Marit sanft.

»Wieso?«

Sie zögert. »Ein Bauchgefühl … Entschuldige, ich habe mich hinreißen lassen. Eigentlich steht es mir nicht zu, solche Prognosen abzugeben.«

»Okay, okay, ich werde mich schon nicht bei deinen Vorgesetzten beschweren. Aber verrate mir bitte, wie du darauf kommst.«

»Nun«, sagt Marit errötend, »das ist pikant. Er ist, wie soll ich sagen, sexuell aktiv.«

»Aktiv?«

Marit hüstelt. »Nicht bewusst natürlich.«

»Passiv also. Sexuell passiv aktiv«, sagt Janne, und das Rot in Marits Gesicht zeigt Spuren von Lila.

»Sozusagen«, antwortet die Krankenschwester.

Typisch Paul Flecker.

Sie verstauen die leeren Pfandflaschen in Getränkekisten. Neben dem Leergut bleibt Janne stehen und hält Marit am Ärmel fest. »Versprich mir etwas. Wenn mein Vater tatsächlich aufwachen sollte, darf niemand informiert werden, der nicht zur Familie gehört. Überdies müsst ihr unbedingt dafür sorgen, dass außer uns niemand zu ihm gelangt. Niemand, verstehst du?«

Marits Augen weiten sich. »Ist er in Gefahr?«, fragt sie flüsternd.

Janne nickt. »Kann ich mich auf dich verlassen?«

»Ja, das kannst du. Versprochen.«

Sie reichen einander die Hände. Ein Nachteil am Dasein ohne Freundeskreis: Ab und zu bleibt nur das Vertrauen in distanzlose Krankenschwestern.

»Freunde sind die einzige Familie, die man sich aussuchen kann«, sagt Marit zum Abschied.

Am Fenster in Eriks Büro steht ein Mann. Janne bemerkt ihn nicht gleich, erst nachdem sie am Schreibtisch Platz genommen und sich den obersten Brief vom Poststapel gegriffen hat. Der schwere Din-A4-Umschlag entgleitet ihren Händen und bringt den Stapel auf dem Tisch polternd zu Fall. Auf den zweiten Blick erkennt Janne den Eindringling: Es ist Frank Hagedorn, der Kommissar. Er trägt einen marineblauen Wollpullover und weder Mantel noch Jacke. Seine Haltung hat etwas angestrengt Diszipliniertes. Was hat der hier zu suchen? Und wo steckt Gabi Bremer?

Er begrüßt sie mit kühler Stimme, die Augen stur aufs Meer gerichtet. »Ich wollte Sie nicht erschrecken. Ihr Schweißermeister war so freundlich, mich direkt hier auf Sie warten zu lassen, da das Sekretariat heute nicht besetzt ist, wie er sagte.«

Janne versucht, sich ihre Empörung nicht anmerken zu lassen. »Sie hätten telefonisch einen Termin ausmachen sollen, dann hätte ich Sie nicht warten lassen.«

»Oh, das Bedürfnis, mit Ihnen zu reden, kam mir spontan. Natürlich hätte ich Sie auch vorladen können.«

Ein Profilneurotiker. Janne stellt sich neben Hagedorn ans Fenster. Er will reden, also soll er den Anfang machen.

»Schöne Aussicht«, sagt er. »Die Schiffe, der Fluss, das Meer – davon können wir im Präsidium nur träumen.«

Es ist ein trüber Tag, das Wasser in der Elbmündung hat die Farbe von Schlamm, und Schiffe sind keine unterwegs. Graubraune Unendlichkeit. Janne betrachtet den Kommissar von der Seite. Jede Geste, jedes Wort, sein gesamter Auftritt ist darauf angelegt, sie zu provozieren. Sie schweigt beharrlich, aber ihr Herz schlägt so heftig, dass sie befürchtet, er könnte es hören.

»Muss eine ziemliche Umstellung gewesen sein. Von den zweiten Geigen zur Firmenchefin.«

»Ich nehme an, dass jeder Mordfall für die Hinterbliebenen eine ziemliche Umstellung mit sich bringt«, erwidert Janne.

Hagedorn nickt. »Da haben Sie vollkommen recht. Und oft finden wir den Schlüssel zum Motiv, wenn wir uns diese Veränderungen anschauen. Wer profitiert vom Tod des Opfers? Diese Frage stellt sich immer wieder aufs Neue.«

Janne verkrampft. Seine Andeutung war unmissverständlich. Hagedorn hält sie für die große Gewinnerin in diesem Scheißspiel.

»Wo waren Sie an dem Abend, als Ihr Bruder starb?« Er wendet sich ihr zu, einen harten Zug um den Mund.

Janne braucht eine kleine Ewigkeit, um die Frage zu verarbeiten. Hagedorns Blick haftet auf ihr. Sie weicht ihm aus, betrachtet die Schultern des Kommissars. Ein breites Kreuz, durchtrainiert. Auf dem Pulloverkragen entdeckt sie Schuppen.

Wo war sie, als Erik starb? Und wieso hat sie sich das nie selbst gefragt? Was hat sie beschäftigt, während er ums Überleben kämpfte? Wahrscheinlich hat sie gerade mit dem Solisten gevögelt. Janne verschränkt die Arme unter der Brust. Ihr schlechtes Gewissen wütet in ihr. »Die Frage ist doch irrelevant.«

»Wieso?«

»Weil es keine Rolle spielt. Der Todeszeitpunkt ist ja nicht identisch mit dem Tatzeitpunkt. Oder wissen Sie, wann genau die Falle in der Boje platziert wurde?«

»Nein«, gibt Hagedorn zu. »Und Sie?«

»Nein. Natürlich nicht.«

»Kennen Sie sich mit diesen Dingern eigentlich aus?«

Janne nickt widerstrebend, und um sich reinzuwaschen, fügt sie hinzu: »Ich war in Berlin.«

»Wann?«

»Immerzu«, sagt Janne. »Seit Ostern. Das habe ich Ihnen doch neulich schon erzählt. Außerdem verstehe ich nicht, warum Sie mich wie eine Verdächtige behandeln. Ich dachte, Sie hätten den Fall abgeschlossen.«

»Der Fall ist abgeschlossen, wenn das Gericht ein Urteil gefällt hat, keine Sekunde früher. Die Staatsanwaltschaft ist nicht leicht zufriedenzustellen. Ich will sichergehen, dass wir nichts übersehen haben. Das ist ja auch in Ihrem Sinne, wie mir Ihr Bruder Meinhard bereits versichert hat«, antwortet Hagedorn und tippt auf seine Armbanduhr. »Aber jetzt habe ich Sie lange genug von der Arbeit abgehalten.« Er geht zur Tür, wo er sich noch einmal zu ihr umdreht. »Woher stammt eigentlich diese Verletzung an Ihrem Kopf?«

Ist es strafbar, einen Polizisten anzulügen? Oder ist das nur unter Eid verboten? »Ich bin im Watt gestürzt«, sagt Janne. »Der Nebel war schuld.«

Er schüttelt den Kopf. »Wissen Sie denn nicht, wie gefährlich das Watt bei Nebel sein kann?«

»Das Watt ist immer gefährlich.«

»Na, wenn Sie das sagen«, antwortet er und geht, ohne sich zu verabschieden.

Die Befragung hat Janne aufgewühlt. Sie fühlt sich kaum noch in der Lage zu arbeiten, zumal mit dem Schmiss über dem Auge jeder Gang über das Werftgelände einem Spießrutenlauf gleicht. Einzig Birger Harms bringt es fertig, nicht zu glotzen und keinen Kommentar abzugeben. Gleichwohl ist er nicht gut auf sie zu sprechen, da sie seiner Meinung nach etwas zu viel von ihrer Verantwortung auf ihn abgeladen hat. Sie bemüht sich, ihm aus dem Weg zu gehen, er hingegen sucht die Konfrontation und baut sich vor ihrem Schreibtisch auf. »Du musst endlich klarstellen, wer hier der Kapitän ist«, grollt er.

»Es ist doch kein Geheimnis, dass ich nichts vom Bootsbau verstehe. Warum regst du dich so auf? Die Mitarbeiter folgen dir blind.«

»Schon, aber letztlich hast du das Kommando. Du triffst die Entscheidungen, und das wissen sie. Deswegen müssen sie Vertrauen in deine Führungsstärke gewinnen.«

»Die ich nicht habe.«

»Dann tu wenigstens so. Blenden gehört zum Geschäft, sagt Birger. Er legt ein Schreiben vor ihr auf den Tisch. Eine Einladung der Industrie- und Handelskammer zum »Jahrestreffen der maritimen Wirtschaft im Elbe-Weser-Raum«. Sie hatte es bereits im Papierkorb entsorgt.

»Du denkst, ich sollte da hingehen?«

»Unbedingt. Da triffst du alle, die du kennen musst, Freund und Feind.«

Auch den Mörder? »Kommst du mit und leistest mir Beistand?«

Er nickt widerwillig.

»Was soll ich anziehen?«

»Gott mit uns«, sagt Birger Harms und reckt die Handflächen gen Himmel. »Frauen an Bord bringen Krankheit und Seenot, und sie stellen immer die falschen Fragen zuerst.«

»Eine kleine Nachtmusik«. Warum eigentlich muss bei offiziellen Anlässen immerzu Mozarts Evergreen gespielt werden? Der Komponist verabscheute förmliche Veranstaltungen, das ist überliefert. Nur weil Organisatoren zu gern Leichtigkeit mit Harmlosigkeit verwechseln, verwursteln sie seine Meisterwerke als Hintergrundgedudel. Janne beobachtet das Streichquartett – Halbwüchsige, die laut Ankündigung erfolgreich an lokalen und überregionalen Wettbewerben teilgenommen haben. Der Junge an der zweiten Geige hält sein Instrument so weit wie möglich auf Distanz, als befürchtete er, es könne Krankheiten übertragen. Vielleicht stört ihn auch nur die unreine Quinte zwischen A- und E-Saite. Janne hätte Lust, hinzugehen und am Wirbel zu drehen. Da hat er schon an jeder Saite Feinstimmer anbringen lassen – warum zur Hölle benutzt er sie nicht?

»Du sollst nicht die Musiker nervös machen, sondern dich unter das Volk mischen«, raunt Birger Harms hinter ihr. »Na los, lass die Leute nicht warten. Ich dachte, du magst Partys.«

»Ich komme gleich«, sagt Janne.

Das Treffen der maritimen Wirtschaft findet in den Hapag-Hallen statt, lang gezogenen Backsteinbauten auf dem Hafengelände mit einem weithin sichtbaren Uhrenturm. Hier sind einst vor ihrer Abreise nach Übersee Tausende Auswanderer durchgeschleust worden, die meisten davon mittellose Zwischendeckpassagiere. Wenn Janne die Augen schließt, sieht sie diese Menschen mit ihren schrankartigen Koffern und warmen Mänteln vor sich, die sie auch im Sommer trugen, weil ein warmer Mantel in jener Zeit ein Leben lang halten musste, also passte man gut auf ihn auf. Viele hatten Instrumente dabei, das weiß sie von alten Fotos: Fiedeln, Schifferklaviere, Mundharmonikas. Früher wurde viel mehr musiziert, auch unter Fremden in Wartehallen, wo heute jeder sein MP3-Handy für ein Privatkonzert via Ohrstöpsel bereithält. Hat ja auch Vorteile.

Janne öffnet die Augen wieder und stellt sich der Gegenwart. Sie hat schwitzige Hände, obwohl sie viele der Unternehmer, die grüppchenweise beieinanderstehen, flüchtig kennt. Reeder, Schiffsbauer, Fischfabrikanten und Logistiker – bis vor kurzem gingen diese Leute in ihrem Elternhaus ein und aus, zudem fand jährlich ein Sommerfest auf dem Werftgelände statt, das in der Branche sehr beliebt war. Einmal hatte Paul Flecker ihretwegen extra den Konzertmeister des Rundfunkorchesters engagiert. Seine virtuose Interpretation des Liedes »Ein Schiff wird kommen« auf der Geige hat sie ungemein beeindruckt. Ein perfekter Tag.

»Was ist? Zu wenig Boheme für deinen Geschmack?«, fragt Birger.

Janne seufzt. Die »maritime Wirtschaft« ist ein Altherrenklub: dunkle Anzüge und Krawatten in gedeckten Farben, Halbglatzen, Bauchansätze. Hier und da erklingt joviales Gelächter, Zigarren werden geraucht und Vertragsabschlüsse eingefädelt. Ob Erik sich in diesen Kreisen wohlgefühlt hat? Falls nicht, konnte er das sicher besser verbergen als sie.

»Ich hole mir etwas zu essen, danach können wir uns meinetwegen dem Smalltalk widmen«, sagt sie.

Das Buffet präsentiert sich kosmopolitisch. Es gibt neben Hummer-, Krabben- und Matjes-Spezialitäten auch Sushi, das kurz in kochendes Wasser getaucht wurde, sodass die Algenhaut leicht knusprig ist. Emotional unbelastete Nahrung, weil sie Janne nicht an ihre Kindheit erinnert – himmlisch. Sie packt sich den Teller damit voll. Unterdessen hat jemand von der Industrie- und Handelskammer einen Vortrag begonnen. Dieser besteht überwiegend aus Zahlen und ständiger Wiederholung der Worte Boomfaktor, Hoffnungsträger und Innovation. Janne hört trotzdem genau hin. Mehr als dreihundert Seeschiffe sind unter den Flaggen hiesiger Reedereien auf den Weltmeeren unterwegs. Mit Schiffs- und Bootsbau verzeichnen die Flecker-Werft, eine Werft für Doppelhüllentanker und ein Unternehmen, das sich auf Freifallrettungsboote spezialisiert hat, die meisten Umsätze. Zum Abschluss wedelt der Redner mit einer soeben erschienenen Broschüre. Inhalt: Daten und Fakten aus dem gesamten Wirtschaftszweig. Klingt brauchbar. Janne besorgt sich eine und blättert darin.

»Ach, guten Tag, Frau Flecker. Hausaufgaben nicht gemacht?«

Janne blickt auf. Der Mann von den Freifallrettungsbooten. Kettenraucher. Wenn ihr doch nur der Name einfallen würde. Sie erwidert seinen Gruß und hält aus dem Augenwinkel Ausschau nach Birger. In ihrer Verlegenheit fängt sie an zu plappern. »Interessante Lektüre. Wussten Sie, dass es entlang der Küste nur noch dreißig Krabbenkutter und zwölf Hochseefangschiffe gibt?«

»Sie nicht? Na ja, das ist für Sie ja alles Neuland.« Er klopft ihr auf die Schulter. »Wird schon«, sagt er und rückt näher an sie heran, so nah, dass sie Algenfasern vom Sushi zwischen seinen Zähnen erkennen kann. »Wie geht es denn Ihrem Vater?«

Janne, irritiert vom Übergriff des Schulterklopfens, antwortet nicht. Was lässt ältere Herren nur immerzu so aufdringlich sein?

»Steht es so schlimm?« Der Freifallrettungsbootbauer ist zum Flüstern übergegangen.

Sie nickt.

Auf die Antwort scheinen alle gewartet zu haben. Wie auf ein geheimes Zeichen ist Janne umringt. Es kommt ihr vor, als hätten die Geschäftsmänner eine Art Wettbewerb laufen, mit dem Ziel, möglichst häufig Körperkontakt zu ihr herzustellen, am besten durch Schulterklopfen. Die nächste Indiskretion gilt ihrer Stirnverletzung.

»Ein Reitunfall«, sagt Janne und ist froh, als Birger sich endlich zu ihnen gesellt.

Eine Weile reden sie über Erik: das reinste Hosianna. Janne

verspeist ein Sushi-Röllchen nach dem anderen. Dann stichelt ein Reeder namens Tönnis gegen die Fleckers: »Ohne Familientradition ist es schwer, ganz schwer. Bootsbau ist ein traditionsreiches Gewerbe, und das Gespür für die See muss man ohnehin im Blut haben. So wie Pauls Lehrherr, der alte Krüss.«

»Zum Glück habt ihr ja den richtigen Ersatzmann am Start, nicht wahr?«, sagt der Mann von den Freifallrettungsbooten zu Birger. »Du hast die Kuh doch schon mal vom Eis geholt. Warum sollte dir das kein zweites Mal gelingen?«

»Ja, was wäre die Flecker-Werft ohne Birger Harms?«, fragt Tönnis. »Ist es nicht so, Birger, für die Fleckers tust du alles?«

»So ist es«, bestätigt Birger.

Janne befördert das letzte Sushi-Röllchen vom Teller in ihren Mund. Genau genommen schmecken sie ihr nicht besonders gut, nur anders. Die Umstehenden sehen das ähnlich. So wird beschlossen, im kommenden Jahr auf den fernöstlichen Büffet-Flügel zu verzichten.

»Gut, dass Krüss das nicht mehr erleben muss«, sagt Tönnis, und es bleibt unklar, ob er damit das Sushi meint oder die Tatsache, dass Birger Harms für die Fleckers alles tun würde.

Janne fährt Birger nach Hause. Als sie den Weg zum Vogelschutzgebiet einschlagen will, lotst er sie stattdessen ins Kurviertel Döse unweit der Kugelbake.

»Hast du wieder was mit Elfie angefangen?«, spöttelt sie.

»Nein«, antwortet Birger, »ich hänge an meinem Leben.«

Vor einem der Apartmentklötze direkt hinter dem Nordseedeich lässt er sie anhalten. »Hier wohne ich im Winter«, sagt er.

Die Windschutzscheibe des Alfas ist beschlagen. Janne wischt mit ihrem Schal darüber und sieht sich das Gebäude an. Zehn Stockwerke, verglaste Balkone, beigefarbener Putz. »Ich glaube, in diesem Kasten vermieten wir einige Ferienwohnungen.«

»Dieser Kasten gehört euch, Janne. Genau wie die beiden nebenan und weitere in Duhnen und Sahlenburg.«

»Oh.«

Birger macht keinerlei Anstalten auszusteigen. Das Sushi rumort in Jannes Magen.

»Mir ist schlecht«, sagt sie.

»Kein Wunder. Wie kann ein einzelner Mensch nur so viel rohen Fisch essen?«

Sie hat keine Lust, es ihm zu erklären, und fragt sich, warum er nicht aussteigt.

Endlich rückt er mit seinem Anliegen heraus. »Könntest du mir einen Gefallen tun und im Dienst der Flecker-Werft nie wieder in Broschüren blättern, deren Inhalt dir im Schlafbekannt sein müsste, oder mit geschlossenen Augen herumstehen? Und würdest du bitte künftig ausschließlich Optimismus und Frohsinn verbreiten, wenn Kerle wie Laurens Jörgensen in der Nähe sind?«

»Der Rettungsbootfritze?«

»Genau der. Denk dran, du bist unter Hyänen.«

»Ich kann es versuchen. Du findest also, dass ich mich heute Abend nicht so toll geschlagen habe?« Eine rhetorische Frage. Sie kennt die Anwort.

»Die Klamotten waren in Ordnung.«

Janne lächelt. Marlene-Dietrich-Stil funktioniert immer. »Kann es sein, dass die Hyänen sich heute Abend ziemlich abfällig über meinen Vater geäußert haben?« Sie lässt ein Fenster hinunter, damit frische Luft in den Wagen dringen kann.

»Möglich. Das liegt wohl daran, dass sein Schlaganfall ihnen einen Schreck eingejagt hat. Sie wissen, dass es auch sie hätte treffen können, und die Vorstellung ist ihnen nicht geheuer. Deshalb wenden sie sich von ihm ab, um das Unheil nicht heraufzubeschwören.«

»Okay, aber das meinte ich nicht. Ich dachte an diese Gönnerhaftigkeit, als es um das Thema Tradition ging und um deine Verdienste für die Werft. Über dich reden sie auch nicht gerade nett.«

»Für sie ist Paul eben keiner von ihnen, sondern immer noch das Flüchtlingskind aus Schlesien. Ein Badegast unter den Seebären. Das wird sich nie ändern. Die meisten hätten es damals lieber gesehen, wenn Laurens Jörgensen senior die Werft vom alten Krüss gekauft hätte, aber der hatte nicht genug Kohle. Also hat er versucht, mich als Teilhaber zu gewinnen. Zuerst habe ich zugesagt, dann habe ich es mir anders überlegt.«

»Warum?«

»Schien mir besser so.«

Janne betrachtet Birger, der reglos neben ihr sitzt. Im Halbdunkel des Wagens hat sein Profil etwas Indianisches. Ein Nimbus, der ihm gut steht und gewiss willkommen ist. Wer will nicht gern Indianer sein?

»Ich finde es unerhört, dass sie meinen Vater wegen seiner schlesischen Herkunft ausgrenzen. Der Krieg ist seit mehr als sechzig Jahren vorbei, er ist hier zur Schule gegangen, hat Arbeitsplätze geschaffen und sich sozial engagiert. Reicht das nicht, um dazuzugehören?«

»Nein. Das ist eine Frage von Generationen.«

»So ein Mist.«

Birger öffnet das Fenster auf seiner Seite ebenfalls, Durchzug entsteht. Die Luft riecht mehr nach Elbe als nach Nordsee. Ablaufendes Wasser.

»Es liegt auch an Paul. Der provoziert die Leute. Immer mit dem Kopf durch die Wand. Dass der unbedingt Bootsbauer werden wollte, obwohl er nichts davon verstand. Es gibt Fähigkeiten, die kriegst du in die Wiege gelegt. Ausbildung ist ja gut und schön, aber ob ein Schiff im Sturm schwimmt oder untergeht, muss man im Gefühl haben. Darum geht es in unserem Beruf:

das Meer zu achten und, wenn es sein muss, zu überlisten«, sagt Birger.

»Und dieses Gefühl hat mein Vater nicht?«

»Nein. Dafür ist er ein guter Kaufmann.«

»Aber du hast es?«

Birger nickt.

»Und Erik hatte es auch?«

»Und wie. Aber der war ja auch zur Hälfte ein Conradi. Sein Großvater war Kapitän auf großer Fahrt, und sein Urgroßvater hat vor Grönland Wale gefangen.«

»Und ich?«, fragt Janne, obwohl sie die Antwort ahnt. »Werde ich das Meer überlisten?«

»Die Chancen stehen schlecht«, sagt Birger Harms nach kurzer Überlegung.

Nachdem er im Haus verschwunden ist, fährt Janne nicht los, sondern steigt aus und stapft den Deich hinauf. Ihre Hosenbeine flattern im nasskalten Wind. Dünne Baumwollfasern. Als wäre sie nackt. Sie ist neidisch auf Erik. Ein irrsinniger Neid, der den Seefahrergenen in seinem Erbgut gilt. Wegen ihrer schlesischen Vorfahren fühlt sie sich der eigenen Heimat plötzlich zwangsentfremdet. Wäre Oskar Sayer tatsächlich ihr Erzeuger gewesen, hätte sie wenigstens eine Helgoländerin zur Großmutter.

Janne steht auf der Deichkrone, Hände in den Hosentaschen, salzige Feuchte im Gesicht, und bangt um sich. Neid ist ein Gefühl, das sie – von harmlosen Ausnahmen abgesehen – bislang nicht kannte, und es erschreckt sie in seiner maßlosen Bitterkeit. Pures Gift.

Ist Neid das Mordmotiv? Männer wie Laurens Jörgensen neiden ihrem Vater den Erfolg, doch wie weit würden sie gehen, um ihn zu schädigen?

Janne starrt auf die entvölkerte Strandpromenade. Abgetakelte Strandcafés, verrammelte Klohäuschen. Dahinter lauert das Watt in schimmernder Finsternis, ein Schwarz wie lackiert.

Hätte sie jemanden töten wollen, um sich die Flecker-Werft anzueignen, wäre ihre Wahl auf Erik gefallen. Er verkörperte die Zukunft, der Verlust seiner Schaffenskraft hat die Firma dramatisch geschwächt – wie jeder neue Tag beweist. Und mit dem Tod des Sohnes konnte man auch dem Vater einen so schweren Schlag versetzen, dass er als Konkurrent quasi keine Rolle mehr spielt.

Ist am Ende doch derjenige in die Falle getappt, für den sie bestimmt war? Falls ja, woher wusste der Mörder von Eriks Vorsatz, zur Austernzucht zu fahren, obwohl es nicht zu seinen Aufgaben gehörte? Und wieso wurde die Tat auf so grausame Art begangen, warum kein schneller Tod? Wie es geschah, spricht ihrer Meinung nach eher für etwas Persönliches, eine besonders feige Variante, lang gehegten Hass auszuleben. Sie denkt an ihr letztes Zusammentreffen mit Hagedorn und hofft, dass sein Besuch wirklich nur Routine gewesen ist.

Gleichmäßige Schritte. Vom Kap kommend, läuft ein Mann die Strandpromenade entlang, ein Jogger. Er trägt dunkle Trainingskleidung und hat die Kapuze tief ins Gesicht gezogen. Janne erstarrt: der Reiter. Das ist er, ganz sicher, der Mann aus dem Watt. Oder nicht? Als er näher kommt, beschleichen sie Zweifel. Reicht die Kapuze als Indiz?

»Kennen wir uns nicht?«, ruft sie ihm zu. Sie ist entschlossen, mutig zu sein, doch sie erhalt keine Antwort, nicht einmal eine Reaktion in Form einer Geste. Frierend blickt sie ihm nach. Die Statur des Rückens passt, ja, es könnte der Reiter sein. Andererseits: Warum sollte ein Jogger bei diesem Wetter nicht seinen Kopf schützen? Ihre Beine geben nach, sie muss sich setzen. Auf einer Bank kämpft sie darum, wieder zu Kräften zu kommen, sich zu beschwichtigen, umhüllt vom säuerlichen Geruch ihrer

Angst. Sie ist bereit zum Aufstehen, da hört sie die Musik. Geigenmusik. Nicht besonders laut, aber laut genug für sie.

Janne stockt der Atem. Es ist nicht irgendeine Geige, deren Klang sich in das Flüstern des abflauenden Windes mischt, es ist ihre eigene, und sie selbst ist diejenige, die darauf das Ave-Maria für Erik spielt. Eine Aufzeichnung von der Trauerfeier: die abgerutschte E-Saite, ihre beengten Bogenbewegungen, die Akustik der Kapelle – alles ist deutlich zu hören.

»O Gott.« Janne kneift die Augen zusammen, presst instinktiv die Hände auf die Ohren, lässt sie aber sogleich wieder sinken, um die Richtung auszumachen, aus der die Musik kommt. Das Lied bricht ab. Sie springt auf. Die Promenade ist leer, ebenso Straße und Fußweg auf der anderen Seite des Deichs. In Birgers Wohnblock schlägt die Haustür zu, sie sieht noch den Schatten einer dunkel gekleideten Gestalt im Innern verschwinden. Hinter vielen Fenstern brennt Licht, ganz oben steht eine Balkontür weit offen, die Verglasung ist zur Seite geschoben, aber es dringt kein Laut aus der Wohnung. Nicht mehr?

Janne zittert. Und wenn es Einbildung war wie Eriks Schreie im Watt? So oder so – die Bedrohung ist real. Womöglich waren bereits die Unfälle in der Werft Versuche, sie aus dem Weg zu räumen oder wenigstens in die Flucht zu schlagen. Was nicht gelingen wird. Denn sie hat nicht vor, ihrer Angst nachzugeben.

PAUL Es ist die Hölle auf Erden. Er ist wach, hellwach, aber keiner bemerkt es. Nichts als Dilettanten um ihn herum, unfähig, ihre teuren Instrumente abzulesen. Irgendeine dieser Apparaturen, die unentwegt peinigende Töne im Hochfrequenzbereich produzieren, muss doch anzeigen, dass dieser Patient aus der Welt der Halbtoten zurückgekehrt ist und jemanden braucht, der ihm die Tür öffnet. Aber nichts dergleichen geschieht. Nicht nur die Geräusche um ihn herum bereiten ihm Schmerzen, auch das Licht. Grelle Farben, die durch seine geschlossenen Lider dringen. Wenn nicht bald etwas geschieht, wird ihn die Unfähigkeit, Kontakt aufzunehmen, in den Wahnsinn treiben.

Paul Flecker sehnt sich nach Berührung. Viktoria ist in der Nähe, er erkennt ihre Stimme. Ein feindseliger Unterton. Warum hält sie nicht seine Hand? Und was redet sie da? Schließlich gelingt es ihm, sich auf ihre Worte zu konzentrieren. Sie liest etwas vor. Lauter Genesungswünsche von allen möglichen Leuten. Sogar ein Enkelsohn der Familie Krüss hat eine Karte geschickt – erstaunlich. Wohnt der nicht in Dänemark? Den Alten hat er gut gekannt: Albert Krüss. Ein Mann wie eine Festung. Wie hat er den Werftbesitzer verehrt, auch dann noch, als der seine Bewerbung um eine Lehrstelle mit schallendem Gelächter quittiert hat.

»Eine schlesische Landratte will Boote bauen? So weit kommt das noch. Zur Hölle mit dir, Junge, such dir eine Arbeit, die zu dir passt.«

Aber Paul Flecker hat sich noch nie mit einem Nein begnügt. Wer ihn zurückweisen wollte, musste sich wiederholen, und zwar so oft, bis das Wort sich abgenutzt hatte und ebenso gut das Gegenteil bedeuten konnte. Seine Hartnäckigkeit wurde auch in diesem Fall belohnt, und im August 1955 konnte er nach neun Jahren Volksschule bei Krüss-Boote seine Lehre antreten. Ein Freudentag.

Anfangs lief es großartig zwischen ihm und dem Meister, der ihn Nauke nannte, so heißen auf See die Matrosen, die am wenigsten zu melden haben und die dreckigsten und gefährlichsten Arbeiten übernehmen müssen. Paul gefiel das. Er machte sich gern schmutzig und schreckte vor keiner Gefahr zurück. Dass er nach drei Lehrjahren als Geselle bei Krüss bleiben durfte, war dann bereits eine Selbstverständlichkeit, die per Handschlag besiegelt wurde. Was den Alten nicht daran hinderte, seinen besten Gesellen kurz vor der Meisterprüfung auf die Straße zu setzen. Wegen einer harmlosen Frauengeschichte. Na ja, es ging um Krüss' eigene Frau, seine dritte wohlgemerkt: direkt aus Haiti eingeflogen, absolut unwiderstehlich.

Er weiß noch, wie er Krüss gedroht hat, als sie im Streit auseinander gingen: »Wir sehen uns wieder, verlass dich drauf. Ich mach dich fertig.«

Und wie gewöhnlich hielt er Wort.

Zehn Jahre später saßen sie bei Johnny Ritscher im Hinterzimmer zusammen und führten zähe Verkaufsverhandlungen. Krüss-Boote war am Ende, die Haitianerin über die Meere auf und davon. Pauls erste Offerte für die Weft lag einige Monate zurück und war auf Ablehnung gestoßen. Jetzt wollte er die Festung schleifen.

»Dein Angebot ist nicht akzeptabel, Paul.«

»Ich weiß. Ich ziehe es zurück und biete die Hälfte.«

Krüss packte ihn am Kragen: »Du bist ein Satan, Flecker, ein elender Hurensohn.«

Der Alte hatte seit ihrer letzten Begegnung schwer abgebaut. Paul Flecker weiß noch, dass er stank wie ein Mann, dem zu Hause keine Frau sagt, wann es Zeit ist, die Socken zu wechseln.

Der Streit ging weiter: »Du hast den Laden runtergewirtschaftet, weil du unbedingt Fischkutter bauen wolltest, die kein Mensch mehr braucht. Und jetzt? Alles marode. Die guten Leute wurden abgeworben, und keiner will deine Scheißwerft kaufen – außer einer Landratte aus Schlesien. Also, Krüss, entscheide dich und gib mir Bescheid. Du hast eine Woche, danach wird neu verhandelt.«

»Du kannst mich nicht zwingen, unter Wert zu verkaufen.«

»Muss ausgerechnet ich dir etwas über Angebot und Nachfrage erzählen?«

An jenem Abend war Krüss noch nicht so weit. Seinem Ehrgefühl mochte es guttun, dass er, anstatt die Sache perfekt zu machen, eine Schlägerei anzettelte, die im Hinterzimmer begann und auf das Lokal übergriff. Mindestens zehn Männer waren schließlich daran beteiligt, und es ging jede Menge Mobiliar zu Bruch. Ein Mordsspaß. Anstandslos kam Paul Flecker später allein für den Schaden auf, man ist ja kein Unmensch.

Sein Leben lang dachte er mit Freude an diesen Triumph zurück, und sogar jetzt in seiner größten Not tröstet ihn die Erinnerung an die Geburtsstunde der Flecker-Werft ein bisschen. Das hat er generalstabsmäßig durchgezogen, angefangen mit den Abwerbungen der Konstrukteure. Es ist eben immer gut, jemanden zu kennen, der jemanden kennt, der jemanden kennt … Bei der Vertragsunterzeichnung hatte er ein blaues Auge. Das waren noch Schmerzen damals – die machten einem wenigstens Freude. Da ging es um schnelles Leben, nicht um langsames Krepieren.

Gespenster

JANNE Ein schattiges Tal. Nicht düster, es fällt genug Licht durch die Baumkronen, sodass am Flussufer Blumen blühen. Die Mühle ist halb verfallen, aber das hölzerne Mühlrad dreht sich weiter. Ein Sehnsuchtsort. Liebesschwüre, in Rinden geschnitzt. Die Rückkehr hält der Erinnerung nicht stand: Sie hat die Treue gebrochen. Süße Melancholie …

Die Geige weint. Janne spielt und gibt sich der Gewissheit hin, dass ihr Vater und sie Seite an Seite stehen. In einem kühlen Grunde. Sie sehen und fühlen das Gleiche. Paul Flecker versteht nicht viel von Musik, doch er hat die Gabe, sich auf die Bilder und Empfindungen einzulassen, die jede ausgereifte Melodie in sich trägt, egal ob virtuos oder schlicht. Die Quintessenz eines Augenblicks – oder eines ganzen Lebens –, verewigt in einer Tonfolge und ihren Variationen. Einmal, Janne war noch auf der Grundschule, haben sie lange einem Straßenmusiker zugehört. »Hörst du, wie die Geige weint?« Dieser Ausspruch ihres Vaters hat sie mehr angespornt als das meiste, was ihre hochqualifizierten Lehrer je zu ihr gesagt haben.

Janne lässt den Bogen sinken. Im Flur wird applaudiert. Ärzte, Pfleger und Angehörige sind stehen geblieben, um ihrem Spiel zuzuhören. Sie nickt den Leuten zu und legt die Geige auf der Bettdecke ihres Vaters ab, damit ihr Duft ihn erreichen kann.

Der Neurologe gesellt sich zu ihnen. »Hübsch, sehr hübsch«, sagt er, aber seine Mundwinkel zeigen nach unten. »Eine Volksweise, nicht wahr? Diese Art Lieder hört man ja heute kaum noch. Ihre Mutter sagte, Sie spielen in der Deutschen Philharmonie?«

»Nicht mehr«, erwidert Janne.

»Ja, ja, natürlich, verstehe. Gönnen Sie uns eine Zugabe? Etwas Heiteres vielleicht zur Abwechslung. Wie wäre es mit Mozart … Eine kleine Nachtmusik, die kennen Sie doch sicher?«

Eigentlich ist sie sich zu schade für eine Antwort. Der Neurologe begreift das nicht und gibt keine Ruhe. Janne nimmt die Geige vom Bett und verstaut sie im Kasten. »Unterschätzen Sie die stimulierende Wirkung des Elegischen nicht«, sagt sie. »Wann werden Sie wissen, ob mein Vater eine Reaktion gezeigt hat?«

»Sobald die Daten ausgewertet sind, rufen wir Sie an.«

Reizangebote schaffen. Für gezielte Koma-Stimulation sorgen. Das waren die Worte der Ärzte, die es nun ebenso wie Marit für möglich halten, dass Paul Flecker aus seiner tiefen Bewusstlosigkeit erwachen könnte. Auch wenn sie es natürlich vorsichtiger formulieren, emsig darauf bedacht, sich in alle Richtungen abzusichern. Feiglinge.

Janne reibt sich auf zwischen Euphorie und Sorge. Natürlich wünscht sie, es möge ihm besser gehen. Doch irgendjemand liegt dort draußen auf der Lauer, und je näher Paul Flecker dem Tod ist, desto weniger dürfte dieser Jemand sich für ihn interessieren.

Die Last der Verantwortung zermürbt sie. Nach dem Zwischenfall auf dem Deich war sie willens, doch zur Polizei zu gehen. Bis weit nach Mitternacht saß sie vor dem Präsidium im Auto und rang mit sich. Abgesehen von ihrer Abneigung gegen

Hagedorn hielten sie letztlich zwei Überlegungen davon ab, die Kripo einzuweihen: zum einen die Hochachtung vor dem Lebenswerk ihres Vaters. Ausgerechnet der hässliche Wohnblock hinter dem Deich hat sie dazu gebracht zu erkennen, was dieser Mann gegen so viele Widerstände aus dem Nichts aufgebaut hat. Aus dem Nichts, das sagt sich so leicht, wenn man das Gegenteil gewohnt ist, nämlich Überfluss in jeder Hinsicht: Anerkennung, Wohlstand, Liebe. Wer aus ihrer Generation kennt schon das Nichts? Sie sah diese verglasten Balkone vor sich und stellte sich vor, dass alles den Bach hinuntergehen könnte, wegen einer Dummheit, die er früher möglicherweise begangen hat. Sie muss wenigstens wissen, warum er die Polizei scheut. Vielleicht kann sie ja Spuren verwischen.

Der zweite Grund wog sogar noch schwerer: Weiterhin kommt ihrer Meinung nach Viktoria als Täterin in Frage. Die betrogene Ehefrau. Nach den Ereignissen der vergangenen Tage hält sie dieses Szenario zwar für unwahrscheinlich, aber eben nicht für ausgeschlossen. Sie kann doch nicht ihre eigene Mutter anzeigen, adoptiert oder nicht.

Auf dem Parkplatz des Krankenhauses begegnet ihr Meinhard. Er trägt einen zerknitterten Anzug und hat tiefe Ränder unter den Augen. Seine Schwester bemerkt er erst, als sie ihn anspricht: »Hey, du siehst ja beschissen aus. Sei froh, dass unser Vater dich nicht sieht.«

Er umarmt sie flüchtig.

»Auch als Reizangebot einbestellt?«, fragt Janne.

»Ja, genau.« Er deutet auf ihren Geigenkoffer. »Hast du für ihn gespielt?«

Janne nickt.

»Das hätte ich gern gehört. Du musst die Musik schrecklich vermissen.«

»Nicht so sehr, wie du deine Kranken vermissen würdest, wenn du an meiner Stelle wärst. Ich kann das Geigen wenigstens als Hobby betreiben«, entgegnet sie.

»Auch wieder wahr.«

Sie verabreden sich zum Mittagessen in Duhnen. Eine gute Gelegenheit, im familieneigenen Restaurant nach dem Rechten zu sehen. Seit dem Tag der Beerdigung hat sich dort niemand von ihnen blicken lassen.

Wie es aussieht, läuft der Laden blendend. Bunt gemischtes Publikum, Einheimische und Touristen sind gleichermaßen vertreten. Sie kommen nicht umhin, an einigen Tischen stehen zu bleiben, um Fragen nach dem Befinden ihres Vaters zu beantworten. Meinhard überlässt seiner Schwester das Wort. Janne erwähnt die Fortschritte mit keiner Silbe.

Sie suchen sich einen Tisch abseits des Trubels in einem Seitenraum ohne Meerblick. Sönke, der Geschäftsführer, zeigt sich hocherfreut, sie zu sehen. Auch er erkundigt sich sogleich nach Paul Flecker. Die beiden sind befreundet. Ihr Vater verschafft Freunden gern gute Jobs.

»Es gibt …«, will Meinhard antworten, doch Janne fällt ihm ins Wort: »… keinerlei Hoffnung auf Besserung. Wir wissen nicht, wie es weitergehen soll.«

Sönke verschränkt die Hände hinter dem Rücken und blickt zu Boden wie bei einer Schweigeminute, aber er redet weiter: »Ich kann euch nicht sagen, wie leid mir das tut. Wenn es etwas gibt, was ich für euch tun kann, oder für eure Mutter …«

»Wir würden gern Mittag essen«, sagt Janne.

»Natürlich. Ich hole euch die Karte … Oder wisst ihr schon?«

»Die Karte bitte.«

Sichtlich vor den Kopf gestoßen, beschränkt sich Sönke fortan auf das Servieren. Janne findet, für einen Mann, der Ähnlichkeit mit einem Flusspferd hat, ist er ziemlich dünnhäutig.

»Was sollte das denn?«, fragt Meinhard, nachdem sie bestellt haben. »Er ist ein guter Bekannter unseres Vaters. Warum erzählst du ihm nicht, dass es nicht mehr ganz so übel aussieht?«

»Aberglaube.«

Das Essen kommt. Der Koch hat sich ins Zeug gelegt. Janne hat gegrillte Langusten, Meinhard ein Rumpsteak bestellt. Er isst hastig, als hätte er länger nichts bekommen. Anschließend taucht er noch mehrere Stücke Weißbrot in den Sud aus Rinderblut, Fett und Ketchup auf seinem Teller. Janne lässt die Hälfte stehen. Sie kann sich nicht erinnern, ihren ältesten Bruder je so hungrig erlebt zu haben. Geradezu gierig. Sie drehen alle am Rad, die ganze Familie – was davon noch übrig ist.

»Was hast du denn vorhin Stimulierendes gemacht, als du bei Papa warst? Nur geredet?«, fragt sie.

»Ich habe ihm aus *Schuld und Sühne* vorgelesen.«

»Dostojewski. Nicht gerade Erbauungsliteratur«, sagt Janne und stellt sich vor, wie der Neurologe darauf reagiert haben mag. Wo er doch so aufs Heitere setzt. Vermutlich hält er die Fleckers allesamt für Selbstmordkandidaten.

»Was soll ich machen? Es ist nun mal sein Lieblingsbuch«, entgegnet Meinhard. »Für einen Volksschüler wie Papa eigentlich seltsam, aber er ist ja immer für eine Überraschung gut.«

Janne nickt. Sie kennt nur den Anfang des Romans und nimmt sich vor, ihn so bald wie möglich zu Ende zu lesen. Vielleicht findet sie darin weitere Antworten auf die Frage, was für ein Mensch Paul Flecker wirklich ist.

»Sag mal, hat bei der Trauerfeier eigentlich jemand Tonaufnahmen gemacht?«, fragt sie unvermittelt und so beiläufig wie möglich.

Meinhard blinzelt. »Was soll das heißen – Tonaufnahmen?«

»Zum Beispiel mit einem MP3-Player.«

»Keine Ahnung. Die Dinger sind ja so klein, dass man sie nicht sieht. Jedenfalls haben ein paar Leute gefilmt.«

Dieses Detail ist Janne entgangen. »Wirklich? Wer denn?«

»Frau Bremer, soweit ich weiß, um es später der Belegschaft zu zeigen. Und Papa hat den Sarg aufgenommen, als du das Ave-Maria gespielt hast. Wieso willst du das wissen?«

Janne zuckt mit den Schultern. »Nur so.«

Ausgerechnet ihr Vater. Vermutlich mit der Kamera, die ihm seine Frau zum Geburtstag geschenkt hat.

Meinhard bestellt ein Dessert. Sie haben von Anfang an leise geredet, doch nun beginnt ihr Bruder zu flüstern. Er hat seine Ankündigung wahr gemacht und wegen des Zusammenstoßes im Watt sämtliche Reitställe in der Umgebung angerufen. Leider war seine Mühe vergebens.

Im Auto geraten sie aneinander. Janne sitzt am Steuer, Meinhard hat seinen Wagen in Duhnen stehen lassen. Der Anlass ist nichtig: eine bei Gelb überfahrene Ampel. Er beginnt, mit ihr zu schimpfen, zuerst nur wegen ihres Fahrstils, dann holt er weiter aus: »Du behandelst unsere Mutter rücksichtslos und kümmerst dich einen Dreck um die Werft. Stattdessen treibst du dich überall und nirgends herum, keiner weiß genau wo. Was ist eigentlich mit dir los? Warum stößt du jeden vor den Kopf? Du bist wie vom Teufel besessen.«

Keine schlechte Umschreibung. Die nächste Kurve schneidet sie so scharf, dass Meinhards Kopf gegen das Fenster schlägt. Er ist ein Mensch mit geringer Körperspannung – jedenfalls in seiner Freizeit. Es ist, als würde er eine Art Energiesparmodus einschalten, um sein Arbeitspensum zu schaffen.

»Ist das deine eigene Meinung, oder hat Mama dir die Ohren vollgejammert?«, fragt sie.

Er schweigt, was Janne darauf schließen lässt, dass Letzteres der Fall ist. Sie hupt einen Fahrradfahrer an, der unvermittelt vom Fußweg auf die Straße wechselt. Sie nennt Meinhard Mamas Liebling und lässt sich zu einer Bemerkung hinreißen, für die sie sich sofort schämt, doch da ist es bereits zu spät, und der Streit nimmt eine unheilvolle Wendung: »Ich wünschte, Erik wäre hier.«

»Denkst du, ich nicht? Aber Erik ist tot, und ich lebe. Trotzdem ziehst du seine Gesellschaft vor, ist es nicht so? Oder was treibst du bei Nebel allein im Watt? Ich versuche ja, für dich da zu sein, aber du lehnst mich ab. Warum eigentlich? Warum machst du es mir so schwer? Ich bin jetzt dein einziger Bruder, Janne Flecker.«

»Ja, leider.«

Weltuntergangsstimmung auch auf der Werft. Ein Konstrukteur und mehrere Arbeiter haben gekündigt, zwei Zulieferer können ihre Terminzusagen nicht einhalten, wie Gabi Bremer bei Jannes Eintreffen ohne Umschweife verkündet. Sie sieht aus, als hätte sie schon wieder auf dem Klo geweint.

»Oh, hoher Besuch«, murmelt Birger Harms, ohne aufzublicken, als sie in das Büro ihres Vaters marschiert.

»Mach mich nicht an.«

Sein Schreibtisch quillt über, und er trägt ölverschmierte Arbeitskleidung. Auf einem Stuhl liegen eine Schutzbrille und feuerfeste Handschuhe, wie sie beim Schweißen benutzt werden. Ein Werkzeugkasten steht mitten im Weg. Birger ist seelenruhig dabei, etwas zu notieren, während am Telefonapparat mehrere Lämpchen blinken. Als er fertig geschrieben hat, nimmt er nacheinander drei Gespräche entgegen. Janne beobachtet ihn. Der Mann ist über siebzig. Wie lange steht er diesen Stress durch? Hoffentlich lange genug.

Sie fragt ihn um Rat wegen der Kündigungen. Er macht ihr nichts vor, erklärt, so etwas könne leicht um sich greifen, bis am Ende nur Nieten und Faulpelze freiwillig blieben. Schon jetzt sei der Verlust schwer zu verschmerzen.

»Was können wir tun?«

»Neue Leute einstellen, aber so schnell kriegen wir keine. In Deutschland herrscht Facharbeitermangel.«

»Birger, ich flehe dich an, denk dir etwas aus. Lass meinetwegen Arbeitskräfte aus Polen oder China einfliegen, mir egal. Bis dahin müssen die anderen eben Überstunden machen.«

Birger rollt die Augen. »Das tun sie längst. Wärst du gelegentlich hier, wüsstest du das. Wenn ich noch mehr Überstunden verlange, habe ich nächste Woche zwanzig Kündigungen auf dem Tisch. Dann können wir den Laden dichtmachen.«

»Okay. Prima Idee. Worauf warten wir noch?« Janne stürmt aus dem Büro und knallt die Tür hinter sich zu. An der Garderobe im Flur hängt ein graues Jackett, das ihrem Vater gehört. Abrupt bleibt sie stehen. Sie weiß nicht weiter. In ihrer Ratlosigkeit erinnert sie sich an den Anrufer, der neulich die Werft kaufen wollte, und sie überlegt ernsthaft, ihn zu fragen, ob das Angebot noch gilt. Denn wo sie sich hinwendet, prallt sie auf Probleme, für die es keine Lösungen gibt. Jedenfalls keine, die jemandem wie ihr einfallen würden. Erik oder ihr Vater würden jetzt vermutlich, ohne mit der Wimper zu zucken, bei den Verantwortlichen in den Zuliefererfirmen Dampf machen, danach den Angestellten die Kündigungen ausreden und hätten hinterher noch ausreichend Zeit, sich außerehelich bei irgendwelchen Tussis zu entspannen. Aber solange die beiden hier waren, wollte ja auch niemand weg, die Facharbeiter haben sich um die feinen Arbeitsplätze gerissen. Auch die Hintergründe des Mordes könnten andere sicher in Windeseile aufklären. Polizisten, Detektive, Journalisten: all die professionellen Schmeißfliegen eben.

Es ist ja nicht so, dass es überhaupt keine Disziplinen gäbe, in denen Janne nicht auch auftrumpfen könnte. Aber die sind zurzeit bedauerlicherweise nur am Rande gefragt. Wie also soll es weitergehen? Sie steht immer noch im Flur neben der Garderobe und badet in Selbstmitleid, bis ihr bewusst wird, dass sie immerhin noch im Spiel ist – wenn auch mit schlechten Karten. Sie wird nicht so leicht aufgeben.

Birger verlässt das Büro. Als er sie sieht, schlägt er einen Spaziergang vor, um in Ruhe reden zu können. Missmutig folgt ihm Janne ins Freie. Sie schlagen den Weg zum Fischereihafen ein. Es ist dunkel, windig und kalt. Feuchte Kälte, die durch die Kleidung kriecht und bis zu den Knochen dringt. Mittags in Duhnen hat kurz die Sonne geschienen, aber über dem Meer zog bereits die dunkle Wolkenfront herauf, die in der Nacht Regen und Graupel bringen soll. Janne knöpft ihren Mantel zu. Birger Harms trägt nicht einmal eine Jacke.

Langsam gehen sie den Kai am Fischmarkt entlang, wo die Krabbenkutter festgemacht haben, bunte, altmodische Fischerboote, die plattdeutsche Namen haben wie Ole Deern, Lütte oder Koow, was Möwe bedeutet. Auf den meisten Booten brennt Licht. Durchdringender Fischgeruch liegt in der Luft, aber das stört Janne nicht. Außerdem riecht es nach Farbe. Irgendwo jault ein Schleifgerät. An Land werkeln die Fischer immerfort an ihren Booten herum. Janne kennt viele von früher. Wenn gutes Wetter und wenig zu tun war, durften sie als Kinder mit hinausfahren. Die Erinnerung versetzt ihr einen Stich.

Birger atmet tief durch. »Was genau geht eigentlich in dir vor, Janne? Noch immer irgendwelchen Ungereimtheiten auf der Spur?«

Sie nickt. Eigentlich will sie schweigen, doch dann platzt es aus ihr heraus: »Ich sag dir was, Birger: Die Sache mit dem Motor neulich, das war ein Mordversuch.«

Birger fasst sie am Arm und sie bleiben stehen. »Was redest du denn da?« Er blickt sie einige Sekunden schweigend an. »Wie kommst du dazu, solche Behauptungen aufzustellen?«

Mit zwiespältigen Gefühlen berichtet sie von dem Reiter und dem Zusammenstoß im Watt. Die Geschichte vom Ave-Maria hingegen behält sie für sich, ohne zu wissen warum. Vielleicht, weil es einfach zu schmerzhaft wäre, darüber zu sprechen.

»O Mann, Janne«, sagt Birger und reibt sich die Schläfen. »Was ist das bloß für eine Scheiße? Hör auf, Gespenster zu sehen, sonst drehst du mir noch durch.«

Eine Dreiviertelstunde später steht sie in Birgers Wohnung im Kurviertel Döse auf dem verglasten Balkon und blickt aufs Meer, das tintenschwarz zu ihren Füßen liegt. Die Lichter auf der Strandpromenade ziehen Schlieren in der feuchten Luft. Auf der Straße ist kein einziges Auto unterwegs. Birger Harms' Penthouse hat mindestens hundertzwanzig Quadratmeter und fast keine Möbel. In der Wohnung hallt es wie in einer Kapelle. Es war sein Vorschlag, sie hierher mitzunehmen und für sie beide zu kochen: Schwarzbrot und Rührei mit Krabben, strammer Max auf Norddeutsch.

»Bin gleich so weit«, ruft Birger aus der Küche.

Janne geht auf und ab, sie grübelt. Hat Birger recht? Ist doch alles ganz anders und sie kurz davor durchzudrehen? Theoretisch wäre es denkbar, dass irgendein Reiter sie bei seinem wilden Ritt durch den Nebel versehentlich gestreift hat, ohne es zu merken. Und der Schiffsmotor könnte in der Tat zufällig von der Winde gestürzt sein. Die Kaffeemaschine? Pech. Das Ave-Maria? Sinnestäuschung. Hat zu guter Letzt doch Hella ihren Bruder getötet – aus Eifersucht, weil dieser genau wie sein Vater nicht treu sein konnte?

Neben dem Fernseher bleibt Janne stehen. Ein modernes Gerät

mit Flachbildschirm und einem exzellenten Soundsystem. Ein dünnes Kabel führt zu einem Camcorder, der auf dem Boden liegt. Mechanisch hebt Janne ihn auf, sucht den Knopf zum Einschalten.

»Finger weg, das gehört Gabi Bremer.« Er steht dicht hinter ihr, in den Händen zwei Teller mit dampfendem Rührei.

Janne weicht zurück. »Cooles Teil. Warum hast du es hier?«

»Ich wollte mir etwas ansehen, aber …« Er beendet den Satz nicht.

»Aber?«

»… Ich bin noch nicht dazu gekommen. Bitte setz dich an den Tisch, es gibt Essen.«

Janne legt den Camcorder zurück, und sie nehmen an einem runden Esstisch aus hellem Holz Platz, um den vier Stühle stehen, die nicht zueinanderpassen. Immerhin hat Birger eine Tischdecke aufgelegt. Während sie ihren Gedanken nachhängt, schwärmt er von der Aussicht seiner Wohnung. »Im Winter, wenn die Luft absolut klar ist, kannst du bis nach Helgoland gucken. Das hat was, sage ich dir. Deswegen werden die Architekten auch nie aufhören, die Küsten so zu verschandeln.«

Sie essen. Es schmeckt vorzüglich. Birger Harms versteht sich auf die große Wirkung einfacher Speisen. Allerdings lässt Janne einen Teil der Krabben liegen und konzentriert sich aufs Rührei. Sie will ihn über sein Leben aushorchen, doch viel bekommt sie nicht aus ihm heraus: Er stammt aus Cuxhaven, heiratete gleich nach der Schulzeit, die Ehe wurde nach drei Jahren geschieden. Seither lebt er als Junggeselle. Er hat eine Tochter, die in Kanada lebt und ihn nie besucht.

»Seit wann bist du mit meinem Vater befreundet?«

»Wer sagt, dass wir befreundet sind?«

Er steht auf, holt eine Flasche Köm und zwei Gläser und schenkt ihnen beiden ein. Sie trinken auf ex.

Janne fasst sich ein Herz: »Birger, mich beschäftigt eine Frage, auf die ich eine ehrliche Antwort brauche. Hat mein Vater irgendwelche schmutzigen Geschäfte betrieben?«

Die Antwort kommt blitzschnell: »Nicht, dass ich wüsste.«

»Sicher nicht? Niemals? Woher stammte zum Beispiel das Geld, mit dem er die Werft gekauft hat?«

Birger hebt die Schultern. »Keine Ahnung. Er hat einige Jahre im Hamburger Hafen gearbeitet. Was er da genau gemacht hat, weiß ich allerdings nicht.«

Sie glaubt ihm kein Wort. Der alte Mann weiß garantiert über alles Bescheid. »Du hast neulich erzählt, ursprünglich wolltest du gemeinsam mit Laurens Jörgensen die Werft kaufen. Stattdessen bist du als kleiner Angestellter bei meinem Vater gelandet. Hat dich das nie gewurmt?«

»Nein. Was heißt schon kleiner Angestellter? Ich habe das gemacht, was ich am besten konnte: Boote bauen.« Birger unterbricht sich und runzelt die Stirn. »Was soll das überhaupt werden? Ein Verhör? Du sitzt an meinem Tisch, vergiss das nicht. Spar dir deine Unterstellungen, Janne, auch gegen die anderen Mitarbeiter. Unsere Leute sind loyal, für die lege ich meine Hand ins Feuer. Überleg doch mal: Wenn es tatsächlich jemand auf dich abgesehen hätte, würde er wohl kaum in der Werkhalle darauf warten, dass du vorbeikommst, um dir dann einen Motor auf den Kopf zu schmeißen. Du bist doch nie da.«

»Ich hab's satt, dass du mir das dauernd vorwirfst. Was denkst du, was ich die ganze Zeit mache – Urlaub?«

»Nein, du jagst Gespenster, und das habe ich satt. Weil ich es ausbaden muss.« Birgers Gesicht glänzt. Er füllt sein Glas erneut und schiebt ihr die Flasche zu, aber Janne hat genug.

»Als ob ich etwas ausrichten könnte auf der Werft. Und wenn unsere Leute so loyal sind, wie du behauptest, warum haben dann die ersten bereits gekündigt?«

Birger mäßigt seinen Tonfall: »Weil sie kein Vertrauen in die Zukunft haben, Janne, und genau das ist es, was du ihnen zurückgeben musst. Das kann ich dir nicht abnehmen. Niemand verlangt von dir, dass du aus dem Stegreif Boote konstruierst. Aber du musst das Gefühl vermitteln, dass da jemand ist, der die Fäden in der Hand hält. Auch wenn du im Augenblick nicht weißt, wie du das Knäuel entwirren sollst. Du müsstest morgens als Erste kommen und abends als Letzte gehen, das wäre ein Anfang. Stattdessen bist du in den Augen der Belegschaft diejenige, die zuerst gekündigt hat. Und zwar gleich an deinem ersten Arbeitstag.«

Janne schluckt trocken. Dem ist nichts hinzuzufügen. Birger Harms hat recht. Sie spielt mit den Fransen der blau-weiß karierten Tischdecke. Eine viereckige Decke auf einem runden Tisch. »Ich brauche Zeit. Warum können die sich nicht vorübergehend damit begnügen, dass du da bist?«, fragt sie.

»Weil ich nicht das Zeug zum Unternehmer habe und das kein Geheimnis ist. Außerdem bin ich steinalt. Du solltest die heimlichen Blicke der Leute sehen – als könnte ich jede Sekunde tot umfallen. Und du hast mich vorhin auf dieselbe Weise angeschaut.«

Janne spürt, wie ihr das Blut in Wangen schießt. »Würdest du bitte trotzdem die Stellung halten, so gut es geht? Bitte.«

Er räumt schweigend den Tisch ab.

»Bitte, Birger«, wiederholt sie. »Ich verstehe deinen Ärger ja, aber lass mich nicht im Stich. Okay?«

»Was bleibt mir anderes übrig?«, murmelt er im Vorbeigehen.

Janne steht ebenfalls auf und zieht sich den Mantel an. An der Tür hält Birger sie zurück, in der Hand die schmutzige Pfanne. »Ich weiß, wie schwer es ist, deinem Vater etwas abzuschlagen. Deswegen verstehe ich, warum du dich auf die Sache eingelassen hast, Janne. Aber wenn du es nicht kannst, dann verkauf lieber rechtzeitig. Das wäre keine Schande. Wenn du wartest, bis die Werft runtergewirtschaftet ist, wirst du gnadenlos abgezockt. Das ist alles schon da gewesen.«

»Ich schaffe das«, erwidert sie. »Hauptsache, ich kann auf dich zählen.«

Die Nacht bringt einen Vorgeschmack auf den Winter. Als Janne im Bett liegt, beginnt es zu regnen. Der Regen geht zunächst in Hagel, später im Morgengrauen in Schnee über. Nasser, klebriger Schnee, der im fahlen Licht des Tages zu schmutzigen Flecken schmilzt. Wie Mauerschwamm.

Sie erscheint früher als je zuvor im Büro, wo Birger Harms mit einem weiteren Repräsentationstermin für sie aufwartet, und zwar einem wesentlich unangenehmeren als das Abendessen bei der Industrie- und Handelskammer: Der Nautische Verein lädt zur traditionellen Gesellschaftsjagd in der Wingst ein. Erik und ihr Vater haben regelmäßig daran teilgenommen. Hat sie eine Wahl?

Am betreffenden Tag ist es kalt, unerträglich kalt. Janne verliert schnell jedes Gefühl in den Zehen. In der Nacht ist etwas Neuschnee gefallen und liegen geblieben, es herrscht leichter Dauerfrost, und ein strenger Wind bläst aus wechselnden Richtungen. Doch damit allein käme sie klar. Was das Wetter so unerträglich macht, ist die Feuchtigkeit. Und die Tatsache, dass sie seit mehr als drei Stunden an der Seite von Laurens Jörgensen und einem pensionierten Marinekapitän durch den Wald stapft, eine Kleinkaliberbüchse über die Schulter geschnallt.

Sie hat noch keinen Schuss abgefeuert. Das ärgert sie, denn sie ist eine ausgezeichnete Schützin. Jedenfalls war sie es früher, als sie noch hin und wieder mit ihren Brüdern und ihrem Vater auf die Pirsch gegangen ist und mit Auszeichnung ihre Jagdprüfung bestanden hat. Aber der Köter von Kapitänleutnant a. D. Henry Glüsing, eine überdrehte Bracke, zertrampelt alle Fährten und scheucht mit seinem Dauergebell jedes Getier schon aus kilometerweiter Entfernung auf. Sie befinden sich jedoch keineswegs auf einer Treib-, sondern auf einer Drückjagd. Dabei gilt es, das gejagte Wild nicht hochflüchtig zu machen, sondern lediglich in Bewegung zu bringen, es eben aus dem Gehölz zu drücken – nicht zu treiben.

»Sie sollten ihn abrichten lassen«, raunt sie Glüsing zu.

»Er ist ein Jungtier, was soll ich machen?«

Das gefrorene Laub unter ihren Füßen knistert wie prasselndes Feuer. Eisiges Feuer. Janne reibt sich die Hände. Sie hat Handschuhe mit offenen Fingerkuppen angezogen, was sie mittlerweile bitter bereut.

»Noch einen Schnaps, Fräulein Flecker?«, fragt Glüsing, ein kleiner Mann mit einem Schnurrbart, der von Raureif überzogen ist, ebenso wie seine borstigen Augenbrauen. Er hat einen silbernen Flachmann dabei, eine Art Thermoskanne für Alkohol. Der Deckel dient als Glas. Dankend lehnt sie ab.

»Waidmannsheil.« Die Männer trinken, die Bracke jault.

Wegen des Lärms hätten sie beinahe überhört, dass das Hifthorn zum Sammeln bläst. Janne atmet auf.

Doch es ist längst nicht vorbei. In einem Pferdeanhänger wird die Jagdgesellschaft zu einem benachbarten Revier transportiert. Dicht gedrängt steht Janne mit den Männern zusammen und hat keinen Schimmer, wie es ihr gelingen soll, ihre Solidarität zu gewinnen. Sie riechen anders, sie reden anders und sie ticken anders. Eine verschworene Gemeinschaft mit eigenen Ritualen. Diese sind ihr zwar bekannt, lassen sie jedoch unberührt, was ihre Außenseiterrolle ebenso zementiert wie der Umstand, dass sie eine Frau ist. Die einzige Frau. Vermutlich sind die Jagdgenossen frustriert, weil sie das Gefühl haben, aus Rücksicht auf sie ihre zotigen Bemerkungen reduzieren zu müssen. Außerdem gilt es in Deutschland nicht gerade als weiblich, Bambis abzuknallen.

Janne hat theoretisch kein Problem mit dem Jagen. Schließlich ist sie keine Vegetarierin, und das Wild hat ein besseres Leben geführt als die Kreaturen in der Massentierhaltung, bevor sie tiefgefroren im Supermarkt landen. So weit die Theorie. In der Praxis hat sich bedauerlicherweise gezeigt, dass die Tiere, die sie bislang auf dem Gewissen hat – fünf Rehe, ein Wildschwein, zwei Hirsche und je ungefähr zehn Füchse und Hasen –, sie im Schlaf verfolgen, weshalb sie in den vergangenen Jahren überhaupt nicht mehr gejagt hat.

Mit einem Ruck kommt der Anhänger zum Stehen, und Janne prallt gegen den Vordermann, der sie sogleich in die Arme schließt.

»Hoppla, so schwach auf den Beinen, junge Frau«, sagt er, ohne sie loszulassen. »Lehnen Sie sich ruhig bei mir an.«

Die Umstehenden lachen.

Janne stimmt ein. Sie hofft, es klingt jovial.

Wie sich herausstellt, ist das neue Revier so groß, dass die Männer beschließen, einzeln oder in Zweiergruppen auszuschwärmen. Obgleich es nicht an Angeboten mangelt, entscheidet sich Janne für einen Alleingang. Sie ist fest entschlossen, mit Beute zurückzukehren.

Es dauert nicht lange, bis sie eine frische Fährte aufgespürt hat. Im Neuschnee ist das keine Kunst. Eigentlich sind die Bedingungen für die Jagd ideal, abgesehen von der Kälte, die sie nun, da sie für sich ist, weitaus weniger stört. Zügig, aber ohne Hast durchstreift sie das ihr vom Jagdaufseher zugewiesene Waldgebiet. Die Sicht ist nicht schlecht. Zwar bedecken tief hängende Wolken den Himmel, doch der Schnee reflektiert das wenige Licht, sodass der Wald mit seinen mittlerweile nahezu kahlen Ästen und Zweigen von innen heraus zu leuchten scheint. Büchsenlicht. Ein Gefühl von Frieden überkommt sie.

Vielleicht zögert sie deswegen zu lange, als sie die Hirsche auf einer Lichtung erblickt. Janne hat sich so geschmeidig bewegt, dass die Tiere sie bislang nicht bemerkt haben. Prächtige Exemplare, gesund und ausgewachsen, ein Bock und eine Hirschkuh. Janne legt an, ohne zu entsichern, und betrachtet das cognacfarbene Fell durch das Fadenkreuz. Die Entfernung beträgt rund fünfzig Meter. Sie hat die Herzgegend der Kuh optimal im Visier, ein Schuss und die Beute wäre erlegt, was ihr zumindest vorübergehend die Hochachtung der Jagdgesellschaft sichern würde.

Der Knall zerreißt die Luft. Vögel fliegen kreischend auf, Hasen fliehen in Todesangst über die Lichtung, auch die Hirsche ergreifen die Flucht. Beide. Die Kugel schlägt dicht neben Janne im Stamm einer Birke ein. Rinde und Holzsplitter fliegen durch die Luft. Diese versoffenen Idioten. Das ist ihr Territorium. Können die keine Koordinaten lesen?

»Vorsicht«, brüllt sie.

Es knallt erneut, und eine zweite Kugel schlägt in einen Baumstamm ein. Janne schmeißt sich in den Schnee.

»Feuer einstellen.« Rund achthundert Jagdunfälle gibt es pro Jahr in Deutschland, teilweise mit furchtbaren Folgen. Janne stößt einen weiteren Warnschrei aus, der sich im Krachen des dritten, noch lauteren Schusses verliert. Sie spürt den Luftzug des Geschosses, zentimeterdicht neben ihrer Wange. Ein hohes Pfeifen, darauf der Einschlag so nah, dass sie aufhört, über Unfälle nachzudenken.

Jemand schießt auf sie. Mit voller Absicht. Einer der umherwirbelnden Holzsplitter trifft sie hart am Kopf.

»Von wegen Gespenster, Birger Harms«, murmelt sie und robbt durch den Schnee zum Stamm einer Eiche, hinter der sie Deckung sucht. Sie entsichert das Gewehr. Ihr Puls rast, sie ist kurz davor zu hyperventilieren. Wenn es etwas gibt, das sie sich in diesen Sekunden nicht erlauben kann, ist es Panik. Lautlos ruft sie sich zur Ruhe: Reiß dich zusammen, tu es für Erik. Die Beschwörungsformel verfehlt ihre Wirkung nicht.

Bevor das nächste Mal auf sie gefeuert wird, registriert Janne das leise Klicken des Nachladens und wagt einen Blick. Den Angreifer sieht sie nicht, dafür das Mündungsfeuer, was ihr ermöglicht, einen halbwegs gezielten Schuss abzugeben und keuchend wieder in Deckung zu gehen. So weit ist es gekommen: Sie hat zurückgeschossen. Sie kauert mit einem Gewehr hinter Bäumen und zielt auf einen Menschen. Unter Umständen hat sie bereits getroffen. Er könnte schwer verletzt oder tot sein, einen Arzt benötigen – oder einen Leichenwagen. Oder er wartet unversehrt da drüben im Unterholz, die Waffe im Anschlag, und baut darauf, dass sie, die Gejagte, zuerst einen Fehler machen wird.

Janne lauscht. Nichts regt sich mehr am anderen Ende der Lichtung. Minuten verstreichen, oder Stunden. Sie wagt nicht, sich zu rühren. Irgendwann spürt sie die Kälte wieder. Und Angst, die ihr die Kehle zuschnürt.

Schritte erklingen, schwere Stiefel und das Trippeln von Pfoten auf gefrorenem Laub. Aufgeregtes Gebell.

»Fräulein Flecker?«

Der Kapitän und seine Bracke. Nie hätte sie gedacht, dass sie mal so froh sein würde, die beiden im Anmarsch zu wissen. So wie es klingt, kommen sie in Begleitung weiterer Männer. Waidmannsdank.

»Hallo, hier bin ich«, ruft sie.

Den Schutz des Eichenstammes wagt sie erst zu verlassen, als die Jäger sie beinahe erreicht haben: Henry Glüsing, Laurens Jörgensen, der Jagdaufseher und ein weiterer Mann sind ihre Retter. Jaulend springt der Hund an ihr hoch, als wären sie die besten

Freunde, und Janne lässt sich bereitwillig über das Gesicht lecken. Gern würde sie jetzt jeden Einzelnen umarmen. Die Männer hingegen strahlen nach den Strapazen des Tages wachsende Ungeduld aus. Die Einkehr lockt.

»Sie haben Schüsse abgefeuert«, sagt der Jagdaufseher. »Haben Sie Wild erlegt?«

Janne atmet tief durch. »Nein, leider nicht. Könnten wir dort drüben noch einmal gemeinsam nachsehen? Ich bin mir nicht sicher, ob ich eine Hirschkuh angeschweist habe.«

Ein Risiko, gewiss, doch sie will sich nicht auf die gleiche Stufe mit ihrem Verfolger stellen, sie muss wissen, ob sie jemanden verwundet hat. Der Kerl wird schon nicht schießen, wenn so viele Unbeteiligte dabei sind. Sie durchsuchen das Unterholz und stoßen auf Stiefelspuren im Schnee. Schuhgröße dreiundvierzig, mindestens, starkes Profil.

»Wer schleicht denn hier durch das Unterholz? Ich dachte, der gesamte Wald ist wegen der Jagd gesperrt«, sagt Jörgensen mit gerunzelter Stirn.

»Ist er auch, aber die Leute machen einfach, was ihnen gefällt«, sagt der Jagdaufseher. »Die können oder wollen keine Schilder mehr lesen, die reinste Anarchie.«

Die Bracke schnüffelt konzentriert an einem Gebüsch. Janne nimmt die Stelle in Augenschein, kann jedoch nichts Auffälliges entdecken.

»Es könnten auch Jagdgegner sein«, sagt Glüsing grimmig. »Die sind uberall.«

»Ja, die sind überall«, stimmt der Jagdaufseher zu.

Auf dem Rückweg kritisiert er Janne scharf: »Sie haben sehr viele Schüsse abgefeuert. Das war nicht zu überhören. Solange es keine Möglichkeit zu einem wohlgezielten Schuss gibt, sollte man die Finger lieber vom Abzug lassen. Das müssten Sie doch wissen, Frau Flecker.«

»Natürlich.« Janne räuspert sich.

»Es muss schließlich waidgerecht zugehen«, sagt Glüsing und die anderen pflichten ihm bei. Wie auf Kommando bleiben sie stehen, um darauf zu trinken. Der Kapitän a. D. holt seinen versilberten Flachmann hervor und lässt den Becher mehrmals kreisen.

»Auf die Waidgerechtigkeit«, sagt jeder, bevor er trinkt. Diesmal nimmt Janne einen großen Schluck und sogleich noch einen zweiten hinterher.

»Auf die Waidgerechtigkeit.« Ihr Rachen brennt.

»Der Ruf der Jägerschaft ist ohnehin schlecht genug«, sagt Glüsing. »Zu Unrecht natürlich. Absolut zu Unrecht.«

Das scheint auch Pastorin Friederike Reemts so zu sehen, die sie am Sammelpunkt erwartet, um an der so genannten Strecke, dort, wo das erlegte Wild aufgebahrt wird, einen Segen zu sprechen. Darauf wird das Wild totverblasen. Alles in allem war es eine erfolgreiche Jagd. Außer für Janne und ihren Verfolger.

PAUL Leises Rauschen, stetes Geplätscher. O ja, er kennt diesen fröhlich wispernden Bach, dessen Seele rein ist, frei von Schuld. Ein Gewässer, das sich niemals aufbäumt, nichts und niemanden mit sich reißt und dessen sandiger Grund festen Halt zum Stehen bietet. Kühles, klares Quellwasser ohne Spuren von Meersalz. Tief im Osten liegt dieser Ort seiner Kindheit, fernab der See und ihrer grausamen Launen, und Paul Flecker kann sein Glück kaum fassen, dass er noch einmal dorthin gelangt, Seite an Seite mit seiner Tochter.

Wie traurig schön die Geige weint.

Er will die Augen aufreißen und ihr applaudieren, wie er nie zuvor applaudiert hat. »Bravo, bravo«, will er rufen, pfeifen und trampeln und nachher das Kind durch die Luft wirbeln, ihr sagen, dass es falsch war, die Verantwortung für seine unaufgeräumten Hinterlassenschaften in ihre begnadeten Hände zu legen und dass sie auf der Stelle aufhören soll, die Geister seiner Vergangenheit zu beschwören – bevor es zu spät ist.

Der Wahnsinn, geboren aus der Marter des Eingeschlossenseins, streckt seine Fühler nach ihm aus, doch er kämpft gegen ihn an. Er ruft sich seine Jahre als Sportler in Erinnerung, das Training, als er auch nicht sofort drauflosboxen konnte, sondern erst seine Muskeln stählen und die Sinne schärfen musste. So wird er vorgehen, Schritt für Schritt. Er befiehlt seinen Lidern, sich zu heben. Nichts geschieht, das hat er erwartet. Es entmutigt ihn nicht. Er konzentriert sich, versucht es ein zweites Mal, wieder und wieder. Hunderte Male. Er hat ja sonst nichts zu tun.

Unterbrochen werden die Anstrengungen durch den Besuch von Meinhard. Er erkennt ihn gleich beim Eintreten an seinem müden Gang. Beinahe schlurfend. Der arme Junge, seit jeher arbeitet er viel zu viel. Paul Flecker ist sich bewusst, dass er als Vater den ohnehin ausgeprägten Ehrgeiz seines Ältesten in übertriebenem Maße angespornt hat. Sogar Meinhards Stimme klingt müde. Er liest ihm Dostojewski vor. Ein begnadeter Vorleser ist er nicht. Aus seinem Mund klingen die Worte einschläfernd und wehleidiger, als Paul Flecker sie in Erinnerung hat. Mitten im Satz bricht Meinhard ab.

»Ich wünschte, wir hätten mehr Zeit miteinander verbracht«, sagt er stockend.

Das kann ja noch werden. Paul Flecker wäre froh darüber. Denn die Zeit mit den eigenen Kindern verrinnt immer viel zu schnell. Im Nachhinein waren die Jahre mit Erik kaum mehr als ein Augenzwinkern. Ein guter Freund, der kurz die Hand zum Gruß gehoben hat und lächelnd weitergegangen ist. Ein furchtbarer Schmerz flutet durch seinen Körper, er glüht vor Liebe zu seinem toten Sohn.

»Mit Erik warst du ständig zusammen. Er hatte großes Glück. Ich weiß, wie stolz du auf ihn warst«, fährt Meinhard fort. Sein Atem geht stoßweise, und Paul Flecker glaubt einen Anflug von Neid herauszuhören. Dafür hat er kein Verständnis. Als ob er nicht auf alle drei gleich stolz wäre.

Meinhard liest weiter. *Schuld und Sühne*. Drei Mal hat Paul Flecker Dostojewskis Werk durchgearbeitet, stets hat es ihn inspiriert, jeweils auf eine andere Weise. Es gibt durchaus Parallelen zwischen ihm und dem Protagonisten Raskolnikow: Jung, talentiert, von Armut gezeichnet und gesellschaftlich ein Blindgänger, hat auch der Romanheld nie davor zurückgeschreckt, sich Normen und Werte so zurechtzubiegen, dass verbrecherische Handlungen vor seinem Gewissen als Beweise der Rechtschaffenheit bestehen konnten. Allerdings hat Paul Flecker im Gegensatz zu Raskolnikow nie jemanden umgebracht – zum Glück. Einmal hätte nicht viel gefehlt. Birger Harms, dieser langhaarige Gauner. Ließ sich von ihm, Paul Flecker, seine Spielschulden bezahlen, die ihn als potenziellen Käufer der Werft aus dem Rennen geworfen hatten, und versprach zum Dank lebenslange Treue. Um dann dreist zu kündigen. Nach nur fünf Jahren im Dienst seines Retters. Eine brenzlige Situation. Ohne den Sachverstand dieses Mannes wäre er aufgeschmissen gewesen. Und mit Geld war dem Kerl ja nicht beizukommen, das rann wie Sand durch seine Finger. Außerdem war Paul Flecker zum fraglichen Zeitpunkt nicht gerade solvent. Was hätte er also tun sollen? »Wenn du jetzt durch diese Tür gehst, schlag ich dich tot. Nicht heute, sondern wenn du am wenigsten damit rechnest. Das schwöre ich. Du entkommst mir nicht, Birger Harms.« So lauteten seine Worte, die ihm bitter ernst waren. Nicht originell, aber wirkungsvoll. Freunde wurden sie erst viel später.

»Es hätte nie so weit kommen dürfen«, sagt Meinhard zum Abschied. Er wirkt trotzig. Als hätte er ein Anrecht auf eine intakte Familie: einen lebendigen Bruder, einen gesunden Vater. Paul Flecker würde gern damit dienen – obwohl ihm selbst vermutlich kein Heil auf Erden mehr zusteht.

Seine Gedanken wandern zurück zu dem Buch. Ähnlich wie in *Schuld und Sühne* hat sich auch Paul Fleckers Gewissen auf Dauer nicht mit Beschönigungen abspeisen lassen, weshalb er wie Raskolnikow Erlösung im Christentum suchte. Und hätte ihm das Christentum nicht in Gestalt von Friederike Reemts die Tür geöffnet, wäre vielleicht sogar ein untadeliger Kirchgänger aus ihm geworden. Was soll's – auch die Bibel ist ein Buch der Sünde.

Hell-Go-Land

JANNE Viktoria Flecker ist entsetzt. »Helgoland? Wie kannst du jetzt nach Helgoland fahren?«

»Warum nicht? Ich muss mal raus«, erwidert Janne und stopft einen zweiten Norwegerpulli in die Reisetasche.

»Wieso ausgerechnet Helgoland? Was willst du dort um diese Jahreszeit?«

»Was alle dort wollen. Zollfrei einkaufen. Schnaps und Parfüm, du weißt schon.«

»Sehr witzig«, sagt ihre Mutter. »Und was ist mit mir?«

»Wie, mit dir? Was soll mit dir sein?«

»Ich vereinsame hier in dem großen Haus – ohne deinen Vater.« Sie zieht eine Grimasse wie ein Kind, dem das Spielzeug weggenommen wurde. Seit Eriks Tod hat sie sich buchstäblich zurückentwickelt. »Weißt du was? Ich komme mit.«

»Nein, Mama, das geht nicht, sorry. Ruf Meinhard an, vielleicht kann er dir ja Gesellschaft leisten. Aber ich werde dich auf keinen Fall mitnehmen.«

»Wieso denn nicht? Warum erzählst du mir nicht, was los ist? Was hast du vor? Nie sprichst du mit mir. Immer nur Ausflüchte, keine Antworten.«

Janne schließt den Reißverschluss der Tasche und schultert sie. »Du willst eine Aussprache? Dann komm mal mit.« Entschlossen geht sie voraus. Vor dem Atelier ihrer Mutter bleibt sie stehen. »Gehen wir dazu am besten hier hinein. Da drin ist es so schön kuschelig.«

Viktoria Flecker protestiert schwach.

»Warum nicht? Wegen der Unordnung? Die habe ich bereits gesehen«, sagt Janne und öffnet die Tür.

Im Tageslicht wirkt das Durcheinander aus Farbresten, Gerümpel, Leinwänden und Altpapier noch beklemmender. Eine stinkende Müllhalde. Ihre Mutter schlägt die Hände vors Gesicht und beginnt zu weinen. Übergangslos. Inzwischen hat sie Übung darin.

»Warum tust du mir das an?«, schluchzt sie.

Janne stellt die Tasche auf den Boden und umarmt Viktoria. Eine steife Geste, die sie beide gleichermaßen Überwindung kostet. Es herrscht große Fremdheit zwischen ihren Körpern. Wie ausgezehrt sie ist.

Ihre Mutter macht die gleiche Entdeckung: »Du bist so dünn geworden, Kind. Soll ich dir etwas zu essen kochen?«

»Nein, danke, ich muss gleich los. Aber vorher will ich eine Aussprache, und zwar genau hier. Mach jetzt bitte keinen Rückzieher.«

»Warum gerade hier?«

»Weil ich hier begriffen habe, dass wir in unserer Familie nicht in der Lage sind, miteinander zu reden. Realistisch betrachtet sind es nur Partygespräche, die wir führen. Wir machen uns gegenseitig vor, klarzukommen oder sogar zufrieden zu sein. Wir belügen uns selbst.«

Mit einem Spitzentaschentuch tupft sich Viktoria die Tränen von den Wangen. »Nun mach wegen meines kleinen Problems bitte nicht gleich die ganze Familie schlecht. Das ist nicht fair.«

»Siehst du, das meine ich. Immer so tun, als wäre die Welt in bester Ordnung, egal wie schlecht es einem geht. Hauptsache, nichts dringt nach außen und die Fassade glänzt. Unsere Probleme sind alles andere als klein, es sind Abgründe«, sagt Janne und betritt das Atelier, wo sie wahllos ein Gemälde ihrer Mutter hervorzieht. Eine Familie im Strandkorb, dahinter liegt das Meer im Sonnenschein. Ein anderes Bild zeigt die Kutter im Fischereihafen, ein weiteres die Kugelbake bei Nacht. »Warum malst du solche Bilder? Warum nicht deinen Ehemann, wie er es mit einer anderen treibt?«

»Das verbitte ich mir.«

Janne reibt sich die Augen, die von den Farbdämpfen gereizt sind. »Willst du weiter behaupten, du wüsstest nichts von seinen Liebschaften?«

»Natürlich weiß ich davon. Aber dich gehen sie nichts an. Außerdem macht es mir schon lange nichts mehr aus. Soll er doch. Ich habe ohnehin keine Lust auf seine Sexbesessenheit. Das ist doch krank, ist das doch.«

»Wenn es dir nichts ausmacht, wieso sieht es hier oben dann so aus? Das war früher deine Schatzkammer, dein Heiligtum. Das lässt du doch nicht ohne Grund so verkommen. Und schieb es nicht auf Eriks Tod. Es muss Jahre gedauert haben, so viel Müll anzusammeln. Jahre, in denen du ihm und dir vorgegaukelt hat, alles wäre in Butter. Und ich Idiotin bin darauf genauso hereingefallen.« Janne schlägt mit der flachen Hand auf einen Papierstapel, dass es staubt. Sie müssen beide husten.

Da Viktoria sich weigert, auf die Frage ihrer Tochter einzugehen, wechselt Janne schließlich das Thema. »Erik hatte auch Eheprobleme. Er hat Hella betrogen.«

Schulterzucken. »Das hat mich, ehrlich gesagt, nicht überrascht. Erik ist schließlich das Kind seines Vaters. Ich finde es furchtbar, wie indiskret Hella mit seinen Fehltritten umgegangen ist. Diese Streitereien auf offener Straße. Sie hatte nie Stil – aber woher sollte sie auch? In gewisser Weise ähnelt das Mädchen Paul: diese Dreistigkeit, in Glanz und Gloria leben zu wollen, ohne je einen Preis zu zahlen. Aber er ist wenigstens fleißig.«

Janne schüttelt den Kopf über die Moralvorstellungen ihrer Mutter und lenkt das Gespräch erneut in eine andere Richtung: »Ist dir klar, dass ich Papas leibliches Kind bin?«

Nach kurzem Zögern nickt Viktoria so beiläufig, dass Janne ihre Hand vor Wut ein zweites Mal auf den Stapel niedersausen lässt.

»Toll. Warum hast du mir das nie erzählt? Nicht einmal neulich, als ich dich über Henrika Sayer ausgefragt habe, warst du ehrlich. Weißt du noch?«

»Ach, Janne. Es tut mir leid. Aber glaubst du allen Ernstes, dass es besser ist, scheußliche Bilder zu malen, nur weil Träume die Angewohnheit haben zu zerplatzen? Und denkst du, Menschen, die immerzu ihre Gefühle und alles andere hinterfragen, um jedes Detail zu offenbaren und auszudiskutieren, führen glücklichere Beziehungen? Oder sind insgesamt zufriedener?«

»Keine Ahnung. Ich habe es noch nicht ausprobiert. Außerdem geht es nicht darum, jede Lappalie auszudiskutieren, sondern das Wesentliche miteinander zu besprechen. Wohin konsequente Verdrängung führt, sehe ich inzwischen jedenfalls ganz deutlich, auch in meinem eigenen Leben.«

»Tu, was du willst. Jeder muss seinen Weg finden«, sagt ihre Mutter und hustet erneut. »Lass uns aus diesem Dreckloch verschwinden.«

Viktoria besteht darauf, sie zum Schiff zu bringen. Janne behagt die Vorstellung nicht, ihrer Mutter vom Deck aus zuwinken zu müssen. Sie sind spät dran. Auf den Wegen liegt Schneematsch. Es wurde nicht gestreut, was das Vorwärtskommen erheblich erschwert. Zum Glück reist Janne ohne Geige und mit leichtem Gepäck – abgesehen von der Pistole in ihrem Rucksack. Eine halbautomatische Walther 9 mm aus dem Besitz ihres Vaters. Lädt eigenständig nach, nur der Abzug muss pro Schuss einzeln betätigt werden. Janne besitzt keinen Waffenschein, aber ausprobiert hat sie die Pistole bereits: vor mehr als zehn Jahren im Schießstand der Schützengilde.

»Es soll am Wochenende Sturm geben«, ruft Viktoria Flecker außer Atem. »Bist du sicher, dass du fahren willst?«

»Ja, ich muss. Bis zum Wochenende bin ich zurück.«

»Was soll das heißen, du musst?«

Janne überlegt. »Wenn du mir noch eine Frage aufrichtig beantwortest, sage ich es dir.«

»Abgemacht.«

»Verspürst du Hass auf Papa?« Sie dreht den Kopf, um ihrer Mutter in die Augen sehen zu können, und gerät auf dem Matsch ins Schlittern, kann sich aber gerade noch auf den Beinen halten.

Viktoria überlegt nicht lange. »Nein, keineswegs.« Ihre Stimme klingt beinahe feierlich, so als habe sie schon vor längerer Zeit entschieden, sich von derartig niederen Gefühlen fernzuhalten.

Janne glaubt ihr. Es bestätigt die Entscheidung, die sie nach der Attacke im Wald getroffen hat, ihre Mutter von der Liste der Verdächtigen zu streichen. Zum einen wegen der Stiefelspuren, zum anderen, weil Viktoria Flecker Gewehre und die Jagd verabscheut. Niemals hat Janne sie mit einer Waffe gesehen. Ausgeschlossen, dass sie ungeübt derart gezielte Schüsse auf ihre eigene Tochter abgeben könnte. Ihre Stieftochter, genauer gesagt.

Sie haben das Ende der Promenade erreicht. Vor ihnen liegt der Hafen. Am Ende des Kais ist die MS Funny Girl zum Auslaufen bereit. Der Schornstein stößt pechschwarze Dieselwolken aus, ein lang gezogenes Tuten ertönt. Janne geht schneller.

»Warte, du schuldest mir eine Antwort.«

»Du hörst doch, dass sie ablegen.«

Als sie die Gangway erreichen, bittet sie ein Mitglied der Mannschaft, kurz auf sie zu warten. Sie kennt den Mann, sein Name ist Reimer. Sie sind zusammen zur Grundschule gegangen. »Nur eine Minute, Janne Flecker«, sagt er.

Janne und ihre Mutter stehen einander gegenüber.

»Ich habe etwas über Papa erfahren. Er war in den siebziger Jahren möglicherweise in einen illegalen Deal verstrickt. Es könnte sein, dass Erik deswegen sterben musste. An Papas Stelle.«

Viktoria reißt die Augen auf. »Das glaube ich nicht. Nie und nimmer. Dein Vater macht keine kriminellen Geschäfte. Das hat er mir damals versprochen.«

»Ich werde die Wahrheit herausfinden.«

Die Funny Girl tutet.

»Deine Minute ist um«, ruft Reimer.

Janne stapft, begleitet von seinem Schimpfen, an Bord.

»Tempo, tempo. Und eine Hand fürs Schiff.«

Viktoria versucht bis zuletzt, Janne zurückzuhalten. »Komm sofort zurück. Ich verbiete dir, in dieser Situation abzureisen.«

Die Gangway wird eingezogen und die Funny Girl vibriert, als die Hauptmaschine anspringt. Eine Rußwolke nebelt Janne ein. Sie formt die Hände zum Trichter. »Pass auf Papa auf.«

Beim Ablegen muss Janne daran denken, dass Maschinisten von der Deckbesatzung traditionell als Kellerkinder verspottet werden, was ihr Vater einst aufgegriffen hat, um ihnen zu drohen, wenn sie bei Schiffspassagen allzu wild zwischen den Passagieren herumtobten: »Benehmt euch, sonst verkauf ich euch als Kellerkinder. Gibt garantiert einen guten Preis.«

Er hatte eine Art, solche Dinge auszusprechen, dass nichts unmöglich schien.

»Das sind doch gar keine Kinder«, erwiderte Erik.

»Geh ruhig nachsehen, wenn du mir nicht glaubst. Aber lass dich nicht erwischen, sonst behalten sie dich gleich da.«

Sie kauften ihm die Geschichte von den Kellerkindern ab und tobten trotzdem weiter. Weil sie darauf vertrauten, dass er sie niemals verkaufen würde. Für kein Geld der Welt. Bisweilen verkleidet sich das Leben eben doch genau so, wie ihre Mutter es malt.

Viktoria Flecker steht am Anleger und ruft irgendetwas, was im Maschinenlärm untergeht. Sie macht keinerlei Anstalten zu winken, und auch Janne lässt die Arme hängen. Ein bitterer Abschied.

Möwen begleiten sie. Die Funny Girl nimmt Kurs auf das Elbfahrwasser. Backbord die Alte Liebe. Spaziergänger in leuchtend bunten Winterjacken stehen auf der weiß umzäunten Galerie beim mittleren Fahnenmast, wo Janne die Wahrheit über Eriks Tod erfahren hat. Von fern sieht es aus, als würden sie über etwas lachen.

Neben ihr an Deck rätseln ein Mann und eine Frau mit hessischem Akzent über die Herkunft des Namens Alte Liebe. Janne weiß Rat: Zur Errichtung eines Bollwerks an dieser Stelle wurden drei ausgediente Schiffe mit Steinen gefüllt und in der Elbe versenkt. Eines davon hieß Olivia, wurde aber von den Einheimischen nur Oliv genannt, was phonetisch dem plattdeutschen Wortlaut für Alte Liebe entspricht.

Die Hessen bedanken sich. Janne lächelt. Eine freundliche Frau, die Urlaubern Auskünfte erteilt. Eine Frau mit einer Pistole im Rucksack.

Sie hat sich ein Ultimatum gesetzt. Eine Woche. Hat sie bis dahin das Geheimnis um Eriks Tod nicht gelüftet oder festgestellt, dass es schlechterdings keines gibt, wird sie endlich zur Polizei gehen – und um Schutz für sich und ihren Vater bitten.

Die Tatsache, dass auf sie geschossen wurde, setzt ihr zu. Gelinde gesagt. Seither hat sie kaum noch geschlafen, hält die Waffe jederzeit griffbereit. Sicher besteht eine kleine Chance, dass einer der Jäger versehentlich in ihre Richtung gefeuert hat, aber die Wahrscheinlichkeit scheint verschwindend gering. So oft? Vier Schüsse, und sie hat laut gerufen. Höchstens ein stockbesoffener Schütze hätte das überhören können. Und für einen Betrunkenen war er zu treffsicher.

Eine Woche also, um eine neue Spur zu verfolgen: Sie will herausfinden, ob die fabrikneue Luxusyacht Tyne im Jahr 1976 vor dem Roten Felsen gesunken ist – oder ob es sich um einen Versicherungsbetrug im großen Stil gehandelt hat. Bei der stundenlangen Durchsicht alter Firmenunterlagen der Flecker-Werft ist sie in der Nacht zuvor auf Unregelmäßigkeiten gestoßen.

Jemand stellt sich hinter sie. Sofort dreht Janne sich um und greift nach ihrem Rucksack.

»Keine Panik, ich bin es nur. Kein Taschendieb«, sagt Reimer. Seit der vierten Klasse ist er kräftig gewachsen, Seewind und Sonne haben seine Haut gegerbt. »Kennst du mich überhaupt noch?«

»Großes R, kleiner Eimer«, erwidert Janne. So hat er sich immer den Lehrern vorgestellt.

»Daran erinnerst du dich?«

»Wie könnte ich das vergessen?«

Eisiger Wind schlägt ihnen entgegen. Kaum haben sie die Kugelbake hinter sich gelassen, beginnt das Schiff zu rollen. Vor ihnen tanzt das offene Meer in einem Kleid aus bleiernem Grau.

»Schietwetter für einen Ausflug«, sagt Reimer.

»Mir egal, ich musste mal raus.«

Reimer strafft die Schultern. »Ich wollte dir mein Beileid wegen deines Bruders aussprechen. Es tut mir wirklich sehr leid, was passiert ist.«

»Danke.«

Reimer kratzt sich am Kinn. Anscheinend will er etwas hinzufügen. Sie sieht, wie er seinen Wortschatz nach tröstlichen Redewendungen durchkämmt und keine findet, also wiederholt er nur mit Nachdruck, dass es ihm leid tue, worauf sie sich erneut bedankt.

Er lädt sie auf einen Tee unter Deck ein und kündigt eine ungemütliche Überfahrt an. Die Insel liegt mehr als sechzig Kilometer nordwestlich der Elbmündung, schon bei ruhiger See ist die Funny Girl mehr als zwei Stunden unterwegs. Und es herrscht strammer Wellengang. Janne stört das nicht. Schlesische Gene oder nicht – sie neigt nicht dazu, seekrank zu werden. Sie schaufelt drei Löffel Zucker in ihren muffig schmeckenden Tee und lässt sich von Reimer ein Foto seiner drei Töchter zeigen, die alle putzige Doppelnamen haben. Putzig ist auch die Innenausstattung des Restaurants, die entweder aus den späten siebziger oder den frühen achtziger Jahren stammt. Es gibt silberne Tapeten, und pink glänzende Lamellenrollos fungieren als Raumteiler. Sie sind eingestaubt, verbeult und im Laufe etlicher stürmischer Passagen teilweise aus ihren Verankerungen gerissen worden. Niemand hat sich die Mühe gemacht, sie wieder zu befestigen – oder zu entfernen, was die weitaus bessere Lösung wäre. Vielleicht heißt das Schiff deshalb Funny Girl. Weil es sich nicht hübsch macht für die Leute.

»Reimer, wenn du dich für Bootsunglücke vor der Helgoländer Küste interessieren würdest, wen würdest du fragen?«

Er zieht ein Gesicht, als hätte sie etwas Unanständiges gesagt. »Was hast du denn mit Schiffsunglücken am Hut? Ich dachte, du willst ausspannen.«

Janne rührt in ihrer Tasse. »Havarien können ungemein entspannend sein. Natürlich nur, solange man nicht an Bord ist«, erwidert sie. »Kennst du jemanden, der sich damit befasst?«

»Frag doch im Museum. Oder gleich Ewald Hansen, diesen Heimatkundler. Der weiß eigentlich alles.« Reimer betrachtet sie mit wachsender Skepsis, sein Blick verharrt auf der Narbe über ihrem Auge. »Alles in Ordnung, Janne? Du wirkst … irgendwie verändert.«

»Du auch, Reimer, zwanzig Jahre sind eine lange Zeit.«

Mehrere kräftige Wogen treffen seitlich gegen den Schiffskörper, der daraufhin leichte Schlagseite bekommt, sich aber schnell wieder aufrichtet. Eine ältere Dame, die einige Tische weiter vor einem halb leer gegessenen Teller mit Bockwurst und Kartoffelsalat sitzt, kreischt auf. Ihr Gesicht verfärbt sich ins Grünliche.

»Dwarssee«, erklärt Reimer, »gleich kotzen wieder alle.« Er besinnt sich auf seine Pflichten als Mannschaftsmitglied. »Ich muss dann wieder.«

Janne bleibt sitzen und rührt unentwegt in ihrer Tasse, obwohl fast kein Tee mehr darin ist. Sie hat ein Kratzen im Hals. Trotz der Jahreszeit und des Wetters sind mindestens hundert Passagiere an Bord. Helgoland gehört nicht zum Zollgebiet der Europäischen Union, außerdem gibt es dort keine Mehrwertsteuer, ein Einkaufsparadies. Um auf der Insel ihre Weihnachtseinkäufe zu erledigen, nehmen viele die Strapazen der rauen Überfahrt in Kauf. Als die Frau mit der Bockwurst ihr inzwischen sehr grünes Gesicht in einer Spucktüte vergräbt und würgende Geräusche von sich gibt, kehrt Janne zurück an Deck, wo sie Wind, Kälte und Wellen standhält, bis sie die Molen der Außenreede passieren und im Südhafen anlegen.

Helgoland. Oder auf Hochdeutsch: Heiliges Land. Eine schroffe Heilige, ein Koloss aus rotem Buntsandstein inmitten der Nordsee. Janne ist schon oft auf der Insel gewesen, zum Einkaufen, Baden oder um ungestört Zeit mit Nils zu verbringen. Sie hatten vorgehabt, auf Helgoland zu heiraten, in einer der bunten, skandinavisch anmutenden Hummerbuden, die früher von Fischern als Werkstätten und Lagerplätze genutzt wurden und heute in restauriertem Zustand als Sehenswürdigkeit gelten.

Direkt nach der Ankunft betritt sie die Kneipe Atlantis in einer dieser Holzhütten. Drinnen erwartet sie in schummrigem Licht das vertraute Sammelsurium maritimen Tandwerks – von der Aalreuse bis zum Gebiss eines Tigerhais. Es duftet nach Fischsuppe und ausgelassenem Speck. Grit Martens, die Wirtin, steht am Zapfhahn. Als sie Janne erblickt, stürzt sie hinter dem Tresen hervor und fällt ihr um den Hals. Eine kleine drahtige Frau Mitte fünfzig, die sie gar nicht wieder loslassen will. Bisher hat Janne sie für eine entfernte Verwandte gehalten, denn sie ist eine Cousine von Oskar Sayer.

»Wie geht's dir, Mädchen?« Grit hebt mit dem Daumen sanft, aber entschlossen Jannes Kinn an und mustert sie. »Das ist ja ein übler Kratzer da auf deiner Stirn. Muss wehgetan haben. Müde siehst du aus. Und abgemagert bist du. Komm, setz dich dahin, ich sorge dafür, dass du was Ordentliches zwischen die Backen bekommst.«

Janne klettert auf einen Barhocker und wartet. Grit hat nicht viel zu tun, nur zwei Tische sind besetzt. Im Sommer ist es manchmal sogar schwierig, Stehplätze zu ergattern, vor allem abends, wenn die Wirtin karibische Cocktails mixt und dazu deutsche Schlager aus den Siebzigern auflegt.

Es dauert nicht lange, bis weitere Insulaner eintreffen, um Janne zu begrüßen, sie stammen aus dem Bekanntenkreis ihres Vaters. Darauf hat sie spekuliert. Halbwegs geduldig lässt sie Beileidsbeteuerungen wegen Erik über sich ergehen und beantwortet Fragen über die Genesungsaussichten Paul Fleckers in gewohnt pessimistischer Weise. Grit serviert nacheinander Fischsuppe, Knieper und Rote Grütze mit Sahne, dazu Bier und abschließend einen Eiergrog, ebenfalls mit Sahne. Ein Versuch, sie innerhalb kürzester Zeit zu mästen. Janne isst und trinkt, so viel sie kann, so wird wenigstens nicht von ihr erwartet, dass sie in einem fort redet. Danach ist das Kratzen in ihrem Hals nahezu verschwunden.

»Habt ihr ein Apartment oder ein Zimmer in eurer Pension frei?«, fragt sie Grit.

»Ja, klar, aber du kannst gern bei uns wohnen. Im Gästezimmer. Uwe wäre begeistert.«

Janne zögert, nicht nur, weil sie Grits Mann Uwe nicht mag und nie auch nur einen Anflug von Begeisterung oder wenigstens Höflichkeit bei ihm erlebt hat. Auch wegen ihrer Mission. Sie will keine Rechenschaft darüber ablegen müssen, wann sie kommt und geht und wo sie sich herumtreibt. Gleichzeitig könnte die Wirtin ihr eventuell eine Hilfe sein. Sie kennt jeden auf der Insel.

»Mach uns doch die Freude«, sagt Grit.

»Okay.«

»Was treibt dich eigentlich hierher, Janne Flecker, willst du dir bloß den Wind um die Nase pusten lassen?«, fragt ein Mann mit Stirnglatze und Brille, der auf der Insel mehrere Spirituosengeschäfte und eine Parfümerie besitzt. Die meisten Helgoländer verdienen ihren Lebensunterhalt mit dem Fremdenverkehr und dem Verkauf zollfreier Waren. Seine Frage ist ihr Stichwort.

»Nö. Ich möchte Details über den Untergang der Tyne in Erfahrung bringen«, sagt sie, als wäre das ein ebenso unverfängliches Gesprächsthema wie der heraufziehende Sturm. »Kann sich noch jemand daran erinnern?«

Schweigen. Keine Verlegenheit, sondern die Art Schweigen, die einem gezückten Messer ähnelt. Janne ist enttäuscht, aber nicht überrascht. Einen Versuch war es wert. Nun weiß zwar jeder, warum sie hier ist, doch das hätte sich ohnehin schnell herumgesprochen.

»Also nicht?«, fragt sie.

»Das Unglück ist fast ein halbes Jahrhundert her. Wieso interessierst du dich dafür?«, will Grit wissen.

»Es war 1976, also vor nicht ganz so langer Zeit. Und immerhin war die Tyne eine Yacht, die mein Vater gebaut hatte.«

»Paulchen Flecker hat viele Boote gebaut«, sagt der bebrillte Spirituosenhändler, und die Umstehenden lachen wie über einen gelungenen Witz. Dann sagt er etwas auf Halunder, der Helgoländer Variante des Friesischen, die altdänische Fragmente in sich birgt und ausschließlich auf der Felseninsel gesprochen wird. Janne versteht lediglich die Namen Flecker und Sayer. Das Lachen wird lauter.

Helgoland ist nur einen Quadratkilometer groß, und es gibt außer Polizei- und Krankenwagen, einem Elektrotaxi und einigen Elektrokarren zum Lastentransport keinerlei Verkehrsmittel. Sogar Fahrräder sind verboten. Janne muss also sämtliche Wege zu Fuß erledigen, was nicht schlimm wäre, hätte sie nicht andauernd dieses Gefühl, verfolgt zu werden. Mehrmals dreht sie sich überraschend um, doch nie ist jemand zu sehen. Jedenfalls niemand, der ihr bekannt vorkäme. Niemand mit Kapuze und der Statur des Reiters aus dem Watt.

Sie geht zur Post. Wie ein Blick ins Telefonbuch verrät, wohnt Ewald Hansen im Oberland. Ein Fahrstuhl verbindet das Unterland, also den Teil der Insel, der auf Meereshöhe liegt, mit dem Felsplateau. Der Fahrstuhlführer lacht bei ihrem Anblick leise in sich hinein. Janne gibt ihm die Münzen für die Fahrt und ignoriert seinen Heiterkeitsausbruch ebenso wie kurz zuvor das Gelächter im Atlantis. Seine Hände sind schwitzig. Das kann an der stickigen Wärme in der kleinen Kabine liegen. Oder daran, dass Jannes neugierige Fragen unter den Insulanern nicht ausschließlich Frohsinn hervorrufen.

Gewusst oder geraten, Reimer hat ihr einen guten Tipp gegeben. Ewald Hansen ist ein Glücksfall. Der selbst ernannte Regionalhistoriker, ein pensionierter Lehrer, erweist sich als kundiger Gesprächspartner, der sich selbst so gern reden hört, dass er Jannes Einsilbigkeit entweder nicht registriert oder sich schlichtweg darüber freut. Er wundert sich nicht über ihren Besuch, und er stellt keine überflüssigen Fragen, sondern bittet sie sogleich in sein Arbeitszimmer. Ein überheizter Raum, in dem Staubkörner durch die Luft wirbeln. An den Wänden hängen gerahmte Schwarz-Weiß-Fotos vom Seebad Helgoland in wilhelminischer Zeit. Er verschwindet hinter einem riesigen Schreibtisch aus Eichenholz und bietet ihr den Stuhl davor an. Vermutlich könnte man auch um zwei Uhr nachts an der Tür seines blau gestrichenen Reihenhauses neben der Kirche läuten, um Auskunft über einen x-beliebigen Aspekt der Helgoländer Historie zu erbitten – und er würde bereitwillig Rede und Antwort stehen, voller Stolz, wie weit sein Ruf als Experte inzwischen gedrungen ist. Und das, obwohl er nicht auf Helgoland geboren wurde, wie er gern betont, sondern erst Anfang der Siebziger mit Gattin und Tochter auf die Insel zog, um eine Stelle an der örtlichen Schule anzutreten.

»Glauben Sie nicht, dass es für uns einfach war, hier Fuß zu fassen«, sagt er und stupst seine Frau an, die Tee und Gebäck aufträgt. »Stimmt es nicht, Mäuschen? Einfach war es nie. Aber wir haben uns nicht entmutigen lassen.«

»Nein, es war nicht einfach«, antwortet Mäuschen und zieht ein Gesicht, als hätte sich daran bis heute im Grunde nichts geändert.

»Heute sind wir hundertprozentig integriert«, betont Hansen.

»Wie schön«, sagt Janne.

Mäuschen lässt sie allein.

»Man muss den Menschen Interesse entgegenbringen, dann tauen sie auf. So einfach ist das. Interesse zeigen ist das A und O.

Helgoland hat rund tausendsechshundert Einwohner, und ich darf in aller Bescheidenheit behaupten, dass jeder von ihnen meinen Namen kennt und mein ehrenamtliches Engagement zu schätzen weiß. Wer etwas wissen will, wird direkt zu mir geschickt. ›Fragen Sie doch den Ewald, der weiß Bescheid‹ – und schon steht wieder jemand vor meiner Tür. So wie Sie heute. Und ich helfe gern, mir macht das Freude. Sie beschäftigen sich also mit dem der Untergang der Tyne?«

»Ja.« Ursprünglich wollte sie zunächst allgemein nach Havarien fragen und sich schrittweise vortasten, damit nicht dasselbe passiert wie in Grits Kneipe. Doch beim hundertprozentig integrierten Ewald Hansen kann sie sich diese Mühe sparen.

Er zieht einen Aktenordner aus einem überladenen Bücherregal, das die Längsseite des Raumes einnimmt. »Schiffsunglücke nach 1945« lautet die akkurate Beschriftung. Genüsslich blättert er in Aufzeichnungen und vergilbten Dokumenten, unentwegt nickend, sporadisch liest er etwas Zusammenhangloses vor, das seine Aufmerksamkeit erregt hat. Zwischendurch befeuchtet er seinen Zeigefinger, um besser blättern zu können.

»Ach, da haben wir es ja schon. Die Tyne. Gesunken am Dienstag, 9. März 1976 in schwerer See vor der Nordspitze Helgolands. Eine frisch vom Stapel gelaufene Luxusyacht im Wert von einer Million Mark. Das war unglaublich viel Geld damals. Das Boot sollte nach England überführt werden, wo der Käufer es in Empfang nehmen wollte. Bei dem Unglück kam der Skipper ums Leben, ein gewisser Klaas Tegtmeyer, ein dreißigjähriger gebürtiger Helgoländer, der aber als Geschäftsmann in Hamburg lebte. Außerdem war der Werftbesitzer Paul Flecker an Bord. Er wurde vom Seenotkreuzer Wilhelm Kaisen aufgefischt. Tegtmeyers sterbliche Überreste wurden nie gefunden.« Er hält inne. »Wie, sagten Sie, war doch gleich Ihr Name?«

»Janne Flecker«, antwortet sie und trinkt ihren Tee. Earl Grey.

Sie ist erschüttert: Ihr Vater schiffbrüchig den sturmgepeitschten Wogen der Nordsee ausgesetzt – die Vorstellung jagt ihr Schauer über den Rücken.

»Sind Sie mit Paul Flecker verwandt?«

»Er ist mein Vater. Ich erstelle eine kleine Dokumentation über die Firmengeschichte. Als Geburtstagsgeschenk.«

»Ach ja? Das ist aber ein netter Einfall. Da wird er sich bestimmt freuen, Ihr Herr Vater. Also, ich würde mich jedenfalls außerordentlich freuen. Es ist einfach schön, wenn man die Kinder bei sich hat. Wissen Sie, meine Tochter wohnt bei Köln und wir bekommen sie und die Enkel kaum noch zu Gesicht. Besonders für meine Frau ist das natürlich hart. Ich glaube, sie fühlt sich manchmal etwas einsam, vor allem an Tagen, an denen ich zehn Stunden und mehr mit meinen Studien zubringe. Aber was soll ich machen? Ich kann nun mal nicht aus meiner Haut.«

»So geht es meinem Vater auch«, sagt Janne und fragt sich, wer wohl mehr auszustehen hatte: Viktoria oder Mäuschen? Sie betrachtet ihre Hände. Mehr denn je ist sie froh, keinen Ehering am Finger zu tragen.

»Wie lange trieb mein Vater im Wasser? Wurde er verletzt?«, nimmt sie den Faden wieder auf.

Hansen studiert seine Aufzeichnungen. »Vom Notruf, den die Tyne abgesetzt hat, bis zur Bergung ihres Vaters vergingen keine dreißig Minuten. Es war ihm gelungen, eine Rettungsinsel ins Wasser zu lassen. Er hatte großes Glück. Nach seiner Bergung wurde Paul Flecker mit Unterkühlungen in die Paracelsus-Klinik hier auf Helgoland gebracht und am nächsten Tag auf eigene Verantwortung entlassen.«

»War es eigentlich ein schwerer Sturm?«

»Augenblick …« Er leckt an seinem Zeigefinger und blättert weiter. »Ja, aber kein Orkan. Windstärke acht bis zehn. Ich selbst erinnere mich an diese Nacht und muss sagen, ich habe weitaus Schlimmeres erlebt. Was den Wind angeht. Allerdings sollen sich ungewöhnlich hohe Wellen aufgetürmt haben, bis zu fünfzehn Meter hoch. Das hat Paul Flecker später zu Protokoll gegeben, außerdem gibt es zahlreiche Berichte von Fischern, die diese Angabe bestätigen. Eine weitere Auffälligkeit ist, dass der Wetterdienst damals weder den Sturm noch den Seegang vorausgesagt hat. Es gab keinerlei Warnmeldungen. Sonst wären Ihr Vater und Klaas Tegtmeyer bestimmt im Hafen geblieben – mit so einem wertvollen Schiff will man doch kein Risiko eingehen.«

»Sicher nicht«, bestätigt Janne. Um Zeit zu sparen, bittet sie Hansen, selbst einen Blick in seine gesammelten Werke werfen zu dürfen, was er widerstrebend gestattet. Sie liest, dass es nach der Havarie eine Untersuchung der Küstenwache gegeben hat. Die Experten kamen zu dem Ergebnis, »drei Schwestern«, also drei aufeinanderfolgende Riesenwellen, sowie ein missglücktes Ausweichmanöver hätten zum Kentern geführt und schließlich den Untergang der Tyne verursacht. Ebenso wie die Leiche des Skippers wurde auch die gesunkene Yacht nie entdeckt, nur einige Wrackteile wurden am Nordstrand angespült oder von Fischern aus dem Meer geholt. Ein Foto der Lokalzeitung zeigt Paul Flecker am Tag nach seiner Rettung. Sonderlich erschüttert sieht er nicht aus.

»Könnte ich mir einige Seiten aus dem Ordner kopieren?«, fragt Janne.

Ewald Hansen wackelt mit dem Kopf. »Nun ja, ich gebe meine Unterlagen eigentlich nicht so gern aus der Hand.« Er brüllt nach seiner Frau, die augenblicklich erscheint. »Geh doch mal runter zur Kurverwaltung, die sollen dir hiervon ein paar Kopien ziehen. Bist du so lieb, Mäuschen? Und bestell schöne Grüße von mir.« Er übergibt ihr nicht den gesamten Ordner, sondern einige ausgewählte Seiten.

»Sie haben ja überhaupt keine Kekse gegessen«, sagt Mäuschen zu Janne und starrt auf den Teller mit Gebäck.

»Verzeihung, Frau Hansen, ich habe keinen Hunger.«

»Manchmal frage ich mich, wozu ich überhaupt noch in der Küche stehe und backe.«

»Mäuschen«, sagt Ewald Hansen mit drohendem Unterton.

Dass manche Frauen fähig sind, ihre Ehemänner zu ermorden, kann Janne immer besser verstehen. Schwerer einzusehen ist, warum es so viele gibt, die es nicht tun. Sie sieht die geladene Walther 9 mm vor Augen, verborgen in ihrem Rucksack zwischen den Hosenbeinen eines rosafarbenen Flanellschlafanzugs, und eine Ahnung von Macht kommt über sie. Von wegen Heiliges Land.

Wenig später öffnet Hansen ihr das Tor zur Vorhölle. Jedenfalls empfindet Janne es so, die Helgoländer mögen das anders sehen: Neben dem Schulhof befindet sich der Eingang zu umfangreichen Bunkeranlagen aus dem zweiten Weltkrieg. Ein kleiner Abschnitt davon kann besichtigt werden, und einer derjenigen, die befugt sind, Touristen durch diese von Menschenhand geschaffene Unterwelt zu führen, ist Ewald Hansen, was Janne wiederum bestens in den Kram passt. Sie hat ihn um eine Führung gebeten. Und Ewald Hansen führt gern.

Zwanzig Meter geht es zunächst über ein so genanntes Paniktreppenhaus mit zwei gegenläufigen Treppenzügen in die Tiefe. Von dort gelangen sie in den Fuchsbau, einen abschüssigen, relativ geräumigen Stollen, der auf rund fünfundachtzig Metern Länge begehbar ist. Dann versperrt eine Mauer den Weg. An den Seitenwänden stehen Holzbänke. Es riecht nach feuchtem Mörtel.

»In den zivilen Schutzräumen konnte bei Luftangriffen die gesamte einheimische Bevölkerung unterkommen«, doziert Hansen. »Jeder hatte seinen festen Sitzplatz und durfte darunter seinen kostbarsten Besitz in einem Koffer oder einer Kiste deponieren. Hier sehen Sie noch die Platznummerierungen an den Wänden. Da herrschte penible Ordnung.« Ihm ist anzusehen, wie sehr er sich nach einer penibel geordneten Welt sehnt.

Janne presst eine Handfläche gegen den kalten Stein und stellt sich vor, wie es hier unten gewesen sein muss, als oben die Bomben fielen und die Helgoländer mit ihren Kindern dicht an dicht nebeneinandersaßen.

»Gab es schwere Luftangriffe?«, will sie wissen.

»Ja, die gab es. Helgoland hatte erhebliche strategische Bedeutung als Marine- und Luftwaffenstützpunkt und sollte in einem Mammutprojekt zum größten eisfreien Kriegshafen des Deutschen Reichs ausgebaut werden. Die beiden schwersten Angriffe erfolgten nur drei Wochen vor Kriegsende, dabei wurden bis auf den Flakleitstand, der heutzutage als Leuchtturm genutzt wird, sämtliche Gebäude zerstört. Das wunderschöne alte Helgoland – futsch. Versunken in Schutt und Asche. Und es war ein prachtvolles Seebad, Sie haben die Fotos in meinem Büro ja gesehen.« Er lässt sich auf eine der Holzbänke fallen und lehnt den Hinterkopf gegen die Wand. Plötzlich wirkt er erschöpft. »Entschuldigung, aber das ergreift mich jedes Mal aufs Neue. Diese Verwüstung«, murmelt er. »Glücklicherweise wurden nur zwölf Zivilisten getötet. Dank dieser Anlage, in der wir uns befinden … Trotzdem, ich kann mir vorstellen, wie furchtbar es hier unten gewesen ist, allein der Krach. Wissen Sie, ich habe als Kind den Feuersturm in Hamburg miterlebt. Das wird man nie mehr los.«

Janne muss daran denken, dass ihr Vater im Bombenangriff auf Dresden seine kleine Schwester verloren hat. Er hat selten darüber gesprochen. Aber wenn, hat er auch solche Worte wie »futsch« benutzt.

Ewald Hansen rappelt sich auf, und sie gehen zur Mauer, wo sie nach rechts in einen wesentlich schmaleren und niedrigeren Gang einbiegen, den Weddigenstollen. Er ist lang, ein Ende nicht erkennbar, und Janne fühlt, wie ihr Beklommenheit den Hals zuschnürt. Obwohl sie nur zu zweit sind und die Luft eigentlich nicht verbraucht sein kann, hat sie den Eindruck, kaum noch atmen zu können. Auch hier gibt es Sitzplätze, Klapphocker, die an der Wand befestigt sind.

»Zu den Festungsanlagen gehörte ein unterirdisches Lazarett. Es waren ja weit über zweitausend Soldaten und Marineangestellte auf der Insel stationiert. Bei den Luftangriffen wurden etliche von ihnen verwundet. Die Sanitäter mit den Schwerverletzten mussten durch den Weddigenstollen, deshalb die Sitze zum Klappen. Damit die Leute schnell aufstehen konnten, um Platz zu machen«, erläutert Hansen.

Janne versucht, nichts mehr an sich heranzulassen. Die Enge nicht zu spüren. Den Gestank des Blutes nicht wahrzunehmen, der sich in den Wänden festgesetzt hat. Seit dem Zusammenstoß im Watt weiß sie, wie Blut riecht.

»Ein gutes Stichwort, Herr Hansen. Es gab ja nicht nur zivile Bunker, sondern auch etliche militärische, wie ich gehört habe. Wie genau muss ich mir denn die gesamte unterirdische Anlage vorstellen?«, fragt sie, um Sachlichkeit ringend.

»Wie eine komplette Stadt unter Tage, plus Kaserne. Die hatten alles: Waschräume, Toiletten, Küchen, eine Bäckerei und wie gesagt ein Lazarett mit Operationsräumen. Dazu eine Notschule, Munitionslager und eine Anlage, die genutzt wurde, um Torpedos gefechtsbereit zu machen, einen U-Boot-Bunker und, und, und …«

»Wer hat das alles gebaut?«

»Größtenteils Zwangsarbeiter und Kriegsgefangene. Bis zu siebentausend Menschen sollen im Dritten Reich hier geschuftet haben. Unter härtesten Bedingungen. Kaum vorstellbar. Und die Nazis waren nicht die Ersten, die Helgoland zur Festung ausbauen wollten. Das hatten zuvor schon die Dithmarscher, die Dänen, die Briten und die Preußen unter Kaiser Wilhelm versucht. Vieles wurde zerstört oder teilweise verschüttet, aber weiterhin existiert ein Tunnel- und Höhlensystem von immensen Ausmaßen. Die genaue Zahl und Länge der unterirdischen Gänge ist nach wie vor unbekannt. Der Felsen ist durchlöchert wie ein Schweizer Käse.«

Sie sind langsam weitergegangen und haben einen Nebenraum erreicht, in dem früher eine Küche untergebracht war, wovon allerdings nichts mehr zu erkennen ist. Auch hier stehen Bänke. Diesmal ist es Janne, die sich vorübergehend hinsetzen muss, weil die Atemnot ihr zunehmend zu schaffen macht.

»Haben einige dieser Gänge und Höhlen Zugang zum Meer?«, keucht sie.

»Aber sicher doch. Betreten strengstens verboten.«

»Könnte man darin eine Yacht wie die Tyne vorübergehend verstecken?«

Es gibt Fragen, die sogar einen Fachidioten wie Ewald Hansen stutzig machen. Das war eine davon, wie Janne seinem Gesichtsausdruck entnimmt.

»Wie kommen Sie denn darauf?«, fragt er entgegen seiner Gewohnheit, jede Art von Wissbegier zunächst einmal willkommen zu heißen.

»Nur so als Gedankenspiel«, sagt Janne.

Er setzt sich neben sie. »Theoretisch wäre es sicher möglich, aber viel zu gefährlich. Welcher halbwegs vernünftige Skipper würde sich in stürmischer See so nah an die Klippen heranwagen? Und dann die Gefahr, entdeckt zu werden. Es müsste einen Komplizen geben, der dieses Tunnellabyrinth wie seine Westentasche kennt, und zwar jeden einzelnen Abzweig. Aber wir reden hier von kilometerlangen Gängen. Also, ich wüsste niemanden. Außerdem bilden die Insulaner eine enge verschworene Gemeinschaft, Frau Flecker, das können Sie mir glauben. Da bleibt nichts lange geheim. Eine derartige Aktion wäre mir über kurz oder lang bestimmt zu Ohren gekommen, Sie wissen ja, ich habe meine Fühler überallhin ausgestreckt.«

»Ich weiß, Herr Hansen, ich weiß«, beeilt sich Janne zu versichern. »Es war wirklich nur ein Gedankenspiel.«

Als sie weitergehen, ist sie überzeugt, dass es sich genau so zugetragen hat.

Wieder an der frischen Luft. Endlich. Es ist deutlich wärmer geworden, und der Wind hat Sturmstärke angenommen. Das atlantische Tief, fürs Wochenende angekündigt, hat die Deutsche Bucht eindeutig zu früh erreicht. Janne begleitet Hansen zurück zu seinem Haus. Sie müssen sich gegen die Böen stemmen und kommen nur langsam voran. Starker Regen schlägt ihnen entgegen. Schwere Tropfen, die nach Meerwasser schmecken.

Trotz des Unwetters bleibt er bei einem Vorgarten stehen und zeigt mit ausgestrecktem Arm auf einen Baum. Dieser Maulbeerbaum sei ein Symbol der Hoffnung und des Friedens, ruft er, weil er sämtliche Bombenangriffe und sogar den Big Bang überlebt habe.

Der Big Bang. Nach dem Krieg war die entvölkerte Insel in den Besitz der britischen Streitkräfte übergegangen, die im April 1947 den Versuch unternahmen, sämtliche über- und unterirdischen Militäranlagen zu sprengen – und dabei möglichst die gesamte Insel auszuradieren, der sie den Namen Hell-Go-Land verpasst hatten. Das hat Janne in der Schule gelernt. So auch, dass das Felsgestein sich als nahezu unverwüstlich erwies, obwohl fast siebentausend Tonnen Sprengstoff zum Einsatz kamen. Sie erinnert sich an ihren jüngst gehegten Wunsch, eine Insel zu sein, und konkretisiert diesen in Gedanken: Helgoland. Wenn eine Insel, dann Helgoland, die Heilige.

Hansen brüllt noch immer gegen den Sturm an wie ein Besessener, es gehe um Krieg und Frieden und die Pflicht, nicht zu vergessen. Ebenso wie sie ist er mittlerweile völlig durchnässt, und seine Augen haben einen fiebrigen Schimmer.

»Herr Hansen, besser, wir gehen jetzt zurück zu Ihnen nach Hause«, ruft sie ihm ins Ohr.

Zurück im blauen Reihenhaus der Hansens ist Mäuschen offensichtlich darauf vorbereitet, ihren Mann in diesem tropfnassen Zustand in Empfang zu nehmen. Sie hat für jeden ein rosa verwaschenes Frotteehandtuch parat. Diesmal ergreift sie das Kommando.

»Gründlich abrubbeln«, befiehlt sie.

Hansen gehorcht, ohne sein Plädoyer zu unterbrechen. »Ich bin ein Mahner, und das ist gut so. So lange ich lebe, werde ich nicht aufhören zu mahnen.«

»Zieh die nasse Jacke aus«, zischt seine Frau.

Sie stehen im Flur neben der Garderobe. Janne trocknet sich nicht ab, denn sie muss ja doch wieder hinaus in den Regen.

»Sie wollen sich wohl unbedingt den Tod holen«, sagt Mäuschen.

»Lass sie doch«, entgegnet Hansen und rubbelt seine grauen Haare, die ihm bereits in allen Richtungen vom Kopf abstehen.

Zu guter Letzt nimmt Mäuschen Janne das unbenutzte Handtuch wieder ab und überreicht ihr stattdessen einen Leinenbeutel. Darin befinden sich eine Klarsichttüte, prall gefüllt mit Gebäck, und ein brauner Umschlag.

»Ihre Kopien«, sagt sie. »Den Beutel können Sie behalten, kann man ja immer mal gebrauchen. Wissen Sie, was komisch war? In der Kurverwaltung war ein Mann, der mich bat, einen Blick auf die Zettel werfen zu dürfen. Er war sehr höflich, also gestattete ich es ihm. Dann wollte er ebenfalls Kopien davon.«

Jannes Magen fühlt sich an, als hätte jemand hineingetreten. »Was war das für ein Mann?«

Auch Hansen ist entsetzt. »Hast du es ihm etwa erlaubt? Doch hoffentlich nicht. Die Leute sollen gefälligst zu mir kommen, wenn sie etwas wollen, das ist ja wohl das Mindeste. Ich bin überaus hilfsbereit. Mäuschen, sag schon, hast du es ihm erlaubt?«

Mäuschens Blick wandert zwischen Janne und ihrem Mann hin und her, und es ist nicht zu übersehen, dass sie sie beide für nicht ganz zurechnungsfähig hält. »Nein, ich habe es ihm nicht erlaubt, Ewald, natürlich nicht. Ich sagte: ›Da müssen Sie zuerst mit meinem Mann reden‹ und nannte ihm unsere Adresse.«

Hansen atmet auf.

»Was war das für ein Kerl?«, insistiert Janne.

»Kein Einheimischer, ich kannte ihn nicht. Er war sehr höflich, wie gesagt, und insgesamt eine angenehme Erscheinung.«

»War er alt oder jung?«

»Eher in mittlerem Alter. Aber sicher bin ich mir nicht«, antwortet sie nach einer kurzen Pause. »Wissen Sie, ich denke, es reicht für heute. Mein Mann friert sehr schnell, und schließlich ist er nicht mehr der Jüngste. Er kann nicht ewig mit seiner nassen Hose im Flur herumstehen, und auch Sie sollten schleunigst die Kleider wechseln.«

Janne gibt sich geschlagen. Ewald Hansen begleitet sie zur Haustür. Sie könne jederzeit wiederkommen, falls sie noch Fragen habe, verspricht er flüsternd. Als sie sich für seine Hilfe bedankt, erwidert er: »Danken Sie nicht mir, danken Sie meiner Frau.«

Der Mahner und das Mäuschen.

Der Regen hat nachgelassen, der Westwind hingegen braust ungezähmt durch die rechtwinklig angelegten Gassen der Stadt. Es ist Abend geworden, der Fahrstuhlführer hat Feierabend. Die Stadt liegt wie ausgestorben unter einem schwarzen Himmel, als stünde der nächste Luftangriff unmittelbar bevor. Alle haben sich in ihren sturmsicheren Häusern verbarrikadiert, die Tagestouristen sind abgereist. Wirklich alle? Oder ist dieser Eine noch da, der Fremde mit dem angenehmen Äußeren, der sich für die Tyne interessiert? War das der Mann, der sie seit Wochen verfolgt – der Reiter, der Heckenschütze … der Mann, dessen Schuhabdruck sie im Schnee gesehen hat? Ist er hier?

Janne muss die Treppe abwärts nehmen. Die Beleuchtung ist spärlich. Alle fünf Sekunden tastet sich der Strahl des Helgoländer Leuchtturms die Reede entlang, es ist das lichtstärkste deutsche Feuer, doch auf der Treppe unterhalb des Felsens kommt kaum etwas davon an. Sie zählt jeden Schritt. Hundertvierundachtzig Stufen Einsamkeit. Würde sie hier und jetzt angegriffen werden, könnte sie schreien und schreien, niemand würde sie hören – so übermächtig ist das Getöse des Sturms. Selbst Schüsse gingen darin unter.

Unter diesen Umständen freut sie sich regelrecht auf die Begegnung mit Grits Mann Uwe. Auf alle Fälle ist es tröstlich zu wissen, dass sie die Nacht nicht allein in einem Ferienapartment verbringen muss.

Sie geht zurück ins Atlantis, wo sie ihre Reisetasche abgestellt hat. Grit ist nirgends zu sehen. Am Tresen sitzen zwei Männer, die nicht wie Touristen aussehen. Dahinter steht eine blondierte junge Frau mit Dauerwelle, die fröhlich mit ihren beiden einzigen Gästen plaudert. Das Radio läuft, ein älterer deutscher Schlager. Janne fragt nach der Chefin.

»Die ist schon zu Hause. Sind Sie Janne?«

Sie nickt.

»Ich soll Ihnen schöne Grüße bestellen, leider passt es heute Abend doch nicht. Uwe ist erkältet, der Ärmste«, sagt die Blondierte und legt ein Schlüsselbund vor Janne auf den Tresen. »Grit hat ein Apartment im Haus Seemöwe für Sie vorbereiten lassen. Wie viele Nächte bleiben Sie?« Sie wickelt sich eine platinblonde Locke um den Zeigefinger und plinkert fragend mit den Wimpern.

Janne braucht eine Minute, um die Nachricht zu verdauen, dann holt sie kommentarlos ihre Tasche hinter dem Tresen hervor und verlässt die Kneipe.

Es regnet wieder stärker. Auf der Hafenpromenade stößt sie mit einem Mann mit Kapuze zusammen und schreit auf. Er lacht, und an seinem Lachen erkennt sie ihn wieder: der bebrillte Spirituosenhändler von vorhin.

»Wo soll es denn hingehen?«, ruft er.

Janne blickt sich um und deutet auf das nächststehende Hotel.

»Ich bring dich hin, Janne Flecker.« Er nimmt ihr die Tasche ab und will nach dem Rucksack greifen.

»Den trage ich.«

Er begleitet sie nach drinnen. Ein ansprechendes Hotel, vier Sterne, modernes Interieur. Am Empfang sitzt ein Mädchen mit einem »Ich lerne noch«-Anstecker und löst ein Kreuzworträtsel. Sehr weit ist sie dabei nicht gekommen, weshalb sie die Unterbrechung mit einem mürrischen Blick quittiert. Der Spirituosenhändler reibt Regentropfen von seinen Brillengläsern. Beim Einchecken bleibt er neben Janne stehen. Das ist ihr zwar nicht recht, doch sie weiß nicht, wie sie ihn loswerden soll, ohne Aufsehen zu erregen. Sie findet ihn zwielichtig. Er besteht darauf, ihr die Tasche bis vor die Zimmertür zu tragen. Als sie die Chipkarte einführen will, zittern ihre Hände dermaßen, dass sie auf den Boden fällt. Er hebt sie auf.

»Nervös?«, fragt er und steckt die Karte in den Schlitz. Das Lämpchen springt auf Grün.

»Ich möchte Sie bitten, jetzt zu gehen«, sagt Janne mit dünner Stimme, worauf er schon wieder in Lachen ausbricht. Offenbar findet er ihre gesamte Erscheinung ungemein lustig.

»Was wollen Sie eigentlich von mir?«, fragt Janne.

»Falsche Frage, Mädchen. Die richtige Frage ist, warum du auf Helgoland aufkreuzt und in alten Wunden stocherst?« Er gibt ihr die Chipkarte zurück.

»Wieso Wunden? Die Helgoländer hatten mit der Tyne doch gar nichts zu tun … na ja, außer dass der Tote ursprünglich von der Insel stammte.«

»Siehst du, da hast du es. Wir sind so wenige, da zählt jedes einzelne Leben. Und jetzt wärmst du so traurige alte Geschichten auf. Muss das sein?«

»Ja, das muss sein«, antwortet Janne. Das Lämpchen ist zurück auf Rot gesprungen, also muss sie die Karte erneut einführen, was ihr diesmal ohne Schwierigkeiten gelingt. Sie drückt die Klinke. »Und wenn Sie mir nichts darüber erzählen können oder wollen, dann lassen Sie mich bitte in Ruhe«, sagt sie und schlägt ihm die Tür vor der Nase zu, was er mit lautem Lachen quittiert.

An Schlaf ist nicht zu denken. Janne hat trockene Sachen angezogen. Der Schlafanzug, in den die Pistole eingewickelt ist, liegt wie ein rosafarbenes Haustier neben ihr auf dem Bett. Sie hat versucht, Nils anzurufen, aber er ist nicht an sein Handy gegangen und in der Wohnung hat sie nur Amanda erreicht. Seit ihrem letzten Treffen hatten sie keinen Kontakt.

Weil sie friert, trägt Janne zwei Pullover übereinander. Die Schreibtischlampe brennt. Draußen heult der Wind. Sie sitzt aufrecht unter der Decke und starrt abwechselnd zum gardinenverhangenen Panoramafenster und zur Tür, die fest verriegelt ist. Sie hat einen Stuhl so davorgestellt, dass er die Klinke blockiert. Das hofft sie zumindest, sie kann es ja nicht vom Flur aus testen. Als sie Hunger bekommt, will sie in alter Gewohnheit den Zimmerservice anfordern, doch noch bevor das Freizeichen ertönt, legt sie auf und begnügt sich mit den Keksen von Mäuschen Hansen. Sie schmecken intensiv nach Vanillezucker und unterschwellig nach Putzmittel. Einmal geht sie zur Toilette, das rosafarbene Bündel im Arm, und ein zufälliger Blick in den Spiegel verrät ihr, warum der Spirituosenhändler sie für eine Schießbudenfigur hält.

Janne schreckt auf. Sie muss eingeschlafen sein. Der Wind wütet nicht mehr, und durch einen Spalt zwischen den Gardinen fällt ein breiter Sonnenstrahl auf ihre Bettdecke. Verschwommene Bilder eines Albtraums geistern durch ihren Kopf, und sie reibt sich die Augen, schaut auf die Uhr. Schon nach zehn.

Von einem diffusen Schuldgefühl getrieben, springt sie aus dem Bett und zieht die Gardinen zurück. Grelles Tageslicht flutet durch das Hotelzimmer und erfasst jedes Detail: den Stuhl unter der Klinke, das Schlafanzugbündel, die Kekskrümel und die Kleidung, die sie am Vortag getragen und achtlos auf den dunklen Laminatboden geworfen hat.

Janne hat Halsschmerzen, die ihr vor allem beim Schlucken zu schaffen machen. Sie betritt den Balkon. Das Unwetter hat sich so schnell gelegt, wie es gekommen ist. Blauer Himmel. Auf der Nordsee tanzen Schaumkronen. Es ist ein herrlicher Tag. Milde, reine Luft, gewiss mehr als zehn Grad plus. Auf der Promenade flanieren die ersten Touristen, die bunten Winterjacken geöffnet. Möwengelächter.

Sie überwindet sich, den Frühstücksraum aufzusuchen, wo sie drei Tassen Kaffee trinkt und ein wenig Müsli mit Obst verspeist.

Unter den Gästen stellt sie in mehrfacher Hinsicht eine Ausnahmeerscheinung dar: Sie ist als Einzige unter sechzig, sitzt als Einzige allein am Tisch und ist die Einzige, die ihren Rucksack die ganze Zeit auf dem Rücken behält. Entsprechend neugierig wird sie von allen Seiten beäugt. Nach dem Frühstück checkt sie aus.

Auf der SK Hermann Marwede, dem größten Seenotkreuzer der Deutschen Gesellschaft zur Rettung Schiffbrüchiger, der auf Helgoland stationiert ist, begrüßt die Mannschaft Janne unerwartet herzlich. Es stellt sich heraus, dass die Männer Erik gut gekannt haben, einige berichten, dass sie an der Beisetzung teilgenommen haben. Janne erinnert sich nicht an ihre Gesichter, wohl aber an den Kranz, den die Organisation gespendet hat: weiße Callas und ein Satz von Theodor Storm auf dem Trauerband: »Wir wissen's doch, ein rechtes Herz ist gar nicht umzubringen.«

Höflichkeiten werden ausgetauscht. Eine Weile sprechen sie über Erik, bis Janne den Mut fasst, sich zu erkundigen, ob einer der Männer bereits auf dem Vorgängerschiff Wilhelm Kaisen gedient hat und mit von der Partie war, als ihr Vater nach dem Untergang der Tyne aus der Nordsee gefischt werden musste. Der Kommandant, ein vollbärtiger Mittfünfziger, antwortet: »Ja, ich war dabei, als junger Maat. Warum?«

»Wie hat sich der Einsatz damals abgespielt?«

»Wie immer. Ein Notruf wurde abgesetzt, daraufhin sind wir umgehend zur angebenden Position ausgerückt. Es herrschte extrem starker Wellengang. Ihr Vater hat eine Leuchtrakete abgefeuert, daher haben wir ihn Gott sei Dank ziemlich schnell gefunden. Bei der Bergung hatte er ganz schön Schiss in der Büx, das war nicht zu übersehen. Ist ja auch kein Wunder.«

»Haben Sie noch lange nach dem zweiten Schiffbrüchigen gesucht?«

»Tagelang. Leider vergeblich, wie Sie vermutlich wissen.«

»Fanden Sie es seltsam, dass das Wrack nie geortet wurde?«

Der Kapitän fixiert sie. Seine Augen sind stechend blau. »Was ich seltsam finde, ist Ihre Unverfrorenheit, auf meinem Schiff eine derartige Befragung durchzuführen. Tun Sie das nicht, Janne, lassen Sie die Toten ruhen und kümmern Sie sich lieber um Ihre Familie, die Sie braucht.«

Nichts anderes hat sie im Sinn.

Der Tag ist ohne Schrecken. Jannes Angst hat in der vergangenen Nacht in gewisser Weise den Zenit überschritten. Das Maß war voll. Nun bewegt sie sich mit vorsichtiger Gelassenheit über die Insel, und das sonnige Wetter bestärkt sie darin. Nur ab und zu sieht sie nach, ob ihr jemand folgt.

Die Funny Girl hat angelegt, und die Passagiere schwärmen aus. Bald sind die Hafenpromenade und die Gassen des Unterlands mit ihren Parfümerien, Ledergeschäften, Juwelieren und Spirituosenläden angenehm belebt. Scheinbar ziellos streift Janne umher, um sich schließlich unter die Mitglieder einer Reisegruppe zu mischen. Den Gesprächen zufolge haben die Tagesgäste dasselbe Ziel wie sie: die Lange Anna, ein schmaler Felsenturm in der Brandung, Helgolands Wahrzeichen an der Nordspitze des Eilands.

Vom Binnenhafen führt ein Wanderpfad steil bergauf ins Oberland. Sie passieren die Paracelcus-Klinik, die in einem gewaltigen Bombentrichter errichtet wurde. Dahinter erstreckt sich unbebaute Natur. Da es sich bei der Reisegruppe um einen Kegelverein handelt, fliegt Jannes Anwesenheit nach einer Viertelstunde auf. Sie lässt ihren Charme spielen. Die Kegler, zehn Frauen und vier Männer im Rentenalter, entscheiden per Handabstimmung, sie in ihren Reihen willkommen zu heißen. Einer der Männer, offensichtlich der Protokollführer, notiert das einstimmige Votum in einem kleinen blauen Notizblock, wobei eine der Frauen sich vorbeugt, damit er ihren Rücken als Schreibunterlage benutzen kann. Ein eingespieltes Team.

Sie kommen nur langsam voran. Zum einen weil die Kegelfreunde nicht sehr gut zu Fuß sind, zum anderen weil jeder neue Ausblick über die Nordsee gebührend bewundert werden muss. Das heißt im Stehen und möglichst mit einem Prosit. Wie bei der Jagdgesellschaft kommen versilberte Flachmänner zum Einsatz. Janne nippt ab und zu.

Sie befinden sich auf dem Klippenrandweg. Die roten Buntsandsteinfelsen fallen bis zu sechzig Meter senkrecht ab ins Meer, das die Farbe von tiefblauem Gletschereis angenommen hat. Die Sonne wärmt ihre Gesichter, und es weht ein mäßiger Wind aus Südwest. Die Kegelfreunde singen »Wenn die bunten Fahnen wehen«. Janne kennt das Lied und stimmt ungeachtet ihrer Halsschmerzen ein, was ihr unübersehbar Pluspunkte beschert. Bei der letzten Strophe entdeckt sie inmitten einer anderen Gruppe ein gutes Stück entfernt einen Mann, der trotz des schönen Wetters die Kapuze tief in die Stirn gezogen hat. Er steht halb verdeckt dicht neben einer dicken Frau, Janne sieht ihn nur von der Seite, aber er kommt ihr bekannt vor. Der Reiter aus dem Watt? Oder nur ein Fremder mit Kapuze? Sie blickt weiter um sich. Viele Spaziergänger tragen Kopfbedeckungen: Mützen, Kapuzen. Es ist Herbst.

Das Lied endet, und eine Keglerin zupft Janne am Ärmel: »Zum Schluss haben Sie ganz schief gesungen. Sind Sie nicht gut zuwege?«

Janne schüttelt den Kopf. Einer Eingebung folgend, deutet sie auf die Gruppe mit dem Kapuzenmann: »Sehen Sie die Leute dort hinten? Der Mann im Parka ist mein Exfreund. Er kann einfach nicht akzeptieren, dass Schluss ist, und verfolgt mich seit Wochen.«

Die Keglerin hält sich die Hand vor den Mund. »Nein. Doch nicht etwa ein Stalker? Darüber gab es einen Bericht im Fernsehen.«

»So in der Art. Langsam habe ich echt die Nase voll. Könnten Sie und Ihre Freunde ihn kurz ablenken, damit ich mich unauffällig absetzen kann?«

Die alte Dame zögert. »Ist er gewalttätig?«

»Nein.«

Flüsternd beratschlagen die Kegler, was zu tun ist, und kommen ein weiteres Mal zum Schluss, ihr zu helfen – ohne Abstimmung. Eine liebenswürdige Seniorentruppe. Nicht ohne Reue bleibt Janne zurück.

Als die beiden Gruppen auf Höhe der Nordspitze aufeinandertreffen, verliert Janne den Kapuzenträger aus den Augen. Angestrengt hält sie Ausschau – ohne Erfolg. Er ist verschwunden.

»Verdammt.«

Das Felsplateau des Oberlandes ist hier, wo keine Häuser stehen, voller Krater und Bombentrichter, die von Gras und Gebüsch überwuchert sind. Viele Möglichkeiten, sich zu verbergen. Janne beschließt, auf dem Weg zu bleiben, der immerhin belebt ist. Dann entdeckt sie den Mann ein gutes Stück weiter südlich. Jetzt hat sie keinen Zweifel mehr, dass es sich um ihren Verfolger handelt, den Reiter. Sie spürt es. Er hat vor, ihr den Rückweg abzuschneiden. Sie will zur Gruppe aufschließen, doch die ist ziemlich weit entfernt. Der Reiter beginnt zu laufen. Direkt auf sie zu.

Sie hätte um Hilfe rufen können. Sie hätte versuchen können, sich zu verstecken. Sie hätte zur Nordspitze rennen können. Vieles wäre erheblich schlauer gewesen als der Ausweg, für den sie sich innerhalb der Sekunden, die ihr zum Handeln bleiben, entscheidet. Das begreift sie zwar recht früh, aber leider nicht früh genug.

Janne übersteigt den Zaun am Klippenrand und klettert abwärts. Keine zehn Meter unterhalb des Weges befindet sich eine Höhle im Felsen, das hat sie während des letzten Stopps mit den Keglern gesehen. Sie hofft, dass es sich um das Ende eines Stollens handelt. Wenn nicht, ist sie so gut wie tot – und auch noch selber schuld daran.

Früher scheint ein in den Fels geschlagener Trampelpfad von der Höhle zum Klippenrandweg geführt zu haben. Doch was Tausende Tonnen Sprengstoff nicht vollbracht haben, besorgen Kälte, Wind und Wasser mit der Beharrlichkeit der Elemente: Sie radieren die Insel aus, Stück für Stück. So verwittert die Steilküste allmählich, und der schmale Steig bröckelt, ist teilweise schon abgestürzt. Jannes Hände suchen Halt in Spalten und an Vorsprüngen, unter ihr das Meer. Gesteinsbrocken lösen sich und poltern in die Tiefe. Sie kann hören, wie sie auf dem Wasser aufschlagen, einige landen auch auf dem Verwitterungsschutt am Sockel der Klippen. Ein Himmelfahrtskommando. Zum Umkehren ist es zu spät.

Janne hat die Höhle beinahe erreicht, da trifft ein Stein hart ihre Schulter, und sie gerät ins Wanken. Sie sieht nach oben. Ein weiterer Stein, deutlich größer, verfehlt sie knapp. Kegelfreunde, wo steckt ihr?

Endlich der Eingang zum Stollen, mit Geröll und Draht versperrt. Mit bloßen Händen räumt sie den Weg frei, während ein Steingewitter auf sie niederprasselt. Außer einigen Splittern bekommt sie nichts ab. Das Heilige Land schützt ihr Haupt mit einem Felsvorsprung.

Als der Durchlass groß genug ist, um sie aufzunehmen, klettert sie ins schwarze Nichts, schnallt ihren Rucksack vom Rücken und entnimmt ihm die Walther sowie eine Taschenlampe. Sie hatte ja durchaus vor, das Tunnellabyrinth zu erkunden, nur unter weniger dramatischen Umständen.

Der Steinschlag hat aufgehört.

»Hör mir zu«, brüllt sie nach oben. »Ich bin bewaffnet und bereit zu schießen. Wenn du versuchst, mir zu folgen, knall ich dich ab.« Es klingt ernst gemeint, und das ist es auch. Um zu demonstrieren, dass sie nicht blufft, feuert sie einen Schuss in Richtung Meer. Zwar riskiert sie damit, Unbeteiligte auf sich aufmerksam zu machen, aber so, wie die Dinge stehen, kommt sie allein ohnehin nicht zurecht. Vielleicht ruft ja irgendjemand die Polizei. Warum tut sie es eigentlich nicht selbst? Janne greift nach ihrem Handy. Kein Empfang.

Sie hat Glück, die Höhle erweist sich tatsächlich als Eingang eines Stollens. Sie zieht sich einige Meter weit zurück und wartet, die Pistole auf den Eingang gerichtet. Nichts passiert. Es fallen keine weiteren Steine, und niemand lässt sich blicken. Sicher hat sie Angst, doch längst nicht so sehr wie in der Nacht im Hotelzimmer. Eigentlich ist es eher Ärger, der sie peinigt. Ärger über die eigene Dummheit. Sie hätte den Schutz der Reisegruppe nicht verlassen dürfen. Allein schon um nicht erkannt zu werden, hätte der Mann sich daraufhin mit Sicherheit zurückgezogen. Sie hat sich von ihrem Fluchtinstinkt in die Irre führen lassen. Und was nun? Zurückzugehen traut sie sich nicht, denn sobald sie sich wieder auf dem Pfad befände, wäre sie womöglich erneut dem Bombardement der Steine ausgeliefert. Ein richtiger Treffer und das Schiff wäre versenkt.

Eine Stunde verstreicht. Janne friert. Sie hat Schmerzen im Hals und an der Schulter. Sie spielt mit der Taschenlampe, leuchtet ins Dunkel. Nachdem ein erstes Flackern des Lämpchens ihr bewusst gemacht hat, dass Batteriestrom eine begrenzte Energiequelle ist, beschließt sie, sich in Helgolands Unterwelt vorzuwagen. Der Rote Felsen ist auf der Seite der Bedrängten, sagt sie sich.

Zunächst kommt sie gut voran. Ein langer Gang, so schmal, dass sie mit beiden Händen die Seitenwände berühren kann. Sie muss gebückt gehen, um nicht mit dem Kopf anzuschlagen. Zwischendurch schaltet sie das Licht ab – eine Sparmaßnahme, die ihr ein Höchstmaß an Tapferkeit abverlangt. Die Pistole steckt griffbereit in ihrer Jackentasche.

Es dauert nicht lange, bis sie die erste Gabelung vor sich hat. Sie entscheidet sich für den breiteren Stollen und markiert die Richtung, aus der sie gekommen ist, mit einem zerknüllten Papiertaschentuch. Zwei Päckchen hat sie dabei.

Der breitere Gang erweist sich als Sackgasse. Zuerst muss sie über Geröll hinwegklettern, schließlich versperrt eine Mauer den Weg. Keine Chance. Janne macht kehrt. Der schmale Abzweig verengt sich nach wenigen Metern weiter und geht in einen Kriechstollen über. Auf allen vieren setzt sie ihren Weg fort. Sie bedauert, nicht mehr Schnaps von den Kegelfreunden angenommen zu haben, denn in nüchternem Zustand sind die Strapazen schwer erträglich. Längst ist ihr nicht mehr kalt, sondern heiß, widerwärtig heiß. Sie schwitzt wie eine Fieberkranke. Schweiß rinnt über ihr Gesicht, die Kleidung klebt an ihrem Körper. Wenn wenigstens diese Schluckbeschwerden nicht wären. In dem engen Stollen hat sie ohnehin schon das Gefühl zu ersticken.

Obwohl es nur zwei Richtungen gibt, vor und zurück, verliert sie bald die Orientierung. Sie weiß nicht, wo Norden oder Süden, vorübergehend nicht einmal, wo oben und unten ist. Hätte sie diese verfluchte Lampe bloß niemals abgeschaltet. Irgendwie schafft sie es, die Panik zu bezwingen und sich anzutreiben. Jeder Meter kostet jetzt Überwindung. Als der Kriechstollen in einen breiteren Gang mündet, ist sie kurz davor, in Jubel auszubrechen. Aber dann sieht sie ein Papiertaschentuch auf dem Boden. Wie kann das angehen? Sie muss rückwärts gekrochen sein. Oder hat sie eine weitere Abzweigung genommen, ohne es zu bemerken?

»Nein.« Sie lässt sich mit dem Rücken an der Wand hinabgleiten, bis sie mit dem Hintern auf dem harten Boden landet. Dort bleibt sie sitzen, das Gesicht in den Händen vergraben, und schluchzt. Eigentlich ist es eine Mischung aus Schluchzen und Schreien. Wutgeschrei. Sie muss daran denken, wie Birger sie gefragt hat, worin sie besonders gut sei, und sie darauf antwortete: Geige spielen. Wie recht sie hatte. Außer zum Geigespielen ist sie wahrhaftig zu nichts zu gebrauchen.

Janne ist so sehr mit der eigenen Verzweiflung beschäftigt, dass sie die hallenden Schritte erst wahrnimmt, als es zum Weglaufen bereits zu spät ist. Sie steht auf und zückt die Pistole. Der Lichtkegel einer erheblich stärkeren Taschenlampe huscht über den Boden.

»Achtung, ich schieße«, ruft sie.

Das Lachen des Spirituosenhändlers hallt durch den Stollen.

Er kann sich kaum beruhigen. Janne wartet ab. Nach seinem Heiterkeitsausbruch erklärt sich der Mann bereit, ihr den Ausweg aus dem Labyrinth zu zeigen. Allerdings nicht, solange eine Waffe auf ihn gerichtet ist. Ein verständlicher Wunsch. Janne zögert trotzdem, ihn zu erfüllen.

»Was machen Sie überhaupt hier?«, fragt sie.

»Was ich hier mache? Was ich hier mache, willst du wissen? Na, du bist gut. Ich rette Paul Fleckers Töchterchen den Arsch, das mache ich hier. Falls sie mich nicht vorher abknallt.«

»Sie sind doch nicht extra deswegen hergekommen.«

»Natürlich bin ich das. Bei dem schönen Wetter gehe auch ich lieber überirdisch spazieren, das kannst du mir glauben.«

Janne lässt die Walther in der Jackentasche verschwinden.

Ohne weitere Zwischenfälle erreichen sie den öffentlichen Teil der Bunkeranlagen. Sie müssen dazu weder vorwärtsrobben noch

Steine aus dem Weg räumen, nur zum Schluss wird es ein wenig eng, als sie einen Luftschacht durchqueren. Hinter einem rostigen Gitter, das der Spirituosenhändler für sie beiseiterückt, liegt ein Vorratsraum. Diesen hat Janne am Vortag besichtigt – ohne den Schacht und damit den Übergang zum geheimen Abschnitt des Stollensystems zu bemerken. Ihre Taschenlampen brauchen sie nicht mehr, die Deckenbeleuchtung ist eingeschaltet.

Janne reibt sich die Augen. »Jetzt nichts wie raus aus diesem Sarg.«

Aber der Spirituosenhändler hat es nicht eilig. »Erst haben wir zwei Hübschen einige Dinge zu klären.«

Von einem Augenblick zum nächsten ist alles ganz einfach. Sie gehen in den Raum, in dem während des Krieges die Großküche für die Schutzsuchenden untergebracht war, und setzen sich auf gegenüberliegende Bänke. Zwar hätte Janne für die Aussprache einen Ort über Tage vorgezogen, doch er besteht darauf, die Abgeschiedenheit des Bunkers zu nutzen. Sie versichern einander absolute Aufrichtigkeit, danach legt er los. Nein, die Tyne sei in jener Nacht nicht gesunken, sondern in einer Höhle an der Nordspitze umfrisiert und weiterverkauft worden. Auf diese Weise habe Paul Flecker für die Yacht doppelt abkassieren können, da die Versicherung für den Schaden der vermeintlichen Havarie aufgekommen sei. Er habe damals dringend Geld gebraucht, da die Flecker-Werft mit erheblichen Startschwierigkeiten zu kämpfen gehabt habe.

»Wer war daran beteiligt?«, fragt Janne.

»Dein Vater, Birger Harms und ich haben die Arbeiten an der Tyne durchgeführt. War ja nicht viel zu tun, nur Kosmetik. Außerdem mussten ein paar Fischer geschmiert werden, damit sie die richtigen Aussagen machen und zu gegebener Zeit die Wrackteile präsentieren.«

Janne antwortet nicht. Die kriminelle Energie und das Draufgängertum ihres Vaters haben ihr die Sprache verschlagen. Obwohl sie es geahnt hat. So ein Leichtsinn. Wenn er ertrunken wäre, gäbe es sie gar nicht. Und Meinhard und Erik wären als Halbwaisen aufgewachsen.

»Da bist du platt, wie?«

Sie nickt. »Was geschah mit Klaas Tegtmeyer?«, hakt sie nach.

»Keine Havarie, keine Wasserleiche. Es gibt Leute, die zahlen viel Geld dafür, für tot erklärt zu werden. Und, wie gesagt, Paul hatte finanzielle Probleme …«

Janne kommt ein Gedanke, und sie unterbricht ihn forsch: »Sie sind Tegtmeyer, stimmt's?«

»Mein Name ist Günter Oldenburg. Und um mich geht es hier nicht. Sei froh, dass ich überhaupt mit dir rede.«

»Bin ich ja. Woher kommt eigentlich dieser Sinneswandel?«

Er lacht in sich hinein. »Erst war ich mächtig gestresst, als du hier aufgekreuzt bist und angefangen hast, Fragen zu stellen. Heute Nacht ist mir aufgefallen: Die ganze Scheiße ist ohnehin verjährt. Egal welche Frist veranschlagt würde, bei Betrug sind nach dreißig Jahren sämtliche Ansprüche erloschen. Also was soll's?«

»Ich hatte ohnehin nicht vor, etwas zu verraten«, sagt Janne verärgert. »Darum geht es mir überhaupt nicht.«

»Sondern?« Er reibt sich die Hände. »Na, komm schon, Mädchen, jetzt bist du dran mit Reden.«

Janne betrachtet den Spirituosenhändler, die hohe Stirn, die schmalen Lippen. Er hat Ähnlichkeit mit einer Kobra. Nicht gerade die Sorte Mensch, mit der sie freiwillig ein Bier trinken gehen würde. Aber sie sitzen ja nicht in einer Kneipe, und Janne ist nicht freiwillig hier.

»Woher wussten Sie überhaupt, wo ich bin?«, fragt sie.

»Deine Kegelfreunde waren besorgt, weil sie dich aus den

Augen verloren hatten, und haben überall nach dir gefragt. Und ich hatte gehört, dass du mit diesem Schwachkopf Hansen im Bunker warst und ihn wegen der Tyne ausgehorcht hast, da habe ich mir den Rest zusammengereimt. Du bist genauso durchgeknallt wie dein Vater, weißt du das? Der spielt auch gern den einsamen Wolf.« Anscheinend ein Kompliment – er strahlt sie an, als wäre es jetzt an ihr, ebenfalls etwas Nettes zu sagen.

»Ich spiele nicht gern den einsamen Wolf, ich bin da so hineingeschlittert«, brummt sie.

»Worein genau?«

Sie erzählt es ihm. Ausführlich. Der Spirituosenhändler namens Oldenburg lauscht mit halb geschlossenen Augen, als wäre er kurz davor einzuschlafen. Als sie fertig ist, sagt er: »Konzentrier dich auf Birger Harms.«

Nein. Nicht Birger. Ausgeschlossen. Das darf nicht sein. Birger ist ihr Freund, derjenige, der für die Fleckers alles tun würde, das hat sogar Laurens Jörgensen gesagt. Der Einzige, bei dem sie Trost finden konnte nach Eriks Tod. Sie braucht Birger.

»Wieso?« Ihre Stimme ist nicht mehr als ein Flüstern.

»Weil er ein Spieler ist. Keiner, der seine Zeit nach Feierabend am Daddelautomaten vergeudet. Ein echter Zocker. Black Jack, Poker, illegales Glücksspiel. Irgendwann hatte er wegen hoher Spielschulden ziemlichen Ärger an der Backe, da hat Paul ihm geholfen. Natürlich nicht aus Nächstenliebe, sondern weil er einen Konstrukteur brauchte. Von da an hat er Birger quasi als Leibeigenen betrachtet. Soweit ich weiß, hat dein Vater ihm fast kein Gehalt gezahlt, damit er bloß nicht wieder zocken geht.«

»Vielleicht war Birger damit einverstanden, weil er von seiner Sucht loskommen wollte.«

Oldenburg lacht. »Möglich ist das. Vielleicht hasst er deinen Vater aber auch. Und nicht nur ihn – eure gesamte Sippe. Schon allein wegen seines Bruders.«

Janne starrt auf die graue Betonwand, bis die Strukturen und Unregelmäßigkeiten vor ihren Augen verschwimmen. »Was soll das jetzt wieder heißen?«, fragt sie mit einem Seufzer.

Genüsslich breitet er eine weitere Episode aus dem Leben ihres Vaters aus. Diesmal geht es um Schmuggelgeschäfte mit Zigaretten in den fünfziger Jahren, an denen neben ihm und Paul Flecker auch Birgers Bruder Flemming und Oskar Sayer beteiligt waren. Die Ware kam aus Helgoland.

»Jeder hat damals geschmuggelt: die Fischer, die Urlauber, selbst die Zöllner. Na ja, aber wir haben es übertrieben. Die Gier. Einer von uns wurde gefasst und verurteilt: Flemming Harms. Er hat niemanden verpfiffen, obwohl es ihm die Kapitänslaufbahn versaut hat. Aber Birger hat deswegen im Blaufeuer hin und wieder Streit angefangen, Jahre später noch … Tja, die Familienehre.«

»Ich glaube trotzdem nicht, dass er Erik ermordet hat«, sagt Janne. »Und ganz bestimmt ist er nicht derjenige, der mich verfolgt.«

Oldenburg zuckt mit den Schultern. »Wie du meinst. Kann genauso gut sein, dass Eriks Frau die Mörderin ist. Das glauben hier übrigens die meisten.«

»Und wer ist hinter mir her?«

Erneutes Schulterzucken. »Jemand ganz anderes, den deine Recherchen aus der Reserve gelockt haben. Paul hat früher haufenweise krumme Dinger gedreht. Wenn du alle Leute ausfindig machen willst, denen er dabei auf die Füße getreten ist, hast du dir viel vorgenommen. Und was dann? Ich sag dir was, Mädchen: Geh zur Polizei, die Sache ist dir über den Kopf gewachsen. Die werden deinen Alten schon nicht wegen irgendwelcher Gaunereien aus dem letzten Jahrtausend einbuchten. Schon gar nicht in seinem Zustand.«

Damit ist alles gesagt.

Auf dem Weg ins Freie treffen sie Ewald Hansen. Der Mahner hat neue Zuhörer gefunden, zwei junge Männer, die zackig grüßen. Als er Janne erkennt, wirkt er überrascht und ein wenig beleidigt, weil sie den Gesprächspartner gewechselt hat.

Draußen reicht sie dem Spirituosenhändler zum Abschied die Hand. Sie stehen am Falm, dem innerstädtischen Klippenrand, und schauen über die Dächer des Unterlands. Dahinter liegt der Hafen. Es dämmert, aber der Tag hat noch Glanz. Auf dem Leuchtturm dreht sich das Signalfeuer. Blaue Stunde.

»Ist das nicht traumhaft?«, fragt Oldenburg und atmet tief durch. »Das gibt einen Sternenhimmel heute Nacht, den kriegst du sonst nirgendwo in Deutschland zu sehen.«

Janne schluckt. Sie empfindet die friedliche Abendstimmung eher als Hohn denn als Geschenk. »Eine letzte Frage noch: Sind Sie nun Klaas Tegtmeyer oder nicht?«

Oldenburg lacht. Allmählich gewöhnt sich Janne daran. »Glaubst du allen Ernstes, ich wäre so abgebrüht, unter falschem Namen auf meine Heimatinsel zurückzukehren, wenn ich Klaas Tegtmeyer wäre?«, antwortet er.

»Ja, das glaube ich.«

PAUL Dann lieber tot. Der Gedanke erschüttert ihn. Wie ein Moskito kam er angeflogen, hat sich an ihm festgebissen und anfangs nur einen kleinen Tropfen Blut aus ihm herausgesaugt. Was macht man mit einem Moskito? Draufhauen natürlich, doch wenn ein ganzer Schwarm anrückt, was dann? Jetzt liegt er da und schlägt um sich, und für jedes Biest, das er erwischt hat, kommen hundert neue und umschwirren ihn: lieber tot, lieber tot, lieber tot. Egal, gegen welche Mauern er gerannt ist, wie oft er am Boden lag, wie dreckig es ihm ging – diesen Gedanken hat er nie gehabt. Weil er aufstehen und sich beim nächsten Mal noch mehr Mühe geben konnte. Mühe macht sich bezahlt, so lautet der Deal. Doch irgendein erbarmungsloser Strippenzieher hat die Verträge aufgekündigt, ohne Absprache. Seit Tagen befiehlt er seinen Lidern, sich zu heben – nichts. Er versucht, Kontakt zu Armen und Beinen aufzunehmen – Funkstille. Daran, wie Sprechen funktioniert, erinnert er sich nicht einmal. Alle Mühen vergebens. Dann lieber tot.

Wenn sie wenigstens ab und zu Beruhigungsmittel in ihn hineinpumpen würden. Er bekommt viel mehr mit, als sie denken: wie die Schwestern ihn waschen oder Kanülen in ihn hineinjagen. Wie sie über andere Patienten lästern. Er vermutet, dass sie bei anderen Patienten über ihn lästern. Das passt ihm nicht, und er würde es ihnen gern sagen.

Er bekommt oft Besuch, vor allem von Meinhard. Vermutlich hat er sich frei genommen. Dieser Narr. Versteht nicht zu leben. Der erste Urlaub seit Jahren, und was macht er? Sitzt Stunde um Stunde bei seinem hinfälligen alten Herrn am Krankenbett und liest ihm *Schuld und Sühne* vor. Wenn das so weitergeht, sind sie bald durch mit dem Buch. Der Junge vergisst darüber sogar, seine Klamotten in Ordnung zu halten: Sein Mantel verbreitet einen klammen Mief.

Viktoria, die soeben eingetroffen ist und ihren Sohn knapp verfehlt hat, ist mal wieder wütend auf ihn. Ihre Vorwürfe wiegen schwer: Wegen ihm kann sie nicht mehr malen. Wegen ihm hat sie ihr Selbstbewusstsein verloren, was er für ausgemachten Quatsch hält. Sie mag vieles verloren haben im Lauf der Jahre, aber bestimmt nicht ihr Selbstbewusstsein. Was soll er denn bitte sagen? Er hat keinen Nerv, sich dieses Gejammer anzuhören, und kann sich nicht einmal die Ohren zuhalten.

»Wegen dir ist Janne nach Helgoland gefahren, und ich hocke

allein zu Hause. Paul, du kannst dir nicht vorstellen, wie deprimierend das ist.«

Er kann sich weitaus Deprimierenderes vorstellen. Ha, er muss es sich nicht mal vorstellen. Warum geht sie nicht aus? Trifft ihre Freundinnen? Er hat sie nie gezwungen, zu Hause zu hocken.

»Sie sagt, du hättest dich bei unseriösen Geschäften strafbar gemacht. Wie kommt das Mädchen darauf?«

Manchmal ist es angenehm, nicht antworten zu können. Oh, Janne, Kind, bist du etwa hinter die Sache mit der Tyne gekommen?

In Gedanken rechtfertigt er sich vor seiner Tochter. Dass das Risiko zwar erheblich, aber im Grunde überschaubar war und der Nutzen immens. Dass es sittlich vertretbar war, eines der reichsten Versicherungshäuser des Kontinents um eine bescheidene Summe zu erleichtern. Ach, egal, er ist ein schlechter Lügner, es war auch das Abenteuer, das ihn lockte.

Er weiß noch, wie sie in jener Nacht an Deck der Tyne standen, Birger Harms, Klaas Tegtmeyer und er. Wellen wie Wolkenkratzer. Krappe See: kurze Abstände zwischen den Brechern. Und das Beste: Der Sturm war nicht angekündigt worden, sodass ihnen hinterher niemand Fahrlässigkeit vorwerfen konnte. Als er springen wollte, bekam er Dünnpfiff. Dazu Klaas mit seinem dämlichen Gekicher. Birger Harms fragte ihn nach seinem letzten Wunsch und rief ihm hinterher: »Fahr zur Hölle, Landratte Flecker.« Aber nachdem er sich überwunden hatte zu springen, war der Rest ein Kinderspiel.

»Ich verlasse dich, Paul.«

Wie bitte? Er besinnt sich auf die Gegenwart.

Viktoria wiederholt ihre Worte. »Ich verlasse dich, weil ich nicht bereit bin, dich zu pflegen. Dazu reicht meine Kraft nicht. Ich habe immer zu dir gehalten, mir vieles gefallen lassen, wahrscheinlich zu viel. Aber dafür wusste ich einen Partner an meiner Seite, der die Dinge in die Hand nimmt und sich um alles kümmert. Einen richtigen Mann, keinen Patienten. Ich bin fast zehn Jahre jünger als du und will noch etwas haben von meinem Leben. Für mich ist es auch nicht leicht, Paul.«

Er hört, wie sie aufsteht. Sie atmet schwer und zögert beim Hinausgehen, aber es klingt nicht so, als ob sie weint. Nach siebenunddreißig Ehejahren gibt sie ihm den Laufpass und vergießt keine Träne. Er kann es nicht fassen. Was fällt ihr ein, ihn einen Patienten zu nennen? Er ist immer noch ein richtiger Mann. Er will sie nicht verlieren. Sie können doch über alles reden. Ab sofort wird er der treueste Mann im Norden sein, falls es das ist, was sie bedrückt. Er muss mit ihr reden.

Paul Flecker schlägt die Augen auf.

Champagner

JANNE Der Kommissar fährt sich in einem fort mit den Fingerkuppen über die Bartstoppeln. Sein Rasierer taugt nichts, das scheint auch ihm gerade zu dämmern. Sie sitzen in Frank Hagedorns Büro. Er hat seit Jannes letztem Besuch nicht aufgeräumt und trinkt seinen Kaffee aus demselben versifften Becher.

»Sie fühlen sich also bedroht.«

Regen prasselt gegen die Scheiben. Janne hustet. Die Halsschmerzen haben eine heftige Erkältung eingeleitet. Sie fühlt sich elend.

»Man hat auf mich geschossen und versucht, mich von den Klippen zu stürzen. Es ist nicht nur ein Gefühl von Bedrohung.«

»Und Sie haben keine Ahnung, wer dieser geheimnisvolle Fremde sein könnte?«

»Nein«, antwortet Janne und schnäuzt sich. Sie bringt es nicht fertig, Birgers Namen zu erwähnen.

Bereits auf Helgoland ist sie zur Polizei gegangen und hat wegen der Attacke an den Klippen Anzeige gegen unbekannt erstattet. In der Hoffnung, den Kapuzenmann auf der Funny Girl zu entdecken, hat sie sich mit zwei Polizisten in Zivil unter die Passagiere gemischt – ohne Erfolg. Entweder hat der Kerl die

Insel auf anderem Weg verlassen, oder er ist noch dort. Sowohl der Helgoländer Polizei als auch dem Cuxhavener Kripobeamten Frank Hagedorn hat sie einige Details verschwiegen, wie die Tatsache, dass sie bei den Klippen eine Waffe bei sich trug und den Rückweg unterirdisch mit Hilfe eines gewissen Günter Oldenburg zurückgelegt hat. Auch über ihre Nachforschungen hat sie kein Wort verloren.

»Kann ich Ihnen ein Wasser bringen?«, fragt Hagedorn.

»Nein, danke.«

Er lehnt sich in seinem Stuhl zurück und verschränkt die Hände hinter dem Kopf. »Was macht Sie so sicher, dass es immer derselbe Mann ist, der Ihnen nachstellt?«

»Es ist nur so ein Gefühl. Auf Helgoland kam er mir regelrecht bekannt vor.«

»Das ist nicht unwahrscheinlich. Schließlich scheint er meistens ziemlich gut darüber informiert zu sein, wo Sie sich gerade aufhalten.«

Was auf Birger hindeutet. Geschüttelt von Husten und Niesanfällen, versucht Janne, ihre Gedanken zu ordnen.

»Frau Flecker, ich habe auch so ein Gefühl. Ich glaube, Sie verschweigen mir etwas, und das ist nicht sehr klug. Was Sie ausblenden, könnte von großer Bedeutung für den Fortschritt unserer Ermittlungen sein.«

»Ich blende nichts aus«, sagt Janne.

»Sind Sie sich da vollkommen sicher?«

»Ja.«

»Werden Sie oder die Flecker-Werft erpresst?«

»Nein.«

»Sie sind plötzlich ziemlich einsilbig.«

»Ich möchte meinen Hals schonen.«

Er schmunzelt. »Das ist verständlich. Darf ich Ihnen nicht doch ein Wasser holen?«

»Wenn die Unterredung sich noch länger hinzieht, dann bitte gern«, sagt Janne und schnäuzt sich. Die benutzten Taschentücher steckt sie nicht ein, sondern wirft sie in den Papierkorb. Soll er sich ruhig anstecken. Wozu hält er sie so lange auf? Reine Schikane.

Hagedorn bringt Wasser ohne Kohlensäure in einem sauberen Glas. Janne trinkt.

»Was haben Sie eigentlich auf Helgoland gemacht?«

»Ich wollte ausspannen. Leider wurde nichts daraus.«

Er beugt sich zu ihr vor. »Frau Flecker, jetzt begeben wir uns mal ganz inoffiziell in das Reich der Spekulationen. Was könnte es für einen Grund geben, Ihnen nach dem Leben zu trachten?«

»Wie gesagt, ich weiß es nicht, und wenn Sie noch so vertraulich flüstern. Aber solange diese Sache nicht aufgeklärt ist, erwarte ich von der Polizei Schutz für mich und meine Familie. Zumal mein Bruder vor kurzem ermordet wurde, wie Sie wissen. Unter Umständen gibt es einen Zusammenhang«, sagt Janne.

»Eine interessante Vermutung, leider etwas sehr vage.«

»So ist das im Reich der Spekulationen.«

Janne bewegt sich nahezu angstfrei durch die regennasse Stadt. Nicht weil sie so viel Vertrauen in die Polizei hätte. Aber irgendwie wähnt sie den Kapuzenmann noch auf Helgoland. Sie glaubt, dass sie seine Anwesenheit ansonsten spüren würde. Ihr nächstes Ziel ist die Werft. Es wird Zeit, sich dort blicken zu lassen. Wie immer plagt sie ein schlechtes Gewissen, weil sie ihren Pflichten als Chefin nicht gerecht wird. Sie geht ins Vorzimmer, wo Gabi Bremer reglos an ihrem Schreibtisch sitzt und in die Luft starrt. Als sie Janne sieht, seufzt sie nur.

»Was ist los?«

Erneutes Seufzen.

»Frau Bremer, ich habe gefragt, was los ist«, insistiert Janne und hängt ihre Jacke neben das vergessene Sakko ihres Vaters an die Garderobe.

Gabi Bremer holt tief Luft, aber diesmal setzt sie, anstatt zu seufzen, zu einer Antwort an: »Glauben Sie allen Ernstes, dass Licht und Schatten sich im Großen und Ganzen die Waage halten? Mir kann das keiner mehr weismachen. Wo es doch so viel einfacher ist zu zerstören, als etwas zu erschaffen.«

Janne stutzt. Gabi Bremers grüblerische Seite ist ihr bislang verborgen geblieben. Sie betrachtet die Sekretärin, das dezente Make-up, die perfekt gebügelte Bluse, dann blickt sie aus dem Fenster. Die unausgewogene Welt zerfließt, das Wasser im Hafenbecken ist vom harten Regen so aufgewühlt, als würden Steine vom Himmel fallen.

»Versuchen Sie gerade, mir auf originelle Art mitzuteilen, dass die Werft am Ende ist?«, fragt Janne.

»Fünfunddreißig Jahre, und ich war vom ersten Tag an dabei. In den vergangenen Jahren haben wir Rekordgewinne eingefahren. Und jetzt geht alles in wenigen Monaten zugrunde.«

Janne merkt, wie ihre Knie weich werden, und sie lässt sich auf einen Stuhl fallen. So schnell? Aus einem gesunden Unternehmen kann doch nicht innerhalb so kurzer Zeit ein hoffnungsloser Fall werden.

»Schauen Sie mal auf Ihren Schreibtisch. Vierzehn Kündigungen in zwei Tagen, zehn Leute davon wechseln zu Jörgensen. Mich wollte er auch schon abwerben. Als Nächstes wird er Ihnen ein Kaufangebot vorlegen, Janne. Und ein Auftrag für eine Yacht aus der Nordic-Reihe wurde storniert.«

»Was sagt Birger Harms dazu?«, will Janne wissen.

»Birger ist weg. Das ist es ja. Auf und davon. Seit drei Tagen. Ich habe versucht, Sie zu erreichen, aber Sie gehen nie an Ihr Mobiltelefon, und Sie rufen nicht zurück. Wie Erik, der war ganz genauso.«

Janne könnte sich ohrfeigen. Sie hat die Nummer der Sekretärin auf dem Display gesehen und absichtlich nicht reagiert. »Hat Birger gesagt, dass er geht? Wissen Sie, wo er ist?«

»Nein, er ist verschwunden. Und er hat sich nicht bei mir abgemeldet.«

Janne reibt sich mit der Handfläche über die heiße Stirn, ringt verzweifelt um Konzentration. »Würden Sie mir einen Gefallen tun?«

»Natürlich.«

»Besorgen Sie mir eine Packung Aspirin. Und berufen Sie eine Versammlung der Belegschaft ein. In einer Stunde. Halle C.«

Dreißig Grad. Dazu das Prasseln des Regens auf dem Hallendach. Hundertfünfzig Mitarbeiter drängen sich schwitzend zwischen Bootsrümpfen in der Halle, in der es in wenigen Stunden noch viel heißer sein wird, nämlich bis zu fünfundachtzig Grad. Hier werden ultraleichte Neigekiel-Yachten gebacken. Aus Kohlefaser und Epoxid, einem Harz, das erst unter Hitzeeinwirkung zu fließen beginnt. Lautes Stimmengewirr. Janne steigt auf eine Trittleiter und verschafft sich mit einem Pfiff Gehör.

»Danke, dass ihr gekommen seid. Bitte gebt mir fünf Minuten. Ich habe gehört, ihr habt Angst vor der Zukunft. Das kann ich verstehen. Ich habe euch hierher gebeten, damit ihr euer Bild von der Zukunft auffrischen könnt. Ich will euch nichts über Boote erzählen, davon versteht ihr sowieso mehr als ich. Ihr wisst, was ihr hier vor euch seht: die radikalste Interpretation des modernen Bootes. Den weltschnellsten Cruiser. Die Fachpresse hat sich überschlagen, als mein Bruder Erik im Frühjahr seine Konstruktion der Öffentlichkeit vorgestellt hat. Wir sind dabei, acht von diesen Booten zu bauen, und unsere Auftragsbücher sind voll, es gibt Wartelisten. All die superreichen Freizeitskipper wollen es haben, wollen es unbedingt, dieses neue Superboot, für das wir, nur wir, die Pläne, die Rechte und das Know-how haben. Und wir werden es liefern. Das ist unser Kapital. Erik ist tot, aber sein Werk lebt. Die Zukunft des Yachtbaus gehört seinen Ideen. Mit eurer Hilfe oder ohne. Niemals würde ich sein geistiges Eigentum verkaufen, weder für teures Geld noch zum Schleuderpreis, nur zu eurer Information. Auf meinem Schreibtisch liegen einige Kündigungen. Die werde ich aber erst morgen öffnen. Und mein Büro ist nach Feierabend nicht abgeschlossen. Sollte also jemand zur Überzeugung gelangen, einen Fehler gemacht zu haben … Aber wer lieber Rettungsboote bauen möchte, den halte ich nicht auf. Ein höchst ehrenwertes Unterfangen. Okay, das war's, ziemlich heiß hier drin. Danke für eure Geduld.«

Gefolgt von Gabi Bremer, kehrt sie zurück in Eriks Büro. Der Husten ist schlimmer geworden, was bei der Sekretärin eindeutig Muttergefühle weckt. Sie versorgt sie mit heißer Zitrone und guten Ratschlägen, in denen seltene Obstsorten, Pflanzenextrakte und irgendwelche homöopathischen Kügelchen eine Rolle spielen. Als sie Jannes Handtasche vom Schreibtisch heben will, um Platz für den dampfenden Becher zu machen, stöhnt sie auf. »Die ist aber schwer. Was tragen Sie denn bloß mit sich herum?«

Janne antwortet nicht. Obwohl es einen gewissen Reiz hätte, Gabi Bremers Reaktion auf das Wort 9-Millimeter-Pistole zu testen.

»Also, Janne, falls ich mir diese Bemerkung erlauben darf: Ich bin stolz auf Sie. Ihr Auftritt eben, der hatte Format. Sie haben genau den richtigen Ton getroffen«, sagt die Sekretärin mit rauer Stimme. »Ich wette, morgen sind die meisten Kündigungen wie durch Zauberhand von Ihrem Schreibtisch verschwunden. Sicher nicht alle, aber die meisten.«

Janne nippt an ihrem Getränk. »Danke vielmals. Leider wird unser technologischer Vorsprung mit der Zeit schrumpfen, und dann haben wir keinen Erik, der uns ein neues Zauberboot konstruieren und die Konkurrenz in Schach halten kann.«

»Das dauert mindestens fünf Jahre, bis die anderen Werften uns eingeholt haben. Wer weiß, was bis dahin geschieht. Im Moment sind wir doch froh, wenn wir die nächsten sechs Monate heil überstehen. Alles Weitere wird sich fügen. Kopf hoch, Janne. Mich haben Sie überzeugt, ich bin jetzt wieder optimistisch. Vergessen Sie mein Gerede von vorhin.«

Janne muss lächeln. Sie ist unentschlossen, ob sie selbst das Gerede von Gabi Bremer oder ihr eigenes überzeugender fand, doch es ist wohltuend, eine Verbündete zu haben. »Haben Sie eigentlich auch erwogen zu kündigen?«, will sie wissen.

Gabi Bremer schüttelt energisch den Kopf. »Was denken Sie von mir? Ich war von Anfang an dabei, habe sogar schon in der alten Firma Ihres Vaters in Hamburg gearbeitet. Nein, Janne, ich bleibe, bis das Licht ausgeht.«

»Diese Importfirma in Hamburg, womit hat die eigentlich Handel betrieben?«

»Das wissen Sie nicht?« Gabi Bremer lacht auf, danach verzieht sie angewidert das Gesicht. »Wir haben Naturdärme aus Afghanistan importiert, hauptsächlich Schafsdärme. Saitlinge für Knackwürste. Die kamen in Heringsfässern im Freihafen an, und das Spülen mussten die Arbeiter in den Sortieranstalten besorgen. Ich kann Ihnen sagen, das stank sprichwörtlich zum Himmel. Aber die Nachfrage stimmte, die Gewinne waren für damalige Verhältnisse astronomisch. Bis zu zehntausend Dollar wurden pro Fass gezahlt. Und darum ging es Paul. Möglichst schnell möglichst viel Geld zu machen, um den Laden wieder abstoßen zu können.«

Janne trinkt den Becher leer, inhaliert den frischen Duft der Zitrone. Naturdärme also, pfui Teufel. Darüber wurde im Hause Flecker nie gesprochen. Sie sieht ihren Vater vor sich: jung, mittellos und besessen von dem Wunsch, zu Geld und Ansehen zu kommen. Nicht der Mangel selbst, sondern das Gefühl der Demütigung scheint für ihn das Schlimmste an der Armut gewesen zu sein. Deswegen wollte er auch nicht sein Leben lang mit Därmen handeln, obwohl er damit vielleicht genauso reich oder noch reicher hätte werden können. Sie wischt den Gedanken weg. »Lassen Sie uns über Birger reden«, bittet sie.

»Wozu? Wir kommen schon ohne den alten Zossen klar«, frotzelt die Sekretärin, als wäre sie höchstens Anfang zwanzig und hätte das Leben noch vor sich.

Janne muss lächeln. »Ich will auf etwas anderes hinaus. Sie haben ihm neulich einen Camcorder geliehen. Was war darauf zu sehen?«

Gabi Bremer schluckt schwer und starrt auf ihre rosa lackierten Fingernägel.

»Frau Bremer, bitte.«

»Die Trauerfeier für Erik.«

Janne nickt. Das hat sie erwartet. Es könnte also Birger gewesen sein, der sie am Deich mit dem Ave-Maria erschreckt hat. Seine Balkontür stand offen.

Gabi Bremer nimmt zu Recht an, dass Janne den Austausch von Beerdigungsvideos für geschmacklos hält, und beginnt, sich wortreich zu rechtfertigen, bis Janne sie unterbricht.

»Vergessen Sie das jetzt. Ich will wissen, ob es stimmt, dass er in all den Jahren fast kein Gehalt bezogen hat.«

»Ja, das stimmt. Aber das hat seine Gründe.« Gabi Bremer räuspert sich. »Es war besser für ihn. Das hat er irgendwann auch selbst eingesehen, zumal er nie mittellos dastand. Sobald er etwas haben wollte, egal ob ein Auto oder eine Wohnung oder ein Boot, hat er es bekommen, und zwar in der Luxusausführung. Nur eben nicht als Eigentum. Glauben Sie mir, es war besser so.«

»Ich weiß von seiner Spielsucht. Trotzdem denke ich, dass

diese Art von Entmündigung ihm selbst weitaus weniger genützt hat als dem Unternehmen. Doch das Thema ist wohl durch. Als er aus dem Ruhestand zu uns zurückkam, hatte ich Sie ja gebeten, die Formalitäten zu regeln, Frau Bremer. Haben Sie ihm da die alten Konditionen vorgeschlagen?«

»Selbstverständlich. Und er hat akzeptiert. Allerdings muss ich gestehen, dass jetzt aus der Kaffeekasse fünfzig Euro fehlen, seit Birger verschwunden ist.«

»Fünfzig Euro aus der Kaffeekasse? Und aus dem Tresor?«

Gabi Bremer wird blass. »Da habe ich noch nicht nachgesehen.«

Gemeinsam holen sie das nach. Janne weiß, dass ihr Vater im Tresor nicht viel Bargeld, sondern lediglich eine Notreserve aufbewahrt, wie er es nennt. Einen ähnlichen Tresor gibt es auch in Jannes Elternhaus. Paul Flecker ist ein großer Befürworter von Notreserven, dieser Tick schließt Geld, Schmuck und Lebensmittel mit ein. Die Vorratskammer im Keller ist stets bis unter die Decke gefüllt mit Konserven und Instantprodukten, die regelmäßig erneuert werden. Wenn die Versorgungslage schlecht wäre, könnte er sein Übergewicht monatelang halten. Und literweise Champagner trinken, der das Luxussegment der Notreserve bildet, obwohl Paul Flecker überhaupt keinen Champagner mag. Ein Klicken verrät, dass die Zahlenkombination stimmt. Anschließend dreht Gabi Bremer den Schlüssel herum, und die Tresortür öffnet sich.

»Birger Harms, dieser Lump«, entfährt es ihr. »Es fehlen zehntausend Euro.«

»Und wie viel war drin?«, fragt Janne.

»Zehntausend Euro.«

»Rufen Sie die Polizei und erstatten Sie Anzeige im Namen der Firma. Ich muss weg.«

Im Blaufeuer herrscht Hochbetrieb, denn in der Fischfabrik ist die Frühschicht vorbei, und auch die ersten Arbeiter der Flecker-Werft haben sich zum Feierabendbier eingefunden. Zwei Kellnerinnen versorgen sie mit Frikadellen und Bier. Johnny Ritscher steht hinter dem Tresen. Als Janne in den feuchtwarmen Dunst tritt, unterbrechen die Arbeiter ihre Gespräche, um ihr zuzunicken. Sie nickt knapp zurück. Ohne zu zögern, geht sie hinter den Tresen und gelangt durch eine Schwingtür in einen schmalen Flur. Johnny Ritscher heftet sich an ihre Fersen.

»Janne Flecker, was gibt es?«

Sie betreten einen länglichen Raum mit der Aufschrift Büro. Dort steht ein erstaunlich aufgeräumter Schreibtisch. Es gibt ein verwohntes Ledersofa, einen silbernen Aktenschrank und Poster an den Wänden: Pin-up-Girls in karibischer Umgebung.

»Ich wollte dich sprechen, und zwar allein«, sagt Janne.

»Setz dich doch.« Er deutet auf das Sofa.

»Nein danke, zum Sitzen bin ich viel zu wütend.«

Johnny Ritscher kratzt sich am Hinterkopf.

»Keine Bange, nicht auf dich. Ich bin bestohlen worden, um nur einen Grund für meine Wut zu nennen. Zur Sache: Wie gut kennst du Birger Harms?«

»Ich rede nicht über meine Gäste.«

»Für mich wirst du eine Ausnahme machen, sonst …«

Er hebt die Brauen. »Sonst?«

Eine Pause entsteht. »Sonst werde ich beim nächsten Jagdtreffen mit meinen Freunden vom Nautischen Verein darüber reden müssen, inwieweit deine Spelunke noch zum Image des neu gestalteten Hafenreviers passt.«

»Seit wann hast du Freunde im Nautischen Verein? Das wüsste ich aber. Trotzdem, Janne, Applaus: Du wirst deinem Vater immer ähnlicher. Allerdings klingen deine Drohungen noch nicht ganz so glaubwürdig.«

»Ich weiß. Ich arbeite daran.«

Johnny Ritscher setzt sich auf das Sofa und verschränkt die Arme vor der Brust. »Was willst du wissen?«

»Ich nehme an, du bist darüber informiert, dass Birger ein Zocker ist?« Janne muss mehrmals hintereinander niesen.

»Er hat aufgehört.«

»Angenommen, er hätte einen Rückfall – wohin würde er fahren, um zu spielen?«

»Keine Ahnung. Zur Spielbank nach Hittfeld oder nach St. Pauli. Aber er spielt nicht mehr.«

»Aus unserem Tresor wurde Bargeld geklaut.«

Johnny schlägt mit der Faust auf die Armlehne des Sofas. »Und was hat das mit Birger zu tun? Wie kommst du dazu, ihn zu verdächtigen? Holst ihn aus dem Ruhestand, um ihn mit Schmutz zu bewerfen. Schäm dich, Janne Flecker. Weißt du eigentlich, was er alles für euren Scheißladen getan hat? Im Grunde müsste die Werft ihm gehören. Paul Flecker wäre ein Niemand ohne Birger. Er ist ein Niemand.«

Janne kann nicht antworten, weil ein Hustenanfall sie schüttelt. Sie hustet, bis sich ein eisenhaltiger Geschmack in ihrem Mund ausbreitet. Ihre Lunge brennt. Es erstaunt sie, wie sehr der Wirt sich für Birger ins Zeug legt. So leidenschaftlich kennt sie ihn gar nicht. Offensichtlich ist Birger ein gern gesehener Gast im Blaufeuer.

Johnny verlässt den Raum, um kurz darauf mit zwei Flaschen Bier zurückzukommen. Eine davon reicht er Janne. Das kalte Getränk beruhigt ihren Husten und seine Gemütslage.

»Wenn du denkst, du bist etwas Besseres als meine anderen Gäste, Janne Flecker, dann irrst du dich gewaltig. Du und dein Vater, ihr habt nichts gemeinsam mit den Jungs vom Nautischen Verein, außer vielleicht das dicke Bankkonto. Landratten. Denkst du allen Ernstes, du könntest mir drohen?«

»Weißt du, wo Birger steckt?«, fragt Janne zurück.

»Nö.« Wieder verschränkt er die Arme vor der Brust, in einer Hand die Bierflasche.

»Glaubst du, er könnte mir oder jemand anderem aus meiner Familie etwas antun?«

»Der einzige Mensch, dem Birger Harms etwas antun kann, ist Birger Harms«, sagt Johnny.

Janne will ins Bett, nur noch ins Bett und schlafen. Nichts mehr hören, nichts sagen, über nichts nachdenken. Ihren Hals nicht mehr spüren. Als sie die Haustür aufschließt, fährt auf der Straße ein Streifenwagen im Schritttempo vorbei.

Janne geht ins Haus. Vor der Treppe versperren fünf Koffer und zwei Reisetaschen den Weg.

Viktoria Flecker kommt ihr mit hochroten Wangen entgegen. »Ach, wie schön, dass du kommst. Würdest du mir eben helfen, das Gepäck ins Auto zu tragen? Ich möchte deswegen ungern den Gärtner herbestellen.« Sie stolpert über eine der Taschen.

»Das wäre auch reichlich unverfroren, schließlich ist er nicht unser Butler«, bemerkt Janne. »Eigentlich bin ich hundemüde, Mama. Ich wusste gar nicht, dass du verreisen willst. Wohin soll es denn gehen?«

Seit sie am Vorabend von Helgoland zurückgekehrt ist, hatten sie keine Gelegenheit, miteinander zu sprechen. Nun ist eine ähnliche Situation eingetreten wie zuvor bei Jannes Abfahrt. Mit deutlich mehr Gepäck und umgekehrten Vorzeichen, was Viktoria augenscheinlich genießt.

»Wenn du mir hilfst, geht es schneller, und wir können alles in Ruhe bei einem Glas Whisky besprechen. Oder Champagner, von mir aus. Warum nicht Champagner?« Viktoria lacht, aber Janne hat ihr Gesicht noch nie so traurig gesehen, nicht einmal auf Eriks Beerdigung. Zu viel Traurigkeit für ein Gesicht.

»Ich will keinen Champagner, keinen Whisky und kein Gespräch. Ich will schlafen gehen«, sagt Janne leise.

Ihre Mutter tätschelt ihr flüchtig die Wange. »Jetzt sei doch nicht so stur. Wir haben nur diesen einen Abend, bevor ich weg bin.«

Mit schmerzender Schulter trägt Janne nacheinander vier Koffer, ihre Mutter einen und die beiden Reisetaschen nach draußen. Während sie im Regen den Geländewagen beladen, patrouilliert die Polizeistreife zweimal am Grundstück vorbei. Viktoria bemerkt es in ihrer Aufbruchstimmung nicht.

Das Gespräch findet anschließend in der Küche statt. Ohne Getränke. Zwar hat ihre Mutter Kristallgläser aus der Vitrine im Esszimmer geholt und eine Champagnerflasche entkorkt, doch eingeschenkt hat sie ihnen nicht. Sie sitzen einander am Tisch gegenüber und wissen beide nicht, wohin mit ihren Händen. Janne steckt sich einen Finger ins Ohr. Sie hört ein hohes Summen, das sie sehr irritiert. Der Regen rauscht und pocht, als wollte er sich Zutritt zum Haus verschaffen.

»Für mich ist es auch nicht leicht«, sagt Viktoria.

Janne nickt. Oder wäre ein Kopfschütteln angemessener? Sie will es schnell hinter sich bringen.

»Ich würde nicht behaupten, dass unsere Ehe ein einziges Unglück war. Wir hatten uns beide ganz gut darin eingerichtet, jeder mit seinen persönlichen Vorlieben. Als ob man seit zwanzig Jahren in demselben Ort Ferien macht. Natürlich ist es längst kein Abenteuer mehr, man kennt jeden Stein und weiß, in welchem Restaurant man abends beisammen sitzen wird und wie der Wein dort schmeckt, und trotzdem freut man sich auf die Reise. Verstehst du, Janne?«

Sie nickt und muss dabei niesen. Ihre Nase läuft, und da sie keine Taschentücher mehr hat, steht sie auf, um sich Küchenpapier zu holen.

»Jetzt lauf nicht weg. Du bist doch diejenige, die dafür plädiert hat, dass wir zu unseren Gefühlen stehen und offen miteinander reden. Also nimm dir bitte die Zeit und hör mir zu.«

»Ich höre dir zu«, sagt Janne und schnäuzt sich.

»Für mich ist es auch nicht leicht«, wiederholt Viktoria. »Immerhin muss ich damit fertig werden, dass ich einen Sohn verloren habe. Für eine Mutter ist das am schwersten. Niemand sonst kann das verstehen.«

»Ich finde, wir sollten nicht anfangen, unseren Schmerz gegeneinander aufzurechnen.« Janne wünscht, Viktoria möge zum Punkt kommen. Zumal es nicht schwer zu erraten ist, worauf sie hinaus will. Der hohe Ton in ihrem Ohr ist lauter geworden.

»Warum sprichst du es nicht endlich aus, Mama?«, fragt sie, nachdem Viktoria sich weitere zehn Minuten über die Dimensionen ihres Leidens ausgelassen hat, ohne auf den Grund ihrer bevorstehenden Abreise einzugehen. Zehn Minuten, in denen Janne abwechselnd auf die geöffnete Champagnerflasche neben den unbenutzten Gläsern und auf die digitale Zeitanzeige am Backofen gestarrt hat. Grüne Leuchtziffern, funkelndes Kristall: Fixsterne im fahlen Küchenlicht.

»Was soll ich aussprechen?«

»Dass du Papa verlassen willst. Das willst du doch, oder? Deswegen rechtfertigst du dich die ganze Zeit. Weil du drauf und dran bist, etwas zu tun, wovon du genau weißt, dass es erbärmlich ist. Also los, sprich es aus. Bringen wir es hinter uns.«

Viktoria holt aus und schlägt ihr ins Gesicht.

Janne sieht es kommen, aber sie rührt sich nicht. Sie ist wie erstarrt. Auch hinterher. Es ist die erste Ohrfeige ihres Lebens.

»Von dir lasse ich mir nicht vorwerfen, dass ich erbärmlich bin. Nicht von dir«, sagt Viktoria, als gäbe es an ihrer Erbärmlichkeit selbst ohnehin nichts mehr zu rütteln. »Wie kannst ausgerechnet du es wagen, über unsere Ehe zu urteilen, wo du viel zu feige bist, überhaupt eine feste Bindung einzugehen? Das lasse ich mir nicht bieten.«

»Und ich lasse mich nicht schlagen«, sagt Janne und steht auf. Ihre Wange kribbelt. Wie nach einem Spaziergang im Sturm, nur eben einseitig. Im Vorbeigehen will sie die Champagnerflasche und die Gläser von der Arbeitsplatte fegen. Erst in letzter Sekunde zieht sie ihren Arm zurück. Es kommt ihr billig vor. Außerdem muss sie an die Frau denken, die für sie saubermacht.

Janne geht ins Bad und lässt kaltes Wasser über ihre Wange laufen. Sie will nicht, dass man ihr die Ohrfeige am nächsten Tag ansieht.

Ihre Mutter ist ihr gefolgt. »Bitte entschuldige. Ich wollte dich nicht schlagen. Das war keine Absicht, es ist …« Sie ringt um Worte.

»… einfach so passiert?«, hilft Janne nach, ohne den Kopf aus dem Waschbecken zu nehmen. »Dir ist die Hand ausgerutscht. Ich glaube, so lautet die Standardausrede.«

»Was soll ich denn sagen? Es ist nun mal passiert. Bitte, lass uns nicht im Streit auseinandergehen«, bettelt Viktoria.

Janne trocknet sich das Gesicht ab. »Wo willst du überhaupt hin?«

»Nach Sylt zu einer Freundin. Vielleicht schaue ich vorher bei Meinhard in Hamburg vorbei. Ich habe keine Ahnung, wie es weitergehen soll, ich muss mir erst darüber klar werden.«

»Na, dann viel Spaß dabei.«

»Janne, bitte. Lass uns einen versöhnlichen Abschluss finden. Für dich und Meinhard wird sich ohnehin nicht viel ändern. Ihr habt euer eigenes Leben, und das ist gut so.«

»Hast du noch mehr Floskeln auf Lager? Ich mache mir keine Sorgen um mich oder Meinhard, sondern um Papa. Schließlich ist er schwerkrank. Findest du nicht, dass es ein schlechter Zeitpunkt ist, ihn ausgerechnet jetzt im Stich zu lassen?«

Viktoria lächelt müde. »Dein Vater wird ohne mich zurechtkommen, da bin ich mir sicher. Soll doch eine seiner Geliebten die Pflege übernehmen, von mir kann er das nicht erwarten. Meine Opferbereitschaft ist erschöpft. Ich habe keine Kraft mehr.«

Unfähig, Mitleid für ihre Mutter zu empfinden, betrachtet Janne ihr gerötetes Gesicht im Spiegel.

»Tut es weh? Man sieht fast nichts mehr«, sagt Viktoria und streckt die Hand nach ihrer Tochter aus.

Janne weicht zurück. »Fass mich nicht an. Fass mich nie wieder an.«

Im Morgengrauen bricht Viktoria Flecker auf. Janne liegt im Bett und lauscht darauf, wie sie vor ihrer Abreise mit kleinen, schnellen Schritten durch das Haus hastet. Manchmal verstummt das Klappern ihrer Absätze auf dem Parkett für kurze Momente. Es klingt, als würde sie zum Abschied einen Blick in jedes Zimmer werfen. Vor Jannes Tür angelangt, ruft sie fragend ihren Namen.

»Bist du wach?« Sie klopft leise.

Die Klinke bewegt sich. Janne schließt die Augen.

»Ich fahre jetzt«, sagt Viktoria.

Janne antwortet nicht, zu verletzt ist sie über die Ohrfeige und Viktorias Entschluss, zu gehen. Ihr ist bewusst, dass ihr eigentlich kein Urteil über die Trennung zusteht, die Ehe der Eltern ist nicht ihre Angelegenheit, doch ihr Herz hat trotzdem Partei ergriffen. Für ihren Vater. Kurz darauf wird der Geländewagen angelassen. Der Kies in der Einfahrt knirscht unter den anrollenden Reifen. Erst als das Motorengeräusch vollständig verklungen ist, macht Janne die Augen wieder auf. Es hat aufgehört zu regnen, aber der Himmel ist immer noch wolkenverhangen. Ihre Erkältungsbeschwerden sind nicht mehr so grimmig wie am Tag zuvor.

Janne fährt zur Werft. Im Vorzimmer ihres Büros trifft sie auf Frank Hagedorn. Der Kommissar hat sich von Frau Bremer Kaffee und Kekse servieren lassen. Die beiden erwecken den Eindruck, recht gut miteinander auszukommen. Vielleicht ist sie auch nur höflich.

»Wollen Sie zu mir?«

»Sie haben es erraten.«

Sie nimmt ihn mit in Eriks Büro. Wie erwartet geht es um Birger Harms. Die Polizei hat ihn auf die Fahndungsliste gesetzt, bislang ohne Ergebnis. Hagedorn lässt sich von Janne schildern, wie sie zusammen mit Gabi Bremer den Tresor geöffnet und den Verlust des Geldes bemerkt hat. Er befragt sie über Birger Harms' Spielervergangenheit, worauf sie wahrheitsgemäß angibt, darüber nur wenig zu wissen. Weder habe er mit ihr darüber geredet, noch habe sie persönlich je Grund zur Annahme gehabt, dass er der Spielsucht verfallen sei. Natürlich kenne sie die entsprechenden Gerüchte.

»Warum hat er bei Ihnen auf der Werft so schlecht verdient? Kaum mehr als eine Aufwandsentschädigung für einen Posten als leitender Konstrukteur – das ist doch nicht normal. Wieso hat er sich darauf eingelassen?«

»Das müssen Sie meinen Vater oder Birger Harms selbst fragen«, antwortet Janne.

»Glauben Sie, dass er der Unbekannte ist, der Sie verfolgt hat?«

Sie denkt daran, was Johnny über Birger gesagt hat, und zuckt mit den Schultern. Sie weiß in der Tat nicht, was sie glauben soll.

Ohne Eile trinkt der Kommissar seinen Kaffee aus. Im Gehen fragt er, ob sie am Abend die Polizeistreife bemerkt habe, was sie bejaht.

»Und haben Sie sich sicherer gefühlt?«

»Ein wenig«, gibt sie zu.

»Ich hörte, Ihre Mutter ist heute früh zu einer Reise aufgebrochen.«

»Da haben Sie richtig gehört.«

»Und wohin, wenn ich fragen darf?«

»Erst nach Hamburg, dann nach Sylt.«

»Gab es Streit?«

Janne schüttelt den Kopf.

Er glaubt ihr nicht und gibt sich keine Mühe, das zu verbergen. Sie ist froh, als er endlich weg ist.

Drei Kündigungen. Mehr sind nicht übrig geblieben. Ein Grund zu feiern, wie Gabi Bremer bemerkt, aber Janne lässt sie abblitzen. Sie tigert im Büro auf und ab. Dass es so einfach war, die Mitarbeiter zumindest vorübergehend wieder auf Linie zu bringen, hat Birgers mahnende Worte eindrucksvoll bestätigt: Es muss jemanden geben, der die Fäden in der Hand hält und das auch zeigt. Sie will dieser Jemand sein. Oder besser: werden. Sie muss neue Mitarbeiter gewinnen und eine Strategie entwerfen, wie es weitergehen soll. So wie es aussieht, braucht sie Hilfe, um die Lücke zu füllen, die Birger hinterlassen hat.

Nichts als Lücken, wohin sie auch blickt. Die Zeit drängt. Sie will sich auf die Arbeit in der Werft konzentrieren. Dafür muss sie zunächst diese andere Sache zum Abschluss bringen, bevor sie daran kaputtgeht – auf welche Weise auch immer. Die Sache mit dem Mord. Schließlich fällt ihr ein, wen sie noch nicht befragt hat.

Laut Auskunft einer Dame vom Kirchenbüro ist Pastorin Reemts beim Konfirmandenunterricht anzutreffen. Janne fährt zum Gemeindehaus, wo gerade ein Rudel Jugendlicher lärmend ins Freie drängt. Ein Junge rammt einem anderen seine Fahrradpumpe in den Magen und bricht darüber in kreischendes Gelächter aus. Einige lachen mit, andere wenden sich ab.

Janne hatte nie Konfirmandenunterricht. Die Termine kollidierten mit ihren Geigenstunden oder einem ihrer diversen Jugendorchesterprojekte. Es war wohl besser so.

Im Gemeindesaal ist Friederike Reemts damit beschäftigt, Stühle zu einem Kreis zusammenzurücken. Dabei summt sie vor sich hin. Ein feuchter Windstoß fegt Janne ins Gesicht. Sämtliche Fenster sind weit geöffnet. Die frische Luft ist versetzt mit einem Geruch nach Schweiß, Kaugummi und alten Socken.

»Achtung, Durchzug«, ruft die Pastorin, aber da ist die Tür Janne bereits aus der Hand geglitten und schlägt mit einem lauten Knall zu.

»Janne, was für eine Überraschung«, sagt Friederike Reemts, als sie erkennt, wer für die Störung verantwortlich ist. »Ich wollte Sie schon so oft anrufen.«

»Nun bin ich hier.«

»Wie schön. Das freut mich aber.«

Sie kommt auf Janne zu, um ihr die Hand zu schütteln. Ein langer Händedruck. Sofort hat Janne das Gefühl, Zeit zu verschwenden. Aber sie zwingt sich zu einem Lächeln.

Fünf Minuten später sitzen sie einander in dem halb fertiggestellten Stuhlkreis gegenüber, jede einen Becher Früchtetee in der Hand.

»Jetzt ist die Luft wieder schön frisch«, sagt Friederike Reemts.

Janne nickt. Inzwischen hat sie nicht mehr das Gefühl, die Pastorin würde sie nicht mögen. Vielmehr scheint ihre Anwesenheit sie nervös zu machen. Würde sie sonst ständig ihre dunkelblonden Haare ordnen, die sie zum Zopf geflochten trägt?

»Warum wollten Sie mich eigentlich anrufen?«, fragt Janne.

»Wegen des Engagements Ihres Vaters für unsere Hilfsaktionen für aidskranke Kinder in St. Petersburg. Da Sie ja nun in Pauls

Fußstapfen treten, dachte ich, Sie hätten vielleicht Interesse daran, seine ehrenamtlichen Aufgaben gleich mit zu übernehmen.«

Paul? Etwas an der Art, wie die Pastorin den Namen ihres Vaters ausspricht, lässt Janne aufhorchen. Dass er ehrenamtlich für die Russlandhilfe gearbeitet hat, ist ihr neu, doch das braucht Friederike Reemts nicht zu wissen.

»Ich werde darüber nachdenken«, verspricht sie.

»Das ist schön«, flötet die Pastorin. Mit extra langem Ö.

Janne trinkt einen großen Schluck Früchtetee. »Haben Sie ein Verhältnis mit meinem Vater?«, fragt sie, worauf Friederike Reemts sich fürchterlich verschluckt. Sie hustet so heftig, dass ihr mit rotem Früchtetee vermischter Rotz aus der Nase läuft. Janne wertet das als Ja. Das würde auch seine unerwartete Hinwendung zum Christentum erklären.

»Ich will keine Details hören, ich möchte nur wissen, wie gut Sie meinen Vater kennen«, sagt sie.

»Ziemlich gut. Wir stehen uns sehr nahe«, japst die Pastorin.

»Okay. Dann können Sie mir bestimmt einige Fragen über ihn beantworten.«

»Das darf ich nicht. Ich stehe unter Schweigepflicht. Ich riskiere meinen Job.«

»Tun Sie das nicht auch, wenn Sie mit einem verheirateten Mitglied Ihrer Gemeinde ins Bett gehen? Haben Sie eigentlich Familie?«, fragt Janne kalt.

Damit sind die Fronten geklärt.

Wie sich schnell zeigt, weiß Friederike Reemts wirklich gut über Paul Fleckers Leben Bescheid. Etliches hat er ihr gebeichtet, die zahlreichen Affären, die wahre Herkunft seiner angeblichen Adoptivtochter, die gescheiterte Schmugglerkarriere sowie diverse Jugendsünden, von denen Janne bislang nichts in Erfahrung gebracht hatte – vom Schrottplatzdiebstahl bis zum illegalen Autorennen. Es ist ernüchternd. Viele Wege hätte sie sich sparen können, hätte sie sofort mit der Pastorin geredet. Andererseits hätte die sie mit Sicherheit aus dem Sitzkreis gejagt, und damals war Janne noch ein Mensch, der sich so etwas gefallen ließ. Damals. Vor zwei Monaten.

»Was können Sie mir über den Untergang der Tyne berichten?«, fragt Janne.

»Was für ein Untergang?« Friederike Reemts legt die Stirn in Falten, als hörte sie den Namen zum ersten Mal. »Geht es um ein Schiff?«

»Egal. Vergessen Sie die Frage. Reden wir über die Jahre, die mein Vater in Hamburg verbracht hat. Hat er davon gesprochen?«

»Ziemlich oft.«

»Dann lassen Sie mal hören.«

So schließt sich der Kreis. Friederike Reemts versteht sich aufs anschauliche Erzählen. Janne lehnt sich zurück und lässt sich berieseln. Paul Flecker als Arbeiter einer Naturdarm-Sortieranlage. Harte Arbeit, mieser Lohn. Dann kam die große Chance, als Vertretung für den Chauffeur des Geschäftsführers einzuspringen.

»Er musste einen afghanischen Geschäftspartner seines Chefs vom Flughafen abholen. Das war der Tag, an dem das Blatt sich gewendet hat«, sagt Friederike Reemts und blickt zur Decke, als wartete sie auf einen Trommelwirbel oder einen Tusch.

»Inwiefern?«, will Janne wissen.

»Irgendwie gelang es Paul, diesen fremden Mann sofort für sich einzunehmen. Während einer einzigen Fahrt vom Hamburger Flughafen in die Innenstadt. Er war ein mächtiger und schwerreicher Stammesfürst, der bereits zwölf Söhne hatte, aber in Paul entdeckte er einen dreizehnten. Und Paul fand in ihm endlich den Vater, den er nie gehabt hat. Ist das nicht schön?«

»Wunderschön. Wie ging es weiter?«

»Er lud Paul nach Afghanistan ein. Von einem Moment zum nächsten hat Ihr Vater daraufhin den Job in der Sortierfabrik hingeschmissen und sich auf den Weg gemacht. Von Hamburg nach Kabul mit einem alten Motorrad aus Beständen der britischen Armee.«

Janne kennt die Geschichte. Sie hat sogar Fotos gesehen: ihr Vater und sein Motorrad am Meer, vor schroffer Bergkulisse auf einsamen Passstraßen, vor einer Moschee in Persien.

»In Afghanistan wurde Paul mit großem Tamtam empfangen und wie ein Familienmitglied aufgenommen. Er und der Fürst kamen überein, dass Paul im Freihafen eine Importfirma gründen und künftig exklusiv für den gesamten Clan den Vertrieb von Naturdärmen, Schaf- und Ziegenhäuten übernehmen sollte, gegen beträchtliche Provision, versteht sich.«

»Ich weiß von dieser Firma«, sagt Janne.

»Wissen Sie auch, dass Paul den Mann betrogen hat, der wie ein Vater zu ihm gewesen ist?«

Janne verneint.

»Hat er aber. Und dieser Betrug lässt ihn bis heute nicht ruhig schlafen. Ich glaube, deswegen engagiert er sich so sehr für die Gemeinde. Um Schuld abzutragen. Denn der klassische Kirchgänger ist er nicht.«

»Was genau hat er getan?«

Friederike Reemts stellt den Becher auf den Boden und reibt ihre Handflächen an den Oberschenkeln. »Es wäre ihm bestimmt nicht recht, wenn ich darüber rede. Er schämt sich so sehr. Können wir es nicht dabei bewenden lassen?«

»Nein, das geht nicht.«

Die Pastorin schaut auf die Uhr. »Gleich tagt der Bibelkreis der Senioren. Wir müssen zum Schluss kommen.« Sie öffnet ihr Haarband und flicht den unteren Teil des Zopfes neu. Offen getragen dürfte ihr das Haar bis zu den Hüften reichen. Ein neuer Geruch streift Janne. Der Duft von Apfelshampoo. Sie kann sich vorstellen, wie sehr ihr Vater daran Gefallen findet. Beim Flechten fängt Friederike Reemts wieder an zu summen, als wäre es die normalste Sache der Welt, eine Unterhaltung auf diese Weise zu beenden.

»Ich frage das alles nicht aus Neugier, sondern im Interesse meines Vaters. Es ist wichtig, vielleicht sogar überlebenswichtig. Das müssen Sie mir glauben«, sagt Janne.

Der Zopf sitzt. »Sie sind genau wie Paul. Er gibt sich auch mit keinem Nein zufrieden«, sagt Friederike Reemts. »Also gut. Vielleicht ist es sogar besser, wenn Sie Bescheid wissen. Im Grunde war es schlimmer als ein Betrug. Ein Diebstahl. Paul flog regelmäßig nach Afghanistan, um den Fürst zu besuchen. Der war trotz seines Reichtums ein einfacher Mann geblieben, der die Angewohnheit hatte, Geschäfte per Handschlag zu besiegeln. Und er traute den Banken nicht. Jedes Mal, wenn er Paul eine größere Summe für irgendeine Investition zur Verfügung stellen wollte, gab er ihm das Geld bar mit auf den Weg nach Hamburg. In zerknitterten Dollarscheinen, die Paul überall an seinem Körper versteckte. Zuletzt mehr als hunderttausend Mark – umgerechnet. Davon sollte er im Freihafen eine moderne Sortieranlage bauen, was er nicht tat. Die Versuchung war zu groß. Noch nie hatte er so ein Vermögen in den Händen gehalten. Er behielt es, holte seine eigenen Ersparnisse von der Bank und kaufte die Werft in Cuxhaven.«

Janne ist geschockt. Von allen Geschichten, die sie über ihren Vater gehört hat, ist dies die hässlichste. Kein waghalsiges Abenteuer, kein Husarenstück aus der Kategorie Bandit mit Herz. Geld zu behalten, das ihm ein Freund und Ziehvater anvertraut hatte – wie konnte er so tief sinken?

»Einige Jahre später hat er jeden Cent mit Zins und Zinseszins zurückgezahlt«, versucht Friederike Reemts, ihn zu verteidigen. »Und als in Afghanistan Krieg ausbrach und einige der Clanmitglieder Schwierigkeiten mit den Taliban bekamen, besorgte er ihnen Aufenthaltsgenehmigungen in Deutschland.«

»Haben mein Vater und der Fürst sich ausgesöhnt?«

»Bedauerlicherweise nicht. Soweit ich weiß, ist der Fürst in den achtziger Jahren gestorben, ohne Paul jemals verziehen zu haben. Er sagte, wäre er damals zu ihm gekommen, um ihn um ein Darlehen für den Kauf der Werft zu bitten, hätte er es ihm gegeben. Pauls Verfehlung hat ihn entehrt.«

»Also keine Versöhnung, obwohl mein Vater seine Schulden beglichen hat?«, fragt Janne nochmals.

»Es gibt Dinge, die sind nicht wiedergutzumachen. Das Geld spielte ja nur eine Nebenrolle, entscheidend für den Fürsten war der Ehrverlust. Schließlich hatte er mit Paul sozusagen eine Natter an seiner Brust genährt, was seine Stellung im Familienclan mit Sicherheit erheblich schwächte. Dazu kam die persönliche Enttäuschung.«

Schweigend putzt Janne sich die Nase.

Die Tür öffnet sich einen Spalt, und ein älterer Herr steckt den Kopf ins Zimmer. »Oh, Entschuldigung, ich wusste nicht, dass Sie noch ein Beratungsgespräch haben«, sagt er und zieht sich zurück wie eine Schildkröte, die Gefahr wittert.

Friederike Reemts holt tief Luft.

»Der Bibelkreis, ich weiß. Ich gehe schon«, sagt Janne und steht auf.

»Nein, Janne, warten Sie, ich muss noch etwas loswerden. Ich bin unverheiratet und kinderlos. Und ich liebe Ihren Vater aufrichtig.«

Wie oft sie diesen Satz nun schon gehört hat. Janne will eine spöttische Bemerkung fallen lassen, doch der Ausdruck im Gesicht der Pastorin hält sie zurück. Ein leises Lächeln. Es ist keinerlei Bedürftigkeit darin zu lesen. Kein Trotz, kein Besitzanspruch. So sieht jemand aus, der weiß, dass seine Liebe erwidert wird. Kann das sein? Liebt ihr Vater diese Frau, die geschätzte dreißig Jahre jünger ist als er? Janne ahnt die Antwort. Deshalb steht Friederike Reemts auch auf der handverlesenen Liste derjenigen, die ihn im Krankenhaus besuchen dürfen. Und deshalb hat er in ihrer Gegenwart so viel von sich preisgegeben. Grenzenloses Vertrauen.

»Dann habe ich gute Nachrichten für Sie«, sagt Janne. »Momentan ist er solo, glaube ich. So genau weiß man das bei ihm natürlich nie.«

Friederike Reemts lacht auf. Ein helles Lachen, mädchenhafter, als ihre tiefe Sprechstimme vermuten lässt. »Nein, das stimmt, bei ihm weiß man nie.«

Bevor sie ein Gebäude verlässt, hat Janne sich angewöhnt, die Umgebung genau zu betrachten. Das Gemeindehaus liegt in einem ruhigen Wohnviertel, die Luft ist rein. Eine hochgewachsene junge Frau führt ihren Hund Gassi, eine Promenadenmischung. Sie trägt einen dunklen Kapuzenpullover unter einer Daunenjacke. Als sie auf gleicher Höhe sind, greift sie in ihre Brusttasche. Janne zuckt zusammen. Es ist, als würde ihr Puls für einen Schlag aussetzen. Die Frau mit dem Mischlingshund zieht ein Handy hervor und schaut aufs Display.

»Oh, ich glaube, es ist Ihres«, sagt sie.

Erst da bemerkt Janne das Klingeln. Jetzt hämmert ihr Herz wie wild. Sie fischt das Handy aus der Handtasche, nicht ohne dabei fast noch die Pistole mit herauszureißen, und nimmt das Gespräch entgegen. Es ist Schwester Marit, die klingt, als wäre sie gerannt. »Ihr könnt die Champagnerkorken knallen lassen. Dein Vater ist aufgewacht«.

PAUL Sie ist es. Sein Mädchen. Wozu dieser dämliche Mundschutz? Den soll sie abnehmen, aber dalli. Er will sie pur sehen, ihr feines Gesicht, nicht nur diese riesigen blauen Augen mit den langen Wimpern, die sie von ihrer Mutter mitbekommen hat. Wieso weint sie denn?

»Er ist halbseitig gelähmt«, sagt Marit.

Na, die ist gut, von wegen halbseitig, sie kann ihm gleich verraten, welches die bewegliche Seite ist, er hat sie noch nicht gefunden.

»Deswegen hängt das rechte Lid«, ergänzt die Schwester.

Sein Lid hängt? Wie grässlich. Arme Janne, weint sie etwa, weil sein Anblick eine Belastung für sie ist? Ach was, sie dürfte inzwischen Schlimmeres gewohnt sein, so oft wie sie ihn besucht hat. Dafür will er sich augenblicklich bedanken, insbesondere für das Privatkonzert an seinem Bett, das ihm so viel bedeutet hat. Dank darf man nicht auf die lange Bank schieben. Er bewegt die Lippen, das funktioniert schon mal. Aber seine Zunge will nicht so, wie er will. Wie eine labberige Gewürzgurke blockiert sie seinen Mund. Er gibt gurgelnde Geräusche von sich. Verdammt.

»Ich … ich …«

Ihre Sprechversuche sind auch nicht überzeugend.

»… Ich bin so froh. Du glaubst gar nicht, wie sehr ich dich vermisst habe«, sagt Janne.

Und er sie erst. Sie hustet. Das klingt aber gar nicht gut.

»Ich bin erkältet. Deshalb der Mundschutz. Und ich darf dich nicht anfassen.«

Wer hat das angeordnet? Eine Unverschämtheit. Selbstverständlich darf seine eigene Tochter ihn anfassen, so oft sie möchte, und wenn sie die Cholera hätte. Na los, Janne, nimm den Lappen vom Gesicht und drück deinem alten Herrn ein Küsschen auf die Wange. Doch sie hält Abstand.

»Ich muss dir etwas sagen, Paps. Ich würde es dir gern noch

eine Weile ersparen, aber du wirst dich ohnehin schon gewundert haben, warum Mama nicht hier ist.«

Er versucht, ein Kopfschütteln anzudeuten. Unnütz, dass sie sich so quält, er weiß es längst.

»Sie hat dich verlassen. Ich habe sie auf dem Weg hierher angerufen und ihr gesagt, dass du wach bist. Nichts zu machen, sie kommt nicht zurück.«

Das wird sich noch zeigen. Jedenfalls soll es nicht Jannes Sorge sein.

»Aber ich habe auch eine Nachricht, die dich wahrscheinlich freut: Friederike Reemts steht schon in den Startlöchern.«

Die Nachricht freut Paul Flecker nicht. Im Gegenteil, sie versetzt ihn in Rage, und zwar so gründlich, dass sämtliche Geräte zugleich Alarm schlagen. Warum können die den ganzen Mist nicht abklemmen? Sein Blut gerät nun mal schnell in Wallung, das ist keine Krankheit, sondern sein Charakter.

Friederike kann es nicht lassen. Was denkt die sich eigentlich? Er hat Schluss gemacht. Endgültig. Bei ihren Besuchen in der Klinik dachte er, sie hätte das akzeptiert. Aber nein, sie wollte ihn vermutlich nur schonen. Vor ihrer Sturheit. Die er ebenso liebt wie alles andere an ihr. So ist es ihm seit Henrika nicht mehr ergangen. Deswegen ja die Trennung. Gegen eine Affäre mit einer dreißig Jahre jüngeren Frau spricht nichts. Aber sobald Liebe ins Spiel kommt, wird es kriminell. Schließlich hat er eine Verantwortung für dieses junge Leben. Rieke soll sich gefälligst einen anständigen Mann in ihrem Alter suchen, mit dem sie eine Familie gründen kann, anstatt ihre besten Jahren an ihn zu verschwenden.

Das Piepen der Apparate hat zwei Ärzte auf den Plan gerufen. Sie geben ihm eine Spritze. Janne ist drauf und dran, sich vor Schreck die Seele aus dem Leib zu husten, und wird von Marit hinausgeschoben.

Die Spritze macht ihn müde. Rieke, Rieke, Rieke. Hat sie sich also Janne anvertraut. Lieber Himmel, was mag sie seiner Tochter noch alles erzählt haben? Mit einem Gefühl von Panik schläft er ein.

Zunächst kommt der Schlaf als Freund. Er kann fliegen. In großer Höhe gleitet er über die Landschaften des Hindukusch hinweg: Berge, Schluchten, roter Mohn. Bis die Erinnerung an die gemeinste seiner Taten ihn ins Bodenlose fallen lässt, seinen Traum in einen Albtraum verwandelt und ihn schließlich weckt. Der Gestank von Dollarscheinen haftet an seinem Leib wie das Salz der Nordsee auf seinen Lippen.

Er hat seinem Vater Schande bereitet.

Paul Flecker starrt an die Decke. Stunden verstreichen, in denen sich dieser Satz wie ein Dämon seiner bemächtigt. Von dem Spuk zermürbt, versucht er, den Kopf zu wenden, aus dem Fenster in den Nachthimmel zu blicken. Es gelingt. Auf der Fensterbank liegt *Schuld und Sühne* im Mondlicht. Meinhard hat es liegen lassen. Die Geschichte eines Mörders, der an seiner Tat verzweifelt. Wieso hat er sich für dieses Buch entschieden?

Er ruft sich die letzten Begegnungen mit seinem Sohn ins Gedächtnis. Meinhard, der plötzlich Zeit im Überfluss zu haben schien. Anzeichen von Verwahrlosung. Der Neid in seiner Stimme, als er Erik erwähnte.

»Es hätte nie so weit kommen dürfen«, hat Meinhard gesagt. Ein Sohn, der seinem Vater Schande bereitet hat.

In diesem Augenblick begreift Paul Flecker alles.

Deutscher Olymp

JANNE Der Champagner schäumt in der Spüle. Janne lässt kaltes Wasser laufen. Nachdem sie die Flasche vom Vorabend ausgegossen hat, räumt sie die unbenutzten Gläser zurück in die Vitrine. Sie löscht das Licht und schaut aus dem Fenster, das zur Straße hinausgeht. Nieselregen. Parkende Autos. Keine Menschenseele ist unterwegs. Wo bleibt der Streifenwagen? Sie ruft Hagedorn an, um ihm mitzuteilen, dass sie allein im Haus ist. Es scheint ihn nur mäßig zu interessieren.

Sie hat Angst. Sie dachte eigentlich, dieses Stadium hätte sie hinter sich. Aber seit sie vor Stunden die Frau mit dem Hund getroffen hat, eine Unbeteiligte, ist dieses besiegt geglaubte Gefühl über sie hereingebrochen wie eine Naturgewalt. Sie scheint aus nichts anderem mehr zu bestehen. Und was am schlimmsten ist: Sie weiß, dass ihre Angst berechtigt ist. Sie spürt es einfach.

Irrt sich Johnny? Ist Birger der Kapuzenmann? Vieles spricht dafür: Er ist seit ihrem Helgolandaufenthalt verschwunden, hat sozusagen kein Alibi für die Attacke an den Klippen. Auch die schlaksige Statur kommt hin – und die sonderbare Vertrautheit, die sie zuletzt bei seinem Anblick empfunden hat.

Die Polizei fährt vor. Der Wagen hält auf der gegenüberliegenden Straßenseite und blendet ab. Janne betrachtet die Silhouetten der Beamten. Einer gähnt. Sie zieht die Gardine vor.

Oder der Zwischenfall mit dem Ave-Maria: geschehen vor Birgers Haustür, direkt nach einem gemeinsamen Abend. Theoretisch könnte er sogar der Jogger gewesen sein. Er wollte ihr einreden, sie sehe Gespenster. Passt doch.

Janne nimmt die Pistole aus der Handtasche. Inzwischen hat sie keine Hemmungen mehr, die Waffe unverhüllt mit sich herumzutragen. Ihr Elternhaus ist verlassen und zugleich von Leben erfüllt, wie das Watt. Es raschelt, schabt und knarrt in allen Winkeln des betagten Gemäuers. Janne hat lange genug darin gelebt, um die Geräusche zu kennen. Die Türmchen und Erker der Villa am Meer sind ein einziges opulentes Windspiel. Und das Gebälk atmet im Schlaf.

Sie schleicht durch die Räume, ohne Licht einzuschalten. Es ist eine mondhelle Nacht, und auch der Schein der Straßenlaternen fällt durch die hohen Fenster ins Haus. Mehr Helligkeit braucht sie nicht. So wird sie von draußen wenigstens nicht gesehen.

In ihrem Zimmer setzt sie sich angezogen aufs Bett. Kann Birger reiten? Oder schießen? Auf alle Fälle war er derjenige, der sie überredet hat, zur dieser Gesellschaftsjagd zu gehen. Andererseits hätte er diverse Gelegenheiten gehabt, sie umzubringen. Sie waren häufig unbeobachtet: am Fischereihafen, bei ihm in der Wohnung, in seiner Hütte im Vogelschutzgebiet. Warum tat er es nicht? Möglicherweise wollte er ihr ursprünglich nur drohen und ist schrittweise zu dem Entschluss gelangt, sie zu töten. Wollte er es wie einen Unfall aussehen lassen? Dann dürfte ihre riskante Aktion an den Klippen auf Helgoland eine echte Einladung für ihn gewesen sein. Eine Steilvorlage sozusagen.

Das Handy klingelt. Ihre Mutter ist dran und will wissen, wie Jannes Besuch im Krankenhaus war. Die Antwort wartet sie kaum ab, bevor sie die nächste Frage stellt: »Wie ist es allein in dem großen Haus?«

»Nicht so toll.«

»Hast du etwa Angst?«

»Nein. Wieso sollte ich?«, erwidert Janne und betrachtet die Walther in ihrer Hand.

Ihre Mutter geht nicht weiter darauf ein. »Du wolltest dir ja sowieso etwas Eigenes suchen«, sagt sie.

»Ja, das werde ich wohl. Könntest du mir einen Gefallen tun? Ich erreiche Meinhard nicht. Würdest du ihm ausrichten, dass Papa aufgewacht ist?«

»Das ist schwierig. Ich bin nicht bei ihm, sondern bei meiner Studienfreundin Claudia. Meinhard ist nämlich umgezogen, und ich habe ihn bisher auch nicht gesprochen.«

»Was soll das heißen, er ist umgezogen?«, fragt Janne.

»In seiner ehemaligen Wohnung lebt jetzt ein Pärchen. Die beiden haben mir erzählt, er sei mit seiner Freundin zusammengezogen. Ist das nicht typisch Meinhard? Da hat er endlich jemanden gefunden, mit dem er sich zusammentun will, und erzählt niemandem ein Sterbenswörtchen. Vermutlich wollte er sie erst einmal aus allem heraushalten, um sie vor den schrecklichen Dingen zu beschützen, die in unserer Familie passiert sind. Oder er fand es unangemessen, uns gerade jetzt sein Glück zuzumuten. Er ist so ein rücksichtsvoller Mensch.«

Janne zieht die Nase hoch, da gerade kein Taschentuch greifbar ist. Ob es typisch für ihren Bruder ist, seine Freundin geheim zu halten, kann sie nicht beurteilen, sie kennt ihn nicht verliebt. Auf dem Gymnasium war er ein Jahr mit einem Mädchen aus dem Schulchor zusammen, und seit dem Studium hat er sich nur auf flüchtige Beziehungen eingelassen, meistens mit Ärztinnen. Sie denkt an ihr jüngstes Zusammentreffen, den Streit im Auto. Glück hat ein anderes Gesicht.

»Janne, bist du noch dran?«

»Ich muss Schluss machen. Melde dich, sobald du etwas von Meinhard hörst.«

Sie setzt ihre Runde durch das Haus fort. Es kommt ihr vor, als hätte sie sich nachts in einem Museum einschließen lassen: Und hier die Gemächer des Königspaares. In diesem Bett wurden beide Prinzen gezeugt. Man hört, die Ehe sei aus politischen Gründen geschlossen worden und alles andere als erfüllt gewesen. Wo und unter welchen Umständen es zur Empfängnis der unehelichen Tochter kam, ist nicht überliefert …

Vom Elternschlafzimmer geht es weiter zu den Jugendzimmern ihrer Brüder. Sie setzt sich auf Meinhards Schreibtisch, lässt die Beine baumeln und betrachtet die Lichter des Hafens, die von hier aus gut zu sehen sind. Das marineblaue Firmenlogo der Flecker-Werft ist erleuchtet. Sie unterdrückt ihre Verwunderung über die Neuigkeiten aus dem Privatleben ihres Bruders. Ist Birger Harms ein Mörder? Das ist die einzige Frage, die sie im Augenblick zu interessieren hat. Hat er Erik umgebracht? Und hatte er das so geplant, oder wollte er ursprünglich den Mann töten, dem er in gewisser Weise hörig war? Beides ist denkbar und kann demselben Motiv entsprungen sein: Hass auf Paul Flecker.

Genau hier liegt der Schwachpunkt dieser Theorie: Birger hasst ihren Vater nicht. Niemand scheint ihn zu hassen. Sie hat mit so vielen Leuten über ihn geredet, hat schmutzige, aufregende und komische Details aus seiner Vergangenheit ans Licht gezerrt – aber Hass ist ihr nirgendwo begegnet. Sie selbst hasst ihn ja auch nicht, obwohl sie zu den Menschen gehört, die von ihm hintergangen wurden. Jahrelang. Trotzdem liebt sie ihn. Alle lieben Paul Flecker. Nicht, dass er das verdient hätte, doch es ist so. Nur einer konnte ihm nicht verzeihen, dieser Stammesfürst aus Afghanistan – und der ist tot und begraben. Und seine zwölf Söhne haben bestimmt andere Sorgen, als die Ehre ihres Vaters mit Hilfe einer Fuchsfalle wiederherzustellen.

Janne massiert sich den Nacken. Sie würde gern ein Bad nehmen. Jeder Muskel ihres Körpers ist verspannt, und ihre Schulter tut häufig weh, seit sie an den Klippen vom Stein getroffen wurde.

Irgendwie ergibt das alles keinen Sinn. Sie hat das Gefühl, wieder ganz am Anfang zu stehen. Das Einzige, was sie definitiv weiß, ist, dass da draußen jemand wartet, der es auf sie abgesehen hat, weil er ihre Nachforschungen unterbinden will. Oder weil er verrückt ist. Vielleicht will dieser Verrückte schlicht und einfach ihre Familie zerstören – womit er außerordentlich erfolgreich ist. Vielleicht liegt die Lösung des Rätsels aber auch unter den Trümmern von Eriks Leben verborgen. Dort hat sie noch nicht gesucht. Weiß Gott, was da zu finden ist, falls die Ähnlichkeit mit seinem Vater nicht auf Äußerlichkeiten beschränkt gewesen sein sollte …

Janne verlässt Meinhards Zimmer, überblickt vom Flur aus die Straße. Die Polizei ist noch da. Ihre Angst auch. Ihr wird bereits übel davon. Es kann so nicht weitergehen. Deswegen wird sie morgen endgültig die Waffen strecken, bevor sie selbst verrückt wird. Soll sich Hagedorn um Eriks Vergangenheit kümmern. Der Kommissar hat ohnehin kapiert, dass sie ihm nicht einmal die Hälfte von dem erzählt hat, was sie weiß. Aber das wird sich ändern: Morgen kommt alles auf den Tisch. Sie wird zuerst zu ihrem Vater gehen und danach zur Kripo. Ihr reicht es jetzt.

Vor Tagesanbruch. Meinhard, wo steckst du bloß? Unzählige Male hat Janne versucht, ihren Bruder anzurufen, seine Mailbox mit Nachrichten bombardiert. Er hat nur diesen einen Anschluss, bei ihm sind Festnetz- und Mobiltelefonnummer identisch. Im

Gegensatz zu ihrer Mutter findet sie es keineswegs rücksichtsvoll von ihm, umzuziehen, ohne ein Wort darüber zu verlieren. In ihren Augen ist es eine Frechheit. Sie beschließt, in der Uniklinik nach ihm zu fragen, obwohl er sie oft darum gebeten hat, ihm nicht hinterherzutelefonieren, solange er im Dienst ist. Das hat er nun davon.

»Guten Morgen, Universitätsklinik Eppendorf. Was kann ich für Sie tun?«

»Ich möchte Doktor Meinhard Flecker sprechen. Unfallchirurgie.«

»Einen Augenblick bitte.«

Eine Computertastatur klackert. Es klingt, als würde die Frau wesentlich mehr als einen Namen eingeben – und entsprechend lange muss Janne warten.

Schließlich meldet sie sich wieder. »Ein Doktor Meinhard Flecker in der Unfallchirurgie ist mir leider nicht bekannt. Auch in den anderen Abteilungen kann ich ihn nicht finden. Ich verbinde Sie mal mit der Chirurgie, weil … ich bin noch nicht so lange hier im Hause. Wiederhören.«

Janne hängt in der Warteschleife. »Eine kleine Nachtmusik«. In der Chirurgie lässt man sich Zeit. Janne ist kurz davor aufzulegen. Als endlich abgehoben wird, meldet sich eine Ärztin, die Meinhard vor zwei Jahren einige Male mit nach Cuxhaven gebracht hat. Janne erinnert sich noch gut an sie. Eine Seglerin. Sehr attraktiv.

»Hi, hier ist Janne Flecker. Ich glaube, wir kennen uns, ich bin Meinhards Schwester. Ist er da? Könnte ich ihn bitte sprechen? Es ist dringend.«

Eine Pause entsteht. »Meinhard arbeitet nicht mehr hier.«

»Oh.« Sie schluckt trocken. »Seit wann?«

»Darüber unterhältst du dich am besten mit ihm, Janne. Sorry, ich muss weitermachen.«

Das Telefonat wird unterbrochen. Janne steht da, hält den Hörer umklammert und wartet darauf, dass ihr Gehirn anspringt und ihr mitteilt, was das nun wieder zu bedeuten hat. Aber nichts dergleichen geschieht. Ihr Kopf ist leer, ihr Hals tut weh, und draußen wird es langsam hell.

Das Klingeln des Mobiltelefons reißt sie aus der Starre. Meinhard. In bester Laune, wie ihr scheint. Er hat nachts seine Mailbox abgehört und sich sogleich auf den Weg nach Cuxhaven gemacht.

»Kommst du zur Alten Liebe? Ich glaube, hier gibt es gleich einen phantastischen Sonnenaufgang. Den könnten wir uns ansehen und anschließend zu Papa fahren.«

Tickt der nicht mehr richtig?

»Janne?«

»Okay.«

Nicht zu fassen. Sie geht Nacht für Nacht durch die Hölle, und ihr Bruder hat die Muße, Sonnenaufgänge zu genießen.

Es ist ein milder Morgen. Meinhard steht auf der Galerie der Alten Liebe, aufs Geländer gestützt, und schaut elbaufwärts nach Osten, wo die Sonne das Wasser der Flussmündung in rotgoldenes Licht taucht. Jenseits liegt das schleswig-holsteinische Ufer: ein ferner Schatten im Dunst.

Janne stellt sich neben ihn.

»Da, schau dir das an«, sagt er, ohne sie anzusehen. »Ist das nichts?«

Janne schweigt. Der Wind fährt ihnen durchs Haar.

»Du sagst gar nichts«, stellt Meinhard fest. »Freust du dich nicht, dass es unserem Vater besser geht?«

»Natürlich freue ich mich.«

Aus heiterem Himmel umarmt er sie.

Eine Viertelstunde später sind sie in seinem Wagen unterwegs. Meinhard hat das Radio eingeschaltet. Die Nachrichten laufen. Er sieht aus, als würde er aufmerksam zuhören.

Janne holt tief Luft. »Weil ich dich nicht ans Telefon bekommen konnte, habe ich in der Hamburger Uniklinik angerufen. Sie sagten, du arbeitest dort nicht mehr.«

»Das stimmt«, antwortet Meinhard.

»Außerdem wollte Mama dich besuchen und hat wildfremde Leute in deiner Wohnung angetroffen.«

Ihr Bruder blickt starr geradeaus. Er hat sie noch nicht ein einziges Mal angesehen. »Das tut mir leid für sie.«

Die Nachrichten sind zu Ende, es folgt der Verkehrsfunk in maximaler Lautstärke. Zwölf Kilometer Stau vor dem Elbtunnel. »Scheiße«, sagt Meinhard, und es ist unklar, ob er damit den Stau meint oder die Tatsache, dass seine Heimlichkeiten aufgeflogen sind.

»Und wo arbeitest du jetzt? Oder hast du noch keine neue Stelle angetreten?«

»Nein«, sagt Meinhard in einem Ton, der weitere Fragen ausschließt.

Gut hundert Meter vor ihnen springt eine Ampel auf Gelb.

»Scheiße.« Er schlägt mit der Faust auf das Lenkrad und gibt Gas. Während sie mit stark überhöhter Geschwindigkeit die Kreuzung überqueren, geschieht, was Janne sich kurz zuvor so sehnlich gewünscht hat: Ihr Gehirn addiert Fakten, Erlebtes und Intuition – und spuckt ein Ergebnis aus. Verzweifelt prüft sie es nach, obgleich sie weiß, dass die Rechnung aufgeht. Daher wundert sie sich kaum, als Meinhard nicht den Weg zum Städtischen Krankenhaus einschlägt, in dem ihr Vater auf sie wartet.

»Was passiert jetzt?«, fragt sie.

»Jetzt bringe ich dich um.«

Landstraße. Zu beiden Seiten Grünkohlfelder. Schweigend sitzen sie nebeneinander. Janne bringt keinen Ton heraus, obwohl sie durchaus etwas zu sagen hätte. Meinhard konzentriert sich aufs Fahren. Sie befinden sich auf einer Nebenstrecke Richtung Süden. Kaum Verkehr.

»Gib mir dein Handy«, sagt Meinhard. Seine Stimme klingt besonnen wie immer. Auf die gleiche Weise hat er angekündigt, sie zu ermorden.

Janne greift in ihre Jackentasche, in die sie die Pistole getan hat, bevor sie aus dem Haus ging.

»Die Waffe habe ich dir vorhin an der Alten Liebe abgenommen. Hast du das nicht bemerkt?«

Wie in Trance schüttelt Janne den Kopf.

»Die Umarmung«, erklärt er.

Sie fahren immer noch sehr schnell.

Unvermittelt brüllt er sie an: »Ich sagte, gib mir dein Handy. Bist du taub?«

Als sie nicht reagiert, beschleunigt Meinhard weiter. Hundertachtzig Stundenkilometer. Zweihundert. Schnurgerade verläuft die Straße durch flaches Marschland. Sonne von vorn. Als am Horizont ein Traktor auftaucht, huscht ein leises Lächeln über sein Gesicht, und er hält darauf zu.

»Der arme Bauer wird gar nicht merken, wie ihm geschieht«, sagt er.

Der Traktor ist auf ihrer Spur unterwegs. Falls der Fahrer sie im Rückspiegel registriert, wird er fest damit rechnen, dass sie ausweichen. Zweihundertzwanzig. Maximale Geschwindigkeit, der Motor dröhnt, das Material vibriert.

»Ich zieh das durch, Janne.«

Sekunden trennen sie vom Zusammenprall. Janne sieht, wie sich der Bauer zu ihnen umdreht, greift nach dem Handy und wirft es Meinhard in den Schoß. Er zieht auf die linke Spur. In letzter Sekunde. Keine Handbreit trennt die Fahrzeuge voneinander. Im Vorbeirasen streift sie der schreckerfüllte Blick des Mannes auf dem Traktor. Meinhard lacht. Er schaltet Jannes Telefon ab und wirft es aus dem Fenster.

Sie findet die Sprache wieder: »Du scheinst dich zu amüsieren.«

»Stimmt. Ab einem gewissen Punkt amüsiert man sich prächtig. Weißt du, ursprünglich wollte ich dich leben lassen. Ich dachte, du verziehst dich zurück nach Berlin, sobald du dich bedroht fühlst. Da habe ich dich unterschätzt.«

Plötzlich kommt Janne sich unendlich naiv vor. Sie will etwas erwidern, verhandeln, damit er seinen Plan umstößt. Doch ihr fehlen die Argumente. Was könnte jemanden berühren, der einen gewissen Punkt erreicht hat?

Der Wagen wird langsamer. Vor ihnen erstreckt sich die Wingst, ein Waldgebiet. Janne erfasst, wohin es gehen soll: zum Deutschen Olymp. Der Gipfel dieses gut sechzig Meter hohen Hügels gehört seit zwei Jahren zum Familienbesitz, mitsamt einer heruntergekommenen Gaststätte und einem Aussichtsturm aus den Siebzigern, im Stil der Wachanlagen an der deutsch-deutschen Grenze.

Ihr Vater hat das Anwesen gekauft, weil ihm der Name so gut gefiel. Daraufhin hat die Lokalzeitung ihn mit einer vierspaltigen Gefälligkeitsreportage in Farbe belohnt, die seither in Gold gerahmt auf der Gästetoilette der Flecker-Villa hängt. Die Schlagzeile: »Paul Flecker kauft Deutschen Olymp«. Für die Wiedereröffnung des Restaurants will er einen Sternekoch gewinnen. Bis dahin fungiert der Olymp als Abschreibungsobjekt.

Meinhard parkt seinen Geländewagen vor dem Gasthof. Noch bevor der Motor abgeschaltet ist, springt Janne aus dem Auto und läuft los. Lange braucht er nicht, um sie einzuholen. Er reißt sie zu Boden, wo sie anfängt, um Hilfe zu schreien. Sie schreit, so laut sie kann. Meinhard, ihr Bruder Meinhard, Arzt ohne Grenzen, rammt ihr seine Faust zuerst ins Gesicht, dann in den Magen. Der zweite Schlag raubt ihr die Luft zum Atmen, und ihre Schreie verstummen. Meinhard richtet sich auf und klopft Blätter und Erde von seinen Hosenbeinen.

»Komm mit«, brüllt er und zerrt an ihr.

Janne liegt zusammengekrümmt im feuchten Laub, die Hand in die Magengrube gepresst, und keucht. Ihre Lippen schmecken nach Blut.

»Steh auf.«

Sie kommt auf die Knie. Meinhard tritt ihr so fest in den Rücken, dass sie mit dem Gesicht auf der Erde aufschlägt. Ihre Zähne vergraben sich im weichen Waldboden. Meinhard lässt seine Schwester Dreck fressen. »Versuch's noch mal«, sagt er.

Janne rollt auf die Seite. Er steht über ihr und betrachtet sie, hat keine Probleme mehr damit, ihr ins Gesicht zu sehen, während er sie malträtiert. Noch ein Tritt, in den Bauch, und gleich ein weiterer hinterher. Der Schmerz explodiert. Als ihr schwarz vor Augen wird, denkt sie: Das war dein Leben.

Doch es geht weiter. Meinhard packt sie unter den Achseln und schleift sie zu dem verlassenen Gasthaus, was Janne aus einer kuriosen Distanz heraus wahrnimmt. Als würde sie nebenhergehen. Sie entziffert das Schild im Glaskasten neben dem Eingang: »Heute ist unser Ruhetag.«

Er löst seine Umklammerung. Mit einer Hand fingert er einen Schlüsselbund aus der Hosentasche und sperrt die Tür auf, mit der anderen hält er ihren Oberarm fest, obwohl sie keinerlei Widerstand leistet. Ehe er die Schlüssel wieder einsteckt, schlägt er ihr damit ins Gesicht. Er trifft die Wange. Am Arm und an den Haaren zerrt er sie über die Schwelle. Kalter Fliesenboden. Meinhard lässt von ihr ab und sperrt die Tür hinter ihnen zu. Dann zieht er seinen Parka aus und hängt ihn an einen vergoldeten

Garderobenständer, neben einen Mantel, der ebenfalls ihm gehört. Anscheinend hält er sich öfter hier auf.

Eine Weile geschieht nichts, außer dass der Schmerz in Jannes Magen dumpfer wird und ihre Wange anschwillt. Sie fragt sich, worauf er wartet. Er wirkt ein wenig aus dem Konzept gebracht.

»Eigentlich wollte ich, dass es wie Selbstmord aussieht. Ich hätte dich nicht so zurichten dürfen«, murmelt Meinhard. »Ich sage dir, was ich vorhatte: Eine ordentliche Dosis Insulin, das macht gefügig und ist im Blut nicht nachweisbar, rauf auf den Turm und adieu. Aber ich habe mich hinreißen lassen. So eine Scheiße.«

Er bringt sie in einen Saal. Durch eine schmutzige Fensterfront scheint die Sonne auf zerkratztes Eichenparkett. Staubpartikel wirbeln auf, es riecht nach Schimmel und kaltem Rauch. An der Wand sind Stühle aus rustikaler Eiche gestapelt, Tische stehen im Raum verstreut. In einer Ecke liegt eine Matratze mit einem Schlafsack. Dorthin bugsiert Meinhard seine Schwester.

»Tut es weh?«, fragt er.

Schweigend tastet Janne ihre Wange ab. Danach sind ihre Finger blutig. Er hat dieselbe Seite erwischt, die bereits ihre Mutter geohrfeigt hatte.

»So schlimm kann es nicht sein«, sagt Meinhard. »Ein Witz verglichen mit den Qualen, die ich deinetwegen zu erleiden hatte.« Er zieht seinen Pullover hoch. Ein dicker Verband bedeckt Schulter und Brust auf der linken Seite. »Du hast mich neulich im Wald erwischt. Schießen konntest du schon immer besser als andere. Ein Schuss, ein Treffer. Hut ab, Janne Flecker. Und so nah am Herzen. Ich musste das Geschoss operativ entfernen. War eine ziemliche Sauerei, wie du dir denken kannst. Das war nicht die Art Jagdunfall, die ich mir vorgestellt hatte.«

Janne fragt sich, ob er nun nicht mehr vorhat, sie umzubringen, da sein Gewaltausbruch unverkennbare Spuren auf ihrem

Körper hinterlassen hat. Sie kauert auf der Matratze, lehnt mit dem Rücken an der Wand. Er zieht einen Stuhl heran, auf dem er Platz nimmt. Fast wie beim Krankenbesuch.

»Kannst du nicht reden?«, herrscht er sie an.

Sie könnte, aber sie will nicht. Wozu? Er ist durchgeknallt, das steht fest. Sie wird ihn kaum therapieren können. Und um Gnade flehen wird sie nicht. Sie muss an die Bracke von Kapitänleutnant a. D. Henry Glüsing denken. Wieso hat der Hund Meinhards Blut nicht gewittert? Wäre er abgerichtet gewesen, hätte er die Fährte bis zum Umfallen verfolgt, und mit etwas Glück wäre Meinhard gestellt worden.

»Na los, stell deine dämlichen Fragen«, sagt Meinhard.

»Welche Fragen?«

»Willst du nicht wissen, warum ich Erik ermordet habe und ob ich es bereue?«

»Nein. Ich will dein krankes Gefasel nicht hören.«

Er schnellt vor und ohrfeigt sie, beidseitig diesmal. Ihr Kopf dröhnt. Sie sollte anfangen, sich zur Wehr zu setzen. Aber wie? Meinhard ist um so vieles stärker als sie. Und hier gibt es nichts, was sie als Waffe benutzen könnte, höchstens einen der Stühle.

Schließlich hat sie doch eine Frage. »Woher wusstest du, dass Erik zur Austernzucht fahren würde und nicht Papa?«

»Er hat es erwähnt. So nebenbei. Wir haben oft telefoniert. Erik war irgendwie der Meinung, mit mir stimme etwas nicht, und hat mich ständig angerufen. Sein Pech. Als Arbeitsloser kommt man auf die verrücktesten Ideen und hat auch noch Zeit, sie in die Tat umzusetzen. Ich hätte es aussehen lassen können wie einen natürlichen Todesfall, aber das wollte ich nicht. So mussten alle erkennen, dass nicht jeder Erik geliebt hat. Dass er hassenswert war.«

»Nein, das war er nicht, und das weißt du. Er war groß, genau wie unser Vater. Warum hältst du nicht einfach den Mund und schämst dich? Ich will nicht weiter mit dir reden«, sagt Janne und merkt, wie ihr Tränen in die Augen schießen. Ausgerechnet hier, in dieser Ruine von Haus in der Gewalt dieser Ruine von Mensch, fordert die Trauer um Erik neuen Tribut. Nichts anderes ist mehr wichtig. Sie will aufstehen, doch Meinhard lässt es nicht zu. Janne vergräbt ihr Gesicht im Schlafsack und schluchzt. »Na los, gib mir den Gnadenschuss mit Papas Walther. Falls du triffst.«

»Du wirst mir jetzt zuhören«, befiehlt er mit brüchiger Stimme. »Irgendjemand aus dieser Familie wird doch wohl bereit sein, mir zuzuhören. Alles, was ich will, ist ein bisschen Respekt.«

»Wir haben dir jede Menge Respekt entgegengebracht.«

Er lacht bitter. »Ja, weil ich Arzt war. Zu blöd, dass ich im OP diesen einen Fehler gemacht habe. Sonst wäre ich vielleicht Chefarzt geworden irgendwann.«

»Du hast einen Kunstfehler begangen? Und dabei ist jemand gestorben?«

»Ja, verdammt. Aber das macht mir nichts mehr aus. Auf diese Weise habe ich festgestellt, wie wenig es mich juckt, einen Menschen auf dem Gewissen zu haben. Und so konnte ich tun, was ich mir schon als Kind gewünscht habe, zumal sich diese wunderbare Gelegenheit ergab, als er mir von seinen Eheproblemen erzählte und nebenbei noch die Sache mit der kaputten Boje erwähnte. Eigentlich lief alles super. Wärst du mir nicht in die Quere gekommen, hätte ich die Werft übernehmen können, und Papa hätte nie geschnallt, was für ein Versager sein Chirurgensohn ist. Was hat ihn bloß dazu getrieben, dich zu Eriks Nachfolgerin zu machen?«

Janne schreit ihn an. »Sei still. Sei endlich still.«

»Als du von Eriks Tod erfahren hast, hast du dir da gewünscht, es hätte mich getroffen?«, fragt er.

Sie sieht ihm ins Gesicht.

Auch bei ihm laufen die Tränen.

»Ja, das habe ich, und weißt du warum? Weil du nicht nur den miesesten Charakter der Welt hast, sondern auch den langweiligsten. Deine Gegenwart ist so stinklangweilig, selbst wenn du einen Mord begehen willst, schaffst du es noch, mich anzuöden. Du Null.«

Mit einem Schrei stürzt er sich auf sie. Sie ringen miteinander. Zunächst wehrt sich Janne nur schwach. Bis er sie mit beiden Händen würgt. Als seine verweinten blauen Augen auf sie herabblicken, fällt die Entscheidung. Er darf nicht gewinnen. Mit aller Kraft rammt sie die Faust gegen seine Brust, zielt auf die verwundete Stelle, was offenbar gelingt, denn er lässt ihren Hals augenblicklich los. Noch einmal schlägt sie zu, springt auf, greift den Stuhl, auf dem er gesessen hat. Er will sich gerade aufrichten, da lässt sie das Möbelstück auf seinen Schädel krachen. Für Erik. Nun liegt er bäuchlings auf der Matratze. An seinem Hinterkopf klafft eine Wunde. Sie lässt den Stuhl fallen und rennt um ihr Leben.

»Hau doch ab«, hört sie ihn rufen. »Wenn du dich so langweilst.«

Janne irrt durch die Gaststätte, die aus einem Altbau und einem Nebengebäude aus den siebziger Jahren besteht. Das Anwesen ist verwinkelt, mehrere Hundert Quadratmeter groß, und teilweise versperrt Gerümpel den Weg. Den Vordereingang hat Meinhard abgesperrt. Jede Sekunde rechnet sie mit einem Angriff ihres Bruders. Sie lauscht angestrengt, doch alles, was sie hört, sind ihre eigenen Schritte und ihr rasselnder Atem.

Schließlich findet sie einen Weg ins Freie: Im Vorratskeller gibt es eine Hintertür. Der Schlüssel steckt und lässt sich mit etwas Anstrengung drehen. Janne reißt die Tür auf. Endlich im Freien. Querfeldein durch den Wald läuft sie bergab, wagt nicht, die Straße zu nehmen. Der Deutsche Olymp liegt im flimmernden Sonnenschein.

PAUL Wie kann er diese Frau dazu bringen, ihn zu verstehen? Solange sich sein Wortschatz auf Ja und Nein beschränkt, vorgetragen als halbseitiges Blinzeln, wird er Marit den Sachverhalt kaum schildern können, und sie wird nicht begreifen, wie dringend es ist. Seine Sprechversuche zermürben ihn und bringen ihn kein Stück voran. Das Gestammel eines senilen Greises. Genau so hört es sich an. Ohne Pause quält er sich weiter.

»Herr Flecker, Sie müssen Geduld haben. So funktioniert das nicht«, wiederholt Schwester Marit. »Ich weiß, Sie wollen, dass wir Ihre Tochter herholen, aber wie ich Ihnen schon sagte: Jannes Handy ist abgeschaltet. Und bei Ihnen zu Hause meldet sich keiner. Wir machen es so: Ich hole eine Tafel mit dem Alphabet und tippe auf die Buchstaben, und Sie müssen mich durch Blinzeln anleiten. Auch wenn das natürlich sehr mühsam ist.«

Wenn es nicht anders geht. Wie viele Buchstaben gibt es doch gleich? Als sie mit der Tafel anrückt, erscheint wie auf Stichwort Besuch am Krankenbett. Birger Harms. Es muss doch einen Gott geben. Diesen Mann kann nur der Himmel geschickt haben. Ein Gedankenleser. Wie jeder gute Zocker. Ein Blick, und er hat bereits die Hälfte kapiert.

»Was ist los, geht es um Janne? Deine Tochter hat mir die Bullen auf den Hals gehetzt.«

Er blinzelt. Einmal Blinzeln heißt Ja. Er formt einen Laut mit langem A.

»Ist sie in Gefahr?«

Blinzeln.

Birger beugt sich über ihn. »Paul, sag was.«

Er nimmt all seine Willenskraft zusammen, formt zwei Worte mit Lippen und Zunge, strengt seine Stimmbänder an, und dennoch klingt es nicht annähernd wie das, was er mitteilen will.

Birger Harms legt den Kopf schief. »Deutscher Olymp?«

Paul Flecker blinzelt.

Flitterflatter

JANNE Blaulicht. Janne ist fast am Fuß des Hügels angekommen, als sie die Fahrzeuge auf der Zufahrt zum Deutschen Olymp bemerkt: einen Streifenwagen, einen Polizeitransporter und eine dunkle Limousine. Die Sirenen sind abgeschaltet. Was machen die hier? Sie verbirgt sich hinter dem Stamm eines Ahorns, bis ihr einfällt, dass sie vorhatte, vom nächsten Dorf aus selbst die Polizei zu informieren. Jemand ist ihr zuvorgekommen. Meinhard womöglich. Will er sich stellen?

Unentschlossen harrt Janne aus und horcht, was auf dem Gipfel vor sich geht. Türenschlagen, Stiefelgetrappel. Eine Männerstimme ruft einen Befehl. Dann fallen zwei Schüsse. Sie hält sich die Ohren zu. Minutenlang. Sie will, dass es aufhört. Zwei weitere Polizeiwagen brettern den Berg hinauf, mit Blaulicht und Sirene, wie Janne durch die Handflächen und trotz des Dröhnens in ihrem Kopf deutlich hören kann. Geschossen wird nicht mehr. Sie lässt die Hände sinken, zögert und macht sich schließlich auf den Weg nach oben. Nach wenigen Schritten wird sie von zwei uniformierten Beamten aufgelesen, von denen einer sofort in sein Funkgerät spricht: »Einsatzleitung von Team drei, kommen.«

»Einsatzleitung hört«, schnarrt es zurück. Janne erkennt die Stimme von Frank Hagedorn.

»Alles in Ordnung. Wir haben die Frau.«

Glutrot versinkt die Sonne am Horizont. Janne schaut aus dem Fenster eines Wagens, den Hagedorn fährt. Auf der Rückbank sitzt ein Kollege von ihm, derselbe, der bei Hellas Verhaftung dabei war. Seinen Namen hat sie nicht verstanden. Er hat noch kein Wort gesagt. Laut Hagedorn hat er Meinhard angeschossen, nachdem dieser unmittelbar vor seiner Verhaftung mit einem Jagdgewehr gegen die Decke gefeuert hatte – ohne zuvor jemanden damit zu bedrohen. Der Kripobeamte hat die Nerven verloren. Als sie Meinhard in den Rettungswagen verfrachtet haben, war er bewusstlos, trotzdem ist ein bewaffneter Beamter mit eingestiegen. Die Verletzung soll nicht lebensbedrohlich sein.

»Sind Sie sicher, dass Sie keinen Arzt brauchen?«, fragt Hagedorn bestimmt zum zehnten Mal. Zunächst weigerte er sich sogar, ihre Aussage zu Protokoll zu nehmen, bevor sie nicht untersucht wurde. Aber zu guter Letzt hat er nachgegeben.

»Ich bin hart im Nehmen«, sagt Janne und denkt an Helgoland.

Hagedorn niest. Auf der Windschutzscheibe bleiben kleine Tröpfchen zurück.

In Cuxhaven bittet Janne den Kommissar, bei Burger King anzuhalten und ihr einen Kaffee zu besorgen. Sie hat Erde vom Olymp im Mund. Das sagt sie ihm natürlich nicht. Hagedorn fährt zum Drive-in-Schalter und bestellt zwei Becher Kaffee und für sich einen Hamburger. Sein Kollege will nichts, er steigt auf dem Parkplatz aus, um zu rauchen. Janne und Hagedorn bleiben sitzen.

»Wer hat Sie eigentlich alarmiert?«, fragt sie.

»Birger Harms. Im Auftrag Ihres Vaters, der sich die ganze Sache zusammengereimt hat – fragen Sie mich nicht, wie.«

Der Kommissar kämpft mit dem Burger, Gurkenstückchen und Salatblätter fallen auf sein Jackett, in seinen Mundwinkeln klebt Senf. Janne beobachtet ihn und trinkt ihren Kaffee.

»Wird Hella heute noch freigelassen?«, fragt sie.

»Sie ist seit zwei Wochen nicht mehr in Haft. Sie hat ihren Anwalt gewechselt, auf sein Anraten ihr Geständnis widerrufen, und dieser Kerl hat erwirkt, dass der Haftbefehl aufgehoben wurde. Wir hatten ja nur Indizienbeweise: Zeugenaussagen, die Fuchsfalle. Sie befindet sich in einer Klinik in Stade.«

»Was hat sie denn?«

»Darüber darf ich keine Auskunft geben. Auf ausdrücklichen Wunsch Ihrer Schwägerin, übermittelt von deren Anwalt«, sagt Hagedorn und niest mehrmals hintereinander. Janne reicht ihm eine Serviette, mit der er sich die Nase abwischt.

»Wir hatten ohnehin Zweifel an Hellas Schuld. Sie war am Ende und völlig verängstigt. Falsche Geständnisse kommen bei solchen Leuten immer wieder vor. Eine Panikreaktion. Übrigens: Eine Zeit lang hatten wir tatsächlich Sie in Verdacht, Ihren Bruder ermordet zu haben.«

»Wie kamen Sie auf mich?«

Hagedorn stopft sich das letzte Stück des Hamburgers in den Mund. Kauend redet er weiter, ist kaum zu verstehen. »Weil Sie unmittelbar von seinem Tod profitiert haben, indem Sie an die Unternehmensspitze der Flecker-Werft aufgerückt sind. Dazu Ihr erster Besuch bei mir auf der Wache. Ihr Verhalten war reichlich dubios. Und außerdem war unser Psychologe der Meinung, der Tathergang deute auf einen weiblichen Täter hin. Aufgestaute Aggressivität in Kombination mit der Scheu, eine direkte Konfrontation einzugehen, möglicherweise aus Angst zu unterliegen.«

»Ich scheue mich überhaupt nicht vor direkten Konfrontationen«, unterbricht ihn Janne.

»Das haben wir bemerkt«, sagt Hagedorn schmunzelnd und winkt ab. »Ach, Psychologen. Vergessen Sie es. Jedenfalls bekamen wir neulich, kurz bevor Sie nach Helgoland fuhren, einen Anruf von Ihrem Freund aus Berlin. Er erzählte uns, Ihr Vater hätte Ihnen vom Krankenbett aus den Auftrag erteilt, eigene Nachforschungen über den Mord an Erik anzustellen, da er der Polizei nicht zutraute, die wahren Hintergründe des Verbrechens aufzuklären. Ein netter Typ, dieser Nils. Sie sollten ihn anrufen, er macht sich große Sorgen um Sie.«

Die Hintertür wird geöffnet, und Hagedorns Kollege steigt wieder zu. »Es tut mir leid«, sagt er, und Janne hat keinen Schimmer, was er meint: die Tatsache, dass er Meinhard verletzt hat, oder den Ausgang der Geschichte schlechthin. Sie dreht sich zu ihm um. Er ist jünger als sie, Anfang zwanzig. Gutaussehend.

»Mit tut es auch leid«, sagt Hagedorn.

»Würden Sie mich bitte mit Ihrem Mitleid verschonen und mich nach Hause fahren?«

Geld und Schande. Mehr ist nicht geblieben von der Familie Flecker. Die Demontage ist perfekt. Janne schließt die Haustür auf, bereit für die Leere, die auf sie wartet.

Sie geht in die Küche, um Eis zu holen. Zum Kühlen für ihr Gesicht. Auf dem Tisch steht eine Teekanne auf einem Stövchen. Die Kerze brennt. Birger Harms sitzt auf der Bank und liest Zeitung. Als er sie sieht, sagt er nur: »Endlich.« Sonst nichts.

Janne setzt sich an den Tisch. Er hat Milchreis gekocht, der Topf steht noch auf dem Herd. Er füllt eine kleine Schüssel davon für sie ab und streut Zimt und Zucker darüber. Sie isst nur wenig, aber mit Genuss. Den Tee serviert er mit sehr viel Rum. Eigentlich ist es eher ein Grog mit leichtem Teegeschmack. Während sie isst und trinkt, zerstößt er Eiswürfel mit einem Mörser, und es klingt, als würde er damit am liebsten gar nicht mehr aufhören. Die Splitter füllt er in ein sauberes Küchenhandtuch und reicht es ihr. Sie presst es abwechselnd gegen Wange und Lippen. Birger Harms und die Schande passen nicht in denselben Raum. Es fällt kein einziges Wort. Außer Birger kennt sie keinen Menschen, mit dem man so gut schweigen kann.

Am nächsten Morgen weckt Birger sie früh. Beim Frühstück entschuldigt er sich, weil er die Gefahr verkannt und ihre Schilderungen nicht ernst genommen habe. Er mache sich große Vorwürfe deswegen. Janne vergibt ihm. Im Morgengrauen verlassen sie auf sein Geheiß das Haus.

»Wo fahren wir hin?«, fragt Janne, als Birger den Weg zur Autobahn einschlägt. Er sitzt am Steuer ihres Alfas.

»Nach Bremen zum Flughafen. Oder wärst du lieber zu Hause, wenn sich die Presseleute auf euch stürzen? Und das werden sie, sobald alles bekannt wird.«

»Können wir noch kurz bei meinem Vater anhalten?«

»Dazu ist keine Zeit. Aber ich habe ihm Bescheid gesagt.«

Sie nehmen den ersten Flug nach Frankfurt, von wo es weitergehen soll nach Hawaii. Birger Harms verrät ihr, dass in Honolulu seine Yacht vor Anker liegt.

»Du hast eine Yacht?«

»Rechtlich gehört sie der Flecker-Werft, im Grunde ist sie also deine.«

Birger hat lediglich ihren Pass eingesteckt, alles Weitere muss sie sich in Frankfurt kaufen: Kleider, Kosmetik, eine Zahnbürste, ein neues Handy. Der erste Anruf gilt Nils. Von seiner Mutter in Cuxhaven hat er noch in der Nacht erfahren, was am Vortag geschehen ist. Die wiederum hat es abends schon von ihrer Nachbarin gehört.

»Ich muss das alles erst mal irgendwie verarbeiten«, sagt Nils. Seine Stimme ist eine einzige Anklage.

Plötzlich hat sie die Stimme ihrer Mutter im Ohr, wie sie jammert, dass es für sie auch nicht leicht sei, und sie begreift, dass es richtig war, ihn nicht zu heiraten. Tragödien können ungemein erhellend sein. »Ja, das ist blöd. Aber du schaffst das schon«, antwortet sie.

Sie fliegen Business-Class. Birger sagt, in seinem Alter könne man auf so langen Reisen keine Thrombose riskieren. Er isst pausenlos Erdnüsse, Janne schläft die meiste Zeit. Einmal weckt er sie und deutet aufgeregt aus dem Fenster.

»Da unten liegt Las Vegas.«

Aber da ist nur Wüste. Sonnenverbrannte Ebenen und schwarze Berge am Horizont. Birger behauptet, er habe in der Ferne das Flackern der Leuchtreklamen gesehen.

»Hast du das Geld aus dem Tresor eigentlich verspielt?«, fragt Janne.

»Das hatte ich vor«, gibt er zu. »Aber ich habe es gelassen. Weißt du, das Problem ist, dass du überall beschissen wirst. Illegale Absprachen, gezinkte Karten, frisierte Roulettetische. In einem fairen Spiel würde ich niemals verlieren.«

»Natürlich nicht«, antwortet sie.

»Aber das Spielen war nicht der Grund, warum ich so lange weg war.«

»Sondern?«

»Ich habe dir einen Teilhaber besorgt. Für die Werft.«

Er bestellt bei der Flugbegleiterin, die den Blick nicht von Jannes ramponiertem Gesicht lassen kann, eine Flasche Champagner und Erdbeeren.

»Ich will keinen Teilhaber«, sagt Janne, nachdem sie angestoßen haben.

»Er ist aber der beste Konstrukteur, den ich auftreiben konnte. Hat in Holland gelernt, in den USA und Finnland studiert und arbeitet zurzeit freiberuflich in Dänemark. Im ersten Jahr ist er bereit, als leitender Angestellter tätig zu sein, aber er strebt definitiv eine Teilhaberschaft an und verlangt eine entsprechende Garantie in seinem Vertrag.«

Janne steckt sich eine Erdbeere in den Mund. »Abwarten«, murmelt sie und verschläft den Rest des Flugs.

Auf dem Flughafen in Honolulu bekommt Birger Harms wegen eines Erdnusstütchens, das er aus dem Flugzeug mitgenommen hat und nicht einführen darf, Schwierigkeiten mit einer übergewichtigen Zöllnerin. Da er keinen Hehl daraus macht, was er von den amerikanischen Einreiseformalitäten hält, befürchtet Janne, sie müssten sofort zurückfliegen oder den Urlaub im Gefängnis verbringen. Zum Glück ist sein Englisch schwer zu verstehen, seine Aussprache erinnert eher ans Helgoländische. Fünf Stunden nach der Landung, es ist bereits dunkel und angenehme zwanzig Grad warm, betreten sie amerikanischen Boden und nehmen ein Taxi zum Hafen, wo Birger sie zu einer eleganten Decksalon-Yacht führt. Ihr Name lautet Elfie.

PAUL Die Postkarten kommen aus Honolulu, Maui und Molokai. Friederike hält sie für ihn fest, damit er sie lesen kann. Viel steht nicht drauf, der reinste Wetterbericht. Einmal schreibt Janne, sie hätten an Bord eine Party veranstaltet, bei der ziemlich viel zu Bruch gegangen sei. Klingt gut. Mit Hilfe der Buchstabentafel bittet er Rieke, ihm vorzulesen, was die Zeitungen über seine Familie schreiben, aber sie weigert sich und hat wohl auch das Krankenhauspersonal entsprechend instruiert, denn er bekommt kein einziges Blatt zu sehen. Drei Briefe treffen ein: Viktoria hat die Scheidung eingereicht und lässt dies über einen Anwalt mitteilen. Janne schildert im Telegrammstil die Vorgänge am Deutschen Olymp. Der dritte Brief kommt aus dem Gefängnis und stammt von Meinhard. Paul Flecker lässt ihn ungeöffnet zurücksenden.

Seine Genesung macht Fortschritte. Ob ihn das freut, weiß er nicht. Nach einiger Zeit verfrachten sie ihn in eine Rehaklinik, wo er tagein, tagaus Krankengymnastik und Sprachtherapie über sich ergehen lassen muss. Zu allem Überfluss sind seine Therapeuten ausschließlich Männer. Er vermutet, dass Rieke da ebenfalls ihre Hände im Spiel hat. Trotzdem müht er sich redlich, das lenkt wenigstens ab. Er hält viel von Ablenkung. Mehr als von Aufarbeitung, wie es heutzutage heißt. Wenn er doch ins Grübeln kommt, was vor allem nachts geschieht, kreisen seine Gedanken um eine Frage: Hätte er es verhindern können? Natürlich hat er die Rivalität zwischen den Brüdern bemerkt, teilweise sogar gefördert, um sie beide zu Höchstleistungen anzuspornen. Mit Erfolg, wie es schien. Dass Meinhard seinen Bruder hasste, ist ihm nie bewusst gewesen. Nur die glänzende Medizinerlaufbahn hat der Eifersucht vorübergehend Grenzen setzen können. Als die Karriere zerbrach, geriet Meinhards Welt aus den Fugen. Und wieder die Frage, ob er als Vater den Brudermord hätte verhindern können. Gab es Notsignale? Da waren zum Beispiel Meinhards häufige Anrufe in der Zeit vor dem Mord – eine Art Blaufeuer? Wie weit reicht die Verantwortung der Eltern für die Taten der Kinder?

»Du hast schon genug mit deinen eigenen Sünden zu kämpfen. Dein Sohn ist alt genug, um die seinen selbst auf sich zu nehmen«, sagt Friederike.

Es tut gut, das zu hören, obgleich es ihn nicht ganz überzeugt. Zu Weihnachten schleppt Rieke eine duftende Nordmanntanne an sein Bett und schmückt sie – da hilft kein Protest. Ihm ist nicht nach Weihnachten. Aus der Südsee kommt kein Gruß zur

Heiligen Nacht. Aber am Silvesterabend steht Janne braungebrannt und strohblond plötzlich mitten im Zimmer, und das Erste, was sie sagt, ist: »Was für ein königlicher Baum.«

Da ist er doch froh über das Lametta, die Kerzen und den anderen Flitterflatter. Frauen sind eben alle gleich.

Epilog

Ostwind, auffrischend. So geht das seit Tagen. In der Nacht soll ein ablandiger Sturm daraus werden oder sogar ein Orkan. Ich bin weit gelaufen. Sandflug wie in der Sahara, so ausgetrocknet sind die Wattflächen.

Ich habe dich lange nicht dort draußen besucht, was daran liegt, dass ich so viel zu tun habe. Russlandhilfe. Wir kümmern uns um aidskranke Straßenkinder in St. Petersburg. Du wusstest vermutlich, dass Papa sich da jahrelang engagiert hat. Dir hat er ja immer alles erzählt. Jetzt klinge ich schon wie Meinhard. Dieser bittere Neid.

Dass wir davon nie etwas bemerkt haben, ist unfassbar. Friederike Reemts hat mich dazu gebracht, die Briefe zu lesen, die er Papa aus dem Gefängnis schreibt. Unser Vater weigert sich, sie auch nur in die Hand zu nehmen. Es steckt viel Wahrheit in diesen seitenlangen, teilweise unerträglich larmoyanten Ausführungen. Meinhard hatte es sicherlich schwer, im Familienkreis zu Wort zu kommen, beachtet zu werden. Wir haben uns lieber dir zugewandt, besonders Papa und ich. Aber solche Dinge kommen in Tausenden Familien vor. Andere halten das aus. Viele Morde geschehen aus Eifersucht, doch die meisten Menschen, an denen Eifersucht nagt, werden nicht zum Mörder. Was also ist bei uns schiefgelaufen? Was ist bei Meinhard schiefgelaufen?

Eines ist sicher: Nach dem Kunstfehler in der Klinik hat er den Halt verloren. Seine Wahrnehmung ist grotesk verzerrt. Er sieht nur die eigene Tragödie – so groß ist seine Einsamkeit. Obwohl er den Mord bereut, tut er sich in erster Linie selbst leid, weshalb es für mich schwierig ist, Mitgefühl zu entwickeln. Aber ich weiß um den Anteil meiner Schuld an seinem Unglück. Nicht einmal im Augenblick seiner Abrechnung habe ich ihm Aufmerksamkeit geschenkt, sondern an dich gedacht. Und ich wünsche immer noch, Meinhard wäre tot und du am Leben.

Ob du ihm verziehen hast? Mama hält jedenfalls zu ihm und besucht ihn so oft es geht, wie ich gehört habe.

Ich wollte ja von St. Petersburg berichten. Inzwischen war ich schon zweimal dort, zusammen mit Marit, die mit dir im Kindergarten war. Meine Erkenntnis: Es gibt trotz allem weitaus größeres Elend als das eigene. Bevor sie mich, ausgerechnet mich, auf das Heer der Verzweifelten losgelassen haben, musste ich einen Kurs belegen. Das mache ich in letzter Zeit häufig, Kurse belegen: Ökonomie mit Marketing und Wirtschaftsenglisch an der Uni Bremen, Dirigieren an der Musikhochschule und so weiter. Ja, Dirigieren. Ich wurde gefragt, ob ich ein Jugendorchester leiten will, und habe zugesagt. Dirigenten stehen mit dem Rücken zum Publikum, also muss ich meine Scheu vor den Leuten nicht wirklich überwinden. Genial. Hätte ich eigentlich selbst drauf kommen können.

An kurs- und ehrenamtfreien Tagen versuche ich, in der Werft morgens als Erste zu kommen und abends als Letzte zu gehen. Leider hat Hannes, der neue Konstrukteur, den gleichen Ehrgeiz. Er will unbedingt Teilhaber werden. Neulich sagte er, dass er von einem neuen Firmenlogo geträumt habe: Flecker & Krüss. Du kanntest Hannes Krüss bestimmt. Er war auf unserer Grundschule, eine Klasse über mir. Der Enkel von Albert Krüss.

So lebe ich weiter, fülle die Leere, die dein Tod hinterlassen hat, mit Betriebsamkeit … Nächsten Monat beginnt der Prozess gegen Meinhard. Birger glaubt, der Medienrummel wird entsetzlich. Hannes bleibt gelassen. Und unser Vater, ganz der Alte, genießt seine neue Liebe und versucht, sich nicht anmerken zu lassen, wie sehr ihn das alles mitgenommen hat. Gesundheitlich geht es ihm viel besser. Über seine Gefühle spricht er nicht. Zumindest nicht mit mir.

Ich fürchte mich nicht vor der Verhandlung, jedenfalls versuche ich, mir das einzureden. In der Stadt weiß jeder, was passiert ist, und es gibt einige, die mich nicht mehr grüßen, weil ich einen Mörder zum Bruder habe. Das ist beschämend. Ich frage mich, ob ich im Gerichtssaal Mama begegnen werde. Und Hella. Sie soll zurück nach Mecklenburg gegangen sein.

Weißt du was? Auf den Überresten der Austernkolonie hat der Ostwind bereits eine Sandbank aufgetürmt. Als ich Papa davon erzählte, sagte er, dass Scharhörn auf diese Weise entstanden sei. Wenn der Orkan vorbeigezogen ist, werde ich wieder nachsehen.

Mit Glück wirst du noch vor mir eine Insel.

Silvia Roth im dtv

Meisterhafte Mischung aus Action und psychologischer Spannung

Der Beutegänger
Kriminalroman
ISBN 978-3-423-**21138**-3

Im Stadtwald wird eine Frauenleiche gefunden. In ihrer offenen Bauchhöhle steckt eine Chrysantheme, eine Totenblume. Noch ahnen die Ermittler nicht, dass die Leiche ein Geschenk ist: das Brautgeschenk für die große Liebe, dem weitere folgen werden …

»Brutal gutes Thriller-Debüt. Eine Mischung aus Arne Dahl, Andreas Franz und Elizabeth George.« (Alex Dengler)

Querschläger
Kriminalroman
ISBN 978-3-423-**21225**-0

Ein Amoklauf an einem Wiesbadener Gymnasium und ein Fall, der die Ermittler vor ein großes Rätsel stellt …

»Aufwühlend, wütend, hinterfragend.« (Alex Dengler in denglers buchkritik. de)

»Mit ›Querschläger‹ lässt Silvia Roth ihrem hoch gelobten Debüt ›Der Beutegänger‹ einen würdigen wie spektakulären Fall folgen.« (Die Welt)

Bitte besuchen Sie uns im Internet: www.dtv.de